圖說 Classic 經典 13

水滸傳

一 水泊聚義

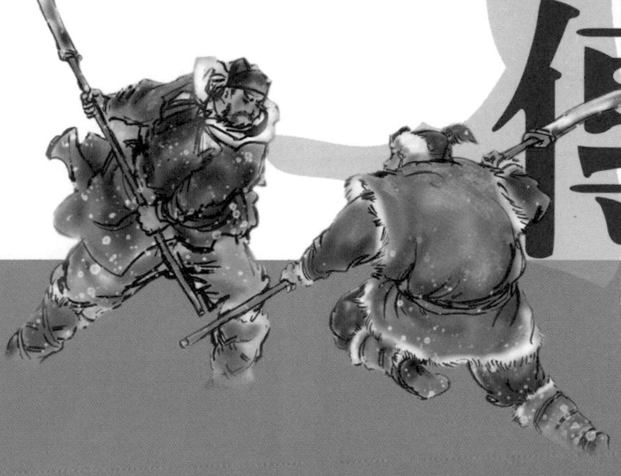

原著

施耐庵

編撰

張鵬高

好讀出版

目錄

如何閱讀本書

閱讀性高的原典：

將一百二十回原典分爲六大分冊，版面美觀流暢、閱讀性強

詳細注釋：

解釋艱難字詞，隨文直書於奇數頁最左側，並於文中以※記號標號，以供對照

列出各回回目
便於索引翻閱

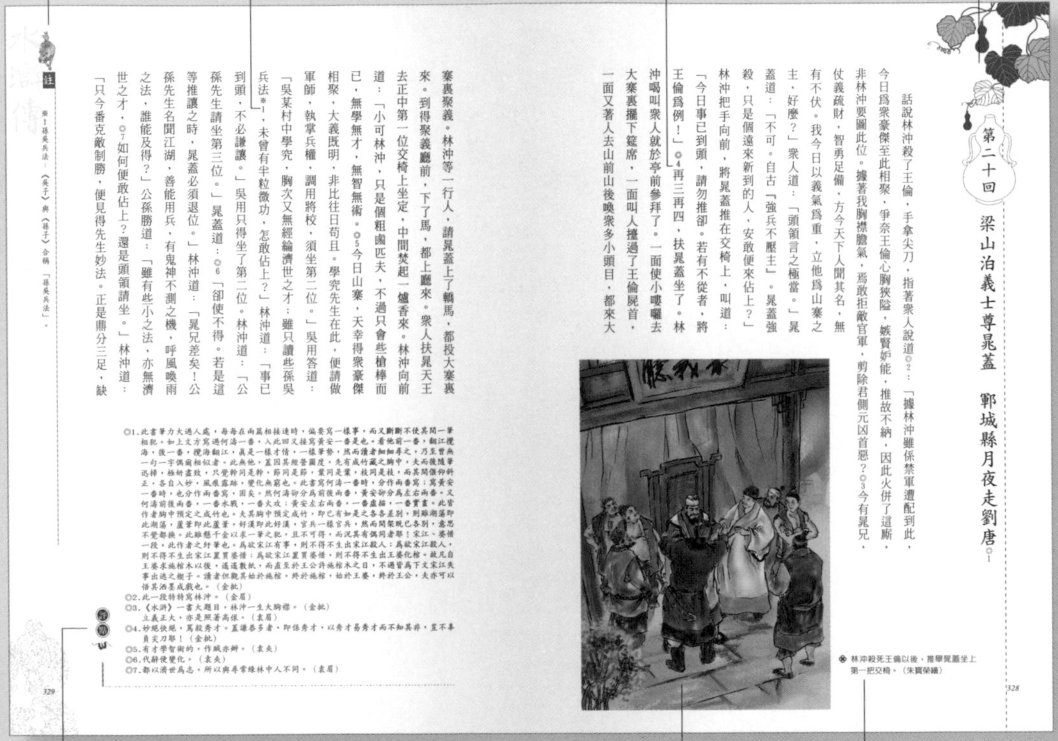

第二十回 梁山泊義士尊晁蓋 鄆城縣月夜走劉唐◎1

話說林沖殺了王倫，手拿尖刀，指著眾人說道◎2：「據林沖雖係禁軍遭配到此，今日爲眾豪傑至此相聚，爭奈王倫心胸狹隘，嫉賢妒能，推故不納，因此火併了這廝，非林沖要圖此位。據著我胸襟膽氣，焉敢拒敵官軍，剪除君側元凶首惡？◎3今有晁兄，仗義疏財，智勇足備，方今天下人聞其名，無有不伏。我今日以義氣爲重，立他爲山寨之主，好麼？」眾人道：「頭領言之極當。」晁蓋道：「不可。自古『強兵不壓主』。晁蓋強殺，只是個遠來新到的人，安敢便來佔上？」林沖把手向前，將晁蓋推在交椅上，叫道：「今日事已到頭，請勿推卻。若有不從者，將王倫爲例！」◎4再三再四，扶晁蓋坐了。林沖喝叫眾人就於亭前參拜了。一面使小嘍囉去大寨裏擺下筵席，一面叫人擡過了王倫屍首，一面又著人去山前山後喚眾多小頭目，都來大

※林沖殺死王倫以後，推舉晁蓋坐上第一把交椅。（朱寶榮繪）

328

寨裏聚義。林沖等一行人，請晁蓋上了轎馬，都投大寨裏來。到得聚義廳前，下了馬，都上廳來。眾人扶晁天王去正中第一位交椅上坐定，中間焚起一爐香來。林沖向前道：「小可林沖，只是個粗鹵匹夫，不過只會些槍棒而已，無學無才，無智無術。◎5今日山寨，天幸得眾豪傑相聚，大義既明，非比往日苟且。學究先生在此，便請做軍師，執掌兵權，調用將校，須坐第二位。」吳用答道：「吳某村中學究，胸次又無經綸濟世之才；雖只讀些孫吳兵法※1，未曾有半粒微功，怎敢佔上？」林沖道：「事已到頭，不必謙讓。」吳用只得坐了第二位。林沖道：「公孫先生請坐第三位。」晁蓋道：◎6「卻使不得。若是這等推讓之時，晁蓋必須退位。」林沖道：「晁兄差矣！公孫先生名聞江湖，善能用兵，有鬼神不測之機，呼風喚雨之法，誰能及得？」公孫勝道：「雖有些小之法，亦無濟世之才，◎7如何便敢佔上？還是頭領請坐。」林沖道：「只今番克敵制勝，便見得先生妙法。正是鼎分三足，缺

註

※1孫吳兵法：《吳子》與《孫子》合稱「孫吳兵法」。

評點

◎1.此書筆力大過人處，每每在兩篇相接連時，偏要寫一樣事，而又斷斷不使其間一筆相犯。如上文方寫過何濤一番，入此回又接寫黃安一番是也。看他前一番，翻江攪海，後一番，攪海翻江，眞是一樣才情，一樣筆勢，然而讀者細細尋之，乃至曾無一句一字偶爾相似者。此無他，蓋因其經營圖度，先有成竹藏之胸中，夫而後隨筆迅掃，極妍盡致，只覺幹同是幹，節同是節，葉同是葉，枝同是枝，而其間偃仰斜正，各自入妙，風痕露跡，變化無窮也。此書寫何濤一番時，分作兩番寫；寫黃安一番時，也分作兩番寫，固矣。然何濤卻分爲前後兩番，黃安卻分爲左右兩番。又何濤前後兩番，一番水戰，一番火攻；黃安左右兩番，一番虛描，一番實畫。此皆作者胸中預定之成竹也。夫其胸中預定成竹，即已有如是之各各差別，則雖湖蕩即此湖蕩，蘆葦即此蘆葦，好漢即此好漢，官兵一樣官兵，然而間架既已各別，意思不覺都換。此雖懸千金以求一筆之犯，且不可得，而況其有偶同者耶！宋江、婆惜一段，此作者之紆筆也。爲欲宋江有事，則不得不生出宋江殺人；爲欲宋江殺人，則不得不生出宋江置買婆惜；爲欲宋江置買婆惜，則不得不生出王婆化棺。故凡自王婆求施棺木以後，遙遙數紙，而直至於王公許施棺木之日，不過皆爲下文宋江失事出逃之楔子。讀者但觀其始於施棺，終於施棺，始於王婆，終於王公，夫亦可以悟其洒墨成戲也。（金批）

◎2.此一段特特寫林沖。（金眉）

◎3.《水滸》一書大題目，林沖一生大胸襟。（金批）
主義正大，亦是照著高俅。（袁眉）

◎4.妙絕快絕，罵殺秀才。蓋謙恭多者，即係秀才，以秀才易秀才而不知其非，豈不辜負尖刀耶！（金批）

◎5.有才學智術的，作賊亦辦。（袁夾）

◎6.代辭便變化。（袁夾）

◎7.都以濟世爲志，所以與尋常綠林中人不同。（袁眉）

329

詳細圖說：

說明性和評點性的圖說，提供讓讀者理解

名家評點：

選收不同名家之評點，隨文橫書於頁面的下方欄位，並於文中以◎記號標號，以供對照

精緻彩圖：

名家繪圖、相關照片等精緻彩圖，使讀者融入小說情境

導讀

俗至絢爛成大雅

主编 張鵬高

常話說少不讀《水滸》，怕草莽氣熏壞了少年郎。少時偶然得到金聖歎批評《水滸傳》一套，正逢書渴，便顧不得那麼多了。沒想到一看就剎不住車，不但文字純樸質感，金聖歎的評語更令人叫絕。記得第一回「張天師祈禳瘟疫洪太尉誤走妖魔」中，洪太尉爬龍虎山一段，太尉大人爬山辛苦，不免心內產生想法。原文如此寫道：

「這洪太尉獨自一個行了一回，盤坡轉徑，攬葛攀藤。約莫走過了數個山頭，三、二里多路，看看腳酸腿軟，正走不動，口裏不說，肚裏躊躇，心中想道：『我是朝廷貴官，』……

金聖歎在此突然評了一句「醜話」。如果沒有這句評語，這段文字可能就會輕輕放過，但這兩字評語卻會讓人從此開始思考判斷。更重要處，金聖歎的評語嬉笑怒罵生冷不忌，讓習慣了應試教育的少年一下感受到語言的活潑與可愛。其時正值暑假，暑熱中麻辣的文字似乎有種解暑的作用。時過多年，想起

《水滸傳》，總有種暑熱中涼爽的感覺。

因受金聖歎影響過大，一度覺得金的批語比原文更出色。然而後來多看幾遍原文之後，慢慢體味到，金文過於淋漓的文字，終難免灑狗血的嫌疑。一回文字中，有兩三處「好貨」之類的唾罵，確實讓人盪氣迴腸，如果有十幾處「絕妙」、「奇絕」之類的誇獎，自然有些過火。

金聖歎過高評價《水滸》，有當時具體的考量。明代小說是沒有地位的俗文字，金聖歎將之評價爲天下才子必讀書之一，與《孟子》並列，矯枉過正自然無可厚非。隱去華麗的批評詞藻，《水滸》正文自有一種獨特的韻味：寫實處細緻周詳，絲毫不惜筆墨，作者對各種民俗掌故、九流三教乃至居家裝飾都了然於心，往往會不厭其詳地一一介紹。因此，《水滸傳》雖然距離眞實歷史很遙遠，卻經常予人一種極度寫實的印象。

第二回高俅進身一段，描畫了「一對兒羊脂玉碾成的鎭紙獅子」，作爲高俅進身的小道具，作者都在色彩、質感方面盡量塡充。這裏要是換成「一對鎭紙獅子」，感染力便會下降不少。此外，第三十二回「武行者醉打孔亮」一節，描寫孔亮喝酒，爲了渲染酒肉對武松的吸引力，不惜四次點出「青花甕酒」來刺激武松和讀者。這種用重複來強調的技巧，到了二十世紀，米蘭·昆德拉（捷克作家《生命中不能承受之輕》作者）才提了出來，猶然以爲新創不久。《水滸傳》的技巧往往掩藏在自然的筆墨之下，不詳細品味，雖然能感覺到其甘甜，卻難以發覺其原因。

就《水滸》而言，這些還不是最重要的，《水滸》最出色的地方，在於其入俗脫俗之處：《水滸》入俗深，沒讀過的人都知道一百單八將；同時又能超脫世俗，在歷史的長河中刻下難以磨滅的烙印。優秀作品與經典作品的差別就在這裏。

《水滸傳》描寫一百單八將，是迎合世俗、方便傳播的寫法，這種技巧在當時歷史演義的大潮中十分普遍，《水滸》進步的地方在於用了天罡地煞的外衣來包裝。這些只能算作優秀，眞正讓《水滸》進身百年經典的地方，則在於維繫作品中對仁、義等傳統美德的思考、描寫以及宣揚。如果說一百單八將是作品的框架，那麼仁義則是經脈，此外，才有各種細節作爲骨肉而存在，以上均具備，才有作品的靈性和血脈的流轉。

小說不同於哲學，小說的偉大不需要說明，只能用情節、故事來感染。因此閱讀小說與學習哲學、科技知識完全不同。經典的小說未必適合每一個人，一本好的小說，也未必需要完全通讀。興趣永遠是第一位。《水滸傳》這樣的經典也同樣，只要內心某處被突然打動，必然會主動細細閱讀全文。現代的讀者全然可以漫不經心地翻看經典，無論原文、評論或者插圖，先從自己感興趣、吸引自己的地方入手。所以一部收集所有經典評論、適當注釋並且總攬所有插圖、繁衍作品的典藏版本，自然是最佳的選擇。

基於這樣的原因，本套《水滸傳》並沒有選擇影響力最大的金聖歎的七十回版本，儘管金聖歎的刪改十分高明，完全可以自圓其說，但畢竟是不完整

的。《水滸傳》在傳播的過程中，大家早已經認可了更完整的版本。而且選擇其他版本，依然可以完全容納金聖歎版的精華。

同樣的原因，儘管一百回版是公認的最早的完整版，後加的征田虎的二十回故事很明顯是添筆之作，小說內的時間也表明了這一點。但是考慮到征討田虎在流傳過程中的影響力，一套經典的版本自然應該是最完整的版本，因此底本選擇了一百二十回版。

當然，後二十回與前百回相比，確實有比較明顯的差距。前百回中的戰爭描寫，固然也有兒戲部分，比如收服關勝、凌振等人的時候，作爲朝廷命官的關勝，輕易投降山賊，無論從情理還是邏輯上都難以說通，而且大型戰爭場面猶如兒戲，確實暴露了《水滸傳》作者民間立場對軍事知識的不足。但小說的本質是虛構的，《水滸傳》中「仁義」大於朝廷命令、大於邏輯關係，因此這些都不算大的缺點，況且作者在寫戰爭的時候，往往側重於計策、心理等活動，因此顯得靈氣十足。

而後二十回對戰陣等的發揮，確實有點暴露短處。難怪李卓吾評價說：「水滸傳文字不好處只在說夢、說怪、說陣處；其妙處都在人情物理上，人亦知之否？」甚至進一步指出「文字至此，都是強弩之末了，妙處還在前半截」。

儘管如此，後二十回作爲整體的一部分，也有許多優點，只從田虎事蹟對比梁山泊的發展過程這一點來看，就很有意義，至於招安，則與小說「仁義」

的內在邏輯有關。

最後，姜玉女士幫助查找了不少資料，在此一併表示感謝。

本書彙輯的《水滸傳》評語，輯自以下評本：

（一）《第五才子施耐庵水滸傳》，七十回，金聖歎評，簡稱《金本》。有回前總評、雙行夾批和眉批。

（二）《李卓吾先生批評忠義水滸傳》，一百回，明萬曆容與堂刻本，簡稱《容本》。有眉批、行間夾批和回末總評。

（三）《出像評點忠義水滸全傳》，一百二十回，題李卓吾評，明萬曆袁無涯刻本，簡稱《袁本》。有眉批、行間夾批和回末總評，內容與容本不盡相同。

（四）《忠義水滸傳》，一百回，亦題李卓吾評，清芥子園刻本，簡稱《芥本》。有眉批、行間夾批，基本與袁本相同，本書僅輯錄較袁本多出之評語。

（五）《京本增補校正全像水滸志傳評林》，余象斗評，明萬曆雙峰堂刻本，簡稱《余本》。

本書收錄以上各本眉批、行間夾批和評點，而以「金批」、「容眉」、「容夾」、「袁眉」、「袁夾」、「芥眉」、「芥夾」和「余評」表示。

序

序二（金聖歎原序二，序一主要爲《水滸》爭取道義上的地位，說明自己刪減《水滸》的原因，本書未收錄。——編者按）

觀物者審名，論人者辨志。施耐庵傳宋江，而題其書曰《水滸》，惡之至，迸之至，不與同中國也。而後世不知何等好亂之徒，乃謬加以「忠義」之目。

嗚呼！忠義而在《水滸》乎哉？忠者，事上之盛節也；義者，使下之大經也。忠以事其上，義以使其下，斯宰相之材也。忠者，與人之大道也；義者，處己之善物也。忠以與乎人，義以處乎己，則聖賢之徒也。若夫耐庵所云「水滸」也者，王土之濱則有水，又在水外則曰滸，遠之也。遠之也者，天下之凶物，天下之所共擊也；天下之惡物，天下之所共棄也。若使忠義而在水滸，忠義爲天下之凶物、惡物乎哉！且水滸有忠義，國家無忠義耶？夫君則猶是君也，臣則猶是臣也，夫何至於國而無忠義？此雖惡其臣之辭，而已難乎爲吾之君解也。父則猶是父也，子則猶是子也，夫何至於家而無忠義？此雖惡其子之辭，而已難乎爲吾之父解也。故夫以忠義予《水滸》者，斯人必有懟其君父之心，不可以不察也。且亦不思宋江等一百八人，則何爲而至於水滸者乎？其幼，皆豺狼虎豹之姿也；其壯，皆殺人奪貨之行也；其後，皆敲樸劓刖之餘也；其卒，皆揭竿斬木之賊也。有王者作，比而誅之，則千人亦快萬人亦快者也。如之何而終亦倖

免於宋朝之斧鑕？彼一百八人而得倖免於宋朝者，惡知不將有若干百千萬人，思得復試於後世者乎？耐庵有憂之，於是奮筆作傳，題曰《水滸》，意若以爲之一百八人，即得逃於及身之誅戮，而必不得逃於身後之放逐者，君子之志也。而又妄以忠義予之，是則將爲戒者而反將爲勸耶？豺狼虎豹而有祥麟威鳳之目，殺人奪貨而有伯夷、顏淵之譽，劓刖之餘而有上流清節之榮，揭竿斬木而有忠順不失之稱，既已名實牴牾，是非乖錯，至於如此之極，然則幾乎其不胥天下後世之人，而惟宋江等一百八人，以爲高山景行，其心嚮往者哉！是故由耐庵之《水滸》言之，則如史氏之有《檮杌》是也，備書其外之權詐，備書其內之凶惡，所以誅前人既死之心者，所以防後人未然之心也。由今日之《忠義水滸》言之，則直與宋江之賺入夥、吳用之說撞籌無以異也。無惡不歸朝廷，無美不歸綠林，已爲盜者讀之而自豪，未爲盜者讀之而爲盜也。

嗚呼！名者物之表也，志者人之表也。名之不辨，吾以疑其書也；志之不端，吾以疑其人也。削忠義而仍《水滸》者，所以存耐庵之書其事小，所以存耐庵之志其事大。雖在稗官，有當世之憂焉。後世之恭慎君子，苟能明吾之志，庶幾不易吾言矣哉！

汝釋弓。

序三（節錄）

施耐庵《水滸》正傳七十卷，又楔子一卷，原序一篇亦作一卷，共七十二卷。今與

天下之文章，無有出《水滸》右者；天下之格物，君子無有出施耐庵先生右者。學者誠能澄懷格物，發皇文章，豈不一代文物之林！然但能善讀《水滸》，而已爲其人綽綽有餘也。《水滸》所敘，敘一百八人，人有其性情，人有其氣質，人有其形狀，人有其聲口。夫以一手而畫數面，則將有兄弟之形；一口而吹數聲，斯不免再吷也。施耐庵以一心所運，而一百八人各自入妙者，無他，十年格物而一朝物格，斯以一筆而寫百千萬人，固不以爲難也。格物亦有法，汝應知之。

天下之忠，無有過於夫妻之事者；天下之忠，無有過於其子之面者。審知其理，而睹天下人之面，察天下夫妻之事，彼萬面不同，豈不甚宜哉！忠恕，量萬物之斗斛也；因緣生法，裁世界之刀尺也。施耐庵左手握如是斗斛，右手持如是刀尺，而僅乃敘一百八人之性情、氣質、形狀、聲口者，是猶小試其端也。

吾舊聞有人言：莊生之文放浪，《史記》之文雄奇。始亦以之爲然，至是忽啞然其笑。若誠以吾讀《水滸》之法讀之，正可謂莊生之文精嚴，《史記》之文亦精嚴。不寧惟是而已，蓋天下之書，誠欲藏之名山，傳之後人，即無有不精嚴者。

《水滸》所敘，敘一百八人，其人不出綠林，其事不出劫殺，失教喪心，誠不可訓。然而吾獨欲略其形迹，伸其神理者，蓋此書七十回、數十萬言，可謂多矣，而舉其神理，正如《論語》之一節兩節，瀏然以清，湛然以明，軒然以輕，濯然以新。

夫固以爲《水滸》之文精嚴，讀之即得讀一切書之法也。

皇帝崇禎十四年二月十五日

宋史斷《宋史目》的批語（節錄）

《宋史目》

宋江起爲盜，以三十六人橫行河朔，轉掠十郡，官軍莫敢攖其鋒。知亳州侯蒙上書，言江才必有大過人者，不若赦之，使討方臘以自贖。帝命蒙知東平府，未赴而卒。又命張叔夜知海州。江將至海州，叔夜使間者覘所向。江徑趨海濱，劫巨舟十餘，載鹵獲。叔夜募死士得千人，設伏近城，而出輕兵距海誘之戰。先匿壯卒海旁，伺兵合，舉火焚其舟。賊聞之，皆無鬥志。伏兵乘之，擒其副賊，江乃降。

史臣斷曰：觀此而知天下之事無不可爲，而特無爲事之人。夫當宋江以三十六人起於河朔，轉掠十郡，而十郡官軍莫之敢攖也。此時，豈復有人謂其飢獸可縛、野火可撲者哉！一旦以朝廷之靈，而有張叔夜者至。夫張叔夜，則猶之十郡之長官耳，非食君父之食獨多，非蒙國家之知遇獨厚也者。且宋江，則亦非獨雄於十郡而獨怯於海州者也。然而前則恣其劫殺，無敢如何，後則一朝成擒，如風迅掃者，此無他，十郡之長官，各有其妻子，各有其貲重，各有其祿位，各有其性命，而轉顧既多，大計不決，賊驟乘之，措手莫及也；張叔夜不過無妻子可戀，無貲重可憂，無祿位可求，無性命可惜。所謂爲與不爲，維臣之責；濟與不濟，皆君之靈，不過如是。而彼宋江三十六人者，已悉

縶其臂而投麾下。嗚呼！史書叔夜募死士得千人，夫豈知叔夜固爲第一死士乎哉！

嗚呼！君子一言以爲智，一言以爲不智，如侯蒙其人者，亦幸而遂死耳。脫眞得知東平，惡知其不大敗公事、爲世僇笑者哉！何羅貫中不達，猶祖其說，而有《續水滸傳》之惡札也。

貫華堂所藏古本（《水滸傳》前自有序一篇，實爲金聖歎僞撰。——編者按）

人生三十而未娶，不應更娶；四十而未仕，不應更仕；五十不應爲家；六十不應出游。何以言之？用違其時，事易盡也。朝日初出，蒼蒼涼涼，澡頭面，裹巾幘，進盤飧，嚼楊木。諸事甫畢，起問可中，中已久矣！中前如此，中後可知。一日如此，三萬六千日何有！以此思憂，竟何所得樂矣？每怪人言某甲於今若干歲。夫若干者，積而有之之謂。今其歲積在何許，可取而數之否？可見已往之吾，悉已變滅。不寧如是，吾書至此句，此句以前已疾變滅。是以可痛也！

快意之事莫若友，快友之快莫若談，其誰曰不然？然亦何曾多得！有時風寒，有時泥雨，有時臥病，有時不值，如是等時，眞住牢獄矣。舍下薄田不多，多種秫米，身不能飲，吾友來需飲也。舍下門臨大河，嘉樹有蔭，爲吾友行立蹲坐處也。舍下執炊爨、理盤槅者，僅老婢四人，其餘凡畜童子大小十有餘人，便於馳走迎送、傳接簡貼也。舍下童婢稍閑，便課其縛帚織席。縛帚所以掃地，織席供吾友坐也。吾友畢來，當得十有六人，然而畢來之日爲少，非甚風雨而盡不來之日亦少。大率日以六七人來爲常矣。吾友來，亦不便飲酒，欲飲則飲，欲止先止，各隨其心，不以酒爲樂，以談爲樂也。吾友談不及朝廷，非但安分，亦以路遙，傳聞爲多。傳聞之言無實，無實即唐喪唾津矣。亦不及人過失者，天下之人本無過失，不應吾詆誣之也。所發之言，不求驚人，人亦不驚；未嘗不欲人解，而人卒亦不能解者，事在性情之際，世人多忙，未曾嘗聞也。吾友既皆繡淡通闊之士，其所發明，四方可遇。然而每日言畢即休，無人記錄。有時亦思集成一書，用贈後人，而至今闕如者，名心既盡，其心多懶，一；微言求樂，著書心苦，二；身死之後，無能讀人，三；今年所作，明年必悔，四也。是《水滸傳》七十一卷，則吾友散後，燈下戲墨爲多；風雨甚，無人來之時半之。然而經營於心，久而成習，不必伸紙執筆，然後發揮。蓋薄莫籬落之下，五更臥被之中，垂首拈帶，睇目觀物之際，皆有所遇矣。或若問：言既已未嘗集爲一書，云何獨有此傳？則豈非此傳成之無名，不成無損，一；心閑試弄，舒卷自恣，二；無賢無愚，無不能讀，三；文章得失，小不足悔，四也。嗚呼哀哉！吾生有涯，吾嗚呼知後人之讀吾書者謂何？但取今日以示吾友，吾友讀之而樂，斯亦足耳。且未知吾之後身讀之謂何，亦未知吾之後身得讀此書者乎！吾又安所用其眷念哉！

東都施耐庵序。

引首

詞曰：

試看書林隱處，幾多俊逸儒流。虛名薄利不關愁，裁冰及剪雪※1，談笑看吳鈎※2。評議前王並后帝，分眞僞，佔據中州，七雄擾擾亂春秋。興亡如脆柳，身世類虛舟。見成名無數，圖名無數，更有那逃名無數。霎時新月下長川，江湖變桑田古路。訝求魚緣木※3，擬窮猿擇木※4，恐傷弓遠之曲木※5。不如且覆掌中杯，再聽取新聲曲度。◎1

詩曰：

紛紛五代亂離間，一旦雲開復見天。草木百年新雨露，車書※6萬里舊江山。
尋常巷陌陳羅綺，幾處樓臺奏管絃。人樂太平無事日，鶯花無限日高眠。◎2

話說這八句詩，乃是故宋神宗天子朝中一個名儒，姓邵諱堯夫，道號康節先生所作。爲嘆五代殘唐天下干戈不息，

評點

◎1.哀哉乎！此書既成，而命之曰《水滸》也。是一百八人者，爲有其人乎，爲無其人乎？誠有其人也，即何心而至於水滸也。爲無其人也，則是爲此書者之胸中，吾不知其有何等冤苦，而必設言一百八人，而又遠托之於水涯。吾聞率土之濱，莫非王臣；普天之下，莫非王土也。一百八人而無其人，猶已耳；一百八人而有其人，彼豈眞欲以宛子城、蓼兒窪者，爲非復趙宋之所覆載乎哉！吾讀《孟子》，至「伯夷避紂，居北海之濱」，「太公避紂，居東海之濱」二語，未嘗不嘆。紂雖不善，不可避也，海濱雖遠，猶紂地也。二老倡衆去故就新，雖以聖人，非盛節也。彼孟子者，自言願學孔子，實未離於戰國游士之習，故猶有此言，未能滿於後人之心。若孔子，其必不出於此。今一百八人而有其人，殆不止於伯夷、太公居海避紂之志矣。大義滅絕，其何以訓！若一百八人而無其人也，則是爲此書者之設言也。爲此書者，吾則不知其胸中有何等冤苦而爲如此設言。然以賢如孟子，猶未免於大醇小疵之譏，其何責於稗官？後之君子，亦讀其書，哀其心可也。古人著書，每每若干年布想，若干年儲材，又復若干年經營點竄，而後得脫於稿，哀然成爲一書也。今人不會看書，往往將書容易混帳過去，於是古人書中所有得意處，不得意處，轉筆處，難轉筆處，趁水生波處，翻空出奇處，不得不補處，不得不省處，順添在後處，倒插在前處，無數方法，無數筋節，悉付之於茫然不知，而僅僅粗記前後事蹟，是否成敗，以助其酒前茶後，雄譚快笑之旗鼓。嗚呼！《史記》稱五帝之文尚不雅馴，而爲薦紳之所難言，奈何乎今忽取綠林豪猾之事，而爲士君子之所雅言乎？吾特悲讀者之精神不生，將作者之意思盡沒，不知心苦，實負良工，故不辭不敏，而有此批也。此一回，古本題曰「楔子」。楔子者，以物出物之謂也。以瘟疫爲楔，楔出祈禳；以祈禳爲楔，楔出天師；以天師爲楔，楔出洪信；以洪信爲楔，楔出遊山；以遊山爲楔，楔出開碣；以開碣爲楔，楔出三十六天罡、七十二地煞，此所謂正楔也。中間又以康節、希夷二先生，楔出劫運定數；以武德皇帝、包拯、狄青，楔出星辰名字；以山中一虎一蛇，楔出陳達、楊春；以洪信驕情傲色，楔出高俅、蔡京；以道童猥獕難認，直楔出第七十回皇甫相馬作結尾，此所謂奇楔也。」（金批）

水滸原型地之一安徽巢湖，濕地上的白鷺。按梁山泊有其原型。一說為現在山東的梁山，位於今山東陽谷縣、梁山、鄆城縣之間，現在的水泊絕大部分已成為陸地平原，另為安徽巢湖梁山。此外，還有太行山、江蘇省大豐縣草拈、白駒一帶。但這些地方都不再有「縱橫河港一千條，四方周圍八百里」的壯闊景象，只有巢湖地區依稀有往日風采。（蒯勇／fotoe提供）

那時朝屬梁，暮屬晉，正謂是：「朱、李、石、劉、郭、梁、唐、晉、漢、周，都來十五帝，播亂五十秋。」◎3後來感得天道循環，向甲馬營中生下太祖武德皇帝來。這朝聖人出世，紅光滿天，異香經宿不散，乃是上界霹靂大仙下降。英雄勇猛，智量寬洪。自古帝王，都不及這朝天子：一條桿棒等身齊，打四百座軍州都姓趙。◎4那天子掃清寰宇，蕩靜中原，國號大宋，建都汴梁，九朝八帝班頭，四百年開基帝主。因此上，邵堯夫先生贊道：「一旦雲開復見天。」正如教百姓再見天日之面一般。那時西嶽華山有個陳摶處士，◎5是個道高有德之人，能辨風雲氣色。一日騎驢下山，向那華陰

註

※1裁冰及剪雪：吟詩的意思，形容構思奇特脫俗。

※2吳鉤：鉤，兵器，形似劍而曲。春秋吳人善鑄鉤，故稱。後也泛指利劍。

※3求魚緣木：緣木求魚的意思，爬上樹去找魚。比喻方向、方法錯誤，或違反客觀規律，結果當然無法達到目的。出自《孟子》。

※4窮猿擇木：即窮猿奔林。窮猿：被獵人緊追的猿猴。比喻在窮困中急於找一個棲身的地方。出於南朝宋・劉義慶《世說新語・言語》：「北門之嘆，久已上聞，窮猿奔林，豈暇擇木？」

※5恐傷弓遠之曲木：從傷弓之鳥這個典故引申而來，被弓箭嚇怕了的鳥，見了彎曲的木頭就會感到害怕。「傷弓之鳥」這個成語出自《戰國策・楚策》中趙國使者魏加對楚春申君黃歇的一段話。

※6車書：指車軌相同、文字相同的意思。

評點

◎2.好詩。一部大書，詩起詩結，「天下太平」起，「天下太平」結。（金批）

◎3.十五、五十，顛倒大衍河圖中宮二數，便妙。（金批）
添出五姓，又作四句，便不寡薄。（袁眉）
顛倒巧合。（袁夾）

◎4.絕妙好辭。可見全部槍棒，悉從一王之制矣。（金批）
二語雄快。即以傳中本色語，提贊主人翁，用意最妙。（袁眉）

◎5.又一算命先生，兩位先生胸中，算定有六六三十六員，重之七十二座矣。（金批）

道中正行之間，聽得路上客人傳說：「如今東京※7柴世宗讓位與趙檢點登基。」那陳摶先生聽得，心中歡喜，以手加額，在驢背上大笑，攧下驢來。人問其故，那先生道：「天下從此定矣。」正應上合天心，下合地理，中合人和。自庚申年間受禪，開基即位，在位一十七年，天下太平，傳位與御弟太宗。太宗皇帝在位二十二年，傳位與眞宗皇帝，眞宗又傳位與仁宗。

這仁宗皇帝，乃是上界赤腳大仙，降生之時，晝夜啼哭不止，朝廷出給黃榜※8，召人醫治。感動天庭，差遣太白金星下界，化做一老叟，前來揭了黃榜，自言能止太子啼哭。看榜官員引至殿下，朝見眞宗。天子聖旨，教進內苑看視太子。那老叟直至宮中，抱著太子，耳邊低低說了八個字，太子便不啼哭。那老叟不言姓名，只見化一陣清風而去。耳邊道八個甚字？道是：「文有文曲，武有武曲。」◎6端的※9是玉帝差遣紫微宮中兩座星辰下來，輔佐這朝天子：◎7文曲星乃是南衙開封府主龍圖閣大學士包拯，武曲星乃是征西夏國大元帥狄青。這兩個賢臣，出來輔佐這朝皇帝，在位四十二年，改了九個年號。自天聖元年癸亥登基，至天聖九年，那時天下太平，五穀豐登，萬民樂業，路不拾遺，戶不夜閉。這九年謂之一登。自明道元年至皇祐三年，這

北宋時期的東京汴梁，人口不下百萬，是當時世界上最為繁華的都市。圖為十八世紀木版畫中的汴梁。（日版畫，出自《新編水滸畫傳》，葛飾戴斗繪）

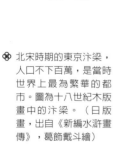

九年亦是豐富，謂之二登。自皇祐四年至嘉祐二年，這九年田禾大熟，謂之三登。一連三九二十七年，號爲三登之世。◎8

那時百姓受了些快樂，誰道樂極悲生。嘉祐三年春間，天下瘟疫盛行，自江南直至兩京，無一處人民不染此症，天下各州、各府，雪片也似申奏將來。且說東京城裏、城外軍民死亡大半，開封府主包待制親將惠民和濟局※10方，自出俸資合藥，救治萬民。那裏醫治得？瘟疫越盛。文武百官商議，都向待漏院※11中聚會，伺候早朝奏聞天子，專要祈禱，禳謝瘟疫。不因此事，如何教三十六員天罡※12下臨凡世，七十二座地煞※13降在人間，哄動宋國乾坤，鬧遍趙家社稷？有詩爲證：

詩曰：

萬姓熙熙化育中，三登之世樂無窮。
豈知禮樂笙鏞治，變作兵戈劍戟叢。
水滸寨中屯節俠，梁山泊內聚英雄。
細推治亂興亡數，盡屬陰陽造化功。

註

※7 東京：即現在的開封。宋時設立東、南、西、北四座京城。東京是國都，也稱汴京。
※8 黃榜：也作「皇榜」。封建社會皇帝發布的文告，用黃紙書寫。
※9 端的：眞的、果然的意思。
※10 惠民和濟局：北宋時候官方在京城開設的藥局。
※11 待漏院：百官晨集準備朝拜之所，唐代就開始設立。漏，古代的計時器。
※12 三十六員天罡：天罡，星名。即北斗七星的柄，星命家指月內凶神；道教稱北斗叢星中三十六星之神。《水滸》中用來解釋梁山好漢都是天罡和地煞變化而來。
※13 七十二座地煞：地煞，星相家所稱主凶殺之星。《水滸》中用來解釋七十二個好漢的前身。

評點

◎6.忽然從一座星辰，又轉出兩座星辰，爲一百單八座作引，妙妙。八個字，只是四個字，奇情奇文。（金批）
◎7.星辰以座論，奇事。星辰可以下來，奇事。星辰被玉帝差遣下來，奇事。玉帝差遣星辰下來輔佐天子，奇事。（金批）
◎8.九年一登，又九年二登，又九年三登，一連三九二十七年，號爲三登之世。筆意都從康節、希夷兩先生來。（金批）
三段敘得詳略虛實不同，亦是史筆。（袁眉）

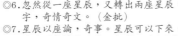

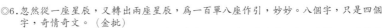

第一回

張天師祈禳瘟疫　洪太尉誤走妖魔

話說大宋仁宗天子在位，嘉祐三年三月三日◎1五更三點，天子駕坐紫宸殿，受百官朝賀。但見：

祥雲迷鳳閣，瑞氣罩龍樓。含煙御柳拂旌旗，帶露宮花迎劍戟。天香影裏，玉簪朱履聚丹墀；仙樂聲中，繡襖錦衣扶御駕。珍珠簾捲，黃金殿上現金轝；鳳羽扇開，白玉階前停寶輦。隱隱淨鞭三下響，層層文武兩班齊。

當有殿頭官※1喝道：「有事出班早奏，無事捲簾退朝。」只見班部叢中，宰相趙哲、參政文彥博出班奏曰：「目今京師瘟疫盛行，傷損軍民甚多。伏望陛下釋罪寬恩，省刑薄稅，◎2祈禳天災，救濟萬民。◎3」天子聽奏，急敕翰林院隨即草詔，一面降赦天下罪囚，應有民間稅賦，悉皆赦免；一面命在京宮觀寺院，修設好事禳災。不料其年瘟疫轉盛，仁宗天子聞知，龍體不安，復會百官計議。向那班部中，有一大臣，越班啓奏。天子看時，乃是參知政事范仲淹※2，◎4拜罷起居，奏曰：「目今天災盛行，軍民塗

宋仁宗是宋真宗趙恒的第六子，生於大中祥符三年（西元1010～1063年），宋仁宗在位四十二年期間，文臣武吏薈萃，科學文化發達，達到宋王朝鼎盛時期。

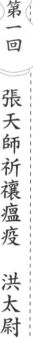

炭，日夕不能聊生。以臣愚意，要禳此災，可宣嗣漢天師星夜臨朝，就京師禁院，修設三千六百分羅天大醮※3，奏聞上帝，可以禳保民間瘟疫。」◎5仁宗天子准奏，急令翰林學士草詔一道，天子御筆親書，並降御香一炷，欽差內外提點殿前太尉洪信爲天使，前往江西信州龍虎山※4，宣請嗣漢天師張眞人，星夜來朝，祈禳瘟疫。就金殿上焚起御香，親將丹詔※5付與洪太尉，即便登程前去。洪信領了聖敕，辭別天子，背了詔書，盛了御香，帶了數十人，上了鋪馬※6，一行部從，離了東京，取路逕投信州貴溪縣來。但見：

遙山疊翠，遠水澄清。奇花綻錦繡鋪林，嫩柳舞金絲拂地。風和日暖，時過野店山村；路直沙平，夜宿郵亭驛館。羅衣蕩漾紅塵內，駿馬驅馳紫陌中。

且說太尉洪信齎※7擎御詔，一行人從，上了路途，不止一日，來到江西信州。大小官員，出郭迎接。隨即差人報知龍虎山上清宮住持※8道眾，準備接

註

※1 殿頭官：在殿上任宣召等事的內侍官。

※2 范仲淹：范仲淹，字希文，北宋政治家，文學家。蘇州吳縣人。

※3 羅天大醮：羅天大醮是道教大型綜合儀禮的名稱。羅天，即大羅天，道教指天之三界以上的極高處。

※4 龍虎山：龍虎山位於江西省鷹潭市郊西南二十公里處，原名雲錦山。東漢中葉，相傳道教創始張陵（亦稱第一代天師）在此煉丹，「丹成而龍虎現，山因得名」，龍虎山因而也成爲中國道教發祥地。

※5 丹詔：詔，皇帝發出的文書；丹詔，皇帝用朱筆親寫的詔。

※6 鋪馬：鋪，驛站，古代供傳遞政府文書的人休息、住宿或換馬的地方。鋪馬，驛站所備的馬。

※7 齎：懷抱著，帶著。

※8 住持：與主持同意，也可用作對僧寺、道院主持人的稱呼。

評點

◎1. 合成九數，陽極於九，數之窮也。《易》：「窮則變。」變出一部《水滸傳》來。（金批）
正似春秋紀年之始。（袁眉）
極沒要緊，亦有點綴。（芥眉）

◎2. 自是正論，不可不先補出。（金批）
只此兩句，便是一通禳災救民奏疏的條目，萬古可行。（金批）

◎3. 趙參政所奏，有忠貞之心，奈數至此，豈能避宥者哉！（余評）

◎4. 此等沒正經奏章，偏用一極正人以實之，犯小說家可笑破綻。正其隨俗遊戲，不認眞求異處。（芥眉）

◎5. 不必眞出希文，只是臨文相借耳。先是藥局，次是修省，第三段方轉出祈禳來。（金批）
冤枉冤枉。（容夾）
冤我小范老子。（容眉）

詔。次日，眾位官同送太尉到於龍虎山下，只見上清宮許多道眾，鳴鐘擊鼓，香花燈燭，幢幡寶蓋，一派仙樂，都下山來迎接丹詔，直至上清宮前下馬。太尉看那宮殿時，端的是好座上清宮！但見：

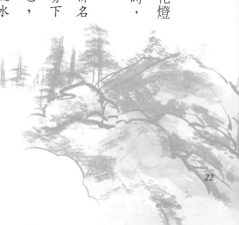

青松屈曲，翠柏陰森。門懸敕額金書，戶列靈符玉篆。虛皇壇畔，依稀垂柳名花；煉藥爐邊，掩映蒼松老檜。左壁廂天丁力士，參隨著太乙眞君※9；右勢下玉女金童，簇捧定紫微大帝※10。披髮仗劍，北方眞武※11踏龜蛇；趿履頂冠，南極老人※12伏龍虎。前排二十八宿星君※13，後列三十二帝天子。階砌下流水潺湲，墻院後好山環繞。鶴生丹頂，龜長綠毛。樹梢頭獻果蒼猿，莎草內銜芝白鹿。三清殿上，擊金鐘道士步虛※14；四聖堂前，敲玉磬眞人禮斗※15。獻香臺砌，彩霞光射碧琉璃；召將瑤壇，赤日影搖紅瑪瑙。早來門外祥雲現，疑是天師送老君。

當下，上自住持眞人，下及道童侍從，前迎後引，接至三清殿上，請將詔書居中供養著。洪太尉便問監宮眞人道：「天師今在何處？◎6」住持眞人向前稟道：「好教太尉得知：這代祖師，號曰虛靖天師※16，性好清高，倦於迎送，自向龍虎山頂，結一茅庵，修眞養性，因此不住本宮。」太尉道：「目今天子宣詔，如何得見？」眞人答道：「容稟：詔敕權供在殿上，貧道等亦不敢開讀。且請太尉到方丈※17獻茶，再煩計議。」當時將丹詔供養在三清殿上，與眾官都到方丈。太尉居中坐下，執事人等獻茶，就進齋供，水陸俱備。齋罷，太尉再問眞人道：「既然天師在山頂庵中，何不著人請將下來相見，開宣丹詔？」眞人稟道：「這代祖師，雖在山頂，其實道行非常，能駕霧興雲，蹤跡不定，貧道等如常亦難得見，怎生※18教人請得下來？」太尉道：「似此如何得見！目今京師瘟疫盛行，今上天子特遣下官齎捧御書丹詔，親奉龍香，來請天師，要做三千六百分羅天大醮，以禳天災，濟救萬民。似此怎生奈何？」眞人稟道：「天子要救萬民，只除是太尉辦一點志誠心，◎7齋戒沐浴，更換布衣，休帶從人，自背詔書，焚燒御香，步行上山禮拜，叩請天師，方許得見。如若心不志誠，空走一遭，亦難得見。」太尉聽說，便道：「俺從京師食素到此，如何心不志誠？既然恁地※19，依著你說，明日絕早上

註

※9 太乙眞君：道教說他由青玄上帝神化而來，誓願救度一切眾生。道教神譜中至尊至貴的人依次是三清道祖、四御上帝，三清分別是昊天至尊玉皇上帝、勾陳天皇大帝、北極紫微大帝、后土皇地祇，再其次爲神霄九宸上帝，九宸中頭二位是南極長生大帝和太乙救苦天尊。

※10 紫微大帝：三清道祖之一，詳見上注。

※11 北方眞武：武當山道教最高尊神。眞武即玄武，古代神話中，北方玄武與東方青龍、南方朱雀、西方白虎同爲四方之神。後來玄武逐漸由古代之四方護衛神之一上升爲道教大神。

※12 南極老人：星名，即南極星。舊時以爲此星主壽，故常用於祝壽時稱頌主人。

※13 二十八宿星君：中國古代爲了認識星辰和觀測天象，把天上的恆星幾個一組，每組合定一個名稱，這樣的恆星組合稱爲星官。二十八宿即二十八個重要星官，古代傳說每個星宿都有一個神靈守護。

※14 步虛：步虛是道士在醮壇上諷誦詞章採用的曲調行腔，傳說其旋律宛如眾仙飄緲步行虛空，故得名「步虛聲」。

※15 禮斗：禮斗即拜斗，斗是星名，有南斗、北斗、東斗、西斗和中斗的區別。中國古代一向有星宿崇拜，認爲南斗注生，北斗落死。因此禮斗儀式就是透過禮拜北斗或南斗來祝福長生平安。

※16 虛靖天師：第三十代天師張繼先（西元一〇九二～一一二八年），字嘉聞，賜號虛靖先生，自幼聰敏過人，善於題詩答對，當時有「神童」之說。

※17 方丈：僧寺、道院主持人住用的房間。也用作對僧寺、道院主持人的稱呼。

※18 怎生：怎麼、如何的意思。

※19 恁地：恁音任，這樣的意思。

評點

◎6.瘟疫盛行，爲君爲相底，無調燮手段，反去求一道士，可笑可笑。（容眉）
洪信至，即問天師有，奉命之心切也。（余評）

◎7.此語不獨指祈禳瘟疫也。夫天子則豈有不要救萬民者？天子要救萬民，則豈有不倚托太尉者？太尉若無誠心，則豈能救得萬民者？太尉救不得萬民，則豈能仰答天子者？語雖不多，而其指甚遠，其斯以爲眞人也乎？（金批）

山。」當晚各自權歇。次日五更時分，衆道士起來，備下香湯，請太尉起來沐浴，換了一身新鮮布衣，腳下穿上麻鞋草履，吃了素齋，取過丹詔，用黃羅包袱背在脊梁上，手裏提著銀手爐，降降地燒著御香，許多道衆人等，送到後山，指與路徑。眞人又稟道：「太尉要救萬民，休生退悔之心，只顧志誠上去。」太尉別了衆人，口誦天尊※20寶號，縱步上山來。將至半山，望見大頂直侵霄漢，果然好座大山！正是：

根盤地角，頂接天心。遠觀磨斷亂雲痕，近看平呑明月魄。高低不等謂之山，側石通道謂之岫，孤嶺崎嶇謂之路，上面極平謂之頂，頭圓下壯謂之巒，藏虎藏豹謂之穴，隱風隱雲謂之岩，高人隱居謂之洞，有境有界謂之府，樵人出沒謂之徑，能通車馬謂之道，流水有聲謂之澗，古渡源頭謂之溪，岩崖滴水謂之泉。左壁爲掩，右壁爲映。出的是雲，納的是霧。錐尖像小，崎峻似峭，懸空似險，削儠如平※21。千峰競秀，萬壑爭流，瀑布斜飛，藤蘿倒掛。虎嘯時風生谷口，猿啼時月墜山腰。恰似青黛染成千塊玉，碧紗籠罩萬堆煙。

這洪太尉獨自一個行了一回，盤坡轉徑，攬葛攀藤。約莫走過了數個山頭，三、二里多路，看看腳酸腿軟，正走不動，口裏不說，肚裏躊躇，心中想道：「我是朝廷貴官◎8，在京師時，重裀而臥，列鼎而食，尚兀自※22倦怠，何曾穿草鞋，走這般山路！知他天師在那裏，卻教下官受這般苦！」又行不到三、五十步，攧※23著肩氣喘，只見山凹

裏起一陣風。風過處，向那松樹背後，奔雷也似吼一聲，撲地跳出一個吊睛白額錦毛大蟲※24來，◎9洪太尉吃了一驚，叫聲：「阿呀！」撲地望後便倒。偷眼看那大蟲時，但見：

毛披一帶黃金色，爪露銀鉤十八隻。睛如閃電尾如鞭，口似血盆牙似戟。
伸腰展臂勢猙獰，擺尾搖頭聲霹靂。山中狐兔盡潛藏，澗下獐麅皆斂跡。

那大蟲望著洪太尉，左盤右旋，咆哮了一回，托地※25望後山坡下跳了去。洪太尉倒在樹根底下，諕得三十六個牙齒捉對兒廝※26打，那心頭一似十五個吊桶，七上八落的響，渾身卻如重風麻木，兩腿一似鬥敗公雞，口裏連聲叫苦。大蟲去了一盞茶時，方纔爬將起來。再收拾地上香爐，還把龍香燒著，再上山來，務要尋見天師。又行過三、五十步，口裏嘆了數口氣，怨道：「皇帝◎10御限差俺來這裏，教我受這場驚恐！」說猶未了，只覺得那裏又一陣風，吹得毒氣直沖將來，太尉定睛看時，山邊竹藤裏簌簌地響，搶出一條吊桶大小雪花也似蛇來。太尉見了，又吃一驚，撇了手爐，叫一聲：「我今番死也！」望後便倒在盤陀石※27邊。微閃開眼來看那蛇時，但見：

註

※20天尊：道德天尊的由來。道德天尊是道教最高神明。
※21削儠如平：形容山勢險要，好像刀削一般。
※22兀自：還是、尚自的意思。
※23掇：這裏作聳動的意思。
※24大蟲：老虎。古時把動物都叫作蟲，因此稱呼老虎為大蟲。
※25托地：突然、很快的意思。
※26廝：這裏作相互解釋。
※27盤陀石：盤陀，螺旋形。盤陀石，螺旋形的石頭。

評點

◎8.醜話。「朝廷貴官」四字，驅卻無數英雄入水泊，此話卻是此老說起。
◎9.先寫風，次寫吼，次寫大蟲，只是一筆，便有多少段落。初開簿第一條好漢。（金批）
著色。（袁夾）
◎10.四字連讀始妙。重裀列鼎，尚自倦怠者，其胸中口中，每每有此四字也。（金批）

昂首驚颷起，掣目電光生。動蕩則折峽倒岡，呼吸則吹雲吐霧。鱗甲亂分千片玉，尾梢斜捲一堆銀。

那條大蛇，逕搶到盤陀石邊，朝著洪太尉盤做一堆，兩隻眼迸出金光，張開巨口，吐出舌頭，噴那毒氣在洪太尉臉上，驚得太尉三魂蕩蕩，七魄悠悠。那蛇看了洪太尉一回，望山下一溜，卻早不見了。太尉方纔爬得起來，說道：「慚愧※28！驚殺下官！」看身上時，寒粟子比餶飿兒※29大小，口裏罵那道士：◎11「叵耐※30無禮，戲弄下官，教俺受這般驚恐！若山上尋不見天師，下去和他別有話說。」再拿了銀提爐，整頓身上詔敕，并衣服巾幘，卻待再要上山去。正欲移步，只聽得松樹背後隱隱地笛聲吹響，漸漸近來。太尉定睛看時，只見那一個道童，倒騎著一頭黃牛，橫吹著一管鐵笛，轉出山凹來。◎12太尉看那道童時：

頭綰兩枚丫髻，身穿一領青衣，腰間絛結

洪太尉遇到大蟒蛇。那蟒蛇「昂首驚颷起，掣目電光生。動蕩則折峽倒岡，呼吸則吹雲吐霧」。（日版畫，出自《新編水滸畫傳》，葛飾戴斗繪）

草來編，腳下芒鞋麻間隔。明眸皓齒，飄飄並不染塵埃；綠鬢朱顏，耿耿全然無俗態。

昔日呂洞賓有首牧童詩道得好：

草鋪橫野六七里，笛弄晚風三四聲。
歸來飽飯黃昏後，不脫蓑衣臥月明。

但見那個道童笑吟吟地騎著黃牛，橫吹著那管鐵笛，正過山來。洪太尉見了，便喚那個道童：「你從那裏來？認得我麼？」道童不睬，只顧吹笛。太尉連問數聲，道童呵呵大笑，拿著鐵笛，指著洪太尉說道：「你來此間，莫非要見天師麼？」太尉大驚，便道：「你是牧童，如何得知？」◎13道童笑道：「我早間在草庵中伏侍天師，聽得天師說道：『今上皇帝，差個洪太尉齎擎丹詔、御香，到來山中，宣我往東京做三千六百分羅天大醮，祈禳天下瘟疫，我如今乘鶴駕雲去也。』這早晚想是去了，不在庵中。你休上去，山內毒蟲猛獸極多，恐傷害了你性命。」太尉再問道：「你不要說謊！」道童笑了一聲，也不回應，又吹著鐵笛，轉過山坡去了。◎14太尉尋思道：「這小的如何盡知此事？想是天師分付他，一定是了。」欲待再上山去，方纔驚諕得苦，爭些兒※31送了性命，不如下山去罷。

註

※28慚愧：驚喜之詞，含有僥倖的意思，不單作羞慚愧解釋。

※29餶飿兒：麵食的一種。

※30叵耐：也作「叵奈」。不可忍耐；可恨之意。叵耐靈鵲多謾語，送喜何曾有憑據。

※31爭些兒：這裏的「爭」字是相差的意思。爭些兒，幾乎、差一點的意思。

評點

◎11.初是心裏想，次是口裏怨，今口裏罵，轉變轉增。（袁眉）
◎12.一蛇一虎後，忽接入此段，筆墨變幻不可言。（金批）
◎13.只合答云：你是太尉，如何得見？（金批）
蠢。（容眉）
◎14.寫得妙極。（金批）
道童只是笑，不笑不足以爲道童。（袁眉）

太尉拿著提爐，再尋舊路，奔下山來。衆道士接著，請至方丈坐下。眞人便問太尉道：「曾見天師麼？」太尉說道：「我是朝中貴官，如何教俺走得山路，吃了這般辛苦，爭些兒送了性命！爲頭上至半山裏，跳出一隻吊睛白額大蟲，驚得下官魂魄都沒了。又行不過一個山嘴，竹藤裏搶出一條雪花大蛇來，盤做一堆，攔住去路。若不是俺福分大，如何得性命回京？◎15盡是你這道衆戲弄下官。」眞人覆道：「貧道等怎敢輕慢大臣？這是祖師試探太尉之心。本山雖有蛇、虎，並不傷人。」太尉又道：「我正走不動，方欲再上山坡，只見松樹旁邊轉出一個道童，騎著一頭黃牛，吹著管鐵笛，正過山來，我便問他：『那裏來？識得俺麼？』他道：『已都知了。』說天師分付，早晨乘鶴駕雲，往東京去了，下官因此回來。」眞人道：「太尉可惜錯過！這個牧童，正是天師。」太尉道：「他既是天師，如何這等猥獕？◎16」眞人答道：「這代天師，非同小可。雖

洪太尉遇到天師改裝的牧童。（朱寶榮繪）

❁ 江西龍虎山，仙水岩景區的丹霞地貌。（商林／fotoe提供）

然年幼，其實道行非常。他是額外之人，四方顯化，極是靈驗，世人皆稱爲道通祖師。」洪太尉道：「我直如此有眼不識眞師，當面錯過！」眞人道：「太尉且請放心。既然祖師法旨道是去了，比及太尉回京之日，這場醮事，祖師都已完了。」太尉見說，方纔放心。眞人一面教安排筵宴，管待太尉，請將丹詔收藏於御書匣內，留在上清宮中，龍香就三清殿上燒了。當日方丈內大排齋供，設宴飲酌，至晚席罷，止宿到曉。

次日早膳以後，眞人、道衆並提點、執事人等，請太尉遊山。太尉大喜。許多人從跟隨著，步行出方丈，前面兩個道童引路。行至宮前宮後，看頑許多景致。三清殿上，富貴不可盡言。左廊下九天殿、紫微殿、北極殿；右廊下太乙殿、三官殿、驅邪殿。◎17諸宮看遍，行到右廊後一所去處。洪太尉看時，另外一所殿宇，一遭都是搗椒紅泥墻；正面兩扇朱紅槅子，門上使著肐膊大鎖鎖著，交叉上面貼著十數道封皮，封皮上又是重重疊疊使著朱印；檐前一面朱紅漆金字牌額，上書

評點

◎15.好貨。（金批）
又說嘴了。（容夾）
事過便說大話，富貴中痴頑人往往如此。（袁眉）
◎16.此一句，直兜至第七十回皇甫端相馬之後，見一部所列一百八人，皆朝廷貴官嫌其猥獕，而失之於牝牡驪黃之外者也。何獨不言既是天師，如何這等猙獰耶？（金批）（此七十回爲本版第七十一回。——編者按）
蠢。（容夾）
◎17.以九天、紫微、北極、太乙、三官等殿，引出驅邪一殿。以驅邪一殿，引出伏魔一殿。（金批）

四個金字，寫道：「伏魔之殿。」太尉指著門道：「此殿是甚麼去處？」眞人答道：「此乃是前代老祖天師鎖鎮魔王之殿。」太尉又問道：「如何上面重重疊疊貼著許多封皮？」眞人答道：「此是老祖大唐洞玄國師封鎖魔王在此。但是經傳一代天師，親手便添一道封皮，使其子子孫孫，不得妄開。走了魔君，非常利害。今經八、九代祖師，誓不敢開。鎖用銅汁灌鑄，誰知裏面的事。小道自來住持本宮三十餘年，也只聽聞。」洪太尉聽了，心中驚怪，想道：「我且試看魔王一看。」便對眞人說道：「你且開門來，我看魔王甚麼模樣。」眞人告道：「太尉，此殿決不敢開！先祖天師叮嚀告戒：今後諸人不許擅開。」太尉笑道：「胡說！你等要妄生怪事，煽惑百姓良民，故意安排這等去處，假稱鎖鎮魔王，顯耀你們道術。◎18我讀一鑑之書※32，◎19何曾見鎖魔之法。神鬼之道，處隔幽冥，我不信有魔王在內。快與我打開，我看魔王如何！」眞人三回五次稟說：「此殿開不得，恐惹利害，有傷於人。」太尉大怒，指著道衆說道：「你等不開與我看，回到朝廷，先奏你

❀ 中版畫，天罡地煞逃走圖。（選自《水滸傳版刻圖錄》，江蘇廣陵古籍刻印社）

們衆道士阻當※33宣詔，違別※34聖旨，不令我見天師的罪犯；後奏你等私設此殿，假稱鎖鎮魔王，煽惑軍民百姓。把你都追了度牒※35，刺配※36遠惡軍州受苦。」眞人等懼怕太尉權勢，◎20只得喚幾個火工道人※37來，先把封皮揭了，將鐵錘打開大鎖。衆人把門推開，看裏面時，黑洞洞地，但見：

昏昏默默，杳杳冥冥，數百年不見太陽光，億萬載難瞻明月影。不分南北，怎辨東西。黑煙靄靄撲人寒，冷氣陰陰侵體顫。人跡不到之處，妖精往來之鄉，閃開雙目有如盲，伸出兩手不見掌。常如三十夜，卻似五更時。

衆人一齊都到殿內，黑暗暗不見一物。太尉教從人取十數個火把點著，將※38來打一照時，四邊並無一物，只中央一個石碑，約高五、六尺，下面石龜趺坐※39，大半陷在泥裏。照那碑碣上時，前面都是龍章鳳篆，天書符籙※40，人皆不識；照那碑後時，卻有四個眞字大書，鑿著：「遇洪而開」。卻不是一來天罡星合當出世，二來宋朝必顯忠良，三來湊巧遇著洪信，豈不是天數？洪太尉看了這四個字，大喜，便對眞人說道：「你等

註

※32 一鑑之書：鑑，同「監」，指國子監，國子監所藏的全部書籍。
※33 當：這裏是背的意思。
※34 違別：違背的意思。
※35 度牒：舊時官府發給和尚、尼姑的證明身分的文書。也叫戒牒。
※36 刺配：配是流放、充軍的意思。古代經常在罪犯的臉上刺字，因此稱呼爲刺配。
※37 火工道人：寺院中管理香火等雜務的工人。
※38 將：這裏是取、拿的意思。後文第七回「將娘子下樓」的「將」字，是陪同的意思。
※39 趺坐：佛教徒盤腿端坐，左腳放在右腿上，右腳放在左腿上。
※40 符籙：道教認爲符籙是天神的文字，是傳達天神意旨的符信，用它可以召神嚇鬼，降妖鎮魔，治病除災。符籙樣式千奇百怪。

評點

◎18. 大是。（容夾）
也說得有理。（袁眉）
◎19. 好東西，好文法。（金批）
賣弄。（容夾）
生得好。（袁夾）
語生得奇。（芥夾）
◎20. 眞人猶怕太尉權勢，況其他哉！（金批）
千古如此。（芥眉）

阻當我，卻怎地數百年前已注定我姓字在此？遇洪而開，分明是教我開看，卻何妨。我想這個魔王，都只在石碑底下。汝等從人，與我多喚幾個火工人等，將鋤頭鐵鍬來掘開。」眞人慌忙諫道：「太尉不可掘動，恐有利害，傷犯於人，不當穩便※41。」太尉大怒，喝道：「你等道衆，省得甚麼！碑上分明鑿著遇我教開，你如何阻當？快與我喚人來開。」眞人又三回五次稟道：「恐有不好。」太尉那裏肯聽，只得聚集衆人，先把石碑放倒，一齊併力掘那石龜，半日方纔掘得起。又掘下去，約有三、四尺深，見一片大青石板，可方丈圍。洪太尉叫再掘起來，眞人又苦稟道：「不可掘動。」◎21太尉那裏肯聽。衆人只得把石板一齊扛起，看時，石板底下，卻是一個萬丈深淺地穴。只見穴內刮喇喇一聲響亮。那響非同小可，恰似：

　　天摧地塌，嶽撼山崩。錢塘江上，潮頭浪擁出海門來；泰華山頭，巨靈神一劈

洪太尉照見那碑後有四個真字大書，鑿著「遇洪而開」，喚人放倒石碑掘開石龜，放跑了天罡地煞。（朱寶榮繪）

江西龍虎山正一觀內的祖師殿。（商林／fotoe提供）

山峰碎。共工奮怒，去盔撞倒了不周山※42；
力士施威，飛錘擊碎了始皇輦※43。一風撼折
千竿竹，十萬軍中半夜雷。

那一聲響亮過處，只見一道黑氣，從穴裏滾將起來，掀塌了半個殿角。那道黑氣，直沖上半天裏，空中散作百十道金光，望四面八方去了。◎22眾人吃了一驚，發聲喊，都走了，撇下鋤頭鐵鍬，盡從殿內奔將出來，推倒攧翻無數。驚得洪太尉目睜口呆，罔知所措，面色如土，奔到廊下，只見眞人向前叫苦不迭。太尉問道：「走了的卻是甚麼妖魔？」那眞人言不過數句，話不過一席，說出這個緣由。有分教：一朝皇帝，夜眠不穩，晝食忘餐。直使：宛子城中藏虎豹，蓼兒窪內聚神蛟。畢竟龍虎山眞人說出甚麼言語來？且聽下回分解。

註

※41不當穩便：不太妥當的意思。

※42不周山：古代傳說中的山名，最早見於《山海經・大荒西經》：「西北海之外，大荒之隅，有山而不合，名曰不周。」

※43始皇輦：秦始皇的馬車。

評點

◎21.掘到石板，又復苦稟，寫得鄭重之至。（金批）
一發痴了。（容夾）
眞人信得天師禁戒眞，不輕易許開，太尉信得碑上讖記眞，決意要開，幾番往返，不厭其煩。（袁眉）

◎22.駭人之筆。他日有稱我者，有稱俺者，有稱小可者，有稱洒家者，有稱我老爺者，皆是此句化開。（金批）
放走天罡地煞皆星將收難當滿洪信不開而自有變矣。（余評）

第二回 王教頭私走延安府 九紋龍大鬧史家村

話說當時住持眞人對洪太尉說道：「太尉不知，此殿中當初是祖老天師洞玄眞人傳下法符，囑付道：『此殿內鎭鎖著三十六員天罡星，七十二座地煞星，共是一百單八個魔君在裏面。上立石碑，鑿著龍章鳳篆天符，鎭住在此。◎1若還放他出世，必惱下方生靈。』如今太尉放他走了，怎生是好？」有詩爲證：

千古幽扃※1一旦開，天罡地煞出泉臺※2。
自來無事多生事，本爲禳災卻惹災。
社稷從今雲擾擾，兵戈到處鬧垓垓。
高俅奸佞雖堪恨，洪信從今釀禍胎。

當時洪太尉聽罷，渾身冷汗，捉顫不住。急急收拾行李，引了從人，下山回京。眞人並道眾

◎1. 一部大書七十回，將寫一百八人也。乃開書未寫一百八人，而先寫高俅者，蓋不寫高俅便寫一百八人，則是亂自下生也；不寫一百八人先寫高俅，則是亂自上作也。亂自下生，不可訓也，作者之所必避也；亂自上作，不可長也，作者之所深懼也。一部大書七十回，而開書先寫高俅，有以也。高俅來而王進去矣。王進者，何人也？不墜父業，善養母志，蓋孝子也。吾又聞古有「求忠臣必於孝子之門」之語，然則王進亦忠臣也。孝子忠臣，則國家之祥麟威鳳、圓璧方珪者也。橫求之四海而不一得之，豎求之百年而不一得之。不一得之而忽然有之，則當尊之，榮之，長跽事之。必欲罵之，打之，至於殺之，因逼去之，是何爲也！王進去而一百八人來矣，則是高俅來而一百八人來矣。王進去後，更有史進。史者，史也。寓言稗史亦史也。夫古者史以記事，今稗史所記何事？殆記一百八人之事也。記一百八人之事，而亦居然謂之史也何居？從來庶人之議皆史也。庶人則何敢議也？庶人不敢議也。庶人不敢議而又議，何也？天下有道，然後庶人不議也。今則庶人議矣。何用知其天下無道？曰：王進去，而高俅來矣。史之爲言史也，固也。進之爲言何也？曰：彼固自許，雖稗史然已進於史也。史進之爲言進於史，固也。王進之爲言何也？曰：必如此人，庶幾聖人在上，可教而進之於王道也。必如王進，然後可教而進之於王道，然則彼一百八人也者，固王道之所必誅也。一百八人則誠王道所必誅矣，何用見王進之庶幾爲聖人之民？曰：不墜父業，善養母志，猶其可見者也。更有其不可見者，如點名不到，不見其首也；一去延安，不見其尾也。無首無尾者，其猶神龍歟？誠使彼一百八人者盡出於此，吾以知其免耳，而終不之及也。一百八人終不之及，夫而後知王進之難能也。不見其首者，示人亂世不應出頭也；不見其尾者，示人亂世決無收場也。一部書七十回，一百八人以天罡第一星宋江爲主，而先做強盜者，乃是地煞第一星朱武。雖作者筆力縱橫之妙，然亦以見其逆天而行也。次出跳澗虎陳達，白花蛇楊春，蓋檃括一部書七十回一百八人爲虎爲蛇，皆非好相識也。何用知其爲是檃括一部書七十回一百八人？曰：楔子所以楔出一部，而天師化現恰有一虎一蛇，故知陳達、楊春是一百八人之總號也。（金回前批）
（因爲金聖歎重新編輯了《水滸》，此爲金批《水滸》第一回的前評。因爲增添了楔子內容，金聖歎本《水滸》比百二十回《水滸》在回目上落後一回，金的第二回是百二十回的第三回，依此類推。——編者按）
楔者，以物出物之謂。此篇因請天師，誤開石碣，所謂楔也。俗本不知，誤入正書，失之遠矣。（金批）
（金聖歎七十回《水滸》將此前段落均歸於楔子，故有這樣的評論。——編者按）

送官已罷，自回宮內，修整殿宇，起豎石碑，不在話下。

再說洪太尉在路上分付從人，教把走妖魔一節，休說與外人知道，恐天子知而見責。◎2於路無話，星夜回至京師，進得汴梁城，聞人所說：「天師在東京禁院做了七晝夜好事，普施符籙，禳救災病，瘟疫盡消，軍民安泰。天師辭朝，乘鶴駕雲，自回龍虎山去了。」洪太尉次日早朝，見了天子，奏說：「天師乘鶴駕雲，先到京師，臣等驛站而來，纔得到此。」仁宗准奏，賞賜洪信，復還舊職，亦不在話下。後來仁宗天子在位共四十二年，晏駕※3，無有太子，傳位濮安懿王允讓※4之子，太宗皇帝的孫，立帝號曰英宗。在位四年，傳位與太子神宗。神宗在位一十八年，傳位與太子哲宗。那時天下盡皆太平，四方無事。

且說東京開封府汴梁宣武軍※5，一個浮浪破落戶子弟，◎3姓高，排行第二，自小不成家業，只好刺槍使棒，最是踢得好腳氣毬※6，京師人口順，不叫高二，卻都叫他做高毬。後來發跡，便將氣毬那字去了毛傍，添作立人，便改作姓高，名俅。◎4這人吹彈歌舞，刺槍使棒，相撲頑耍，亦胡亂學詩、書、詞、賦。若論仁、義、禮、智、信、

註

※1幽扃：幽，幽深；扃，從外面關門的閂。扃，外閉之關也，《說文》。幽深的禁鎖。

※2泉臺：本意是墳墓的意思，這裏指天師用來封印群魔的洞窟。

※3晏駕：皇帝死亡的稱呼。

※4懿王允讓：宋眞宗的侄子，宋仁宗的堂兄。趙允讓，死後被追封爲懿王。

※5宣武軍：開封附近駐扎的軍隊。唐代時期設立的軍鎮名稱，駐扎在汴州，即開封附近，宋代沿用這個名稱。

※6氣毬：「毬」就是「球」，古時踢的球，外面是皮，裏面是羽毛，到宋時氣毬才盛時。宋時人踢氣毬，動作近似現在踢毽子。

評點

◎2.畫出太尉。（金批）
何不對天子說道「遇洪而開」？（容夾）
只要瞞得天子過，從來邊臣皆傳受此衣鉢。（袁眉）

◎3.開書第一樣角色。作書者蓋深著破國亡家，結怨連禍之皆由是輩始也。言子弟，則有爲之父兄者矣。失教之罪，誰實任之？（金批）

◎4.太尉大名如此得來。（容夾）
毛傍者何物也？而居然自以爲立人，人亦從而立人之。蓋當時諸公袞袞者，皆是也。奇絕之文。（金批）

行、忠、良，卻是不會，◎5只在東京城裏、城外幫閑※7。因幫了一個生鐵王員外兒子使錢，每日三瓦兩舍※8，風花雪月，被他父親開封府裏告了一紙文狀，府尹把高俅斷了四十脊杖，迭配※9出界發放，東京城裏人民不許容他在家宿食。高俅無計奈何，只得來淮西臨淮州，投奔一個開賭坊的閑漢柳大郎，名喚柳世權。他平生專好惜客養閑人，招納四方干隔澇※10漢子。高俅投托得柳大郎家，一住三年。◎6後來哲宗天子因拜南郊，感得風調雨順，放寬恩大赦天下。那高俅在臨淮州，因得了赦宥罪犯，思量要回東京。這柳世權卻和東京城裏金梁橋下開生藥鋪的董將士※11是親戚，寫了一封書札，收拾些人事盤纏，齎發高俅回東京，投奔董將士家過活。

當時高俅辭了柳大郎，背上包裹，離了臨淮州，迤邐回到東京，逕來金梁橋下董生藥家，下了這封書。董將士一見高俅，看了柳世權來書，自肚裏尋思道：「這高俅我家如何安著得他！◎7若是個志誠老實的人，可以容他在家出入，也教孩兒們學些好。他卻是個幫閑的破落戶，沒信行的人。亦且當初有過犯來，被斷配的人，舊性必不肯改。若留住在家中，倒惹得孩兒們不學好了。待不收留他，又撇不過柳大郎面皮。」當時只得權且歡天喜地，相留在家宿歇，每日酒食管待。住了十數日，董將士思量出一個路數，將出一套衣服，寫了一封書簡，對高俅說道：「小人家下螢火之光，照人不亮，恐後誤了足下。

評點

◎5.甚矣，詩書詞賦之易，而仁義禮智信行忠良之難也，觀乎高俅，不其然乎！（金批）
這不只高俅。（容夾）
四字刺得輕深。（袁夾）
與前忠良呼應。（袁眉）
高俅也會槍棒，也會斷配，也會爲人惜養擡納，只仁義禮智、信行忠良不會，皆影對水滸中人。（袁眉）

◎6.一路以年計，以月計，以日計，皆史公章法。一住三年。（金批）

◎7.看他處處安著不得，與府尹所斷，如出一口。（金批）

◎8.婉轉而來遇合，甚奇。（容眉）
漸漸近貴，何等步驟。（袁眉）

◎9.小蘇學士、小王太尉、小舅端王。嗟乎！既已群小相聚矣，高俅即欲不得志，亦豈可得哉！（金批）

我轉薦足下與小蘇學士處，久後也得個出身，足下意內如何？」◎8高俅大喜，謝了董將士。董將士使個人將著書簡，引領高俅，逕到學士府內，門吏轉報小蘇學士，出來見了高俅，看了來書，知道高俅原是幫閑浮浪的人，心下想道：「我這裏如何安著得他！不如做個人情，薦他去駙馬王晉卿府裏，做個親隨。人都喚他做小王都太尉，他便喜歡這樣的人。」當時回了董將士書札，留高俅在府裏住了一夜。次日，寫了一封書呈，使個幹人※12，送高俅去那小王都太尉處。這太尉乃是哲宗皇帝妹夫，神宗皇帝的駙馬。他喜愛風流人物，正用這樣的人。一見小蘇學士差人持書送這高俅來，拜見了，便喜。隨即寫回書，收留高俅在府內做個親隨。自此高俅遭際在王都尉府中出入，如同家人一般。自古道：「日遠日疏，日親日近。」忽一日，小王都太尉慶誕生辰，分付府中安排筵宴，專請小舅端王。◎9這端王乃是神宗天子第十一子，哲宗皇帝御弟，現掌東駕，排號九大王，是

《宋太宗蹴鞠圖》，元代佚名繪，上海博物館藏。圖畫描繪了宋太宗與近侍頑蹴鞠的場面。

註

※7幫閑：受有錢有勢的人豢養，給他們裝點門面，爲他們效勞的人。

※8三瓦兩舍：亦作「瓦肆」、「瓦子」、「瓦市」。宋元時大城市裏娛樂場所的集中地。內搭設許多棚（有的棚可容數千人），棚內設若干勾欄。另有賣藥、賣卦、估衣的店鋪。三瓦兩舍，漫指一些瓦舍。

※9迭配：就是遞配，把罪犯按境解送到他處。

※10隔滂：疥瘡。干隔滂，干疥瘡，開封、杭州都流傳此話。這裏是不乾不淨、不清不楚的意思。

※11將士：「士」應爲「仕」。將仕本是將仕郎（官名）簡稱，後用來稱呼那些沒有官職的富豪。

※12幹人：官府中的辦事人員，又稱「府幹」。

個聰明俊俏人物。這浮浪子弟門風幫閑之事，無一般不曉，無一般不會，更無一般不愛。即如琴、棋、書、畫，無所不通，踢毬打彈，品竹調絲，吹彈歌舞，自不必說。◎10當日王都尉府中，準備筵宴，水陸俱備。但見：

香焚寶鼎，花插金瓶。仙音院※13競奏新聲，教坊司※14頻逞妙藝。水晶壺內，盡都是紫府瓊漿；琥珀杯中，滿泛著瑤池玉液。玳瑁盤堆仙桃異果，玻璃碗供熊掌駝蹄。鱗鱗膾切銀絲，細細茶烹玉蕊。紅裙舞女，盡隨著象板鸞簫；翠袖歌姬，簇捧定龍笙鳳管。兩行珠翠立階前，一派笙歌臨座上。

且說這端王來王都尉府中赴宴，都尉設席，請端王居中坐定，都尉對席相陪。酒進數杯，食供兩套，那端王起身淨手，偶來書院裏少歇，猛見書案上一對兒羊脂玉碾成的鎮紙獅子，極是做得好，細巧玲瓏。端王拿起獅子，不落手看了一回，道：「好！」王

宋代蹴鞠盛行，上至王公大臣，下至百姓，都以蹴鞠為樂，儼然是那個時代的第一運動。圖為端王與身邊人踢球。（選自《水滸傳版刻圖錄》，江蘇廣陵古籍刻印社）

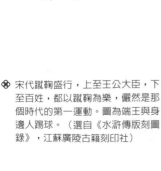

都尉見端王心愛，便說道：「再有一個玉龍筆架，也是這個匠人一手做的，◎11卻不在手頭，明日取來，一併相送。」端王大喜道：「深謝厚意。想那筆架，必是更妙。」王都尉道：「明日取出來，送至宮中便見。」端王又謝了。兩個依舊入席，飲宴至暮，盡醉方散。端王相別回宮去了。次日，小王都太尉取出玉龍筆架和兩個鎮紙玉獅子，著一個小金盒子盛了，用黃羅包袱包了，寫了一封書呈，卻使高俅送去。◎12高俅領了王都尉鈞旨，將著兩般玉玩器，懷中揣了書呈，逕投端王宮中來。把門官吏轉報與院公。沒多時，院公出來問：「你是那個府裏來的人？」高俅施禮罷，答道：「小人是王駙馬府中，特送玉玩器來進大王。」院公道：「殿下在庭心裏和小黃門踢氣毬，你自過去。」高俅道：「相煩引進。」院公引到庭前，高俅看時，見端王頭戴軟紗唐巾，身穿紫繡龍袍，腰繫文武雙穗絛，把繡龍袍前襟拽扎起，揣在絛兒邊。◎13足穿一雙嵌金線飛鳳靴，三、五個小黃門相伴著蹴氣毬。高俅不敢過去衝撞，立在從人背後伺候。也是高俅合當發跡，時運到來，那個氣毬騰地起來，端王接個不著，向人叢裏直滾到高俅身邊。那高俅見氣毬來，也是一時的膽量，使個鴛鴦拐，踢還端王。端王見了大喜，便問道：「你是甚人？」高俅向前跪下道：「小的是王都尉親隨，受東人使令，齎送兩般玉玩器來進獻大王，有書呈在此拜上。」端王聽罷，笑道：「姐夫直如此掛心！」高俅取出書呈進

註

※13仙音院：蒙古設立的國家音樂機構，供養宮廷樂手。宋代沒有此機構。
※14教坊司：唐代管理宮廷音樂的官署，元、明沿用。負責內容包括音樂、舞蹈等各種內容，對舞蹈者、音樂人的人身控制很強，近似於歌舞妓。

評點

◎10.又一樣省文筆法。（金批）
又數一番，語有暈色。（袁夾）
細說端王本事，便見與高俅合拍。（袁眉）
◎11.忽然生出獅子，又忽然陪出筆架。獅子實，筆架虛，極文章之致也。（金批）
原來玉匠卻是高俅的座上。（容眉）
◎12.一路都是申薦，此行卻是突然，令讀者出於意外。（金批）
◎13.橫嵌一句在絛下靴上，寫出踢球身分，奇妙之極。（金批）

上。端王開盒子看了玩器，都遞與堂候官收了去。那端王且不理玉玩器下落，卻先問高俅道：「你原來會踢氣毬！你喚做甚麼？」高俅叉手※15跪覆道：「小的叫做高俅，胡亂踢得幾腳。」端王道：「好！你便下場來踢一回耍。」高俅拜道：「小的是何等樣人，敢與恩王下腳。」端王道：「這是『齊雲社』※16，名爲『天下圓』，但踢何傷。」高俅再拜道：「怎敢！」三回五次告辭，端王定要他踢，高俅只得叩頭謝罪，解膝下場。纔踢幾腳，端王喝采。高俅只得把平生本事都使出來，奉承端王。那身分模樣，◎14這氣毬一似鰾膠黏在身上的。端王大喜，那裏肯放高俅回府去，就留在宮中過了一夜。次日，排個筵會，專請王都尉宮中赴宴。卻說王都尉當日晚不見高俅回來，正疑思間，只見次日門子報道：「九大王差人來傳令旨，請太尉到宮中赴宴。」王都尉出來，見了那幹人，看了令旨，隨即上馬，來到九大王府前，下馬入宮來，見了端王。端王大喜，稱謝兩般玉玩器。入席飲宴間，端王說道：「這高俅踢得兩腳好氣毬，孤欲索此人做親隨如何？」王都尉答道：「殿下既用此人，就留在宮中伏侍殿下。」端王歡喜，執杯相謝。二人又閑話一回，至晚席散，

❀ 趙佶（西元1082～1135年），宋徽宗，神宗十一子，哲宗弟。哲宗病死，太后立他為帝。在位二十五年，國亡被俘受折磨而死，終年五十四歲，葬於永佑陵（今浙江省紹興縣東南三十五里處）。趙佶是卓有成就的書畫家。

王都尉自回駙馬府去，不在話下。

且說端王自從索得高俅做伴之後，就留在宮中宿食。高俅自此遭際端王，每日跟著，寸步不離。未及兩個月，哲宗皇帝晏駕，無有太子，文武百官商議，冊立端王爲天子，立帝號曰徽宗，便是玉清教主微妙道君皇帝※17。登基之後，一向無事。忽一日，與高俅道：「朕欲要擡舉你，但有邊功，方可升遷，先教樞密院與你入名，只是做隨駕遷轉的人。」後來沒半年之間，直擡舉高俅做到殿帥府太尉職事。◎15正是：

不拘貴賤齊雲社，一味模棱天下圓。擡舉高俅毬氣力，全憑手腳會當權。

且說高俅得做了殿帥府太尉，選揀吉日良辰，去殿帥府裏到任，所有一應合屬公吏衙將，都軍禁軍，馬步人等，盡來參拜，各呈手本※18，開報花名。高殿帥一一點過，於內只欠一名八十萬禁軍教頭王進，◎16半月之前，已有病狀在官，患病未痊，不曾入衙門管事。高殿帥大怒，喝道：「胡說！既有手本呈來，卻不是那廝※19抗拒官府，搪塞下官！此人即係推病在家，快與我拿來。」隨即差人到王進家來，捉拿王進。且說這王進卻無妻子，只有一個老母，年已六旬之上。牌頭與教頭王進說道：「如今高殿帥新來上任，點你不著，軍正司稟說染患在家，現有病患狀在官。高殿帥焦躁，那裏肯信，定

註

※15叉手：兩手交叉放在胸前，是恭敬的拱手姿勢。

※16齊雲社：宋時踢球的團體組織。

※17玉清教主微妙道君皇帝：趙佶酷信道教，這是道士們送給他的尊號。也簡稱爲「道君皇帝」或「道君」。

※18手本：明清時見上司、座師或貴官所用的名帖。寫信時則附於信中，對方謙遜常封還。

※19廝：古代做粗雜活的男性奴隸或小役。廝役，小廝。宋代以來的小說中常用。

評點

◎14.「那身分」是一段，「這氣毬」是一段，今下一段便似鰾膠黏住矣。上一段卻忽然從半句虛歇住，蓋不忍言之也。（金批）

◎15.邊功濫敘，私恩驟遷，千古同弊。（袁眉）

◎16.開書第一籌人物，卻似神龍無首，寫得妙絕。（金批）
高俅是忌藥，王進是引藥，卻從此兩人說起。此用逆法，用離法，文字來龍最爲靈妙。（袁眉）

要拿你，只道是教頭詐病在家，教頭只得去走一遭。若還不去，定連累小人了。」王進聽罷，只得捱著病來。進得殿帥府前，參見太尉，拜了四拜，躬身唱個喏※20起來，立在一邊。高俅道：「你那廝便是都軍教頭王升的兒子？」王進稟道：「小人便是。」高俅喝道：「這廝！你爺是街市上使花棒賣藥的，你省的甚麼武藝？前官沒眼，參你做個教頭，如何敢小覷我，不伏俺點視！你托誰的勢要，推病在家，安閑快樂！」◎17王進告道：「小人怎敢，其實患病未痊。」高太尉罵道：「賊配軍，你既害病，如何來得？」王進又告道：「太尉呼喚，安敢不來！」高殿帥大怒，喝令左右：「拿下！加力與我打這廝！」衆多牙將都是和王進好的，只得與軍正司同告道：「今日是太尉上任，好日頭，權免此人這一次。」高太尉喝道：「你這賊配軍！且看衆將之面，饒恕你今日之犯，明日卻和你理會※21。」王進謝罪罷，起來擡頭看了，認得是高俅。出得衙門，嘆口氣道：「俺的性命，今番難保了。俺道是甚麼高殿帥，卻原來正是東京幫閑的『圓社』※22高二。比先時曾學使棒，被我父親一棒打翻，三、四個月將息不起，有此之仇。◎18他今日發跡，得做殿帥府太尉，正待要報仇，我不想正屬他管。自古道：『不怕官，只怕管。』俺如何與他爭得？怎生奈何※23是好？」回到家中，悶悶不已。對娘說知此事，母子二人，抱頭而哭。◎19娘道：「我兒，『三十六著，走爲上著』。只恐沒處走。」王進道：「母親說得是，兒子尋思，也是這般計較。只有延安府老種經略相公※24鎮守邊庭，他手下軍官，多有曾到京師的，愛兒子使槍棒，何不逃去投奔他們？那裏是用人去處，足可安身立命。」◎20正是：

用人之人，人始為用。恃己自用，人為人送。
彼處得賢，此間失重。若驅若引，可惜可痛。

當下娘兒兩個◎21商議定了。其母又道：「我兒，和你要私走，只恐門前兩個牌軍，是殿帥府撥來伏侍你的，他若得知，須走不脫。」王進道：「不妨，母親放心。兒子自有道理措置他。」當下日晚未昏，王進先叫張牌入來，分付道：「你先吃了些晚飯，我使你一處去幹事。」張牌道：「教頭使小人那裏去？」王進道：「我因前日病患，許下酸棗門外嶽廟裏香願，明日早要去燒炷頭香。你可今晚先去分付廟祝，教他來日早些開廟門，等我來燒炷頭香，就要三牲獻劉、李王。你就廟裏歇了等我。」張牌答應，先吃了晚飯，叫了安置※25，望廟中去了。當夜子母二人，◎22收拾了行李、衣服、細軟、銀兩，做一擔兒打挾了。又裝兩個料袋袱駝※26，拴在馬上的。等到五更，天色未明，王進叫起李牌，分付道：「你與我將這些銀兩去嶽廟裏，和張牌買個三牲煮熟，在那裏等

註

※20唱喏：古代男子一面叉手作揖，一面出聲致敬的一種禮節。
※21理會：這裏是交涉、理論的意思。
※22圓社：毬社。這裏用作對毬社中陪客踢毬的專門職業者的稱呼。
※23奈何：原意是如何。這裏是對付、處理的意思。
※24老種經略相公：北宋時，種世衡和他的子孫，先後在西北一帶任邊防重要職務，其中種諤、種師道、種師中戰績最著；諤任軍職時間久；師道老年時威望甚高，人民把他當作抗金的主要旗幟，稱他作「老種」；師中是在抗金戰役中犧牲的。本書中的「老種經略」，當時是指種諤；「小種經略」是指種師道。
※25安置：就寢，安歇。
※26袱駝：駝在馬上的包裹。

評點

◎17.小人開口便是托勢，因自家慣托勢故也。（袁眉）
◎18.不惟注明，兼令高俅本事出醜，又見宋時軍功可笑。（金批）
◎19.寫王進全是孺子之色，不作英雄身分。一「子母二人」。（金批）
◎20.普天下想來，只此一處。讀之，令我想，令我哭。（金批）
◎21.二「子母二人」。（金批）
◎22.三「子母二人」。（金批）

候。我買些紙燭，隨後便來。」李牌將銀子望廟中去了。王進自去備了馬，牽出後槽，將料袋袱駝搭上，把索子拴縛牢了，牽在後門外，扶娘上了馬。家中粗重，都棄了，鎖上前後門，挑了擔兒，跟在馬後。趁五更天色未明，乘勢出了西華門，取路望延安府來。且說兩個牌軍，買了福物※27煮熟，在廟等到巳牌，也不見來。李牌心焦，走回到家中尋時，見鎖了門，兩頭無路。尋了半日，並無有人。看看待晚，嶽廟裏張牌疑忌，一直奔回家來。又和李牌尋了一黃昏。看看黑了，兩個見他當夜不歸，又不見他老娘。次日，兩個牌軍又去他親戚之家訪問，亦無尋處。兩個恐怕連累，只得去殿帥府首告：「王教頭棄家在逃，子母不知去向。」高太尉見告，大怒道：「賊配軍在逃，看那廝待走那裏去！」隨即押下文書，行開諸州各府，捉拿逃軍王進。二人首告，免其罪責，不在話下。

且說王教頭母子二人◎23，自離了東京，在路免不得飢餐渴飲，夜住曉行，在路上一月有餘。忽一日，天

明版畫，王進與母親在逃亡路上。畫面上看起來，簡直像是母子去旅遊。（選自《水滸傳版刻圖錄》，江蘇廣陵古籍刻印社）

色將晚，王進挑著擔兒，跟在娘的馬後，口裏與母親說道：「天可憐見，慚愧了！我子母兩個，◎24脫了這天羅地網之厄，此去延安府不遠了。高太尉便要差人拿我，也拿不著了。」子母兩個歡喜，◎25在路上不覺錯過了宿頭。走了這一晚，不遇著一處村坊，那裏去投宿是好。正沒理會處，只見遠遠地林子裏閃出一道燈光來。王進看了道：「好了，遮莫※28去那裏陪個小心，借宿一宵，明日早行。」當時轉入林子裏來看時，卻是一所大莊院，一周遭都是土墻，墻外卻有二、三百株大柳樹。看那莊院，但見：

前通官道，後靠溪岡。一周遭青縷如煙，四下裏綠陰似染。轉屋角牛羊滿地，打麥場鵝鴨成群。田園廣野，負傭莊客有千人。家眷軒昂，女使兒童難計數。正是家有餘糧雞犬飽，戶多書籍子孫賢。

當時王教頭來到莊前，敲門多時，只見一個莊客出來。王進放下擔兒，與他施禮。莊客道：「來俺莊上有甚事？」王進答道：「實不相瞞：小人母子二人，◎26貪行了些路程，錯過了宿店，來到這裏，前不巴※29村，後不巴店，欲投貴莊，借宿一宵，明日早行。依例拜納房金，萬望周全方便。」莊客道：「既是如此，且等一等，待我去問莊主太公，肯時，但歇不妨。」王進又道：「大哥方便。」莊客入去多時，出來說道：「莊主太公教你兩個入來。」王進請娘下了馬。王進挑著擔兒，就牽了馬，隨莊客到裏面打麥場

註

※27福物：《周禮・天官・膳夫》：「凡祭祀之致福者。」賈公彥疏：「諸臣自祭家廟，祭訖，致胙肉於王，謂之致福。」因謂祭祀所用酒肉爲福物。

※28遮莫：亦作「遮末」。儘管、任憑的意思。

※29巴：靠近。

評點

◎23.四「子母二人」。（金批）
◎24.五「子母二人」。（金批）
◎25.一段爲錯過宿頭作地耳，卻宛然一幅孝子慈母行樂圖也。六「子母二人」。（金批）
◎26.七「母子二人」。（金批）

上，歇下擔兒，把馬拴在柳樹上。子母二人◎27直到草堂上來見太公。那太公年近六旬之上，鬚髮皆白，頭戴遮塵暖帽，身穿直縫寬衫，腰繫皀絲絛，足穿熟皮靴。王進見了便拜，太公連忙道：「客人休拜，且請起來，你們是行路的人，辛苦風霜，且坐一坐。」王進母子二人◎28敘禮罷，都坐定。太公問道：「你們是那裏來？如何昏晚到此？」王進答道：「小人姓張，原是京師人。今來消折了本錢，無可營用，要去延安府投奔親眷。不想今日路上貪行了些程途，錯過了宿店，欲投貴莊，假宿一宵，來日早行。房金依例拜納。」太公道：「不妨，如今世上人那個頂著房屋走哩！你母子二人，◎29敢未打火※30？」叫莊客安排飯來。沒多時，就廳上放開條桌子，莊客托出一桶盤，四樣菜蔬，一盤牛肉，鋪放桌上，先燙酒來篩下。太公道：「村落中無甚相待，休得見怪。」王進起身謝道：「小人子母，◎30無故相擾，此恩難報。」太公道：「休這般說，且請吃酒。」一面勸了五、七杯酒，搬出飯來。二人吃了，收拾碗碟。太公起身，引王進子母到客房中安歇。王進告道：「小人母親騎的頭口※31，相煩寄養，草料望乞應付，一併拜酬。」太公道：「這個不妨。我家也有頭口騾馬，教莊客牽去後槽，一發喂養。」王進謝了，挑那擔兒，到客房裏來。莊客點上燈火，一面提湯來洗了腳。太公自回裏面去了。王進子母二人，◎31謝了莊客，掩上房門，收拾歇息。次日，睡到天曉，不見起來。莊主太公來到客房前過，聽得王進子母在房中聲喚。◎32太公問道：「客官，天曉，好起了。」王進聽得，慌忙出房來見太公，施禮說道：「小人起多時了。夜來多多攪擾，甚是不

評點

◎27.八「子母二人」。（金批）
◎28.九「母子二人」。（金批）
◎29.十「母子二人」。（金批）
◎30.十一「子母二人」。（金批）
◎31.十二「子母二人」。（金批）
◎32.欲便接史進，而嫌其突也，又作遷延以少遲之，眞乃文生情，情生文，極筆墨搖曳之妙也。（金批）

當。」太公問道：「誰人如此聲喚？」王進道：「實不相瞞太公說，老母鞍馬勞倦，昨夜心痛病發。」太公道：「既然如此，客人休要煩惱，教你老母且在老夫莊上住幾日。我有個醫心疼的方，叫莊客去縣裏撮藥來，與你老母親吃。教他放心，慢慢地將息。」王進謝了。

話休絮煩，自此王進子母二人，◎33在太公莊上服藥。住了五、七日，覺得母親病患痊了，王進收拾要行。當日因來後槽看馬，只見空地上一個後生脫膊著，刺著一身青龍※32，銀盤也似一個面皮，約有十八、九歲，拿條棒在那裏使。王進看了半晌，不覺失口道：「這棒也使得好了。◎34只是有破綻，贏不得眞好漢。」那後生聽得大怒，喝道：「你是甚麼人？敢來笑話我的本事！俺經了七、八個有名的師父，我不信倒不如你？你敢和我扠一扠？」說猶未了，太公到來，喝那後生：「不得無禮！」那後生道：「叵耐這廝笑話我的棒法。」太公道：「客人莫不會使槍棒？」王進道：「頗曉得些。敢問長上，這後生是宅上何人？」太公道：「是老漢的兒子。」王進道：「既然是宅內小官人，若愛學時，小人點撥他端正如何？」◎35太公道：「恁地時，十分好。」便教那後生來拜師父。那後生那裏肯拜，心中越怒道：「阿爹，休聽這廝胡說！若吃他贏得我這條棒時，我便拜他爲師。」王進道：「小官人，若是不當村※33時，較量一棒耍子。」

註

※30 打火：指行人在旅途中做飯或者吃飯。
※31 頭口：指騾馬驢牛之類的大牲畜。
※32 刺著一身青龍：在身上刺花紋，叫做錦體，宋時盛行的風俗。花紋都塗上了青色，因之也叫雕青。
※33 村：衝撞，冒犯。又作粗野、愚蠢解釋。

評點

◎33.十三「子母二人」。（金批）
◎34.高眼慈心，有此失口。（金批）
誠於中，行於外。（容夾）
◎35.全是高眼慈心，亦復儒者氣象。（金批）
眞有本領，不妨自任。（袁眉）

那後生就空地當中，把一條棒使得風車兒似轉，向王進道：「你來！你來！怕的不算好漢！」◎36王進只是笑，不肯動手。太公道：「客官既是肯教小頑時，使一棒何妨。」王進笑道：「恐衝撞了令郎時，須不好看。」太公道：「這個不妨。若是打折了手腳，也是他自作自受。」王進道：「恕無禮。」去槍架上拿了一條棒在手裏，來到空地上，使個旗鼓※34。那後生看了一看，拿條棒滾將入來，逕奔王進。王進托地拖了棒便走，那後生掄著棒又趕入來。王進回身，把棒望空地裏劈將下來。那後生見棒劈來，用棒來隔。王進卻不打下來，將棒一掣，卻望後生懷裏直搠將來。只一繳，◎37那後生的棒丟在一邊，撲地望後倒了。王進連忙撇了棒，向前扶住道：「休怪，休怪。」那後生爬將起來，便去旁邊掇條凳子，納王進坐，便拜道：「我枉自經了許多師家，原來不值半分。師父，沒奈何，只得請教。」王進道：「我子母二人◎38，連日在此攪擾宅上，無恩可報，當以效力。」太公大喜，教那後生穿了衣裳，一同來後堂坐下。叫莊客殺一個羊，安排了酒食果品之類，就請王進的母親一同赴席。四個人坐定，一面把盞，太公起身勸了一杯酒，說道：「師父如此高強，必是個教頭，小兒有眼不識泰山。」王進笑道：「奸不廝欺，俏不廝瞞※35，小人不姓張。俺是東京八十萬禁軍教頭王進的便是，這槍棒終日搏弄。爲因新任一個高太尉，原被先父打翻，今做殿帥府太尉，懷挾舊仇，要奈何王進。小人不合屬他所管，和他爭不得，只得子母二人◎39逃上延安府，去投托老種經略相公處勾當。不想來到這裏，得遇長上父子二位如此看待；又蒙救了老母病患，◎40連

評點

◎36.有此強氣，才肯死心服人。（袁眉）
◎37.不是尋常家數，妙絕。只一棒法寫得便如生龍活虎，此豈書生筆墨之所及耶！（金批）
◎38.十四「子母二人」。（金批）
◎39.十五「子母二人」。（金批）
◎40.致此感激，才是孝義根本。（袁眉）
◎41.一部書一百單八人，而爲頭先敘史進，作者蓋自許其書，進於史矣。九紋龍之號，亦作者自贊其書也。（金批）

日管顧，甚是不當。既然令郎肯學時，小人一力奉教。只是令郎學的，都是花棒，只好看，上陣無用，小人從新點撥他。」太公見說了，便道：「我兒，可知輸了？快來再拜師父。」那後生又拜了王進。正是：

好爲師患負虛名，心服應難以力爭。
只有胸中眞本事，能令頑劣拜先生。

太公道：「教頭在上，老漢祖居在這華陰縣界，前面便是少華山。這村便喚做史家村，村中總有三、四百家，都姓史。老漢的兒子，從小不務農業，只愛刺槍使棒，母親說他不得，嘔氣死了，老漢只得隨他性子。不知使了多少錢財，投師父教他。又請高手匠人，與他刺了這身花繡，肩臂、胸膛，總有九條龍，滿縣人口順，都叫他做九紋龍史進。◎41教頭今日既到這裏，一發成全了他亦好。老漢自當重重酬謝。」王進大喜道：「太公放心，既然如此說時，小人一發教了令郎方去。」自當日爲始，

註

※34旗鼓：架式、姿勢的意思。

※35奸不廝欺，俏不廝瞞：眞人面前不說假話的意思。

華陰縣，即是今天陝西華山。史進的家鄉就在照片中這片山脈之中。（美工圖書社：中國圖片大系提供）

吃了酒食，留住王教頭子母二人◎42在莊上。史進每日求王教頭點撥十八般武藝，一一從頭指教。那十八般武藝？

矛錘弓弩銃，鞭簡劍鏈撾。
斧鉞並戈戟，牌棒與槍杈。

話說這史進每日在莊上管待王教頭母子二人◎43，指教武藝。史太公自去華陰縣中承當里正，不在話下。不覺荏苒光陰，早過半年之上，正是：

窗外日光彈指過，席間花影坐前移。
一杯未進笙歌送，階下辰牌又報時。

前後得半年之上，史進把這十八般武藝，從新學得十分精熟。多得王進盡心指教，點撥得件件都有奧妙。王進見他學得精熟了，自思：「在此雖好，只是不了。」一日想起來，相辭要上延安府去。史進那裏肯放，說道：「師父只在此間過了，小弟奉養你母子二人◎44，以終天年，多少是好！」王進道：「賢弟，多蒙你好心，在此十分之好。只恐高太尉追捕到來，負累了你，不當穩便，以此兩難。我一心要去延安府，投著在老種經略處勾當，那裏是鎮守邊庭，用人之際，足可安身立命。」史進並太公苦留不住，只得安排一個筵席送行。托出一盤，兩個緞子※36、一百兩花銀謝師。次日，王進收拾了擔兒，備了馬，子母二人，◎45相辭史太公。王進請娘乘了馬，望延安府路途進發。史進叫莊客挑了擔兒，親送十里之程，心中難捨。史進當時拜別了師父，洒淚分手，◎46和莊客

自回。王教頭依舊自挑了擔兒，跟著馬，子母二人◎47，自取關西路裏去了。

話中不說王進去投軍役，只說史進回到莊上，每日只是打熬※37氣力，亦且壯年，又沒老小※38，半夜三更起來演習武藝，白日裏只在莊後射弓走馬。不到半載之間，史進父親太公，染病患症，數日不起。史進使人遠近請醫士看治，不能痊可。嗚呼哀哉，太公歿了。史進一面備棺槨盛殮，請僧修設好事，追齋理七※39，薦拔太公；又請道士建立齋醮，超度生天。整做了十數壇好事功果道場，選了吉日良時，出喪安葬。滿村中三、四百史家莊戶，都來送喪掛孝，埋殯在村西山上祖墳內了。史進家自此無人管業。史進又不肯務農，只要尋人使家生※40，較量槍棒。自史太公死後，又早過了三、四個月日。時當六月中旬，炎天正熱。那一日，史進無可消遣，捉個交床※41，坐在打麥場邊柳陰樹下乘涼。對面松林透過風來，史進喝采道：「好涼風！」正乘涼哩，只見一個人探頭探腦，在那裏張望。◎48史進喝道：「作怪！誰在那裏張俺莊上？」史進跳起身來，轉過樹背後，打一看時，認得是獵戶摽兔李吉。史進喝道：「李吉，張我莊內做甚麼？莫不來相腳頭※42？」李吉向前聲喏道：「大郎，小人要尋莊上矮丘乙郎吃碗酒，因見大郎

註

※36 兩個緞子：就是兩匹緞子。
※37 打熬：折磨、磨煉的意思。
※38 老小：老小和小孩兒，泛指家屬或從老人到小孩所有的人。
※39 理七：一種齋祭亡魂的迷信儀式。舊俗人死後，生者每七天為之齋供一次，並請和尚誦經，四十九天中共行七次，稱為理七。最後一次叫「斷七」。
※40 家生：方言，泛指用具、器物。這裏指的是武器。
※41 交床：胡床的別稱，一種有靠背、能折疊的坐具。
※42 相腳頭：宋時江湖上隱語。謂行竊前先行窺探。

評點

◎42.十六「子母二人」。（金批）
◎43.十七「子母二人」。（金批）
◎44.十八「子母二人」。（金批）
◎45.十九「子母二人」。（金批）
◎46.天下無無情的好漢，丈夫自有淚，亦洒離別間。（袁眉）
◎47.二十「子母二人」。（金批）
◎48.來得異，若直起少華山，作書亦有何難。（金批）
從碎小閑淡處生出節目來，情景逼現。（袁眉）

在此乘涼，不敢過來衝撞。」史進道：「我且問你：往常時，你只是擔些野味來我莊上賣，我又不曾虧了你，如何一向不將來賣與我？敢是欺負我沒錢？」李吉答道：「小人怎敢！一向沒有野味，以此不敢來。」史進說：「胡說！偌大一個少華山，恁地廣闊，不信沒有個獐兒、兔兒！」李吉道：「大郎原來不知：如今近日上面添了一夥強人，扎下個山寨，在上面聚集著五、七百個小嘍囉，有百十匹好馬。爲頭那個大王，喚作神機軍師朱武，第二個喚做跳澗虎陳達，第三個喚做白花蛇楊春。這三個爲頭，打家劫舍，華陰縣裏禁他不得，出三千貫賞錢召人拿他，誰敢上去惹他？因此上，小人們不敢上山打捕野味，那討來賣？」史進道：「我也聽得說有強人，不想那廝們如此大弄，必然要惱人。李吉，你今後有野味時，尋些來。」李吉唱個喏，自去了。

史進歸到廳前，尋思：「這廝們大弄，必要來薅惱※43村坊。既然如此……」便叫莊客揀兩頭肥水牛來殺了，莊內自有造下的好酒，先燒了一陌順溜紙※44，便叫莊客去請這當村裏三、四百史家莊戶，都到家中草堂上，序齒坐下，教莊客一面把盞勸酒。◎49史進對衆人說道：「我聽得少華山上有三個強人，聚集著五、七百小嘍囉，打家劫舍，這廝

註

※43薅惱：攪擾。亦作「蒿惱」。

※44一陌順溜紙：一刀紙錢。迷信的傳說：舉行任何儀式，都要燒紙錢給鬼神，才能求得順溜（吉利）。後文常有「燒紙」一語，指的就是燒紙錢。一陌本是一百張，通常指一刀或者一朵。

評點

◎49.一路寫史進英雄，寫史進爽快，寫史進闊綽，寫史進殷實，筆筆精神之極。（金批）

史進宴請衆鄉鄰，組織互救隊伍，對付少華山的強盜。（朱寶榮繪）

們既然大弄，必然早晚要來俺村中囉唣※45。我今特請你衆人來商議，倘若那廝們來時，各家準備。我莊上打起梆子，你衆人可各執槍棒，前來救應。你各家有事，亦是如此。遞相救護，共保村坊。如若強人自來，都是我來理會。」◎50衆人道：「我等村農，只靠大郎做主，梆子響時，誰敢不來？」當晚，衆人謝酒，各自分散，回家準備器械。自此，史進修整門戶墻垣，安排莊院，設立幾處梆子，拴束衣甲，整頓刀馬，提防賊寇，不在話下。

且說少華山寨中三個頭領，坐定商議。爲頭的神機軍師朱武，那人原是定遠人氏，能使兩口雙刀，雖無十分本事，卻精通陣法，廣有謀略，有八句詩單道朱武好處：

道服裁棕葉，雲冠剪鹿皮。
臉紅雙眼俊，面白細髯垂。
陣法方諸葛，陰謀勝范蠡。
華山誰第一，朱武號神機。

第二個好漢姓陳名達，原是鄴城人氏，使一條出白點鋼槍，亦有詩贊道：

力健聲雄性粗鹵，丈二長槍撒如雨。
鄴中豪傑霸華陰，陳達人稱跳澗虎。

第三個好漢姓楊名春，蒲州解良縣人氏，使一口大桿刀。亦有詩贊道：

腰長臂瘦力堪誇，到處刀鋒亂撒花。

鼎立華山眞好漢，江湖名播白花蛇。

朱武當與陳達、楊春說道：「如今我聽知華陰縣裏出三千貫賞錢，召人捉我們。誠恐來時，要與他廝殺。只是山寨錢糧欠少，如何不去劫擄些來，以供山寨之用？聚積些糧食在寨裏，防備官軍來時，好和他打熬。」◎51跳澗虎陳達道：「說得是。如今便去華陰縣裏，先問他借糧，看他如何。」白花蛇楊春道：「不要華陰縣去，只去蒲城縣，萬無一失。」陳達道：「蒲城縣人戶稀少，錢糧不多，不如只打華陰縣，那裏人民豐富，錢糧廣有。」楊春道：「哥哥不知，若去打華陰縣時，須從史家村過。那個九紋龍史進是個大蟲，不可去撩撥他。他如何肯放我們過去！」陳達道：「兄弟好懦弱！一個村坊過去不得，怎地敢抵敵官軍？」楊春道：「哥哥不可小覷了他，那人端的了得。」朱武道：「我也曾聞他十分英雄，說這人眞有本事，兄弟休去罷。」陳達叫將起來，說道：「你兩個閉了鳥嘴！長別人志氣，滅自己威風。他只是一個人，須不三頭六臂，我不信。」喝叫小嘍囉：「快備我的馬來。如今便去先打史家莊，後取華陰縣。」◎52朱武、楊春再三諫勸，陳達那裏肯聽，隨即披掛上馬，點了一百四、五十小嘍囉，鳴鑼擂鼓下山，望史家村去了。

且說史進正在莊前整製刀馬，只見莊客報知此事。史進聽得，就莊上敲起梆子來。那莊前莊後，莊東莊西，三、四百史家莊戶，聽得梆子響，都拖槍拽棒，聚起三、四百

註

※45囉唣：吵鬧，糾纏，騷擾。

評點

◎50.讀之，令人壯氣，眞好史進也。（金批）
料得到，備得密，制大敵者不過如是。（袁眉）
◎51.看他曲曲折折而來。（金批）
可見糧餉要緊。（袁眉）
◎52.上文劫華陰縣是賓，打史家莊是主。賓者，所以引乎主也。此既得主，仍不棄賓，文章周致之甚。（金批）
第六番方遞入正傳，行文步驟千古未有。（金眉）

人，一齊都到史家莊上。看了史進頭戴一字巾，身披朱紅甲，上穿青錦襖，下著抹綠靴，腰繫皮搭膊[46]，前後鐵掩心，一張弓，一壺箭，手裏拿一把三尖兩刃四竅八環刀。莊客牽過那匹火炭赤馬，史進上了馬，綽[47]了刀，前面擺著三、四十壯健的莊客，後面列著八、九十村蠢的鄉夫，各史家莊戶，都跟在後頭，一齊吶喊，直到村北路口。那少華山陳達引了人馬，飛奔到山坡下，便將小嘍囉擺開。史進看時，見陳達頭戴乾紅凹面巾，身披裹金生鐵甲，上穿一領紅衲襖，腳穿一對吊墩靴，腰繫七尺攢線搭膊，坐騎一匹高頭白馬，手中橫著丈八點鋼矛。小嘍囉兩勢下吶喊，二員將就馬上相見。陳達在馬上看著史進，欠身施禮。史進喝道：「汝等殺人放火，打家劫舍，犯著迷天大罪，都是該死的人。你也須有耳朵，好大膽，直來太歲頭上動土[48]！」陳達在馬上答道：「俺山寨裏欠少些糧食，欲往華陰縣借糧，經由貴莊，假一條路，並不敢動一根草。可放我們過去，回來自當拜謝。」史進道：「胡說！俺家現當里正，正要來拿你這夥賊，今日倒來經由我村中過，卻不拿你，倒放你過去！本縣知道，須連累於我。」陳達道：「『四海之內，皆兄弟也』，相煩借一條路。」史進道：「甚麼閑話！我便肯時，有一個不肯，你問得他肯，便去。」陳達道：「好漢，教我問誰？」史進道：「你問得我手裏這口刀肯，便放你去。」陳達大怒道：「趕人不要趕上[49]，休得要逞精

神機軍師朱武。定遠人氏，能使兩口雙刀，雖無十分本事，卻精通陣法，廣有謀略。（葉雄繪）

神！」史進也怒，掄手中刀，驟坐下馬，來戰陳達。陳達也拍馬挺槍來迎史進。兩個交馬，但見：

一來一往，一上一下。一來一往，有如深水戲珠龍；一上一下，卻似半岩爭食虎。九紋龍忿怒，三尖刀只望頂門飛；跳澗虎生嗔，丈八矛不離心坎刺。好手中間逞好手，紅心裏面奪紅心。

史進、陳達兩個鬥了多時，史進賣個破綻，讓陳達把槍望心窩裏搠來，史進卻把腰一閃，陳達和槍攧入懷裏來，史進輕舒猿臂，款扭狼腰，只一挾，把陳達輕輕摘離了嵌花鞍，款款揪住了線膳膊，只一丟，丟落地。那匹戰馬撥風也似去了。史進叫莊客將陳達綁縛了，眾人把小嘍囉一趕都走了。史進回到莊上，將陳達綁在庭心內柱上，等待一發拿了那兩個賊首，一併解官請賞。且把酒來

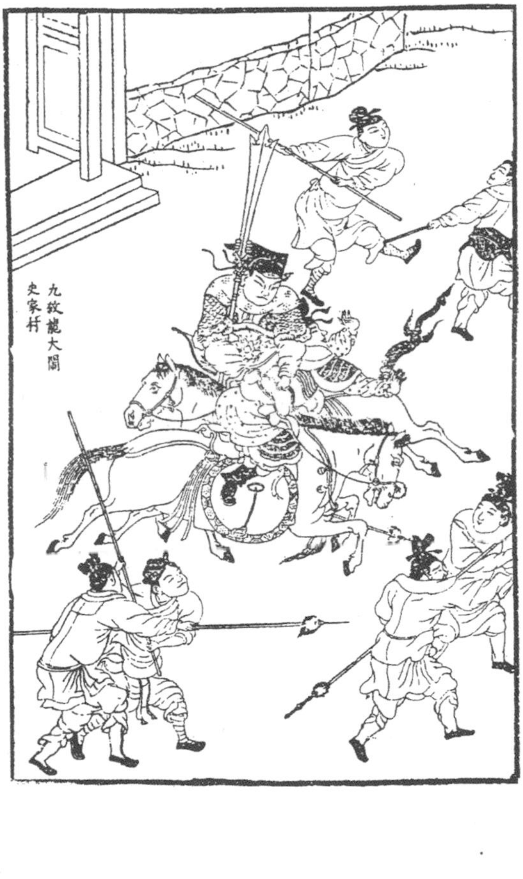

史進手裏拿一把三尖兩刃四竅八環刀，在馬上活捉了陳達。（選自《水滸傳版刻圖錄》，江蘇廣陵古籍刻印社）

註

※46 膳膊：一種束衣的腰巾。多由布或其他織物製成，呈袋狀，中間的開口束在腰間，可裝錢物。

※47 綽：抄、抓、提。

※48 太歲頭上動土：自找倒楣的意思。古人迷信，稱木星做「太歲」，認爲是凶煞；如若朝著木星出現的方向動土建築，就要發生災禍。

※49 趕人不要趕上：意思是不要逼人太甚。

賞了眾人，教且權散。眾人喝采：「不枉了史大郎如此豪傑！」

休說眾人歡喜飲酒，卻說朱武、楊春兩個，正在寨裏猜疑，捉摸不定，且教小嘍囉再去探聽消息，只見回去的人牽著空馬，奔到山前，只叫道：「苦也！陳家哥哥不聽二位哥哥所說，送了性命。」朱武問其原故，小嘍囉備說交鋒一節，怎當史進英勇。朱武道：「我的言語不聽，果有此禍。」楊春道：「我們盡數都去，與他死拼如何？」◎53朱武道：「亦是不可。他尚自輸了，你如何拼得他過？我有一條苦計，若救他不得，我和你都休。」楊春問道：「如何苦計？」朱武附耳低言說道：「只除……恁地。」楊春道：「好計！我和你便去，事不宜遲。」再說史進正在莊上忿怒未消，只見莊客飛報道：「山寨裏朱武、楊春自來了。」史進道：「這廝合休，我教他兩個一發解官。快牽馬過來。」一面打起梆子，眾人早都到來。史進上了馬，正待出莊門，只見朱武、楊春步行，已到莊前，兩個雙雙跪下，擎著四眼淚。◎54史進下馬來喝道：「你兩個跪下如何說？」朱武哭道：「小人等三個，累被官司逼迫，不得已上山落草※50，當初發願道：『不求同日生，只願同日死。』雖不及關、張、劉備的義氣，其心則同。今日小弟陳達不聽好言，誤犯虎威，已被英雄擒捉在貴莊，無計懇求，今來一逕就死。望英雄將我三人，一發解官請賞，誓不皺眉。我等就英雄手內請死，並無怨心。」◎55史進聽了，尋思道：「他們直恁義氣！我若拿他去解官請賞時，反教天下好漢們恥笑我不英雄。自古道：『大蟲不吃伏肉。』」史進便道：「你兩個且跟我進來。」朱武、楊春心無懼怯，隨了史進，直到後廳前跪下，又教史進綁縛。史進三回五次叫起來，他兩個那裏肯起來。惺惺惜惺惺，好漢識好漢。史進道：「你們既然如此義氣深重，我若送了你們，不是好漢，我放陳達還你，如何？」朱武道：「休得連累了英雄，不當穩便，寧可把我們去解官請賞。」史進道：「如何使得！你肯吃我酒食麼？」朱武道：「一死尚然不懼，何況酒肉乎？」有詩爲證：

姓名各異死生同，慷慨偏多計較空。
只爲衣冠無義俠，遂令草澤見奇雄。

當時史進大喜，解放陳達，置酒設席，管待三人。朱武、楊春、陳達拜謝大恩。酒至數杯，少添春色。酒罷，三人謝了史進，回山去了。史進送出莊門，自回莊上。

卻說朱武等三人歸到寨中坐下，朱武道：「我們不是這條苦計，怎得性命在此？雖然救了一人，卻也難得史進爲義氣上放了我們。過幾日備些禮物送去，謝他救命之恩。」話休絮煩。過了十數日，朱武等三人收拾得三十兩蒜條金，使兩個小嘍囉，趁月黑夜送去史家莊上。當夜初更時分，小嘍囉敲門，莊客報知史進，史進火急披衣，來到門前，問小嘍囉：「有甚話說？」小嘍囉道：「三個頭領再三拜覆：特地使小校送些薄禮，酬謝大郎不殺之恩。不要推卻，望乞笑留。」取出金子，遞與史進。初時推卻，次後尋思道：「既然好意送來，受之爲當。」叫莊客置酒，管待小校吃了半夜酒，把些

註

※50 落草：入山林與官府爲敵。

評點

◎53.寫陳達便有陳達，寫楊春又有楊春。（金批）
◎54.朱武亦是眞義氣，不止苦計。（袁眉）
◎55.激烈動情，聞之未有不心軟者。（袁眉）

零碎銀兩賞了小校，回山去了。又過半月有餘，朱武等三人在寨中商議，擄掠得一串好大珠子，又使小嘍囉連夜送來史家莊上，史進受了，不在話下。又過了半月，史進尋思道：「也難得這三個敬重我，我也備些禮物回奉他。」次日，叫莊客尋個裁縫，自去縣裏買了三匹紅錦，裁成三領錦襖子；又揀肥羊，煮了三個，將大盒子盛了，委兩個莊客去送。史進莊上，有個爲頭的莊客王四，此人頗能答應官府，口舌利便，滿莊人都叫他做賽伯當。史進教他同一個得力莊客，挑了盒擔，直送到山下。小嘍囉問了備細，引到山寨裏，見了朱武等三個頭領，大喜，受了錦襖子，並肥羊酒禮，把十兩銀子，賞了莊客。每人吃了十數碗酒，下山回歸莊內，見了史進，說道：「山上頭領，多多上覆。」史進自此常常與朱武等三人往來，不時間，只是王四去山寨裏送物事，不則一日。寨裏頭領也頻頻地使人送金銀來與史進。

荏苒光陰，時遇八月中秋到來。史進要和三人說話，約至十五夜，來莊上賞月飲酒。先使莊客王四，齎一封請書，直去少華山上，請朱武、陳達、楊春來莊上赴席。王四馳書逕到山寨裏，見了三位頭領，下了來書。朱武看了大喜，三個應允，隨即寫封回書，賞了王四五兩銀子，吃了十來碗酒。王四下得山來，正撞著時常送物事來的小嘍囉，一把抱住，那裏肯放。又拖去山路邊村酒店裏，吃了十數碗酒。◎56王四相別了回莊，一面走著，被山風一吹，酒卻湧上來，踉踉蹌蹌，一步一攧。走不得十里之路，見座林子，奔到裏面，望著那綠茸茸莎草地上，撲地倒了。原來摽兔李吉正在那山坡下

張兔兒，認得是史家莊上王四，趕入林子裏來扶他，那裏扶得動。只見王四搭膊裏突出銀子來，李吉尋思道：「這廝醉了，那裏討得許多！何不拿他些？」也是天罡星合當聚會，自然生出機會來。李吉解那搭膊，望地下只一抖，那封回書和銀子都抖出來。李吉拿起，頗識幾字，將書拆開看時，見上面寫著少華山朱武、陳達、楊春，中間多有兼文帶武的言語，卻不識得，只認得三個名字。李吉道：「我做獵戶，幾時能夠發跡，算命道我今年有大財，卻在這裏。華陰縣裏現出三千貫賞錢，捕捉他三個賊人。叵耐史進那廝，前日我去他莊上尋矮丘乙郎，他道我來相腳頭躧盤※51，你原來倒和賊人來往！」銀子並書都拿去了，望華陰縣裏來出首。卻說莊客王四，一覺直睡到二更，方醒覺來，看見月光微微照在身上，吃了一驚，跳將起來，卻見四邊都是松樹。◎57便去腰裏摸時，搭膊和書都不見了。四下裏尋時，只見空搭膊在莎草地上，王四只管叫苦，尋思道：「銀子不打緊，這封回書，卻怎生好？正不知被甚人拿去了？」眉頭一縱，計上心來，自道：「若回去莊上說脫了回書，大郎必然焦躁，定是趕我出去，不如只說不曾有回書，那裏查照。」計較定了，飛也似取路歸來莊上，卻好五更天氣。史進見王四回來，問道：「你緣何方纔歸來？」王四道：「托主人福蔭，寨中三個頭領都不肯放，留住王四吃了半夜酒，因此回來遲了。」史進又問：「曾有回書麼？」王四道：「三個頭領要寫回書，卻是小人道：『三位頭領既然準來赴席，何必回書？小人又有杯酒，路上恐有些

註

※51躧盤：竊賊事先探行路線。是宋時江湖上的隱語。

評點

◎56.寫王四酒醉，不作一番便倒，又轉出時常送物事小嘍囉來。筆墨回環兜鎖，妙不可言。（金批）
近情盡興，絕好事境，絕好文情。（芥眉）

◎57.嘗讀坡公〈赤壁賦〉「人影在地，仰見明月」二語，嘆其妙絕。蓋先見影，後見月，便宛然晚步光景也。此忽然脫化此法，寫作王四醒來，先見月光，後見松樹，便宛然二更酒醒光景。眞乃善於用古矣。（金批）

失支脫節，不是耍處。』」史進聽了大喜，說道：「不枉了諸人叫做賽伯當※52，眞個了得。」王四應道：「小人怎敢差遲，路上不曾住腳，一直奔回莊上。」◎58史進道：「既然如此，教人去縣裏買些果品、案酒※53伺候。」不覺中秋節至，是日晴明得好。史進當日分付家中莊客，宰了一羫大羊，殺了百十個雞、鵝，準備下酒食筵宴。看看天色晚來，怎見得好個中秋，但見：

午夜初長，黃昏已半，一輪月掛如銀。冰盤如晝，賞翫正宜人。清影十分圓滿，桂花玉兔交馨。簾櫳高捲，金杯頻勸酒，歡笑賀升平。年年當此節，酩酊醉醺醺。莫辭終夕飲，銀漢露華新。

且說少華山上朱武、陳達、楊春三個頭領，分付小嘍囉看守寨柵，只帶三、五個做伴，將了朴刀，各跨口腰刀，不騎鞍馬，步行下山，逕來到史家莊上。史進接著，各敘禮罷，請入後園，莊內已

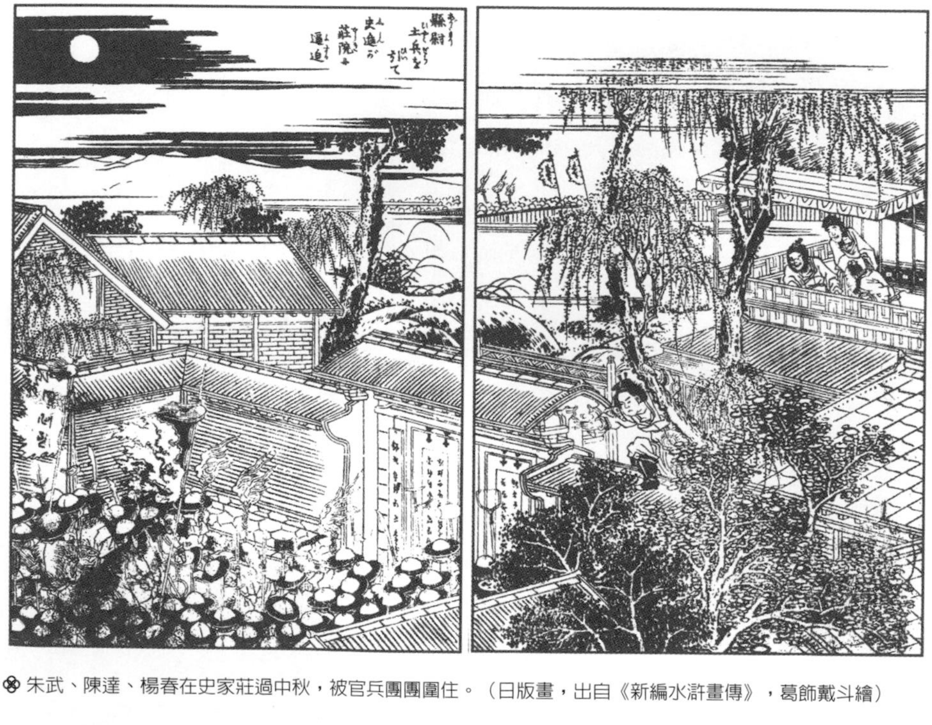

❀ 朱武、陳達、楊春在史家莊過中秋，被官兵團團圍住。（日版畫，出自《新編水滸畫傳》，葛飾戴斗繪）

安排下筵宴。史進請三位頭領上坐，史進對席相陪，便叫莊客把前後莊門拴了。一面飲酒，莊內莊客，輪流把盞，一邊割羊勸酒。酒至數杯，卻早東邊推起那輪明月，但見：

桂花離海嶠，雲葉散天衢。彩霞照萬里如銀，素魄映千山似水。影橫曠野，驚獨宿之烏鴉；光射平湖，照雙栖之鴻雁。冰輪展出三千里，玉兔平吞四百州。

史進正和三個頭領在後園飲酒，賞翫中秋，敘說舊話新言，只聽得墻外一聲喊起，火把亂明，史進大驚，跳起身來分付：「三位賢友且坐，待我去看。」喝叫莊客：「不要開門！」掇條梯子，上墻打一看時，只見是華陰縣縣尉在馬上，引著兩個都頭，帶著三、四百士兵，圍住莊院。史進和三個頭領只管叫苦，外面火把光中，照見鋼叉、朴刀、五股叉、留客住※54，擺得似麻林一般。兩個都頭口裏叫道：「不要走了強賊！」不是這夥人來捉史進並三個頭領，有分教：史進先殺了一、兩個人，結識了十數個好漢，直使天罡、地煞一齊相會。直教：蘆花深處屯兵士，荷葉陰中治戰船。畢竟史進與三個頭領怎地脫身？且聽下回分解。◎59

註

※52 賽伯當：這裏的「伯當」當是隋末那個在少華山當過綠林好漢的王伯當。賽伯當，指其非常聰明，頭腦活泛。

※53 案酒：佐酒，下酒。亦可寫作「按酒」。

※54 留客住：古兵器名，一種頭端有倒鈎的長槍。

評點

◎58. 有口腔，賣破綻，妙。（袁夾）

◎59. 李禿翁曰：史進是個漢子，只是朱武這樣軍師忒難些。（容評）

王教頭全身遇害，恰似天使他成就一個好徒弟。九紋龍設備防寇，恰似天使他結識三個好漢子。（袁評）

第三回 史大郎夜走華陰縣　魯提轄※1拳打鎮關西◎1

話說當時史進道：「卻怎生是好？」朱武等三個頭領跪下答道：「哥哥，你是乾淨的人，休爲我等連累了。大郎可把索來綁縛我三個，出去請賞，免得負累了你不好看。」史進道：「如何使得！恁地時，是我賺你們來，捉你請賞，枉惹天下人笑。我若是死時，與你們同死，活時同活。◎2你等起來，放心，別作圓便※2。且等我問個來歷原故情由。」史進上梯子問道：「你兩個都頭，何故半夜三更來劫我莊上？」那兩個都頭答道：「大郎，你兀自賴哩！現有原告人李吉在這裏。」史進喝道：「李吉，你如何誣告平人※3？」李吉應道：「我本不知，林子裏拾得王四的回書，一時間把在縣前看，因此事發。」史進叫王四問道：「你說無回書，如何卻又有書？」王四道：「便是小人一時醉了，忘記了回書。」史進大喝道：「畜生，卻怎生好！」外面都頭人等，懼怕史進了得，不敢奔入莊裏來捉人。三個頭領把手指道：「且答應外面。」史進會意，在梯子上叫道：「你兩個都頭都不要鬧動，權退一步，我自綁縛出來，解官請賞。」那兩個都頭卻怕史進，只得應道：「我們都是沒事的，等你綁出來，同去請賞。」史進下梯子，來到廳前，先叫王四，帶進後園，把來一刀殺了。喝教許多莊客，把莊裏有的沒的※4細軟等物，即便收拾，盡教打疊※5起了，一壁點起三、四十個火把。莊裏史進和

三個頭領，全身披掛，槍架上各人跨了腰刀，拿了朴刀，拽扎起，把莊後草屋點著。莊客各自打拴了包裹。外面見裏面火起，都奔來後面看。且說史進就中堂又放起火來，大開了莊門，吶聲喊，殺將出來。史進當頭，朱武、楊春在中，陳達在後，和小嘍囉並莊客，一衝一撞，指東殺西。史進卻是個大蟲，那裏攔當得住。後面火光亂起，殺開條路，衝將出來，正迎著兩個都頭並李吉。史進見了大怒，「仇人相見，分外眼明」，兩個都頭見頭勢※6不好，轉身便走。李吉也卻待回身，史進早到，手起一朴刀，把李吉斬做兩段。兩個都頭正待走時，陳達、楊春趕上，一家一朴刀，結果了兩個性命。縣尉驚得跑馬走回去了，衆土兵那裏敢向前，各自逃命散了，不知去向。◎3史進引著一行人，且殺且走，衆官兵不敢趕來，各自散了。史進和朱武、陳達、楊春，並莊客人等，都到少華山上寨內坐下，喘息方定。朱武等到寨中，忙叫小嘍囉，一面殺牛宰馬，賀喜飲宴，不在話下。

一連過了幾日，史進尋思：「一時間要救三人，放火燒了莊院，

註

※1提轄：官名。宋代州郡多設置提轄，或由守臣兼任，專管統轄軍隊、訓練校閱、督捕盜賊。
※2圓便：指變通、周到的主意和辦法。
※3平人：無罪之人，良民。
※4有的沒的：全部，所有的。
※5打疊：整理，準備；打疊行裝。
※6頭勢：情勢，形勢。

評點

◎1.此回方寫過史進英雄，接手便寫魯達英雄；方寫過史進粗糙，接手便寫魯達粗糙；方寫過史進爽利，接手便寫魯達爽利；方寫過史進剀直，接手便寫魯達剀直。作者蓋特地走此險路，以顯自家筆力，讀者亦當處處看他所以定是兩個人，定不是一個人處，毋負良史苦心也。一百八人，爲頭先是史進一個出名領眾，作者卻於少華山上特地爲之表白一遍云：「我要討個出身，求半世快活，如何肯把父母遺體便點污了。」嗟乎！此豈獨史進一人之初心，實惟一百八人之初心也。蓋自一副才調無處擺劃，一塊氣力無處出脫，而桀驁之性既不肯以伏死田塍，而又有其狡猾之尤者起而乘勢呼聚之，而於是討個出身既不可望，點污清白遂所不惜，而一百八人乃盡入於水泊矣。嗟乎！才調皆朝廷之才調也，氣力皆疆場之氣力也，必不得已而盡入於水泊，是誰之過也？史進本題，只是要到老種經略相公處尋師父王進耳，忽然一轉，卻就老種經略相公外，另變出一個小種經略相公來，就師父王進外，另變出一個師父李忠來。讀之眞如絳雲在霄，伸卷萬象，非復一目之所得定也。寫魯達爲人處，一片熱血直噴出來，令人讀之，深愧虛生世上，不曾爲人出力。孔子云：「詩可以興。」吾於稗官亦云矣。打鄭屠忙極矣，卻處處夾敘小二報信，然第一段只是小二一個，第二段小二外又陪出買肉主顧，第三段又添出過路的人，不直文情如綺，並事情亦如鏡，我欲刳視其心矣。（金批）
◎2.口齒明快，表盡大郎生平。（金批）
◎3.史進殺李吉，陳達、楊春殺兩都頭，縣尉走脫，自應如此排當。（袁眉）

雖是有些細軟家財，粗重什物盡皆沒了。」心內躊躇，在此不了，開言對朱武等說道：「我的師父王教頭，◎4在關西經略府勾當。我先要去尋他，只因父親死了，不曾去得。今來家私莊院廢盡，我如今要去尋他。」朱武三人道：「哥哥休去，只在我寨中且過幾時，又作商議。若哥哥不願落草時，待平靜了，小弟們與哥哥重整莊院，再作良民。」史進道：「雖是你們的好情分，只是我心去意難留。我若尋得師父，也要那裏討個出身，求半世快樂。」朱武道：「哥哥便只在此間做個寨主，卻不快活？只恐寨小，不堪歇馬。」史進道：「我是個清白好漢，如何肯把父母遺體來點污了？你勸我落草，再也休題。」史進住了幾日，定要去，朱武等苦留不住。史進帶去的莊客，都留在山寨。只自收拾了些少碎銀兩，打拴一個包裹，餘者多的，盡數寄留在山寨。史進頭戴白范陽毡大帽※7，上撒一撮紅纓，帽兒下裹一頂混青抓角軟頭巾，項上明黃縷帶，身穿一領白紵絲兩上領戰袍，腰繫一條揸五指梅紅攢線搭膊，青白間道行

⊗ 尋找師父的史進，邂逅魯達，又碰到了啓蒙教師李忠。其時李忠正在賣藝。版畫細節精細，仍然記得史進戴的白范陽毡大帽。（日版畫，出自《新編水滸畫傳》，葛飾戴斗繪）

纏絞腳，襯著踏山透土多耳麻鞋，跨一口銅鈸磬口雁翎刀，背上包裹，提了朴刀，辭別朱武等三人。眾多小嘍囉都送下山來，朱武等洒淚而別，自回山寨去了。

只說史進提了朴刀，離了少華山，取路投關西五路，望延安府路上來。但見：

崎嶇山嶺，寂寞孤村。披雲霧夜宿荒林，帶曉月朝登險道。落日趲行聞犬吠，嚴霜早促聽雞鳴。

史進在路，免不得飢食渴飲，夜住曉行，獨自一個行了半月之上，來到渭州。這裏也有一個經略府。「莫非師父王教頭在這裏？」◎5史進便入城來看時，依然有六街三市。只見一個小茶坊，正在路口。史進便入茶坊裏來，揀一副座位坐了。茶博士問道：「客官，吃甚茶？」史進道：「吃個泡茶。」茶博士點個泡茶，放在史進面前。史進問道：「這裏經略府在何處？」茶博士道：「只在前面便是。」史進道：「借問經略府內有個東京來的教頭王進麼？」茶博士道：「這府裏教頭極多，有三、四個姓王的，不知那個是王進？」道猶未了，只見一個大漢，大踏步竟入走進茶坊裏來。史進看他時，是個軍官模樣，怎生結束，但見：

頭裹芝麻羅萬字頂頭巾，腦後兩個太原府紐絲金環，上穿一領鸚哥綠紵絲戰袍，腰繫一條文武雙股鴉青絛，足穿一雙鷹爪皮四縫乾黃靴。◎6生得面圓耳大，鼻直口方，腮邊一部貉鑠鬍鬚。身長八尺，腰闊十圍。

註

※7白范陽毡大帽：是范陽產的物件，故名。帽子當時有大帽小帽之分，主要是檐口大小之別。

評點

◎4.開言便是師父王教頭，表盡史進不忘其本，真可作一部大書領袖也。（金批）
只記得師父，妙。（袁眉）

◎5.出筆有牛鬼蛇神之法，令人猜測不出。（金批）
直接此數句，眼裏心裏口裏，一時俱現，更無一毫幫襯牽纏，真史遷之筆。（袁眉）

◎6.凡接寫兩人全身打扮處，皆就衣服制度、顏色上互相照耀，以成奇景。（金眉）

那人入到茶坊裏面坐下。茶博士便道：「客官要尋王教頭，只問這個提轄，便都認得。」史進忙起身施禮道：「官人，請坐拜茶。」那人見了史進長大魁偉，像條好漢，便來與他施禮。兩個坐下。史進道：「小人大膽，敢問官人高姓大名？」那人道：「洒家※8是經略府提轄，姓魯諱個達字。敢問阿哥，你姓甚麼？」史進道：「小人是華州華陰縣人氏，姓史名進。請問官人，小人有個師父，是東京八十萬禁軍教頭，姓王名進，不知在此經略府中有也無？」◎7魯提轄道：「阿哥，你莫不是史家村甚麼九紋龍史大郎？」史進拜道：「小人便是。」魯提轄連忙還禮，說道：「聞名不如見面，見面勝似聞名。你要尋王教頭，莫不是在東京惡了高太尉的王進？」史進道：「正是那人。」魯達道：「俺也聞他名字，那個阿哥不在這裏。洒家聽得說，他在延安府老種經略相公處勾當。俺這渭州，卻是小種經略相公鎮守，那人不在這裏。你既是史大郎時，多聞你的好名字，你且和我上街去吃杯酒。」魯提轄挽了史進的手，◎8便出茶坊來。魯達回頭道：「茶錢洒家自還你。」茶博士應道：「提轄但吃不妨，只顧去。」兩個挽了胳膊，出得茶坊來，上街行得三、五十步，只見一簇眾人圍住白地※9上。史進道：「兄長，我們看一看。」分開人眾看時，中間裏一個人，仗著十來條棍棒，地上攤著十數個膏藥，一盤子盛著，插把紙標兒在上面，卻原來是江湖上使槍棒賣藥的。史進看了，卻認得他，原來是教史進開手的師父，◎9叫做打虎將李忠。史進就人叢中叫道：「師父，多時不見。」李忠道：「賢弟，如何到這裏？」魯提轄道：「既是史大郎的師父，來和俺去

評點

◎7.魯達緊緊只問史進，史進緊緊只問王進，寫得一個心頭，一個眼裏，各自有事，極其精神。（金批）

◎8.名字相知，親熱乃爾。（袁眉）

◎9.尋不著一個師父，卻尋著一個師父，此師父前並不見，彼師父後並不見，眞正奇絕妙絕之文。（金批）
又影出一個師父來，瓜瓞相生，甚有情致。（袁眉）

吃三杯。」李忠道：「待小子賣了膏藥，討了回錢，一同和提轄去。」魯達道：「誰耐煩等你？去便同去。」李忠道：「小人的衣飯，無計奈何。提轄先行，小人便尋將來。賢弟，你和提轄先行一步。」魯達焦躁，把那看的人，一推一交，便罵道：「這廝們挾著屁眼撒開，不去的，洒家便打。」衆人見是魯提轄，一哄都走了。李忠見魯達凶猛，敢怒而不敢言，只得陪笑道：「好急性的人！」當下收拾了行頭藥囊，寄頓了槍棒，三個人轉彎抹角，來到州橋之下一個潘家有名的酒店。門前挑出望竿，掛著酒旆※10，漾在空中飄蕩。怎見得好座酒肆。有詩爲證：

風拂煙籠錦旆揚，太平時節日初長。
能添壯士英雄膽，善解佳人愁悶腸。
三尺曉垂楊柳外，一竿斜插杏花旁。
男兒未遂平生志，且樂高歌入醉鄉。

三人上到潘家酒樓上，揀個濟楚閣兒裏坐下。魯提轄坐了主位，李忠對席，史進下首坐了。酒保唱了喏，認得是魯提轄，便道：「提轄官人，打多少酒？」魯達道：「先打四角※11酒來。」一面鋪下菜蔬、果品、案酒，又問道：「官人，吃甚下飯※12？」魯

註

※8洒家：宋元時關西一帶男子的自稱。
※9白地：空地，沒有樹木或建築物的地。
※10酒旆：即酒旗。
※11角：盛酒的器具，古時是用獸角做的；宋時不用獸角了，卻還稱做角，用來指盛一定分量的酒具。
※12下飯：指菜肴。

達道：「問甚麼！但有，只顧賣來，一發算錢還你。這廝只顧來聒噪※13。」◎10酒保下去，隨即盪酒上來，但是下口肉食，只顧將來，擺一桌子。三個酒至數杯，正說些閑話，較量些槍法，說得入港※14，只聽得隔壁閣子裏有人哽哽咽咽啼哭。魯達焦躁，便把碟兒、盞兒，都丟在樓板上。酒保聽得，慌忙上來看時，見魯提轄氣憤憤地。酒保抄手※15道：「官人要甚東西，分付買來。」魯達道：「洒家要甚麼？你也須認得洒家，卻恁地教甚麼人在間壁吱吱的哭，攪俺弟兄們吃酒。洒家須不曾少了你酒錢！」◎11酒保道：「官人息怒，小人怎敢教人啼哭，打攪官人吃酒。這個哭的，是綽酒座兒唱的※16父子兩人。不知官人們在此吃酒，一時間自苦了啼哭。」魯提轄道：「可是作怪！你與我喚得他來。」酒保去叫，不多時，只見兩個到來，一個十八、九歲的婦人，背後一個五、六十歲的老兒，手裏拿串拍板，都來到面前。看那婦人，雖無十分的容貌，也有些動人的顏色。但見：

鬅鬆松雲髻，插一枝青玉簪兒；裊娜纖腰，繫六幅紅羅裙子。素白舊衫籠雪體，淡黃軟襪襯弓鞋。娥眉緊蹙，汪汪淚眼落珍珠；粉面低垂，細細香肌消玉雪。若非雨病雲愁，定是懷憂積恨。

那婦人拭著眼淚，向前來深深的道了三個萬福※17。那老兒也都相見了。魯達問道：「你兩個是那裏人家？為甚啼哭？」那婦人便道：「官人不知，容奴告稟。奴家是東京人氏，因同父母來這渭州，投奔親眷，不想搬移南京去了。母親在客店裏染病身故，子父

評點

◎10.妙哉此公，令人神往。（金批）
回寫魯達，便又有魯達一段性情氣概，令人耳目一換也。看他一個人便有一樣出色處，眞與史公並驅矣。更不極意寫史進者，此處專寫魯達，史進便是陪客也。（金眉）
◎11.智深聞哭便問店主，則心有憐宥之意，非因焦躁，實恐中有冤屈。（余評）
◎12.一連問四句，寫出魯達如活。（金批）
到此處偏不焦躁，偏肯詳細追問，看英雄心腸如此。（袁眉）

二人，流落在此生受※18。此間有個財主，叫做鎮關西鄭大官人，因見奴家，便使強媒硬保，要奴作妾。誰想寫了三千貫文書，虛錢實契，要了奴家身體。未及三個月，他家大娘子好生利害，將奴趕打出來，不容完聚。著落店主人家追要原典身錢三千貫。父親懦弱，和他爭執不得，他又有錢有勢。當初不曾得他一文，如今那討錢來還他？沒計奈何，父親自小教得奴家些小曲兒，來這裏酒樓上趕座子。每日但得些錢來，將大半還他，留些少子父們盤纏。這兩日酒客稀少，違了他錢限，怕他來討時，受他羞恥。子父們想起這苦楚來，無處告訴，因此啼哭。不想誤觸犯了官人，望乞恕罪，高擡貴手。」魯提轄又問道：「你姓甚麼？在那個客店裏歇？那個鎮關西鄭大官人在那裏住？」◎12老兒答道：「老漢姓金，排行第二；孩兒小字翠蓮。鄭大官人便是此間狀元橋下賣肉

註

※13聒噪：囉嗦、打攪的意思。

※14入港：見解相同而談得投機。

※15抄手：雙手交叉，表示施禮。

※16綽酒座兒唱的：在酒樓座位前給客人賣唱的。

※17萬福：舊時婦女所行的敬禮。兩手鬆鬆抱拳，在胸前右下側上下略作移動，同時微微鞠躬，口中多說「萬福」。

※18生受：說自己的時候，是受苦、受罪（活受罪）的意思；對別人說，是難為、辛苦、有勞的意思。

⊗ 日本版畫中金翠蓮的形象。跪著的女性為金翠蓮。（日版畫，出自《新編水滸畫傳》，葛飾戴斗繪）

的鄭屠，綽號鎮關西。老漢父子兩個，只在前面東門裏魯家客店安下。」魯達聽了道：「呸！俺只道那個鄭大官人，卻原來是殺豬的鄭屠。這個腌臢潑才※19，投托著俺小種經略相公門下做個肉舖戶，卻原來這等欺負人！」回頭看著李忠、史進道：「你兩個且在這裏，等洒家去打死了那廝便來。」◎13史進、李忠抱住勸道：「哥哥息怒，明日卻理會。」兩個三回五次勸得他住。魯達又道：「老兒，你來，洒家與你些盤纏，明日便回東京去如何？」父子兩個告道：「若是能夠得回鄉去時，便是重生父母，再長爺娘。只是店主人家如何肯放？鄭大官人須著落他要錢。」魯提轄道：「這個不妨事，俺自有道理。」便去身邊摸出五兩來銀子，放在桌上，看著史進道：「洒家今日不曾多帶得些出來，你有銀子，借些與俺，洒家明日便送還你。」史進道：「直※20甚麼，要哥哥還！」去包裹裏取出一錠十兩銀子，放在桌上。魯達看著李忠道：「你也借些出來與洒家。」◎14李忠去身邊摸出二兩來銀子。魯提轄看了，見少，便道：「也是個不爽利的人。」魯達只把這十五兩銀子與了金老，分付道：「你父子兩

史進、魯達、李忠在酒樓喝酒，聽到金翠蓮在哭泣。（朱寶榮繪）

個將去做盤纏，一面收拾行李。俺明日清早來，發付你兩個起身，看那個店主人敢留你！」金老並女兒拜謝去了。魯達把這二兩銀子丟還了李忠。◎15三人再吃了兩角酒，下樓來叫道：「主人家，酒錢洒家明日送來還你。」主人家連聲應道：「提轄只顧自去，但吃不妨，只怕提轄不來賒。」三個人出了潘家酒肆，到街上分手，史進、李忠各自投客店去了。只說魯提轄回到經略府前下處※21，到房裏，晚飯也不吃，氣憤憤的睡了。主人家又不敢問他。

再說金老得了這一十五兩銀子，回到店中，安頓了女兒。先去城外遠處覓下一輛車兒，回來收拾了行李，還了房宿錢，算清了柴米錢，只等來日天曉。當夜無事。次早五更起來，子父兩個先打火做飯，吃罷，收拾了，天色微明，只見魯提轄大踏步走入店裏來，◎16高聲叫道：「店小二，那裏是金老歇處？」小二哥道：「金公，提轄在此尋你。」金老開了房門，便道：「提轄官人，裏面請坐。」魯達道：「坐甚麼！你去便去，等甚麼！」金老引了女兒，挑了擔兒，作謝提轄，便待出門，店小二攔住道：「金公，那裏去？」魯達問道：「他少你房錢？」小二道：「小人房錢，昨夜都算還了。須欠鄭大官人典身錢，著落在小人身上看管他哩！」魯提轄道：「鄭屠的錢，洒家自還他。你放這老兒還鄉去。」那店小二那裏肯放。魯達大怒，揸開五指，去那小二臉上只

註

※19腌臢潑才：腌臢，意謂骯髒。潑才，指撒潑的流氓、無賴。
※20直：這裏同「值」。
※21下處：住所，臨時歇息的地方。

評點

◎13.快人快語，覺秋後處決爲煩。（金批）
◎14.這個人會募緣，合做個和尚。（容眉）
◎15.勝罵，勝打，勝殺，勝剮，眞好魯達。（金批）
◎16.看他爲人爲徹，何處復有此人。（金批）

一掌，◎17打得那店小二口中吐血；再復一拳，打下當門兩個牙齒。小二扒將起來，一道煙走向店裏去躲了。店主人那裏敢出來攔他。◎18金老父子兩個，忙忙離了店中，出城自去尋昨日覓下的車兒去了。且說魯達尋思，恐怕店小二趕去攔截他，且向店裏掇條凳子，坐了兩個時辰。約莫金公去得遠了，方纔起身，逕到狀元橋來。

且說鄭屠開著兩間門面，兩副肉案，懸掛著三、五片豬肉。鄭屠正在門前櫃身內坐定，看那十來個刀手賣肉。魯達走到門前，叫聲：「鄭屠！」鄭屠看時，見是魯提轄，慌忙出櫃身來唱喏道：「提轄恕罪。」便叫副手掇條凳子來：「提轄請坐。」魯達坐下道：「奉著經略相公鈞旨，要十斤精肉，切做臊子※22，不要見半點肥的在上頭。」鄭屠道：「使頭，你們快選好的，切十斤去。」魯提轄道：「不要那等腌臢廝們動手，你自與我切。」鄭屠道：「說得是。小人自切便了。」自去肉案上，揀下十斤精肉，細細切做臊子。那店小二把手帕包了頭，正來

❂ 魯達為金翠蓮打抱不平，來到鎮關西的肉舖去找麻煩。
（日版畫，出自《新編水滸畫傳》，葛飾戴斗繪）

鄭屠家報說金老之事，卻見魯提轄坐在肉案門邊，不敢攏來，只得遠遠的立住，在房檐下望。◎19這鄭屠整整的自切了半個時辰，用荷葉包了道：「提轄，教人送去？」魯達道：「送甚麼？且住。再要十斤，都是肥的，不要見些精的在上面，也要切做臊子。」鄭屠道：「卻纔精的，怕府裏要裹餛飩，肥的臊子何用？」魯達睜著眼道：「相公鈞旨，分付洒家，誰敢問他？」鄭屠道：「是合用的東西，小人切便了。」又選了十斤實膘的肥肉，也細細的切做臊子，把荷葉來包了。整弄了一早晨，卻得飯罷時候。那店小二那裏敢過來，連那正要買肉的主顧，也不敢攏來。◎20鄭屠道：「著人與提轄拿了，送將府裏去。」魯達道：「再要十斤寸金軟骨，也要細細地剁做臊子，不要見些肉在上面。」鄭屠笑道：「卻不是特地來消遣※23我！」魯達聽罷，跳起身來，拿著那兩包臊子在手裏，睜眼看著鄭屠道：「洒家特地要消遣你！」把兩包臊子，劈面打將去，卻似下了一陣的肉雨。鄭屠大怒，兩條忿氣從腳底下直衝到頂門心頭。那一把無明業火※24焰騰騰的按捺不住，從肉案上搶了一把剔骨尖刀，托地跳將下來。魯提轄早拔步在當街上。眾鄰舍並十來個火家※25，那個敢向前來勸。兩邊過路的人都立住了腳，和那店小二也驚得呆了。◎21鄭屠右手拿刀，左手便來要揪魯達，被這魯提轄就勢按住左手，趕將入去，望小腹上只一腳，騰地踢倒在當街上。魯達再入一步，踏住胸脯，提起那醋缽兒大小拳

註

※22 臊子：臊，音梢，小碎肉。

※23 消遣：戲弄，捉弄。

※24 無明業火：業火，佛教謂惡業害身如火，亦指地獄焚燒罪人之火。這裏是怒火的意思。

※25 火家：夥計。

評點

◎17.一路魯達文中皆用只一掌、只一拳、只一腳，寫魯達闊綽，打人亦打得闊綽。（金眉）

◎18.關節精細，不則早到鄭屠家矣。（袁眉）

◎19.此一段如何插入，筆力奇矯，非世所能。（金批）
雖然是尋事，實是有趣。（容眉）

◎20.又夾敘一句店小二，又增出一句買肉的，奇不可言。（金批）
又增一筆，更有色。（袁夾）

◎21.百忙中處處夾店小二，眞是極忙者事，極閑者筆也。（金批）

頭，看著這鄭屠道：「洒家始投老種經略相公，做到關西五路廉訪使※26，也不枉了叫做鎮關西。◎22你是個賣肉的操刀屠戶，狗一般的人，也叫做鎮關西！你如何強騙了金翠蓮？」撲的只一拳，正打在鼻子上，打得鮮血迸流，鼻子歪在半邊，卻便似開了個油醬舖，鹹的、酸的、辣的，一發都滾出來。鄭屠掙不起來，那把尖刀，也丟在一邊，◎23口裏只叫：「打得好！」魯達罵道：「直娘賊，還敢應口！」提起拳頭來，就眼眶際眉梢只一拳，打得眼棱縫裂，烏珠迸出，也似開了個彩帛舖的，紅的、黑的、絳的，都綻將出來。兩邊看的人，懼怕魯提轄，誰敢向前來勸。鄭屠當不過，討饒。魯達喝道：「咄！你是個破落戶，若是和俺硬到底，洒家倒饒了你。你如何對俺討饒，洒家偏不饒你！」又只一拳，太陽上正著，卻似做了一個全堂水陸的道場，磬兒、鈸兒、鐃兒，一齊響。魯達看時，只見鄭屠挺在地下，口裏只有出的氣，沒了入的氣，動彈不得。魯提轄假意道：「你這廝詐死，洒家再打。」只見面皮漸漸的變了。魯達尋思道：「俺只指望痛打這廝一頓，不想三拳眞個打死了他。洒家須吃官司，又沒人送飯，不如及早撒開。」拔步便走，回頭指著鄭屠屍道：「你詐死，洒家和你慢慢理會。」一頭罵，一頭

魯達三拳打死鎮關西。（選自《水滸傳版刻圖錄》，江蘇廣陵古籍刻印社）

圖為掌枷殺賊盜、刑獄等事的古代衙刑房，河南內鄉縣。本回對古代衙門的刑事運作流程介紹得很詳細。（張餘／fotoe提供）

大踏步去了。◎24街坊鄰舍，並鄭屠的火家，誰敢向前來攔他？魯提轄回到下處，急急捲了些衣服、盤纏、細軟、銀兩，但是舊衣粗重，都棄了。提了一條齊眉短棒，奔出南門，一道煙走了。

且說鄭屠家中衆人，救了半日不活，嗚呼死了。老小鄰人逕來州衙告狀，正值府尹升廳，接了狀子，看罷道：「魯達係是經略府提轄，不敢擅自逕來捕捉凶身。」府尹隨即上轎，來到經略府前，下了轎子，把門軍士，入去報知。經略聽得，教請到廳上，與府尹施禮罷，經略問道：「何來？」府尹稟道：「好教相公得知，府中提轄魯達，無故用拳打死市上鄭屠。不曾稟過相公，不敢擅自捉拿凶身。」經略聽說，吃了一驚，尋思道：「這魯達雖好武藝，只是性格粗鹵，今番做出人命事，俺如何護得短？須教他推問使得。」經略回府尹道：「魯達這人，原是我父親老經略處軍官，爲因俺這裏無人幫護，撥他來做個提轄。既然犯了人命罪過，你可拿他依法度取問。如若供招明白，擬罪已定，也須教我父親知道，方可斷決，怕日後父親處邊上要這個人時，◎25卻不好看。」府尹稟道：「下官問

註

※26廉訪使：宋廉訪使者、元肅政廉訪使以及後世按察使的通稱。

評點

◎22.先敘自己一句，使之有珠玉在前之愧。（金批）
◎23.此處才放屠刀，不驟不漏，妙。（袁夾）
◎24.魯達亦有權詐之日，寫來偏妙。（金批）
仁人，智人，勇人，聖人，神人，菩薩，羅漢，佛。（容眉）
◎25.此語本無奇特，不知何故讀之淚下。又知普天下人讀之皆淚下也。（金批）

了情由，合行申稟老經略相公知道，方敢斷遣。」府尹辭了經略相公，出到府前，上了轎，回到州衙裏，升廳坐下，便喚當日緝捕使臣押下文書，捉拿犯人魯達。當時王觀察領了公文，將帶二十來個做公的人，逕到魯提轄下處。只見房主人道：「卻纔拕了些包裹，提了短棒出去了。小人只道奉著差使，又不敢問他。」王觀察聽了，教打開他房門看時，只有些舊衣舊裳，和些被臥在裏面。王觀察就帶了房主人，東西四下裏去跟尋，州南走到州北，捉拿不見。王觀察又捉了兩家鄰舍，並房主人，同到州衙廳上回話道：「魯提轄懼罪在逃，不知去向，只拿得房主人並鄰舍在此。」府尹見說，且教監下。一面教拘集鄭屠家鄰佑人等，點了仵作行人※27，著仰※28本地坊官人※29並坊廂里正，再三檢驗已了。鄭屠家自備棺木盛殮，寄在寺院。一面疊成文案，一壁差人杖限※30緝捕凶身。原告人保領回家。鄰佑杖斷※31，有失救應。房主人並下處鄰舍，止得個不應。魯達在逃，行開個海捕急遞的文書，◎26各路追捉。出賞錢一千貫，寫了魯達的年甲、貫址、形貌，到處張緝。一干人等疏放聽候。鄭屠家親人，自去做孝，不在話下。

且說魯達自離了渭州，東逃西奔，卻似：

失群的孤雁，趁月明獨自貼天飛；漏網的活魚，乘水勢翻身衝浪躍。不分遠近，豈顧高低。心忙撞倒路行人，腳快有如臨陣馬。

這魯提轄忙忙行過了幾處州府，正是「逃生不避路，到處便為家」。自古有幾般：飢不擇食，寒不擇衣，慌不擇路，貧不擇妻。◎27魯達心慌搶路，正不知投那裏去的是，一迷地行了半月之上，在路卻走到代州雁門縣。入得城來，見這市井鬧熱，人煙輳集，車馬軿馳，一百二十行經商買賣，諸物行貨※32都有，端的整齊，雖然是個縣治，勝如州府。魯提轄正行之間，不覺見一簇人衆，圍住了十字街口看榜。但見：

扶肩搭背，交頸並頭。紛紛不辨賢愚，擾擾難分貴賤。張三蠢胖，不識字只把頭搖；李四矮矬，看別人也將腳踏。白頭老叟，盡將拐棒拄髭鬚；綠鬢※33書生，卻把文房抄款目。行行總是蕭何法，句句俱依律令行。

魯達看見衆人看榜，挨滿在十字路口，也鑽在人叢裏聽時，魯達卻不識字，只聽得衆人讀道：「代州雁門縣依奉太原府指揮使司，該准渭州文字，捕捉打死鄭屠犯人魯達，即係經略府提轄。如有人停藏在家宿食，與犯人同罪；若有人捕獲前來，或者告到官，支給賞錢一千貫文。」魯提轄正聽到那裏，只聽得背後一個人大叫道：「張大哥，你如何在這裏？」攔腰抱住，扯離了十字路口來。不是這個人看見了，橫拖倒拽將去，有分教：魯提轄剃除頭髮，削去髭鬚，倒換過殺人姓名，薅惱殺諸佛羅漢。直教：禪杖打開危險路，戒刀殺盡不平人。畢竟扯住魯提轄的是甚人？且聽下回分解。◎28

註

※27仵作行人：專門檢驗死、傷的役吏。
※28仰：舊時公文用語。用於上級對下級的公文表示命令，用於下級對上級的公文則表示恭敬。
※29坊官人：坊，古代城市的規劃單位，相當於現在的居民小區。坊官人指管理街道事務的小官吏。
※30杖限：官廳限期命令役吏或輪差的老百姓完成一定的工作，到期查驗，如若沒有完成，就打板子。這種查驗叫做「比」，查驗是有週期性的，週期性的限期叫做「比期」，因此杖限也叫做「杖比」。
※31杖斷：謂判以杖刑，即用打板子作爲對罪犯的判決。
※32行貨：商品、東西、傢伙。
※33綠鬢：年輕女子。同「綠鬢朱顏」。

評點

◎26.急遽，故魯達初到雁門，榜文已先張掛也。半日無數那延，尚自謂之急遽，可發一笑。（金批）
◎27.忽入四句，如謠似諺，正是絕妙好詞。第四句寫成諧笑，千古獨絕。（金批）
論次幾句，極寬衍，極關切。（袁眉）
◎28.陳眉公有云：「天上無雷霆，則人間無俠客。」鄭屠以虛錢實契而強佔金翠蓮爲妾，此是勢豪長技，若無提轄老拳，幾咎天網之疏。（袁評）

第四回 趙員外重修文殊院 魯智深大鬧五臺山◎1

話說當下魯提轄扭過身來看時，拖扯的不是別人，卻是渭州酒樓上救了的金老。那老兒直拖魯達到僻靜處，說道：「恩人，你好大膽！現今明明地張掛榜文，出一千貫賞錢捉你，◎2你緣何卻去看榜？若不是老漢遇見時，卻不被做公的拿了。榜上現寫著你年甲、貌相、貫址。」魯達道：「洒家不瞞你說，因為你上，就那日回到狀元橋下，正迎著鄭屠那廝，被洒家三拳打死了，因此上在逃。一到處撞了四、五十日，不想來到這裏。」金老道：「恩人在上：自從得恩人救了，老漢尋得一輛車子，本欲要回東京去，又怕這廝趕來，亦無恩人在彼搭救，因此不上東京去。隨路望北來，撞見一個京師古鄰※1，來這裏做買賣，就帶老漢父子兩口兒到這裏。虧殺了他，就與老漢女兒做媒，結交此間一個大財主趙員外，養做外宅，衣食豐足，皆出於恩人。我

金老把魯達帶到自己的家裏。圖右背著一身包袱的是魯達。畫面精緻，但少了魯達匆忙跑路時的滄桑，應該是文化差異導致的理解偏差。（日版畫，出自《新編水滸畫傳》，葛飾戴斗繪）

女兒常常對他孤老※2說提轄大恩。那個員外也愛刺槍使棒，常說道：『怎地得恩人相會一面也好。』想念如何能夠得見。且請恩人到家過幾日，卻再商議。」魯提轄便和金老行不得半里，到門首，只見老兒揭起簾子，叫道：「我兒，大恩人在此。」那女孩兒濃妝艷飾，從裏面出來，請魯達居中坐了，插燭也似拜了六拜，說道：「若非恩人垂救，怎能夠有今日！」魯達看那女子時，另是一般丰韻，比前不同。但見：

金釵斜插，掩映烏雲；翠袖巧裁，輕籠瑞雪。櫻桃口淺暈微紅，春笋手半舒嫩玉。纖腰裊娜，綠羅裙微露金蓮；素體輕盈，紅繡襖偏宜玉體。臉堆三月嬌花，眉掃初春嫩柳。香肌撲簌瑤臺月，翠鬢籠鬆楚岫雲。

那女子拜罷，便請魯提轄道：「恩人上樓去請坐。」◎3魯達道：「不須生受，洒家便要去。」金老便道：「恩人既到這裏，如何肯放教你便去？」老兒接了桿棒包裹，請到樓上坐定。老兒分付道：「我兒陪侍恩人坐一坐，我去安排飯來。」◎4魯達道：「不消

註

※1古鄰：老鄰居。

※2孤老：本意是孤獨而年老的人。這裏指娼妓對長期固定的客人、非正式夫妻關係中的婦女對所結識的男人，稱孤老。幫閑等輩有時也稱他所倚靠接濟的人做孤老，其意思略近於官人之類。

評點

◎1.看書要有眼力，非可隨文發放也。如魯達遇著金老，卻要轉入五臺山寺。夫金老則何力致魯達於五臺山乎？故不得已，卻就翠蓮身上，生出一個趙員外來。所以有個趙員外者，全是作魯達入五臺山之線索，非爲代州雁門縣有此一個好員外，故必向魯達文中出現也。所以文中凡寫員外愛槍棒、有義氣處，俱不得失口便贊員外也是一個人。要知都向前段金老所云「女兒常常對他孤老說」句中生出來，便見員外只是愛妾面上著實用情，故後文魯達下五臺處，便有「好生不然」一語，了結員外一向情分。讀者苟不會此，便目不辨牛馬牡牝矣。寫金老家寫得小樣，寫五臺山寫得大樣，眞是史遷復生。魯達兩番使酒，要兩樣身分，又要句句不相像，雖難矣，然猶人力所及耳。最難最難者，於兩番使酒接連處，如何做個間架。若不做一間架，則魯達日日將惟使酒是務耶？且令讀者一番方了，一番又起，其目光心力，亦接濟不及矣。然要別做間架，其將下何等語，豈眞如長老所云「念經誦咒，辦道參禪」者乎？今忽然拓出題外，將前文使酒字面掃刷淨盡，然後迤邐悠揚走下山去，並不思酒，何況使酒，眞斷鰲煉石之才也。（金批）

◎2.史進結盜殺人，不復追捉，如何魯達卻如此上緊海捕，固見此書文字之疏奇，亦見當時政事之顛倒。（袁眉）

◎3.女子開口請上樓去，視魯達猶父也，然樓上已算曲室，只因此句，便生出員外捉姦一番風波來。文心眞有前掩後映之妙。（金批）

◎4.此句有三妙在內，不可不悉。一是視魯猶父；一是女兒嬌養慣，老兒燒火慣；一是語中明明露出嫌疑，爲員外來捉之線。（金批）

多事，隨分※3便好。」老兒道：「提轄恩念，殺身難報，量些粗食薄味，何足掛齒。」女子留住魯達在樓上坐地※4，金老下來，叫了家中新討的小廝，分付那個婭嬛，一面燒著火。老兒和這小廝上街來，買了些鮮魚、嫩雞、釀鵝、肥鮓※5、時新果子之類歸來。一面開酒，收拾菜蔬，都早擺了，搬上樓來。春臺※6上放下三個盞子，三雙箸，鋪下菜蔬、果子、嗄飯等物，婭嬛將銀酒壺燙上酒來。女父二人，輪番把盞。金老倒地便拜。魯提轄道：「老人家如何恁地下禮？折殺俺也。」金老說道：「恩人聽稟：前日老漢初到這裏，寫個紅紙牌兒，旦夕一炷香，父女兩個兀自拜哩。今日恩人親身到此，如何不拜！」魯達道：「卻也難得你這片心。」三人慢慢地飲酒。將及天晚，只聽得樓下打將起來。魯提轄開窗看時，只見樓下三、二十人，各執白木棍棒，口裏都叫：「拿將下來！」人叢裏一個人，騎在馬上口裏大喝道：「休教走了這賊！」魯達見不是頭，拿起凳子，從樓上打將下來。金老連忙拍手叫道：「都不要動手。」那老兒搶下樓去，直至那騎馬的官人身邊，說了幾句言語，那官人笑將起來，便喝散了那二、三十人，各自去了。那官人下馬，入到裏面，老兒請下魯提轄來，那官人撲翻身便拜道：「聞名不如見面，見面勝似聞名，義士提轄受禮。」魯達便問那金老道：「這官人是誰？素不相識，緣何便拜洒家？」老兒道：「這個便是我兒的官人趙員外。卻纔只道老漢引甚麼郎君子弟※7在樓上吃酒，因此引莊客來廝打。老漢說知，方纔喝散了。」魯達道：「原來如此。怪員外不得。」趙員外再請魯提轄上樓坐定。金老重整杯盤，再備酒食相待。

趙員外讓魯達上首坐地。魯達道：「洒家怎敢！」員外道：「聊表相敬之禮。多聞提轄如此豪傑，今日天賜相見，實爲萬幸。」魯達道：「洒家是個粗鹵漢子，◎5又犯了該死的罪過。若蒙員外不棄貧賤，結爲相識，但有用洒家處，便與你去。」趙員外大喜。動問打死鄭屠一事，說些閑話，較量些槍法。吃了半夜酒，各自歇了。次日天明，趙員外道：「此處恐不穩便，可請提轄到敝莊住幾時。」魯達問道：「貴莊在何處？」員外道：「離此間十里多路，地名七寶村◎6便是。」魯達道：「最好。」員外先使人去莊上叫牽兩匹馬來。未及晌午，馬已到來，員外便請魯提轄上馬，教莊客擔了行李，魯達相辭了金老父子二人，和趙員外上了馬。兩個並馬行程，於路說些閑話，投七寶村來。不多時，早到莊前下馬，趙員外攜住魯達的手，直至草堂上，分賓而坐；一面叫殺羊置酒相待。晚間收拾客房安歇。次日，又備酒食管待。魯達道：「員外錯愛，洒家如何報答？」趙員外便道：「『四海之內，皆兄弟也』，如何言報答之事。」

話休絮煩。魯達自此之後，在這趙員外莊上住了五、七日。忽一日，兩個正在書院裏閑坐說話，只見金老急奔來莊上，逕到書院裏，見了趙員外並魯提轄。見沒人，便對魯達道：「恩人，不是老漢心多，爲是恩人前日老漢請在樓上吃酒，員外誤聽人報，

註

※3隨分：隨便、隨意的意思。
※4坐地：地，語助詞，猶如說「著」。坐地，就是坐著。
※5鮓：一種用鹽和紅麴醃的魚。
※6春臺：飯桌。
※7郎君子弟：指顯貴浮浪的公子。

評點

◎5.我與我周旋久，方有此四句。魯達自知粗魯，李逵不然。（金批）
◎6.七寶字義便近出家消息，非妄下者。（袁眉）

引領莊客來鬧了街坊，後卻散了，人都有些疑心，說開去。昨日有三、四個做公的，來鄰舍街坊打聽得緊，只怕要來村裏緝捕恩人。倘或有些疏失，如之奈何？」魯達道：「恁地時，洒家自去便了。」趙員外道：「若是留提轄在此，誠恐有些山高水低，教提轄怨悵；若不留提轄來，許多面皮都不好看。趙某卻有個道理，教提轄萬無一失，足可安身避難，只怕提轄不肯。」魯達道：「洒家是個該死的人，但得一處安身便了，做甚麼不肯？」趙員外道：「若如此，最好。離此間三十餘里，有座山，喚做五臺山，山上有一個文殊院，原是文殊菩薩道場。寺裏有五、七百僧人，爲頭智真長老，是我弟兄。我祖上曾捨錢在寺裏，是本寺的施主檀越。我曾許下剃度一僧在寺裏，◎7已買下一道五花度牒在此，只不曾有個心腹之人，了這條願心。如是提轄肯時，一應費用，都是趙某備辦，委實肯落髮做和尚麼？」魯達尋思：「如今便要去時，那裏投奔人？不如就了這條路罷！」便道：「既蒙員外做主，洒家情願做了和尚，專靠員外照管。」當時說定了，連夜收拾衣服盤纏，緞匹禮物，排擔了。次日早起來，叫莊客挑了，兩個取路望五臺山來。辰牌已後，早到那山下。魯提轄看那五臺山時，果然好座大山！但見：

雲遮峰頂，日轉山腰；嵯峨彷彿接天關，崒嵂參差侵漢表。岩前花木舞春風，暗吐清香；洞口藤蘿披宿雨，倒懸嫩線。飛雲瀑布，銀河影浸月光寒；峭壁蒼松，鐵角鈴搖龍尾動。山根雄峙三千界，巒勢高擎幾萬年。

趙員外與魯提轄兩乘轎子，擡上山來，一面使莊客前去通報。到得寺前，早有寺中都寺、監寺，出來迎接。兩個下了轎子，去山門外亭子上坐定。寺內智眞長老得知，引著首座、侍者出山門外來迎接。趙員外和魯達向前施禮，眞長老打了問訊※8，說道：「施主遠出不易。」趙員外答道：「有些小事，特來上剎相浼。」眞長老便道：「且請員外方丈吃茶。」趙員外前行，魯達跟在背後，看那文殊寺，果然是好座大剎。但見：

　　山門侵翠嶺，佛殿接青雲。鐘樓與月窟相連，經閣共峰巒對立。香積※9廚通一泓泉水，眾僧寮納四面煙霞。老僧方丈斗牛※10邊，禪客經堂雲霧裏。白面猿時時獻果，將怪石敲響木魚；黃斑鹿日日銜花，向寶殿供養金佛。七層寶塔接丹霄，千古聖僧來大剎。

當時眞長老請趙員外並魯達到方丈。長老邀員外向客席而坐，魯達便去下首，坐在禪椅上。◎8員外叫魯達付耳低言：「你來這裏出家，如何便對長老坐地？」魯達道：「洒家不省得。」起身立在員外肩下。面前首座、維那※11、侍者、監寺、都寺、知客、書記，依次排立東西兩班。莊客把轎子安頓了，一齊搬將盒子入方丈來，擺在面前。長老道：「何故又將禮物來？寺中多有相瀆檀越處。」趙員外道：「些小薄禮，何足稱謝！」道人、行童收拾去了。趙員外起身道：「一事啓堂頭大和尚：趙某舊有一條願心，許剃一僧在上剎，度牒、詞簿都已有了，到今不曾剃得。今有這個表弟姓魯◎9，是關西軍

註

※8問訊：僧尼等向人合掌致敬。
※9香積：廟裏的廚房。
※10斗牛：也作「牛斗」。二十八星宿中的斗宿和牛宿。
※11維那：維那實際上就是禪堂的領導人。

評點

◎7.魯達出家一節，乃天意攸存，使天星潛藏一時未出現耳，達豈終於此哉。（余評）
◎8.一知禮教，便不是佛了。（容眉）
◎9.三寶位前，不敢更名改姓，寫盡婆氣員外。（金批）

漢出身，因見塵世艱辛，情願棄俗出家。萬望長老收錄，慈悲，慈悲！看趙某薄面，披剃爲僧。一應所用，弟子自當準備，煩望長老玉成，幸甚！」長老見說，答道：「這個事緣，是光輝老僧山門，容易，容易！且請拜茶。」只見行童托出茶來。茶罷，收了盞托。眞長老便喚首座、維那，商議剃度這人。分付監寺、都寺，安排辦齋食。只見首座與衆僧自去商議道：「這個人不似出家的模樣，一雙眼卻恁凶險。」衆僧道：「知客，你去邀請客人坐地，我們與長老計較。」知客出來，請趙員外、魯達到客館裏坐地。首座、衆僧稟長老說道：「卻纔這個要出家的人，形容醜惡，貌相凶頑，不可剃度他，恐久後累及山門。」長老道：「他是趙員外檀越的兄弟，如何撇得他的面皮？你等衆人且休疑心，待我看一看。」焚起一炷信香※12，長老上禪椅，盤膝而坐，口誦咒語，入定※13去了。一炷香過，卻好回來，對衆僧說道：「只顧剃度他。此人上應天星，心地剛直。◎10雖然時下凶頑，命中駁雜，久後卻得清淨，正果非凡，汝等皆不及他。可記吾言，勿得推阻。」首座道：「長老只是護短，我等只得從他。不諫不是，諫他不從，便了。」

長老叫備齋食，請趙員外等方丈會齋。齋罷，監寺打了單帳。趙員外取出銀兩，教人買辦物料；一面在寺裏做僧鞋、僧衣、僧帽、袈裟、拜具。一、兩日都已完備。長老選了吉日良時，教鳴鐘擊鼓，就法堂內會集大衆，整整齊齊五、六百僧人，盡披袈裟，都到法座下合掌作禮，分作兩班。趙員外取出銀錠、表禮※14、信香，向法座前禮拜了。表白宣疏已罷，行童引魯達到法座下。維那教魯達除了巾幘，把頭髮分做九路綰了，掴揲起來。淨髮人先把一周遭都剃了，卻待剃髭鬚，魯達道：「留了這些兒還洒家也好。」眾僧忍笑不住。眞長老在法座上道：「大眾聽偈。」念道：「寸草不留，六根清淨；與汝剃除，免得爭競。」長老念罷偈言，喝一聲：「咄！盡皆剃去！」淨髮人只一刀，盡皆剃了。首座呈將度牒上法座前，請長老賜法名。長老拿著空頭度牒，而說偈曰：「靈光一點，價值千金；佛法廣大，賜名智深。」◎11長老賜名已罷，把度牒轉將下來，書記僧填寫了度牒，付與魯智深收受。長老又賜法衣、袈裟，教智深穿了。監寺引上法座前，長老用手與他摩頂受記道：「一要皈依佛性，二要歸奉正法，三要歸敬師友，此是三歸。五戒者：一不要殺生，二不要偷盜，三不要邪淫，四不要貪酒，五不要妄語。」智深不曉得禪宗答應能否兩字，卻便道：「洒家記得。」◎12眾僧都笑。受記已罷，趙員外請眾僧到雲堂裏坐下，焚香設齋供獻。大小職事僧人，各有上賀禮物。都寺引魯智深參拜了眾師兄、師弟，又引去僧堂背後叢林裏選佛場坐地。當夜無事。次日，趙員外要回，告辭長老，留連不住，早齋已罷，並眾僧都送出山門。趙員外合掌道：「長老在上，眾師父在此，凡事慈悲。小弟智深，乃是愚鹵直人，早晚禮數不到，言語冒瀆，誤犯清規，萬望

註

※12信香：佛教的說法：香是信心的使者。虔誠地燒香，香的氣味便可以達到神的面前，神就能知道他的願望。

※13入定：佛教的說法：閉目打坐，就可以做到不生雜念，和鬼神相通，知道世間一切過去、未來的事情。

※14表禮：舊時用作禮品或賞賜的衣料。

評點

◎10.《維摩詰經》云：菩薩直心是道場，無諂曲眾生來生其國。長老深解此言。（金批）

凡人只爲柔曲二字壞了心地，惟剛直是眞道場中人。（袁眉）

◎11.竟與長老作弟兄行。（金批）

與眞長老同作智字班行，已分明提出一頭，不敢以弟子蓄之矣。（袁眉）

◎12.錯錯落落，鹵鹵莽莽，萬善戒壇中，從未聞此四字，如雷之吼。眞正奇才。（金批）

覷趙某薄面，恕免，恕免！」長老道：「員外放心，老僧自慢慢地教他念經誦咒，辦道參禪。」員外道：「日後自得報答。」人叢裏喚智深到松樹下，低低分付道：「賢弟，你從今日難比往常，凡事自宜省戒，切不可托大※15。倘有不然，難以相見，保重，保重！早晚衣服，我自使人送來。」◎13智深道：「不索※16哥哥說，洒家都依了。」當時趙員外相辭長老，再別了眾人上轎；引了莊客，拕了一乘空轎，取了盒子，下山回家去了。當下長老自引了眾僧回寺。

話說魯智深回到叢林選佛場中禪床上，撲倒頭便睡。上下肩兩個禪和子※17推他起來，說道：「使不得！既要出家，如何不學坐禪？」智深道：「洒家自睡，干你甚事？」禪和子道：「善哉！」智深裸袖道：「團魚洒家也吃，甚麼『鱔哉』※18？」禪和子道：「卻是苦也！」智深便道：「團魚大腹，又肥甜了，好吃，那得『苦也』？」上下肩禪和子都不睬他，由他自睡了。次日，要去對長老說知智深如此無禮，首座勸道：「長老說道他後來正果非凡，我等皆不及他，只是護短，你們且沒奈何，休與他一般見識。」禪和子自去了。智深見沒人說他，每到晚放翻身體，橫羅十字※19，倒在禪床上睡，夜間鼻如雷響。要起來淨手，大驚小怪，只在佛殿後撒尿、撒屎，遍地都是。侍者稟長老說：「智深好生無禮，全沒些個出家人體面，叢林中如何安

山西五臺山，佛教寺院。(Liang Kun提供)

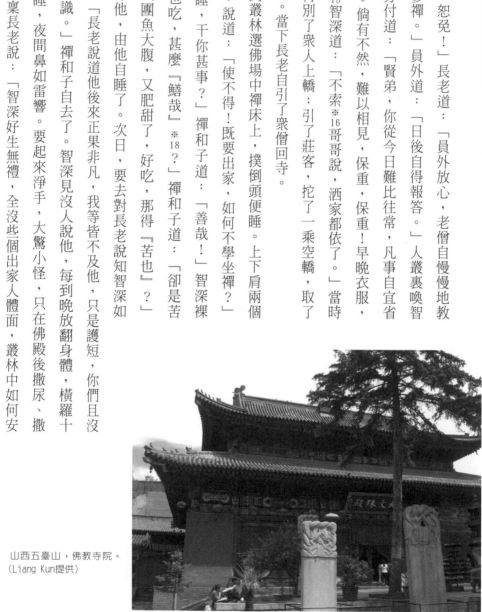

著得此等之人？」長老喝道：「胡說！且看檀越之面，後來必改。」自此無人敢說。

魯智深在五臺山寺中，不覺攪了四、五個月。時遇初冬天氣，智深久靜思動。當日晴明得好，智深穿了皂布直裰，繫了鴉青縧，換了僧鞋，大踏步走出山門來。信步行到半山亭子上，坐在鵝項懶凳※20上，尋思道：「干鳥麼！俺往常好酒好肉，每日不離口，如今教洒家做了和尚，餓得乾癟了。趙員外這幾日又不使人送些東西來與洒家吃，口中淡出鳥來。這早晚怎地得些酒來吃也好！」◎14正想酒哩，只見遠遠地一個漢子挑著一副擔桶，唱上山來，上面蓋著桶蓋。那漢子手裏拿著一個旋子※21，唱著上來，唱道：「九里山前作戰場，牧童拾得舊刀槍。順風吹動烏江水，好似虞姬別霸王。」魯智深觀見那漢子挑擔桶上來，坐在亭子上看這漢子，也來亭子上，歇下擔桶。智深道：「兀那※22漢子，你那桶裏，甚麼東西？」那漢子道：「好酒！」智深道：「多少錢一桶？」◎15那漢子道：「和尚，你真個也是作耍？」智深道：「洒家和你耍甚麼？」那漢子道：「我這酒挑上去，只賣與寺內火工道人、直廳、轎夫、老郎※23們，做生活的吃。

註

※15托大：由自信過強而來的大意。
※16不索：不消、不須的意思。
※17禪和子：參禪人的通稱。有親如夥伴之意。和，謂和尚。
※18鱔哉：善哉本是感嘆之詞，這裏魯智深故意把善哉的「善」與鱔魚的「鱔」混在一起，取笑對方團魚，就是鱉。
※19橫羅十字：伸開兩臂，橫攤在床上，身體像個十字。
※20鵝項懶凳：狹長的矮凳。
※21旋子：溫酒的器具。
※22兀那：指示代詞。猶那，那個。可指人、地或事。
※23老郎：指寺廟裏的粗雜工。

評點

◎13.兩邊說話，無不曲盡情事。（袁眉）
趙員外臨別囑智深之言，此見趙員外實義士也。（余評）
◎14.寫盡英雄失路，在此一句。（金批）
◎15.流涎極矣，不好便吃，只得問價，其實身邊無錢也。極力寫英雄失時意思。陶詩云：飢來驅我去，叩門拙言詞。是此一句矣。（金批）

本寺長老已有法旨，但賣與和尚們吃了，我們都被長老責罰，追了本錢，趕出屋去。我們現關著※24本寺的本錢，現住著本寺的屋宇，如何敢賣與你吃？」智深道：「眞個不賣？」那漢子道：「殺了我也不賣！」智深道：「洒家也不殺你，只要問你買酒吃。」那漢子見不是頭，挑了擔桶便走。智深趕下亭子來，雙手拿住匾擔，只一腳，交襠踢著，那漢子雙手掩著，做一堆蹲在地下，半日起不得。智深把那兩桶酒都提在亭子上，地下拾起旋子，開了桶蓋，只顧舀冷酒吃。無移時，兩桶酒吃了一桶。智深道：「漢子，明日來寺裏討錢。」那漢子方纔疼止，又怕寺裏長老得知，壞了衣飯，忍氣吞聲，那裏敢討錢。把酒分做兩半桶挑了，拿了旋子，飛也似下山去了。只說魯智深在亭子上坐了半日，酒卻上來。下得亭子，松樹根邊又坐了半歇，酒越湧上來。智深把皀直裰褪膊下來，把兩隻袖子纏在腰裏，露出脊背上花繡來，搧著兩個膀子上山來。◎16但見：

❀ 魯智深搶了兩桶酒，吃光了一桶。（日版畫，出自《新編水滸畫傳》，葛飾戴斗繪）

頭重腳輕，眼紅面赤；前合後仰，東倒西歪。踉踉蹌蹌上山來，似當風之鶴；擺擺搖搖回寺去，如出水之蛇。指定天宮，叫罵天蓬元帥；踏開地府，要拿催命判官。裸形赤體醉魔君，放火殺人花和尚。

魯智深看看來到山門下，兩個門子遠遠地望見，拿著竹篦※25來到山門下，攔住魯智深便喝道：「你是佛家弟子，如何噇※26得爛醉了上山來？你須不瞎，也見庫局裏貼的曉示：但凡和尚破戒吃酒，決打四十竹篦，趕出寺去；如門子縱容醉的僧人入寺，也吃十下。你快下山去，饒你幾下竹篦。」魯智深一者初做和尚，二來舊性未改，睜起雙眼罵道：「直娘賊！你兩個要打洒家，俺便和你廝打。」門子見勢頭不好，一個飛也似入來報監寺，一個虛拖竹篦攔他。智深用手隔過，揸開五指，去那門子臉上只一掌，打得踉踉蹌蹌。卻待掙扎，智深再復一拳，打倒在山門下，只是叫苦。智深道：「洒家饒你這廝。」踉踉蹌蹌，攧入寺裏來。監寺聽得門子報說，叫起老郎、火工、直廳、轎夫，三、二十人，各執白木棍棒，從西廊下搶出來，卻好迎著智深。智深望見，大吼了一聲，卻似嘴邊起個霹靂，大踏步搶入來。眾人初時不知他是軍官出身，次後見他行得凶了，慌忙都退入藏殿裏去，便把亮槅關上。智深搶入階來，一拳一腳，打開亮槅，三、二十人都趕得沒路，奪條棒，從藏殿裏打將出來。監寺慌忙報知長老，長老聽得，

註

※24關著：支領、領取的意思。

※25竹篦：即批頭棍。一種用竹片紮成的刑具。

※26噇：音床，毫無節制地吃喝。

評點

◎16.寫出活像，畫家所無。（袁眉）

急引了三、五個侍者，直來廊下，喝道：「智深不得無禮！」智深雖然酒醉，卻認得是長老，◎17撇了棒，向前來打個問訊，指著廊下對長老道：「智深吃了兩碗酒，又不曾撩撥他們，他眾人又引人來打洒家。」長老道：「你看我面，快去睡了，明日卻說。」魯智深道：「俺不看長老面，洒家直打死你那幾個禿驢！」長老叫侍者扶智深到禪床上，撲地便倒了，齁齁※27地睡了。眾多職事僧人，圍定長老告訴道：「向日徒弟們曾諫長老來，今日如何？本寺那裏容得這個野貓，亂了清規！」長老道：「雖是如今眼下有些囉唣，後來卻成得正果，◎18無奈何，且看趙員外檀越之面，容恕他這一番。我自明日叫去埋怨他便了。」眾僧冷笑道：「好個沒分曉的長老！」各自散去歇息。

次日，早齋罷，長老使侍者到僧堂裏坐禪處喚智深時，尚兀自未起。待他起來，穿了直裰，赤著腳，一道煙走出僧堂來。侍者吃了一驚，趕出外來尋時，卻走在佛殿後撒屎。侍者忍笑不住，等他淨了手，說道：

魯智深醉打群僧，見了長老，便撇了棒。（朱寶榮繪）

「長老請你說話。」智深跟著侍者到方丈。長老道：「智深，雖是個武夫出身，今來趙員外檀越剃度了你，我與你摩頂受記，教你『一不可殺生，二不可偷盜，三不可邪淫，四不可貪酒，五不可妄語』。此五戒乃僧家常理。出家人第一不可貪酒，你如何夜來吃得大醉，打了門子，傷壞了藏殿上朱紅槅子，又把火工都打走了，口出喊聲，如何這般所爲？」智深跪下道：「今番不敢了。」長老道：「既然出家，如何先破了酒戒，又亂了清規？我不看你施主趙員外面，定趕你出寺！再後休犯。」智深起來，合掌道：「不敢，不敢！」長老留在方丈裏，安排早飯與他吃，又用好言語勸他，取一領細布直裰，一雙僧鞋，與了智深，教回僧堂去了。昔有一名賢，走筆作一篇口號，單說那酒。端的做得好！道是：

從來過惡皆歸酒，我有一言爲世剖。
地水火風合成人，麵麴米水和醇酎。
酒在瓶中寂不波，人未酣時若無口。
誰說孩提即醉翁，未聞食糯顛如狗。
如何三杯放手傾，遂令四大不自有！
幾人涓滴不能嘗，幾人一飲三百斗。

註

※27齁齁：齁，鼻息聲。形容睡得很沉。

山西五臺山山下的臺懷鎮。（Gomeying提供）

評點

◎17.大蟲偏服慈心人，所以爲大蟲；魯達偏懼怕長老，所以爲魯達。（金批）
◎18.從來主持叢林眞有道德的，調伏大眾，皆得此法，不是養惡，不是護短。（袁眉）

亦有醒眼是狂徒，亦有酕醄神不謬。
酒中賢聖得人傳，人負邦家因酒覆。
解嘲破惑有常言：「酒不醉人人醉酒。」

但凡飲酒，不可盡歡。常言：「酒能成事，酒能敗事。」便是小膽的吃了，也胡亂做了大膽，何況性高的人？

再說這魯智深自從酒醉鬧了這一場，一連三、四個月，不敢出寺門去。忽一日，天氣暴暖，是二月間天氣，離了僧房，信步踱出山門外立地，看著五臺山，喝采一回。◎19猛聽得山下叮叮噹噹的響聲，順風吹上山來。智深再回僧堂裏取了些銀兩，揣在懷裏，一步步走下山來。出得那「五臺福地」的牌樓來看時，原來卻是一個市井，約有五、七百人家。智深看那市鎮上時，也有賣肉的，也有賣菜的，也有酒店、麵店。智深尋思道：「干呆麼！俺早知有這個去處，不奪他那桶酒吃，也自下來買些吃。這幾日熬得清水流，且過去看，有甚東西買些吃。」聽得那響處，卻是打鐵的在那裏打鐵，間壁一家門上，寫著「父子客店」。◎20智深走到鐵匠舖門前看時，見三個人打鐵。智深便道：「兀那待詔※28，有好鋼鐵麼？」那打鐵的看見魯智深腮邊新剃暴長短鬚，戧戧地※29好滲瀨※30人，先有五分怕他。那待詔住了手道：「師父請坐，要打甚麼生活※31？」智深道：「洒家要打條禪杖，一口戒刀，不知有上等好鐵麼？」待詔道：「小人這裏正有些好鐵，不知師父要打多少重的禪杖、戒刀，但憑分付。」智深道：「洒家只要打一條

一百斤重的。」待詔笑道：「重了，師父。小人打怕不打了，只恐師父如何使得動？便是關王刀，也只有八十一斤重。」智深焦躁道：「俺便不及關王？他也只是個人！」◎21那待詔道：「小人據常說，只可打條四、五十斤的，也十分重了。」智深道：「便依你說，比關王刀，也打八十一斤的。」待詔道：「師父，肥了不好看，又不中使。依著小人，好生打一條六十二斤的水磨禪杖與師父，使不動時，休怪小人。戒刀已說了，不用分付，◎22小人自用十分好鐵打造在此。」智深道：「兩件家生，要幾兩銀子？」待詔道：「不討價，實要五兩銀子。」智深道：「俺便依你五兩銀子。你若打得好時，再有賞你。」那待詔接了銀兩道：「小人便打在此。」智深道：「俺有些碎銀子在這裏，和你買碗酒吃。」待詔道：「師父穩便，小人趕趁※32些生活，不及相陪。」

智深離了鐵匠人家，行不到三、二十步，見一個酒望子，挑出在房檐上。智深掀起簾子，入到裏面坐下，敲那桌子叫道：「將酒來！」賣酒的主人家說道：「師父少罪。小人住的房屋也是寺裏的，本錢也是寺裏的。長老已有法旨：但是小人們賣酒與寺裏僧人吃了，便要追了小人們本錢，又趕出屋。因此，只得休怪。」智深道：「胡亂賣些與洒家吃，俺須不說是你家便了。」店主人道：「胡亂不得，師父別處去吃，休怪，

註

※28待詔：待命供奉內廷的人。唐代不僅文詞經學之士，即醫卜技術之流，亦供值於內廷別院，以待詔命，因有醫待詔、畫待詔等名稱。宋元時對手藝工匠尊稱爲待詔。
※29戧戧地：僵硬直立的樣子。
※30滲瀨：醜陋，使人可怕的樣子。
※31生活：手藝人在製造過程中的工作以及他的製成品，都叫做生活。
※32趕趁：這裏是趕著做的意思。

評點

◎19.寫英雄人，必須如此寫，便見他蓋天蓋地胸襟，夫魯達豈有山水之鑑哉？（金批）
◎20.老遠先放此一句，所謂隔年下種，來歲收糧，豈小筆所能。（金批）
◎21.說關王便是關王，說八十一斤便是八十一斤，寫魯達又剴直，又好笑。（金批）眞聖賢佛祖語。（袁評）
◎22.兩件家生也，乃半日只講得一件，故特找此語完足之，妙絕。（金批）

休怪！」智深只得起身，便道：「洒家別處吃得，卻來和你說話。」出得店門，行了幾步，又望見一家酒旗兒直挑出在門前。智深一直走進去，坐下叫道：「主人家，快把酒來賣與俺吃。」店主人道：「師父，你好不曉事！長老已有法旨，你須也知，卻來壞我們衣飯。」智深不肯動身，三回五次，那裏肯賣。智深情知不肯，起身又走。連走了三、五家，都不肯賣。智深尋思一計，若不生個道理，如何能夠酒吃？遠遠地杏花深處，市稍盡頭，一家挑出個草帚兒※33來。智深走到那裏看時，卻是個傍村小酒店。但見：

傍村酒肆已多年，斜插桑麻古道邊。
白板凳鋪賓客坐，須籬笆用棘荊編。
破甕榨成黃米酒，柴門挑出布青帘。
更有一般堪笑處，牛屎泥墻盡酒仙。

智深走入店裏來，靠窗坐下，便叫道：「主人家，過往僧人買碗酒吃。」莊家看了一看道：「和尚，你那裏來？」智深道：「俺是行腳僧人，遊方到此經過，要買碗酒吃。」◎23莊家道：「和尚，若是五臺山寺裏的師父，我卻不敢賣與你吃。」智深道：「洒家不是，你快將酒賣來。」莊家看見魯智深這般模樣，聲音各別，便道：「你要打多少酒？」智深道：「休問多少，大碗只顧篩來。」約莫也吃了十來碗酒，智深問道：「有甚肉？把一盤來吃。」莊家道：「早來有些牛肉，都賣沒了。」智深猛聞得一陣肉香，走出空地上看時，只見墻邊沙鍋裏煮著一隻狗在那裏。智深便道：「你家現有狗肉，如何不賣與俺吃？」莊家道：「我怕你是出家人，不吃狗肉，因此不來問你。」智深道：「洒家的銀子有在這裏。」便將銀子遞與莊家道：「你且賣半隻與俺。」◎24那莊家連忙取半隻熟狗肉，搗些蒜泥，將來放在智深面前。智深大喜，用手扯那狗肉，蘸著蒜泥吃，一連又吃了十來碗酒。吃得口滑，只顧要吃，那裏肯住。莊家倒都呆了，叫道：「和尚，只恁地罷！」智深睜起眼道：「洒家又不白吃你的，管俺怎地！」莊家道：「再要多少？」智深道：「再打一桶來。」莊家只得又舀一桶來。智深無移時，又吃了這桶酒，剩下一腳狗腿，把來揣在懷裏，臨出門又道：「多的銀子，明日又來吃。」嚇得莊家目瞪口呆，罔知所措，看見他早望五臺山上去了。

智深走到半山亭子上，坐了一回，酒卻湧上來，跳起身，口裏道：「俺好些時不曾拽拳使腳，覺道身體都困倦了，洒家且使幾路看。」下得亭子，把兩隻袖子搭在手裏，上下左右，使了一回。使得力發，只一膀子，扇在亭子柱上，只聽得刮剌剌一聲響亮，把亭子柱打折了，坍了亭子半邊。◎25門子聽得半山裏響，高處看時，只見魯智深一步一攧，搶上山來。兩個門子叫道：「苦也！這畜生今番又醉得不小，可便把山門關上，把拴拴了。」只在門縫裏張時，見智深搶到山門下。見關了門，把拳頭擂鼓也似敲門，兩個門子那裏敢開。智深敲了一回，扭過身來，看了左邊的金剛，喝一聲道：「你這個鳥

註

※33 草帚兒：小酒店的酒旗，用草帚代替。

評點

◎23. 重說。此句必要重說，不重說，不見燥吻之急。（金批）
◎24. 索性盡興，妙文雲湧。少停吐出，臭不可聞。（金批）
◎25. 智深於亭子上打拳，非酒醉，乃武夫之常事矣。（余評）

大漢，不替俺敲門，卻拿著拳頭嚇洒家，俺須不怕你。」跳上臺基，把柵刺子※34只一拔，卻似撧※35葱般拔開了。拿起一根折木頭，去那金剛腿上便打，簌簌地泥和顏色都脫下來。門子張見道：「苦也！」只得報知長老。智深等了一回，調轉身來，看著右邊金剛，喝一聲道：「你這廝張開大口，也來笑洒家。」便跳過右邊臺基上，把那金剛腳上打了兩下，只聽得一聲震天價響，那尊金剛從臺基上倒撞下來，智深提著折木頭大笑。兩個門子去報長老，長老道：「休要惹他，你們自去。」只見這首座、監寺、都寺，並一應職事僧人，都到方丈稟說：「這野貓今日醉得不好，把半山亭子、山門下金剛，都打壞了，如何是好？」長老道：「自古天子尚且避醉漢，何況老僧乎？若是打壞了金剛，請他的施主趙員外自來塑新的；倒了亭子，也要他修蓋。這個且由他。」眾僧道：「金剛乃是山門之主，如何把來換過？」長老道：「休說壞了金剛，便是打壞了殿上三世佛，也沒奈何，只可迴避他。◎26你們見前日的行凶麼？」眾僧出得方丈，都道：「好個囫圇竹※36的長老！門子，你且休開門，只在裏面聽。」智深在外面大叫道：「直娘的禿驢們，不放洒家入寺時，山門外討把火來，燒了這個鳥寺！」眾僧聽得叫，只得叫門子拽了大拴，由那畜生入來；若不開時，眞個做出來。門子只得捻腳捻手，把拴拽了，飛也似閃入房裏躲了，眾僧也各自迴避。

只說那魯智深雙手把山門盡力一推，撲地攧將入來，吃※37了一交。扒將起來，把頭摸一摸，直奔僧堂來。到得選佛場中，禪和子正打坐間，看見智深揭起簾子，鑽將入來，都吃一驚，盡低了頭。智深到得禪床邊，喉嚨裏咯咯地響，看著地下便吐。眾僧都聞不得那臭，個個道：「善哉！」齊掩了口鼻。智深吐了一回，扒上禪床，解下絛，把直裰帶子都咇咇剝剝扯斷了，脫下那腳狗腿來。智深道：「好好，正肚飢哩！」扯來便吃。眾僧看見，便把袖子遮了臉，上下肩兩個禪和子遠遠地躲開。智深見他躲開，便扯一塊狗肉，看著上首的道：「你也到口！」上首的那和尚，把兩隻袖子死掩了臉。智深道：「你不吃？」把肉望下首的禪和子嘴邊塞將去，那和尚躲不迭，卻待下禪床，智深把他劈耳朵揪住，將肉便塞。對床四、五個禪和子跳過來勸時，智深撇了狗肉，提起拳頭，去那光腦袋上咇咇剝剝只顧鑿。◎27滿堂僧眾大喊起來，都去櫃中取了衣缽要走。此亂喚做「捲堂大散」。首座那裏禁約得住？智深一味地打將出來，大半禪客都躲出廊下來。監寺、都寺不與長老說知，叫起一班執事僧人，點起老郎、火工道人、直廳、轎夫，約有一、二百人，都執杖叉棍棒，盡使手巾盤頭，一齊打入僧堂來。智深見了，大吼一聲，別無器械，搶入僧堂裏，佛面前推翻供桌，撧兩條桌腳，從堂裏打將出來。但見：

心頭火起，口角雷鳴。奮八九尺猛獸身軀，吐三千丈凌雲志氣。按不住殺人怪膽，圓睜起捲海雙睛。直截橫衝，似中箭投崖虎豹；前奔後湧，如著槍跳澗豺狼。直饒揭帝也難當，便是金剛須拱手。

註

※34柵剌子：即柵欄。

※35撧：古同「絕」，折斷，斷絕。

※36囫圇竹：糊塗的意思。

※37吃：是被、讓、受的意思。

評點

◎26.眞具眼師，眞叢林主。（袁眉）

◎27.想這禪床的都是打料，還有不屑打的。（袁眉）

當時魯智深掄兩條桌腳，打將出來，衆多僧行見他來得凶了，都拖了棒，退到廊下。智深兩條桌腳，著地捲將來，衆僧早兩下合攏來。智深大怒，指東打西，指南打北，只饒了兩頭的。當時智深直打到法堂下，只見長老喝道：「智深不得無禮！衆僧也休動手！」兩邊衆人，被打傷了數十個，見長老來，各自退去。智深見衆人退散，撇了桌腳，叫道：「長老，與洒家做主。」此時酒已七、八分醒了。長老道：「智深，你連累殺老僧。前番醉了一次，攪擾了一場，我教你兄趙員外得知，他寫書來，與衆僧陪話。今番你又如此大醉無禮，亂了清規，打坍了亭子，又打壞了金剛。這個且由他。你攪得衆僧捲堂而走，這個罪業非小，我這裏五臺山文殊菩薩道場，千百年清淨香火去處，如何容得你這等穢污？你且隨我來方丈裏過幾日，我安排你一個去處。」智深隨長老到方丈去。長老一面叫職事僧人留住衆禪客，再回僧堂，自去坐禪。打傷了的和尚，自去將息。長老領智深到方丈，歇了一夜。◎28次日，眞長老與首座商議：「收拾了些銀兩齎發他，教他別處去，可先說與趙員外知道。」長老隨即修書一封，使兩個直廳道人，逕到趙員外莊上，說知就裏，立等回

魯智深酒醉上山，門子關了大門，魯智深醉打山門。（朱寶榮繪）

魯智深拿著兩條桌腿，把眾僧打得四處亂跑。（選自《水滸傳版刻圖錄》，江蘇廣陵古籍刻印社）

報。趙員外看了來書，好生不然。回書來拜覆長老說道：「壞了的金剛、亭子，趙某隨即備價來修。智深任從長老發遣。」長老得了回書，便叫侍者取領皂布直裰，一雙僧鞋，十兩白銀，房中喚過智深。長老道：「智深，你前番一次大醉，鬧了僧堂，便是誤犯。今次又大醉，打壞了金剛，坍了亭子，捲堂鬧了選佛場，你這罪業非輕，又把眾禪客打傷了。我這裏出家是個清淨去處，你這等做作，甚是不好。看你趙檀越面皮，與你這封書，投一個去處安身。我這裏決然安你不得了。我夜來看了，贈汝四句偈言，終身受用。」智深道：「師父教弟子那裏去安身立命？◎29願聽俺師四句偈言。」

眞長老指著魯智深，說出這幾句言語，去這個去處。有分教：這人笑揮禪杖，戰天下英雄好漢；怒掣戒刀，砍世上逆子讒臣。直教：名馳塞北三千里，果證江南第一州。畢竟眞長老與智深說出甚言語來？且聽下回分解。◎30

評點

◎28.讀至此，眞有颶風既息，田園如故之樂。（金眉）
◎29.此四字是王進所說，世間淡泊，收拾不住，此語遂爲佛門所有。（金批）
◎30.趙員外剃度魯達，非僅教以避難也。只因其剛心猛氣，姑勸他做和尚，庶幾可以摧抑之。又評：智深好睡，好飲酒，好吃酒，好打人，皆事禪機，此惟眞長老知之，眾和尚何可與深言。（袁評）

第五回　小霸王醉入銷金帳　花和尚大鬧桃花村◎1

話說當日智真長老道：「智深，你此間決不可住了。我有一個師弟，現在東京大相國寺※1住持，喚做智清禪師。我與你這封書，去投他那裏，討個職事僧做。我夜來看了，贈汝四句偈言，你可終身受用，記取今日之言。」智深跪下道：「洒家願聽偈言。」長老道：「遇林而起，遇山而富，遇水而興，遇江而止。」◎2魯智深聽了四句偈言，拜了長老九拜，背了包裹、腰包、肚包，藏了書信，辭了長老並衆僧人，離了五臺山，逕到鐵匠間壁客店裏歇了，等候打了禪杖、戒刀完備就行。寺內衆僧得魯智深去了，無一個不歡喜。長老教火工道人自來收撬打壞了的金剛、亭子。過不得數日，趙員外自將若干錢物來五臺山，再塑起金剛，重修起半山亭子，不在話下。有詩為證：

禪林辭去入禪林，知己相逢義斷金。
且把威風驚賊膽，漫將妙理悅禪心。
綽名久喚花和尚，道號親名魯智深。
俗願了時終證果，眼前爭奈沒知音。

再說這魯智深就客店裏住了幾日，等得兩件家生都已完備，做了刀鞘，把戒刀插放鞘內，禪杖卻把漆來裹了。將些碎銀子賞了鐵匠，◎3背了包裹，跨了戒刀，提了禪杖，作別了客店主人並鐵匠，行程上路。過往人看了，果然是個莽和尚。但見：

皂直裰背穿雙袖，青圓絛斜綰雙頭。鞘內戒刀，藏春冰三尺※2；肩頭禪杖，橫鐵蟒一條。鷺鷥腿緊繫腳絣，蜘蛛肚牢拴衣缽。嘴縫邊攢千條斷頭鐵線，胸脯上露一帶蓋膽寒毛。生成食肉餐魚臉，不是看經念佛人。

且說魯智深自離了五臺山文殊院，取路投東京來。行了半月之上，於路不投寺院去歇，只是客店內打火安身，白日間酒肆裏買吃。一日正行之間，貪看山明水秀，不覺天色已晚。但見：

山影深沉，槐陰漸沒。綠楊郊外，時聞鳥雀歸林；紅杏村中，每見牛羊入圈。落日帶煙生碧霧，斷霞映水散紅光。溪邊釣叟移舟去，野外村童跨犢歸。

魯智深因見山水秀麗，貪行了半日，趕不上宿頭，路中又沒人作伴，那裏投宿是好？又趕了三、二十里田地，過了

註

※1大相國寺：大相國寺歷史悠久，原爲魏公子無忌信陵君的故宅，北齊文宣帝天保六年（西元五五五年）始創建寺院。在北宋時期是全國最大的皇家寺院，佔地五百多畝，面積爲現在的十八倍，轄六十四個禪院、律院，僧人一千餘人。

※2春冰三尺：這裏指戒刀亮閃閃的意思。

評點

◎1.智深取卻眞長老書，若云「於路不則一日，早來到東京大相國寺」，則是二回書接連都在和尚寺裏，何處見其龍跳虎臥之才乎？此偏於路投宿，忽投到新婦房裏。夫特特避卻和尚寺，而不必到新婦房，則是作者龍跳虎臥之才，猶爲不快也。嗟乎！耐庵眞正才子也。眞正才子之胸中，夫豈可以尋常之情測之也哉！此回遇李忠，後回遇史進，都用一樣句法，以作兩篇章法，而讀之卻又全然是兩樣事情，兩樣局面，其筆力之大不可言。爲一女子弄出來，直弄到五臺山去做了和尚。及做了和尚弄下五臺山來，又爲一女子又幾乎弄出來。夫女子不女子魯達不知也，弄出不弄出魯達不知也，和尚不和尚魯達不知也，上山與下山，魯達悉不知也。亦曰遇酒便吃，遇事便做，遇弱便扶，遇硬便打，如是而已矣，又烏知我是和尚，他是女兒，昔日弄出故上山，今日下山又弄出哉？魯達、武松兩傳，作者意中卻欲遙遙相對，故其敘事亦多彷佛相准。如魯達救許多婦女，武松殺許多婦女；魯達酒醉打金剛，武松酒醉打大蟲；魯達打死鎮關西，武松殺死西門慶；魯達瓦官寺前試禪杖，武松蜈蚣嶺上試戒刀；魯達打周通，越醉越有本事，武松打蔣門神，亦越醉越有本事；魯達桃花山上，踏扁酒器，揣了滾下山去，武松鴛鴦樓上，踏扁酒器，揣了跳下城去。皆是相准而立，讀者不可不知。要盤纏便偷酒器，要私走便滾下山去。人曰：堂堂丈夫，奈何偷了酒器滾下山去？公曰：堂堂丈夫，做甚麼便偷不得酒器，滾不得下山耶？益見魯達浩浩落落。看此回書，須要處處記得魯達是個和尚。如銷金帳中坐，亂草坡上滾，都是光著頭一個人；故奇妙不可言。寫魯達踏扁酒器偷了去後，接連便寫李、周二人分贓數語，其大其小，雖婦人小兒，皆洞然見之。作者眞鼓之舞之以盡神矣哉。大人之爲大人也，自聽天下萬世之人諒之；小人之爲小人也，必要自己口中嘎嘎言之，或與其標榜之同輩一遞一唱，以張揚之。如魯達之偷酒器，李、周之分車仗，可不爲之痛悼乎耶？（金批）

◎2.長老授智深讖言，眞如天星之妙，而所言後有驗也。（余評）

◎3.前許不肯食言，亦表兩件生活打得得意，蓋文人筆，美人鏡，亦猶是矣。（金批）

一條板橋，遠遠地望見一簇紅霞，樹木叢中，閃著一所莊院，莊後重重疊疊，都是亂山。魯智深道：「只得投莊上去借宿。」逕奔到莊前看時，見數十個莊家，忙忙急急，搬東搬西。魯智深到莊前，倚了禪杖，與莊客打個問訊。莊客道：「和尚，日晚來我莊上做甚的？」智深道：「洒家趕不上宿頭，欲借貴莊投宿一宵，明早便行。」莊客道：「我莊上今夜有事，歇不得。」智深道：「胡亂借洒家歇一夜，明日便行。」莊客道：「和尚快走，休在這裏討死！」智深道：「也是怪哉！歇一夜，打甚麼不緊？怎地便是討死？」莊家道：「去便去，不去時，便捉來縛在這裏。」◎4魯智深大怒道：「你這廝村人※3，好沒道理！俺又不曾說甚的，便要綁縛洒家！」莊家們也有罵的，也有勸的。魯智深提起禪杖，卻待要發作，只見莊裏走出一個老人來。魯智深看那老人時，似年近六旬之上。拄一條過頭拄杖，走將出來，喝問莊客：「你們鬧甚麼？」莊客道：「可奈※4這個和尚要打我們。」智深便道：「小僧是五臺山來的和尚，◎5要上東京去幹事，今晚趕不上宿頭，借貴莊投宿一宵，莊家那廝無禮，要綁縛洒家。」那老人道：「既是五臺山來的僧人，隨我進來。」智深跟那老人直到正堂上，分賓主坐下。那老人道：「師父，休要怪。莊家們不省得師父是活佛去處※5來的，他作尋常一例相看。老漢從來敬信佛天三寶※6，◎6雖是我莊上今夜有事，權且留師父歇一宵了去。」智深將禪杖倚了，起身打個問訊，謝道：「感承施主，小僧不敢動問貴莊高姓？」老人道：「老漢姓劉，此間喚做桃花村，鄉人都叫老漢做桃花莊劉太公。敢問師父俗姓，喚做甚

麼諱字？」智深道：「俺的師父是智眞長老，與俺取了個諱字。因洒家姓魯，喚做魯智深。」太公道：「師父請吃些晚飯，不知肯吃葷腥也不？」魯智深道：「洒家不忌葷酒，◎7遮莫甚麼渾清白酒，都不揀選；牛肉、狗肉，但有便吃。」太公道：「既然師父不忌葷酒，先叫莊客取酒肉來。」沒多時，莊客掇張桌子，放下一盤牛肉，三、四樣菜蔬，一雙箸，放在魯智深面前。智深解下腰包、肚包坐定。那莊客旋了一壺酒※7，拿一隻盞子，篩下酒※8與智深吃。這魯智深也不謙讓，亦不推辭，無一時，一壺酒、一盤肉，都吃了。太公對席看見，呆了半晌。莊客搬飯來，又吃了。擡過桌子，太公分付道：「胡亂教師父在外面耳房※9中歇一宵，夜間如若外面熱鬧，不可出來窺望。」智深道：「敢問貴莊今夜有甚事？」太公道：「非是你出家人閑管的事。」◎8智深道：「太公緣何模樣不甚喜歡？莫不怪小僧來攪擾你麼？明日洒家算還你房錢便了。」太公道：「師父聽說：我家時常齋僧布施，那爭師父一個？只是我家今夜小女招夫，以此煩惱。」魯智深呵呵大笑道：「『男大須婚，女大必嫁』。這是人倫大事，五常之禮，何故煩惱？」太公道：「師父不知，這頭親事，不是情願與的。」智深大笑道：「太公，

註

※3村人：粗魯、粗野的人。
※4可奈：怎奈。
※5活佛去處：去處，指地方。佛教的說法：有佛祖在五臺山修行得道，那裏是聖地。因之，信佛的都說那裏是有活佛的地方。
※6佛天三寶：佛教中指佛、佛法經典、僧人爲三寶。
※7旋了一壺酒：燙酒。
※8篩下酒：斟酒。
※9耳房：跟正房相連的兩側小屋，也指廂房兩旁的小屋。

評點

◎4.莊主苦不可言，莊客已使新女婿勢頭矣，世間如此之事極多，寫來爲之一笑。（金批）
◎5.吃酒須不說五臺山，投宿須說出五臺山，卻是爲何，世人自省。（袁眉）
◎6.有此敬信，始不疑其吃葷酒，始自聽其說因緣。（袁眉）
◎7.太公只問葷腥，智深忽然自增出一酒字，妙筆。（金批）
◎8.吃了酒肉，該管閑事。（袁眉）

你也是個痴漢，既然不兩相情願，如何招贅做個女婿？」太公道：「老漢只有這個小女，如今方得一十九歲，被此間有座山，喚做桃花山，近來山上有兩個大王，◎9扎了寨柵，聚集著五、七百人，打家劫舍。此間青州官軍捕盜，禁他不得，因來老漢莊上討進奉，見了老漢女兒，撇下二十兩金子、一匹紅錦爲定禮，選著今夜好日，晚間來入贅老漢莊上。又和他爭執不得，只得與他，因此煩惱，非是爭師父一個人。」智深聽了道：「原來如此。小僧有個道理，教他回心轉意，不要娶你女兒如何？」太公道：「他是個殺人不貶眼魔君，你如何能夠得他回心轉意？」智深道：「洒家在五臺山眞長老處，學得說因緣※10，便是鐵石人，也勸得他轉。◎10今晚可教你女兒別處藏了，俺就你女兒房內說因緣，勸他便回心轉意。」太公道：「好卻甚好，只是不要捋虎鬚。」智深道：「洒家的不是性命？你只依著俺

❀ 魯智深聽說強盜強娶民女，便說自己會說因緣，能勸人回心轉意。
（日版畫，出自《新編水滸畫傳》，葛飾戴斗繪）

行。」太公道：「卻是好也！我家有福，得遇這個活佛下降。」莊客聽得，都吃一驚。太公問智深：「再要飯吃麼？」智深道：「飯便不要吃，有酒再將些來吃。」太公道：「有，有！」隨即叫莊客取一隻熟鵝，大碗斟將酒來，叫智深盡意吃了三、二十碗，那隻熟鵝也吃了。叫莊客將了包裹，先安放房裏，提了禪杖，帶了戒刀，問道：「太公，你的女兒躲過了不曾？」太公道：「老漢已把女兒寄送在鄰舍莊裏去了。」智深道：「引洒家新婦房內去。」太公引至房邊，指道：「這裏面便是。」智深道：「你們自去躲了。」太公與衆莊客自出外面安排筵席。智深把房中桌椅等物，都掇過了，將戒刀放在床頭，禪杖把來倚在床邊，把銷金帳子下了，脫得赤條條地，跳上床去坐了。

太公見天色看看黑了，叫莊客前後點起燈燭熒煌，就打麥場上放下一條桌子，上面擺著香花燈燭。一面叫莊客大盤盛著肉，大壺溫著酒。約莫初更時分，只聽得山邊鑼鳴鼓響。這劉太公懷著鬼胎，莊家們都捏著兩把汗，盡出莊門外看時，只見遠遠地四、五十火把，照曜如同白日，一簇人馬，飛奔莊上來。但見：

霧鎖青山影裏，滾出一夥沒頭神。煙迷綠樹林邊，擺著幾行爭食鬼。人人凶惡，個個猙獰。頭巾都戴茜根紅，衲襖盡披楓葉赤。纓槍對對，圍遮定吃人心肝的小魔王；梢棒雙雙，簇捧著不養爹娘的眞太歲。夜間羅剎去迎親，山上大蟲來下馬。

註

※10 說因緣：佛家講因果報應。

評點

◎9.「近來」二字妙，照定李忠下筆。（金批）

◎10.前說有個道理回心轉意，原欲以鄭屠之法治之，只因老兒「如何能夠」一句，便隨口噇出說因緣來，冒冒失失，爲下文一笑。（金批）

劉太公看見，便叫莊客大開莊門，前來迎接。只見前遮後擁，明晃晃的都是器械、旗槍，盡把紅綠絹帛縛著。小嘍囉頭巾邊亂插著野花。前面擺著四、五對紅紗燈籠，照著馬上那個大王。怎生打扮？但見：

頭戴撮尖乾紅凹面巾，鬢傍邊插一枝羅帛像生花，上穿一領圍虎體挽絨金繡綠羅袍，腰繫一條稱狼身銷金包肚紅搭膊，著一雙對掩雲跟牛皮靴，騎一匹高頭捲毛大白馬。

那大王來到莊前下了馬，只見眾小嘍囉齊聲賀道：「帽兒光光，今夜做個新郎；衣衫窄窄，今夜做個嬌客。」劉太公慌忙親捧臺盞，斟下一杯好酒，跪在地下，◎11眾莊客都跪著。那大王把手來扶道：「你是我的丈人，如何倒跪我？」太公道：「休說這話，老漢只是大王治下管的人戶。」那大王已有七、八分醉了，呵呵大笑道：「我與你家做個女婿，也不虧負了你。你的女兒匹配我也好。」劉太公把了下馬杯，來到打麥場上，見了香花燈燭，便道：「泰山，何須如此迎接？」那裏又飲了三杯。來到廳上，喚小嘍囉教把馬去繫在綠楊樹上。小嘍囉把鼓樂就廳前擂將起來。大王上廳坐下，叫道：「丈人，我的夫人在那裏？」太公道：「便是怕羞，不敢出來。」大王笑道：「且將酒來，我與丈人回敬。」那大王把了一杯，便道：「我且和夫人廝見了，卻來吃酒未遲。」那劉太公一心只要那和尚勸他，便道：「老漢自引大王去。」拿了燭臺，引著大王，轉入屏風背後，直到新人房前。太公指與道：「此間便是，請大王自入去。」太公拿了燭臺，一

評點

◎11.好個知趣丈人。（容夾）
　　觀太公跪接賊人，此弱固不可以敵強。（余評）
◎12.做人家的，並爲賊所笑。（袁眉）
◎13.這個新人也奇，又打老公了。（容眉）

直去了。未知凶吉如何，先辦一條走路。

那大王推開房門，見裏面黑洞洞地。大王道：「你看我那丈人，是個做家的人，房裏也不點碗燈，由我那夫人黑地裏坐地。◎12明日叫小嘍囉山寨裏扛一桶好油來與他點。」魯智深坐在帳子裏都聽得，忍住笑，不做一聲。那大王摸進房中，叫道：「娘子，你如何不出來接我？你休要怕羞，我明日要你做壓寨夫人。」一頭叫娘子，一頭摸來摸去。一摸摸著銷金帳子，便揭起來，探一隻手入去摸時，摸著魯智深的肚皮，被魯智深就勢劈頭巾帶角兒揪住，一按按將下床來。那大王卻待掙扎，魯智深把右手捏起拳頭，罵一聲：「直娘賊！」連耳根帶脖子只一拳，那大王叫一聲：「做甚麼便打老公？」◎13魯智深喝道：「教你認得老婆！」拖倒在床邊，拳頭腳尖一齊上，打得大王叫救人。劉太公驚得呆了，只道這早晚正說因緣，勸那大王，卻聽得裏面叫救人。太公慌忙把著燈燭，引了小嘍囉，一齊搶將入來。眾人燈下打一看時，只見一個胖大和尚，赤條條不著一絲，騎翻大王在床面前打。為頭的小嘍囉叫道：「你眾人都來救大王。」眾小嘍囉一齊拖槍拽棒，打將入來救時，魯智深見了，撇下大王，床邊

小霸王進洞房，結果被魯智深爆打了一頓。（選自《水滸傳版刻圖錄》，江蘇廣陵古籍刻印社）

綽了禪杖，著地打將出來。小嘍囉見來得兇猛，發聲喊都走了。劉太公只管叫苦。打鬧裏，那大王扒出房門，◎14奔到門前，摸著空馬，樹上折枝柳條，托地跳在馬背上，把柳條便打那馬，卻跑不去。大王道：「苦也！這馬也來欺負我。」再看時，原來心慌，不曾解得韁繩，連忙扯斷了，騎著摌馬※11飛走。出得莊門，大罵劉太公：「老驢休慌，不怕你飛了！」把馬打上兩柳條，撥喇喇地馱了大王上山去。劉太公扯住魯智深道：「和尚，你苦了老漢一家兒了！」魯智深說道：「休怪無禮。且取衣服和直裰來，洒家穿了說話。」◎15莊家去房裏取來，智深穿了。太公道：「我當初只指望你說因緣，勸他回心轉意，誰想你便下拳打他這一頓，定是去報山寨裏大隊強人，來殺我家。」智深道：「太公休慌。俺說與你。洒家不是別人，俺是延安府老種經略相公帳前提轄官，爲因打死了人，出家做和尚。休道這兩個鳥人，便是一、二千軍馬來，洒家也不怕他。你們衆人不信時，提俺禪杖看。」莊客們那裏提得動。智深接過來手裏，一似拈燈草一般使起來。太公道：「師父休要走了去，卻要救護我們一家兒使得。」智深道：「甚麼閑話！俺死也不走！」太公道：「且將些酒來師父吃，休得要抵死醉了。」魯智深道：「洒家一分酒，只有一分本事，十分酒，便有十分的氣力。」◎16太公道：「恁地時最好。我這裏有的是酒肉，只顧教師父吃。」

且說這桃花山大頭領坐在寨裏，正欲差人下山來探聽做女婿的二頭領如何，只見數個小嘍囉氣急敗壞，走到山寨裏叫道：「苦也！苦也！」大頭領連忙問道：「有甚麼

事，慌做一團？」小嘍囉道：「二哥哥吃打壞了。」大頭領大驚，正問備細，只見報道：「二哥哥來了。」◎17大頭領看時，只見二頭領紅巾也沒了，身上綠袍扯得粉碎，下得馬，倒在廳前，口裏說道：「哥哥救我一救！」大頭領問道：「怎麼來？」二頭領道：「兄弟下得山，到他莊上，入進房裏去。叵耐那老驢把女兒藏過了，卻教一個胖和尚躲在他女兒床上。我卻不提防，揭起帳子摸一摸，吃那廝揪住，一頓拳頭腳尖，打得一身傷損。那廝見眾人入來救應，放了手，提起禪杖，打將出去。因此我得脫了身，拾得性命。哥哥與我做主報仇。」大頭領道：「原來恁地。你去房中將息，我與你去拿那賊禿來。」喝叫左右：「快備我的馬來！眾小嘍囉都去。」大頭領上了馬，綽槍在手，盡數引了小嘍囉，一齊吶喊下山去了。再說魯智深正吃酒哩，莊客報道：「山上大頭領盡數都來了。」智深道：「你等休慌。洒家但打翻的，你們只顧縛了，解去官司請賞。取俺的戒刀來。」◎18魯智深把直裰脫了，拽扎起下面衣服，跨了戒刀，大踏步，提了禪杖，出到打麥場上。只見大頭領在火把叢中，一騎馬搶到莊前，馬上挺著長槍，高聲喝道：「那禿驢在那裏？早早出來決個勝負！」魯智深大怒，罵道：「腌臢打脊※12潑才，叫你認得洒家！」掄起禪杖，著地捲將來。那大頭領逼住槍，大叫道：「和尚，且休要動手。你的聲音好廝熟，你且通個姓名。」魯智深道：「洒家不是別人，老種經略相公帳前提轄魯達的便是，如今出了家做和尚，喚做魯智深。」◎19那大頭領呵呵大笑，滾

註

※11 撻馬：撻同驏，沒有鞍轡的光背馬。

※12 打脊：鞭打脊背，是宋、元時肉刑的一種。這裏是罵人的話，該打的意思。

評點

◎14.六字奇文。大王字，爬字，房門字，從來不曾連也。（金批）
◎15.如此筆力，眞是心閑手敏。（金批）
◎16.魯達與武松作一聯，此等語俱要牢記，與後武松對看。（金批）
◎17.周通走上山寨，霎時間劉家莊禍起而反成福。（余評）
◎18.禪杖先前直打出來，戒刀還在房中，細妙無雙。（金批）
◎19.如今二字妙，七玲八瓏語。（金批）
有得說姓名藏頭露尾，此處偏敘得快爽者，正爲李忠認得作勢也。（金眉）

鞍下馬，撇了槍，撲翻身便拜道：「哥哥別來無恙。可知二哥著了你手！」魯智深只道賺他，托地跳退數步，把禪杖收住，定睛看時，火把下認得，不是別人，◎20卻是江湖上使槍棒賣藥的教頭打虎將李忠。原來強人下拜，不說此二字，爲軍中不利，只喚做剪拂，此乃吉利的字樣。李忠當下剪拂了起來，扶住魯智深道：「哥哥，緣何做了和尚？」智深道：「且和你到裏面說話。」劉太公見了，又只叫苦：「這和尚原來也是一路！」◎21

魯智深到裏面，再把直裰穿了，和李忠都到廳上敘舊。魯智深坐在正面，喚劉太公出來，那老兒不敢向前。智深道：「太公休怕，他是俺的兄弟。」那老兒見說是兄弟，心裏越慌，又不敢不出來。李忠坐了第二位，太公坐了第三位。魯智深道：「你二位在此，俺自從渭州三拳打死了鎮關西，逃走到代州雁門縣，因見了洒家齎發他的金老。那老兒不曾回東京去，卻隨個相識，也在雁門縣住。他那個女兒，就與

李忠帶領嘍囉下山，發現對方是魯智深。（日版畫，出自《新編水滸畫傳》，葛飾戴斗繪）

杭州六和寺塔院內的魯智深雕塑。（樹影／fotoe提供）

了本處一個財主趙員外。和俺廝見了，好生相敬。不想官司追捉得洒家要緊，那員外陪錢送俺去五臺山智眞長老處落髮爲僧。洒家因兩番酒後鬧了僧堂，本師長老與俺一封書，教洒家去東京大相國寺，投了智清禪師，討個職事僧做。因爲天晚，到這莊上投宿，不想與兄弟相見。◎22卻纔俺打的那漢是誰？你如何又在這裏？」李忠道：「小弟自從那日與哥哥在渭州酒樓上，同史進三人分散，次日聽得說哥哥打死了鄭屠。我去尋史進商議，他又不知投那裏去了。小弟聽得差人緝捕，慌忙也走了，卻從這山下經過。卻纔被哥哥打的那漢，先在這裏桃花山扎寨，喚做小霸王周通。那時引人下山來和小弟廝殺，被我贏了，他留小弟在山上爲寨主，讓第一把交椅，教小弟坐了，以此在這裏落草。」智深道：「既然兄弟在此，劉太公這頭親事，再也休題！他只有這個女兒，要養終身。不爭※13被你把了去，教他老人家失所。」◎23太公見說了，大喜，安排酒食，出來管待二位。小嘍囉們每人兩個饅頭，兩塊肉，一大碗酒，都教吃飽了。太公將出原定的金子、緞匹。魯智深道：「李忠兄弟，你與他收了去，這件事都在你身上。」李忠

註

※13不爭：這裏是如果的意思。

評點

◎20.李忠認得魯達，魯達卻不記得李忠者，所謂卿自難記，非魯達過也。（金批）
◎21.百忙中下此一筆，妙絕，遂令行文曲折之甚。（金批）
◎22.輕輕二字，說來可笑，可謂不以玉帛，而以兵戎矣。（金批）
◎23.眞正佛說因緣經，是非強盜之所知也。（金批）

道：「這個不妨事。且請哥哥去小寨住幾時，劉太公也走一遭。」太公叫莊客安排轎子，擡了魯智深，帶了禪杖、戒刀、行李。李忠也上了馬，太公也坐了一乘小轎，卻早天色大明。衆人上山來，智深、太公到得寨前，下了轎子，李忠也下了馬，邀請智深入到寨中，向這聚義廳上，三人坐定，李忠叫請周通出來。周通見了和尚，心中怒道：「哥哥卻不與我報仇，倒請他來寨裏，讓他上面坐！」李忠道：「兄弟，你認得這和尚麼？」周通道：「我若認得他時，須不吃他打了。」李忠笑道：「這和尚便是我日常和你說的三拳打死鎮關西的，便是他。」周通把頭摸一摸，叫聲：「呵呀！」撲翻身便剪拂。魯智深答禮道：「休怪衝撞。」三個坐定，劉太公立在面前，◎24魯智深便道：「周家兄弟，你來聽俺說。劉太公這頭親事，你卻不知他只有這個女兒，養老送終，承祀香火，都在他身上。你若娶了，教他老人家失所，他心裏怕不情願。你依著洒家，把來棄了，別選一個好的。原定的金子、緞匹，將在這裏。你心下如何？」周通道：「並聽大哥言語，兄弟再不敢登門。」智深道：「大丈夫作事，卻休要翻悔！」周通折箭爲誓。劉太公拜謝了，納還金子、緞匹，自下山回莊去了。

李忠、周通椎牛宰馬，安排筵席，管待了數日。引魯智深山前山後觀看景致，果是好座桃花山，◎25生得凶怪，四圍險峻，單單只一條路上去，四下裏漫漫都是亂草。智深看了道：「果然好險隘去處。」住了幾日，魯智深見李忠、周通不是個慷慨之人，作事慳吝，只要下山。兩個苦留，那裏肯住，只推道：「俺如今既出了家，如何肯落草？」

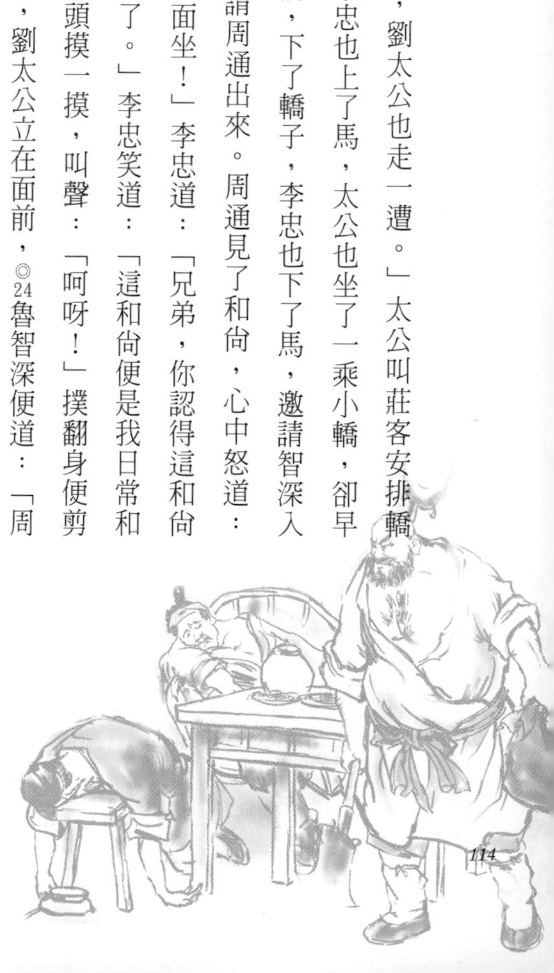

李忠、周通道：「哥哥既然不肯落草，要去時，我等明日下山，但得多少，盡送與哥哥作路費。」次日，山寨裏一面殺羊宰豬，且做送路筵席，安排整頓，卻將金、銀酒器，設放在桌上。正待入席飲酒，只見小嘍囉報來：「見山下有兩輛車，十數個人來也。」李忠、周通見報了，點起衆多小嘍囉，只留一、兩個伏侍魯智深飲酒。兩個好漢道：「哥哥只顧請自在吃兩杯，我兩個下山去取得財來，就與哥哥送行。」分付已罷，引領衆人下山去了。且說這魯智深尋思道：「這兩個人好生慳吝！見放著有許多金銀，卻不送與俺，直等要去打劫得別人的，送與洒家。這個不是把官路當人情，只苦別人？洒家且教這廝吃俺一驚！」便喚這幾個小嘍囉近前來篩酒吃。方纔吃得兩盞，跳起身來，兩拳打翻兩個小嘍囉，便解搭膊，做一塊兒綑了，口裏都塞了些麻核桃※14。便取出包裹打開，沒要緊的都撇了，只拿了桌上金銀酒器，都踏扁了，拴在包裹；胸前度牒袋內藏了眞長老的書信；跨了戒刀，提了禪杖，頂了衣包，便出寨來。到後山打一望時，都是險峻之處，卻尋思：「洒家從前山去時，一定吃那廝們撞見，不如就此間亂草處滾將下去。」先把戒刀和包裹拴了，望下丟落去，又把禪杖也攛落去。卻把身望下只一滾，骨碌碌直滾到山腳邊，並無傷損。◎26詩曰：

絕險曾無鳥道開，欲行且止自疑猜。
光頭包裹從高下，瓜熟紛紛落蒂來。

註

※14麻核桃：用粗麻繩打的結。

評點

◎24.敍得妙，有文有理，其此句之謂矣。蓋太公此來，只爲要了當親事耳，若亦坐下，則將令周通、李忠椎牛宰馬，管待太公耶？（金批）
◎25.強盜豈會遊山耶，只爲亂草一句耳。（金批）
◎26.傷損容亦有之，然說他則甚，則不如並無傷損之乾淨也。（金批）

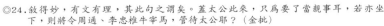

當時魯智深跳將起來，尋了包裹，跨了戒刀，拿了禪杖，拽開腳手，取路便走。

再說李忠、周通下到山邊，正迎著那十數個人，各有器械。李忠、周通挺著槍，小嘍囉吶著喊，搶向前，來喝道：「兀那客人，會事的留下買路錢！」那客人內有一個便拈著朴刀來鬥李忠，一來一往，一去一回，鬥了十餘合，不分勝敗。◎27周通大怒，趕向前來喝一聲，眾小嘍囉一齊都上，那夥客人抵當不住，轉身便走。有那走得遲的，盡被搠死七、八個。劫了車子財物，和著凱歌，慢慢地上山來。到得寨裏，打一看時，只見兩個小嘍囉綑做一塊在亭柱邊，桌子上金銀酒器都不見了。周通解了小嘍囉，問其備細：「魯智深那裏去了？」小嘍囉說道：「把我兩個打翻綑縛了，捲了若干器皿，都拿了去。」周通道：「這賊禿不是好人，倒著了那廝手腳！卻從那裏去了？」團團尋蹤跡，到後山，見一帶荒草平平地都滾倒了。周通看了道：「這禿驢倒是個老賊！這般險峻山岡，從這裏滾了下去。」李忠道：「我們趕上去問他討，也羞那廝一場。」周通道：「罷，罷！賊去了關

魯智深討厭李忠等的為人，打翻了兩個嘍囉，拿了金銀酒器，離開了桃花山。（朱寶榮繪）

門，那裏去趕？便趕得著時，也問他取不成。倘有些不然起來，我和你又敵他不過，後來倒難廝見了。不如罷手，後來倒好相見。◎28我們且自把車子上包裹打開，將金銀緞匹分作三分，我和你各捉一分，一分賞了眾小嘍囉。」李忠道：「是我不合引他上山，折了你許多東西，我的這一分都與了你。」周通道：「哥哥，我和你同死同生，休恁地計較。」看官牢記話頭，這李忠、周通自在桃花山打劫。

再說魯智深離了桃花山，放開腳步，從早晨直走到午後，約莫走了五、六十里多路，肚裏又飢，路上又沒個打火處，尋思：「早起只顧貪走，不曾吃得些東西，卻投那裏去好？」東觀西望，猛然聽得遠遠地鈴鐸之聲。魯智深聽得道：「好了！不是寺院，便是宮觀，風吹得簷前鈴鐸之聲，洒家且尋去那裏投奔。」不是魯智深投那個去處，有分教：半日裏送了十餘條性命生靈，一把火燒了有名的靈山古蹟。直教：黃金殿上生紅焰，碧玉堂前起黑煙。畢竟魯智深投甚麼寺觀來？且聽下回分解。◎29

小霸王周通，分明吃打怕了，知道自己和李忠也打不過魯智深。（葉雄繪）

評點

◎27.須有個作鬥的，智深纔好慢慢打疊。（袁眉）

◎28.倘或周通又去劉太公莊上作女婿，如何？卓吾曰：魯和尚也管不得許多。（容眉）

◎29.智深一打鎮關西，一打小霸王，兩拳俱大有妙用，若曰和尚路見不平，則幾失智深矣。（袁評）

第六回

九紋龍剪徑※1赤松林　魯智深火燒瓦罐寺◎1

話說魯智深走過數個山坡，見一座大松林，一條山路。隨著那山路行去，走不得半里，擡頭看時，卻見一所敗落寺院，被風吹得鈴鐸響。看那山門時，上有一面舊朱紅牌額，內有四個金字，都昏了，寫著：「瓦罐之寺」。又行不得四、五十步，過座石橋，再看時，一座古寺，已有年代。入得山門裏，仔細看來，雖是大剎，好生崩損。但見：

鐘樓倒塌，殿宇崩摧。山門盡長蒼苔，經閣都生碧蘚。釋迦佛蘆芽穿膝※2，渾如在雪嶺之時；觀世音荊棘纏身，卻似守香山之日。諸天壞損，懷中鳥雀營巢；帝釋欹斜，口內蜘蛛結網。沒頭羅漢，這法身也受災殃；折臂金剛，有神通如何施展。香積廚中藏兔穴，龍華臺上印狐蹤。

魯智深入得寺來，便投知客寮去。只見知客寮門前大門也沒了，四圍壁落全無。◎2智深尋思道：「這個大寺，如何敗落得恁地？」直入方丈前看時，只見滿地都是燕子糞，門上一把鎖鎖著，鎖上盡是蜘蛛網。智深把禪杖就地下搠著，叫道：「過往僧人來投齋！」叫了半日，沒一個答應。回到香積廚下看時，鍋也沒了，竈頭都塌損。智深把包裹解下，放在監齋使者※3面前，◎3提了禪杖，到處尋去。尋到廚房後面一間小屋，見幾個老和尚坐地，一個個面黃肌瘦。智深喝一聲道：「你們這和尚，好沒道理！由洒家叫喚，沒一

個應。」那和尚搖手道：「不要高聲。」智深道：「俺是過往僧人，討頓飯吃，有甚利害？」老和尚道：「我們三日不曾有飯落肚，那裏討飯與你吃？」智深道：「俺是五臺山來的僧人，粥也胡亂請洒家吃半碗。」老和尚道：「你是活佛去處來的僧，我們合當齋你，爭※4奈我寺中僧衆走散，並無一粒齋糧。老僧等端的餓了三日。」智深道：「胡說，這等一個大去處，不信沒齋糧。」老和尚道：「我這裏是個非細※5去處。只因是

註

※1剪徑：攔路搶劫。
※2釋迦佛蘆芽穿膝：指釋迦修行時候十分艱苦，以致蘆芽穿膝都沒有知覺。
※3監齋使者：寺觀廚房裏供的神。
※4爭：這裏同「怎」。
※5非細：細，小也。不小的意思。

評點

◎1.吾前言兩回書不欲接連都在叢林，因特幻出新婦房中銷金帳裏以間隔之，固也。然惟恐兩回書接連都在叢林，而必別生一回不在叢林之事以間隔之，此雖才子之才，而非才子之大才也。夫才子之大才，則何所不可之有。前一回在叢林，後一回何妨又在叢林？不寧惟是而已，前後二回都在叢林，何妨中間再生一回復在叢林？夫兩回書不欲接連都在叢林者，才子教天下後世以避之之法也。若兩回書接連都在叢林，而中間反又加倍寫一叢林者，才子教天下後世以犯之之法也。雖然，避可能也，犯不可能也，夫是以才子之名畢竟獨歸耐庵也。吾讀瓦罐一篇，不勝浩然而嘆。嗚呼！世界之事亦猶是矣。耐庵忽然而寫瓦罐，千載之人讀之，莫不盡見有瓦罐也。耐庵忽然而寫瓦罐被燒，千載之人讀之，又莫不盡見瓦罐被燒也。然而一卷之書，不盈十紙，瓦罐何因而起，瓦罐何因而倒，起倒只在須臾，三世不成戲事耶？又攤書於几上，人凭几而讀，其間面與書之相去，蓋未能以一尺也。此未能一尺之間，又蕩然其虛空，何據而忽然謂有瓦罐，何據而忽然又謂燒盡，顛倒畢竟虛空，山河不又如夢耶？嗚呼！以大雄氏之書，而與凡夫讀之，則謂香風萎花之句，可入詩料。以北《西廂》之語而與聖人讀之，則謂「臨去秋波」之曲可悟重玄。夫人之賢與不肖，其用意之相去既有如此之別，然則如耐庵之書，亦顧其讀之之人何如矣。夫耐庵則又安辯其是稗官，安辯其是菩薩現稗官耶！一部《水滸傳》，悉依此批讀。通篇只是魯達紀程圖也。乃忽然飛來史進，忽然飛去史進者，非此魯達於瓦罐寺中眞了不得，而必借助於大郎也。亦爲前者渭州酒樓三人分手，直至於今，都無下落，昨在桃花山上雖曾收到李忠，然而李忠之與大郎，其重其輕相去則不但丈尺而已也。乃今李忠反已討得著實，而大郎猶自落在天涯，然則茫茫大宋，斯人安在者乎？況於過此以往，一到東京便有豹子頭林沖之一事，作者此時即通身筆舌猶恨未及，其何暇更以閑心閑筆來照到大郎也？不得已，因向瓦罐寺前穿插過去。嗚呼！誰謂作史爲易事耶！眞長老云：便打壞三世佛，老僧亦只得罷休。善哉大德！眞可謂通達罪福相，遍照於十方也。若清長老則云：侵損菜園，得他壓伏。嗟乎！以菜園爲莊產，以眾生爲怨家，如此人亦復匡徒領眾，儼然稱師，殊可怪也。夫三世佛之與菜園，則有間矣。三世佛猶罷休，則無所不罷休可知也；菜園猶不罷休，然則如清長老者，又可損其毫毛乎哉！作者於此三致意焉。以眞入五臺，以清佔東京，意蓋謂一是清涼法師，一是鬧熱光棍也。此篇處處定要寫到急殺處，然後生出路來，又一奇觀。此回突然撰出不完句法，乃從古未有之奇事。如智深跟丘小乙進去，和尚吃了一驚，急道：「師兄請坐，聽小僧說。」此是一句也。卻因智深睜著眼，在一邊夾道：「你說！你說！」於是遂將「聽小僧」三字隔在上文，「說」字隔在下文，一也。智深再回香積廚來，見幾個老和尚「正在那裏」怎麼，此是一句也，卻因智深來得聲勢，於是遂於「正在那裏」四字下，忽然收住，二也。林子中史進聽得聲音，要問姓甚名誰，此是一句也，卻因智深鬥到性發，不睬其問，於是「姓甚」已問，「名誰」未說，三也。凡三句不完，卻又是三樣文情，而總之只爲描寫智深性急。此雖史遷，未有此妙矣。（金批）
◎2.前前後後，形容敗落寺院如畫。（袁眉）
◎3.魯達主意是尋飯吃，故特將全副行李，坐住在監齋使者身上，妙絕。（金批）

十方常住※6，被一個雲遊和尚，引著一個道人，來此住持，把常住有的沒的都毀壞了。◎4他兩個無所不為，把眾僧趕出去了。我幾個老的走不動，只得在這裏過，因此沒吃飯。」智深道：「胡說！量他一個和尚，一個道人，做得甚事，卻不去官府告他？」老和尚道：「師父，你不知這裏衙門又遠，便是官軍，也禁不得他。這和尚、道人好生了得，都是殺人放火的人，如今向方丈後面一個去處安身。」智深道：「這兩個喚做甚麼？」老和尚道：「那和尚姓崔法號道成，綽號生鐵佛；道人姓丘，排行小乙，綽號飛天夜叉※7。這兩個那裏似個出家人，只是綠林中強賊一般，把這出家影佔※8身體。」智深正問間，猛聞得一陣香來。智深提了禪杖，踅※9過後面打一看時，見一個土竈，蓋著一個草蓋，氣騰騰透將起來。智深揭起看時，煮著一鍋粟米粥。智深罵道：「你這幾個老和尚沒道理！只說三日沒吃飯，如今見煮一鍋粥，出家人何故說謊？」那幾個老和尚被智深尋出粥來，只叫苦，把碗碟、鉢頭、杓子、水桶，都

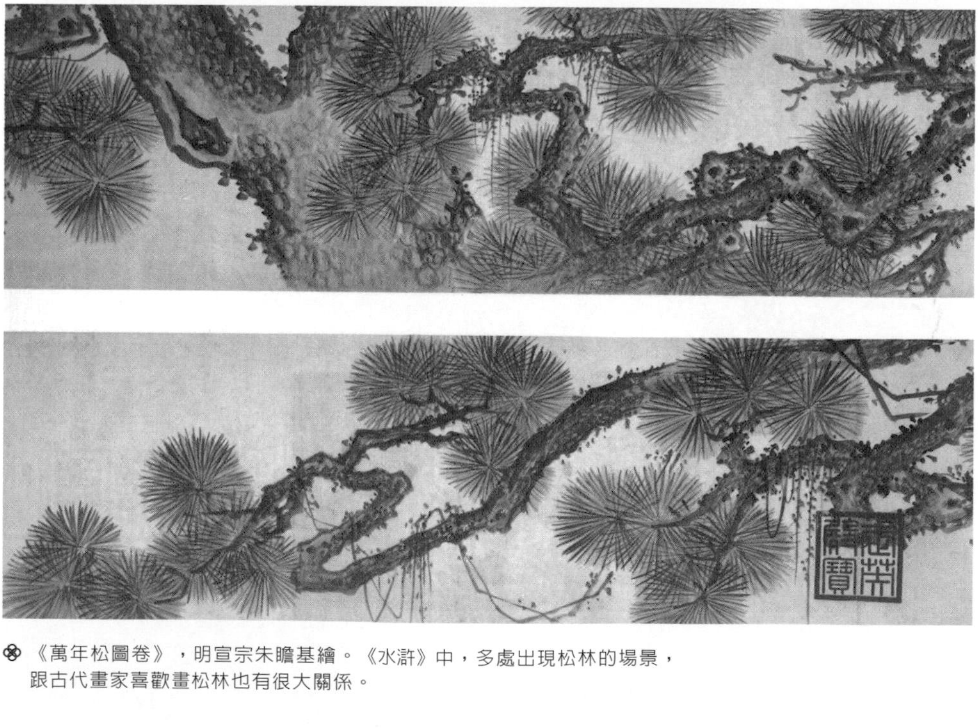

《萬年松圖卷》，明宣宗朱瞻基繪。《水滸》中，多處出現松林的場景，跟古代畫家喜歡畫松林也有很大關係。

搶過了。智深肚飢，沒奈何，見了粥要吃，沒做道理處，只見竈邊破漆春臺，只有些灰塵在上面。智深見了，人急智生，便把禪杖倚了，就竈邊拾把草，把春臺揩抹了灰塵，雙手把鍋掇起來，把粥望春臺只一傾。那幾個老和尚都來搶粥吃，被智深一推一交，倒的倒了，走的走了。智深卻把手來捧那粥吃。纔吃幾口，那老和尚道：「我等端的三日沒飯吃，卻纔去那裏抄化得這些粟米，胡亂熬些粥吃，你又吃我們的。」智深吃五、七口，聽得了這話，便撇了不吃。只聽得外面有人嘲歌※10。智深洗了手，提了禪杖，出來看時，破壁子裏望見一個道人，◎5頭戴皂巾，身穿布衫，腰繫雜色縧，腳穿麻鞋，挑著一擔兒，一頭是個竹籃兒，裏面露些魚尾，並荷葉托著些肉；一頭擔著一瓶酒，也是荷葉蓋著。口裏嘲歌著唱道：「你在東時我在西，你無男子我無妻。我無妻時猶閑可，你無夫時好孤悽。」那幾個老和尚趕出來，搖著手，悄悄地指與智深道：「這個道人便是飛天夜叉丘小乙。」智深見指說了，便提著禪杖，隨後跟去。那道人不知智深在後面跟來，只顧走入方丈後墻裏去。智深隨即跟到裏面，看時，見綠槐樹下放著一條桌子，鋪著些盤饌，三個盞子，三雙箸子，當中坐著一個胖和尚，生得眉如漆刷，臉似墨裝，肐膊的一身橫肉，胸脯下露出黑肚皮來。邊廂坐著一個年幼婦人。那道人把竹籃放下，

註

※6十方常住：佛教語。四種常住之一。謂接待往來僧人的寺院，亦稱廟產等物品。見《行事鈔》卷中之一。
※7飛天夜叉：佛經中謂能在空中飛行的夜叉神。
※8影佔：謂虛佔人戶或田產，使逃避賦役、稅收。此處作掩護之意。
※9踅：折回，旋轉。
※10嘲歌：謂隨口唱歌。多爲含有諷刺意味的小調。

評點

◎4.寺院有房頭，既不好，作十方常住，又有此等弊病，如此小節目處，亦有關係。（袁眉）
◎5.從廚房後聞歌聲，方奔出來，故奔不及也。奔不及，而又要望見，則趁勢在廢寺上，借一句破壁子張著，此行文巧妙之訣。（金批）

也來坐地。智深走到面前，那和尚吃了一驚，跳起身來，便道：「請師兄坐，同吃一盞。」智深提著禪杖道：「你這兩個如何把寺來廢了？」那和尚便道：「師兄請坐，聽小僧……」智深睜著眼道：「你說！你說！」◎6「……說，在先敝寺十分好個去處，田莊又廣，僧眾極多，只被廊下那幾個老和尚吃酒撒潑，將錢養女，長老禁約他們不得，又把長老排告了出去。因此把寺來都廢了，僧眾盡皆走散，田土已都賣了。小僧卻和這個道人，新來住持此間，◎7正欲要整理山門，修蓋殿宇。」智深道：「這婦人是誰，卻在這裏吃酒？」那和尚道：「師兄容稟：這個娘子，他是前村王有金的女兒。在先他的父親是本寺檀越，如今消乏※11了家私，近日好生狼狽，家間人口都沒了，丈夫又患病，因來敝寺借米。小僧看施主檀越面，取酒相待，別無他意，師兄休聽那幾個老畜生說！」智深聽了他這篇話，又見他如此小心，便道：「叵耐幾個老僧戲弄

❂ 飛天夜叉丘小乙對魯達顛倒黑白，誣賴幾個老和尚。（日版畫，出自《新編水滸畫傳》，葛飾戴斗繪）

洒家。」提了禪杖，再回香積廚來。這幾個老僧方纔吃些粥，正在那裏。看見智深嗔忿的出來，指著老和尚道：「原來是你這幾個壞了常住，猶自在俺面前說謊！」老和尚們一齊都道：「師兄休聽他說，現今養有一個婦女在那裏！他恰纔見你有戒刀、禪杖，他無器械，不敢與你相爭。你若不信時，再去走遭，看他和你怎地。師兄，你自尋思：他們吃酒吃肉，我們粥也沒的吃，恰纔還只怕師兄吃了。」智深道：「也說得是。」◎8倒提了禪杖，再往方丈後來，見那角門卻早關了。智深大怒，只一腳踢開了，搶入裏面看時，只見那生鐵佛崔道成仗著一條朴刀，從裏面趕到槐樹下來搶智深。智深見了，大吼一聲，掄起手中禪杖，來鬥崔道成。兩個鬥了十四、五合，那崔道成鬥智深不過，只有架隔遮攔，掣仗躲閃，抵當不住，卻待要走。這丘道人見他當不住，卻從背後拿了條朴刀，大踏步搠將來。智深正鬥間，忽聽得背後腳步響，卻又不敢回頭看他。不時見一個人影來，知道有暗算的人，叫一聲：「著！」那崔道成心慌，只道著他禪杖，托地跳出圈子外去。智深恰纔回身，正好三個摘腳兒廝見。崔道成和丘道人兩個，又併了十合之上。智深一來肚裏無食，二來走了許多路途，三者當不得他兩個生力，只得賣個破綻，拖了禪杖便走。兩個拈著朴刀，直殺出山門外來。智深又鬥了十合，掣了禪杖便走。兩個趕到石橋下，坐在欄杆上，再不來趕。

智深走得遠了，喘息方定，尋思道：「洒家的包裹放在監齋使者面前，只顧走來，

註

※11 消乏：消滅，耗費。

評點

◎6.寫狀寫聲，是活智深。（袁夾）

◎7.新來主持四字妙。前云在先敝寺，後云在先檀越，此卻云新來主持，明是情慌無本之辭也。（金批）

◎8.可見是非難斷，眞性人聽言，更須虛心平氣，不可一任。（袁眉）

不曾拿得，路上又沒一分盤纏，又是飢餓，如何是好？待要回去，又敵他不過。他兩個併我一個，枉送了性命。」信步望前面去，行一步，懶一步。走了幾里，見前面一個大林子，都是赤松樹。但見：

虯枝錯落，盤數千條赤腳老龍；怪影參差，立幾萬道紅鱗巨蟒。遠觀恰似判官鬚，近看宛如魔鬼髮。誰將鮮血洒林梢，疑是朱砂鋪樹頂。

魯智深看了道：「好座猛惡林子。」觀看之間，只見樹影裏一個人探頭探腦，望了一望，吐了一口唾，閃入去了。智深道：「俺猜這個撮鳥是個剪徑的強人，正在此間等買賣。見洒家是個和尚，他道不利市，吐一口唾，走入去了。◎9那廝卻不是鳥晦氣，撞了洒家！洒家又一肚皮鳥氣，正沒處發落，且剝這廝衣裳當酒吃！」提了禪杖，逕搶到松林邊，喝一聲：「兀那林子裏的撮鳥快出來！」那漢在林子聽得，大笑道：「我晦氣，他倒來惹我！」就從林子裏拿著朴刀，背翻身跳出來，喝一聲：「禿驢！你自當死，不是我來尋你！」智深道：「教你認得洒家。」掄起禪杖搶那漢。那漢拈著朴刀，來鬥和尚，恰待向前，肚裏尋思道：「這和尚聲音好熟。」便道：「兀那和尚，你的聲音好熟，你姓甚……」智深道：「俺且和你鬥三百合，卻說姓名！」那漢大怒，仗手中朴刀，來迎禪杖。兩個鬥了十數合，那漢暗暗的喝采道：「好個莽和尚！」又鬥了四、五合，那漢叫道：「少歇，我有話說。」兩個都跳出圈子外來，那漢便問道：「你端的姓甚名誰？◎10聲音好熟。」智深說姓名畢，那漢撇了朴刀，翻身便剪拂，說道：「認得

評點

◎9.隨語作解，不作說書人口氣。（袁夾）
◎10.前問姓甚即住，智深急鬥，語不能畢，今復出全句，始知前文之妙。（袁眉）
◎11.若不還在橋上，則回到寺去，必然先殺那幾個老和尚矣。一者不武，二者於正傳無謂，故只用一句兀自坐地，便省卻一段閑文字，非是虛寫二人吃力光景也。（金批）

史進麼？」智深笑道：「原來是史大郎。」兩個再剪拂了，同到林子裏坐定。智深問道：「史大郎，自渭州別後，你一向在何處？」史進答道：「自那日酒樓前與哥哥分手，次日聽得哥哥打死了鄭屠，逃走去了。有緝捕的訪知史進和哥哥齎發那唱的金老，因此小弟也便離了渭州，尋師父王進。直到延州，又尋不著。回到北京，住了幾時，盤纏使盡，以此來在這裏尋些盤纏，不想得遇哥哥。緣何做了和尚？」智深把前面過的話，從頭說了一遍。史進道：「哥哥既是肚飢，小弟有乾肉、燒餅在此。」便取出來教智深吃。史進又道：「哥哥既有包裹在寺內，我和你討去。若還不肯時，一發結果了那廝。」智深道：「是。」當下和史進吃得飽了，各拿了器械，再回瓦罐寺來。

到寺前，看見那崔道成、丘小乙兩個，兀自在橋上坐地。智深大喝一聲道：「你這廝們，來！來！今番和你鬥個你死我活！」◎11那和尚笑道：「你是我手裏敗將，如何再來敢廝併？」智深大怒，掄起鐵禪杖，奔過橋來。那生鐵佛生嗔，仗著朴刀，殺下橋

史進聽說魯達餓了，便拿出肉餅給他吃。（朱寶榮繪）

去。智深一者得了史進，肚裏膽壯；二乃吃得飽了，那精神氣力，越使得出來。兩個鬥到八、九合，崔道成漸漸力怯，只辦得走路。那飛天夜叉丘道人見和尚輸了，便仗著朴刀來協助。這邊史進見了，便從樹林子裏跳將出來，大喝一聲：「都不要走！」掀起笠兒，挺著朴刀，來戰丘小乙。四個人兩對廝殺。智深與崔道成正鬥到間深裏，智深得便處，喝一聲：「著！」只一禪杖，把生鐵佛打下橋去。那道人見倒了和尚，無心戀戰，賣個破綻便走。史進喝道：「那裏去！」趕上，望後心一朴刀，撲地一聲響，道人倒在一邊。史進踏入去，掉轉朴刀，望下面只顧肐肢肐察的搠。◎12智深趕下橋去，把崔道成背後一禪杖。可憐兩個強徒，化作南柯一夢。正是：從前作過事，無幸一齊來。智深、史進把這丘小乙、崔道成兩個屍首都縛了，攛在澗裏。兩個再打入寺裏來，香積廚下那幾個老和尚，因見智深輸了去，怕崔道成、丘小乙來殺他，已自都吊死了。智深、史進直走入方丈後角門內看時，那個擄來的婦人，投井而死。◎13直尋到裏面八、九間小屋，打將入去並無一人。只見包裹已拿在彼，未曾打開。魯智深見有了包裹，依原背了。再尋到裏面，只見床上三、四包衣服。史進打開，都是衣裳，包了些金銀，揀好的包了一包袱，背在身上。尋到廚房，見有酒有肉，兩個都吃飽了。竈前縛了兩個火把，撥開火爐，火上點著，焰騰騰的先燒著後面小屋，燒到門前，再縛幾個火把，直來佛殿下後檐，點著燒起來。湊巧風緊，刮刮雜雜地火起，竟天價燒起來。智深與史進看著，等了一回，四下火都著了。二人道：「梁園雖好，不是久戀之家※12，俺二人只好撒開。」二

人斷趕著，行了一夜。天色微明，兩個遠遠地望見一簇人家，看來是個村鎮。兩個投那村鎮上來，獨木橋邊，◎14一個小小酒店。但見：

柴門半掩，布幕低垂。酸醨※13酒甕土林邊，墨畫神仙塵壁上。村童量酒，想非滌器之相如；醜婦當壚，不是當時之卓氏。墻間大字，村中學究醉時題；架上蓑衣，野外漁郎乘興當。

智深、史進來到村中酒店內，一面吃酒，一面叫酒保買些肉來，借些米來，打火做飯。兩個吃酒，訴說路上許多事務。吃了酒飯，智深便問史進道：「你今投那裏去？」史進道：「我如今只得再回少華山，去投奔朱武等三人，入了夥，且過幾時，卻再理會。」智深見說了道：「兄弟，也是。」便打開包裹，取些金銀，與了史進。◎15二人拴了包裹，拿了器械，還了酒錢。二人出得店門，離了村鎮，又行不過五、七里，到一個三岔路口。智深道：「兄弟須要分手，洒家投東京去，你休相送。你到華州，須從這條路去，他日卻得相會。若有個便人，可通個信息來往。」史進拜辭了智深，各自分了路，史進去了。

只說智深自往東京，在路又行了八、九日，早望見東京。入得城來，但見：

千門萬戶，紛紛朱翠交輝；三市六街，濟濟衣冠聚集。鳳閣列九重金玉，龍樓

註

※12梁園雖好，不是久戀之家：即梁苑，西漢梁孝王的東苑。梁園雖好，總不是自己的家，不可久戀。因此有這兩句諺語。

※13醨：薄酒。音離。

評點

◎12.二人併力刺死丘小乙、崔道成，亦天理也。（余評）

◎13.此處若非此句，則將聽其宛轉廢寺，抑將爲之送去前村？故知此句之省手也。（金批）

◎14.桃花莊一條板橋，瓦罐寺一座青石橋，此處又一條獨木橋，亦是閑中點綴聯絡，以爲章法也。（金批）

◎15.收金銀，分金銀，又分寸，又細密。（袁眉）

顯一派玻璃。花街柳陌，眾多嬌艷名姬；楚館秦樓，無限風流歌妓。豪門富戶呼盧※14會，公子王孫買笑來。

智深看見東京熱鬧，市井喧嘩，來到城中，陪個小心，問人道：「大相國寺在何處？」街坊人答道：「前面州橋便是。」智深提了禪杖便走，早來到寺前。入得山門看時，端的好一座大剎！但見：

山門高聳，梵宇清幽。當頭敕額字分明，兩下金剛形猛烈。五間大殿，龍鱗瓦砌碧成行；四壁僧房，龜背磨磚花嵌縫。鐘樓森立，經閣巍峨。旛竿高峻接青雲，寶塔依稀侵碧漢。木魚橫掛，雲板高懸。佛前燈燭熒煌，爐內香煙繚繞。幢旛不斷，觀音殿接祖師堂；寶蓋相連，水陸會通羅漢院。時時護法諸天降，歲歲降魔尊者來。

智深進得寺來，東西廊下看時，逕投知客寮內去，道人撞見，報與知客。無移時，知客僧出來，見了智深生得凶猛，提著鐵禪杖，跨著戒刀，背著個大包裹，先有五分懼他。

魯達與史進殺死生鐵佛與飛天夜叉丘道人，燒了寺院。（朱寶榮繪）

註

※14呼盧：謂賭博。
※15七條：僧人在禮通、聽講、說戒時穿的一種袈裟。

河南開封大相國寺是古代著名的佛教中心之一。原為信陵君的故宅。唐僧人慧雲募化建寺，動工時挖出了北齊建國寺的舊牌子，故仍名建國寺。唐睿宗李旦即位，遂欽賜建國寺更名為「相國寺」，並親筆書寫了「大相國寺」匾額。（馮立軍／fotoe提供）

知客問道：「師兄何方來？」智深放下包裹、禪杖，打個問訊，知客回了問訊。智深說道：「小徒五臺山來，本師眞長老有書在此，著小僧來投上刹清大師長老處，討個職事僧做。」知客道：「既是眞大師長老有書札，合當同到方丈裏去。」知客引了智深直到方丈，解開包裹，取出書來，拿在手裏。知客道：「師兄，你如何不知體面？即目長老出來，你可解了戒刀，取出那七條※15、坐具、信香來，禮拜長老使得。」智深道：「你卻何不早說！」◎16隨即解了戒刀，包裹內取出信香一炷、坐具七條，半晌沒做道理處。知客又與他披了袈裟，◎17教他先鋪坐具。少刻，只見智清禪師出來，知客向前，稟道：「這僧人從五臺山來，有眞禪師書在此。」清長老道：「師兄多時不曾有法帖來。」知客叫智深道：「師兄，快來禮拜長老。」只見智深先把那炷香插在爐內，拜了三拜，將書呈上。清長老接書拆開看時，中間備細說著魯智

評點

◎16.反責之，妙絕。（金批）
◎17.會在衣上做道理的，恐衣內未必有人理。（袁眉）

深出家緣由，並今下山投托上剎之故◎18：「萬望慈悲收錄，做個職事人員。切不可推故。此僧久後必當證果。」清長老讀罷來書，便道：「遠來僧人且去僧堂中暫歇，吃些齋飯。」智深謝了，收拾起坐具、七條，提了包裹，拿了禪杖、戒刀，跟著行童去了。

清長老喚集兩班許多職事僧人，盡到方丈，乃言：「汝等衆僧在此，你看我師兄智眞禪師好沒分曉！這個來的僧人，原來是經略府軍官，爲因打死了人，落髮爲僧。二次在彼鬧了僧堂，因此難著他。你那裏安他不得，卻推來與我。待要不收留他，師兄如此千萬囑付，不可推故；待要著他在這裏，倘或亂了清規，如何使得？」◎19知客道：「便是弟子們看那僧人，全不似出家人模樣，本寺如何安著得他？」都寺便道：「弟子尋思起來，只有酸棗門外退居※16廨宇後那片菜園，時常被營內軍健們並門外那二十來個破落戶侵害，縱放羊馬，好生囉唣。一個老和尚在那裏住持，那裏敢管他？何不教智深去那裏住持，倒敢管得下。」清長老道：「都寺說得是。」教侍者去僧堂內客房裏等他吃罷飯，便喚將他來。侍者去不多時，引著智深到方丈裏。清長老道：「你既是我師兄眞大師薦將來我這寺中掛搭※17，做個職事人員，我這敝寺有個大菜園，在酸棗門外嶽廟間壁，◎20你可去那裏住持管領。每日教種地人納十擔菜蔬，餘者都屬你用度。」智深便道：「本師眞長老著小僧投大剎，討個職事僧做，卻不教俺做個都寺、監寺，如何教洒家去管菜園？」首座便道：「師兄，你不省得，你新來掛搭，又不曾有功勞，如何便做得都寺？這管菜園也是個大職事人員了。」智深道：「洒家不管菜園，俺只要做都寺、監寺。」知客又道：◎21「你聽我說與你：僧門中職事人員，各有頭項。且如小僧做個知客，只理會管待往來客官僧衆。至如維那、侍者、書記、首座，這都是清職，不容易得做。都寺、監寺、提點、院主，這個都是掌管常住財物。你纔到得方丈，怎便得上等職事？還有那管藏的喚做藏主，管殿的喚做殿主，管閣的喚做閣主，管化緣的喚做化主，管浴堂的喚做浴主，這個都是主事人員，中等職事。還有那管塔的塔頭，管飯的飯頭，管茶的茶頭，管東廁的淨頭，與這管菜園的菜頭，◎22這個都是頭事人員，末等職事。假如師兄你管了一年菜園好，便升你做個塔頭；又管了一年好，升你做個浴主；又一年好，纔做監寺。」智深道：「既然如此，也有出身時，洒家明日便去。」◎23清長老見智深肯去，就留在方丈裏歇了。當日議定了職事，隨即寫了榜文，先使人去菜園裏退居廨宇內，掛起庫司榜文，明日交割。當晚各自散了。次早，清長老升法座，押了法帖，委智深管菜園。智深到座前，領了法帖，辭了長老，背上包裹，跨了戒刀，提了禪杖，和兩個送入院的和尚，直來酸棗門外廨宇裏來住持。詩曰：

萍蹤浪跡入東京，行盡山林數十程。
古剎今番經劫火，中原從此動刀兵。
相國寺中重掛搭，種蔬園內且經營。
自古白雲無去住，幾多變化任縱橫。

註

※16退居：位於道觀、寺院後面僻靜的房屋庭院。

※17掛搭：和尚寄住別的廟裏，因爲經常把隨身用的筒單東西都掛在禪房的掛鈎上，所以叫做掛搭。也作「掛單」。

評點

◎18.二句皆極不堪，便有前三回書在內，清公當亦一嚇。（金批）
◎19.無如此許多算計，便主持五臺山；有如此許多算計，便佔坐東京。作者借此，特寫出牝牡驪黃，使後世善男信女，要皈依善知識者，自去揀擇也。（金批）
◎20.閑處亦伏。（袁夾）
◎21.一段層落參差，另作一篇小文讀。（金眉）
◎22.首座云菜頭是大職事，知客卻直數至末等之末，寫出清公會下，嘈雜可笑。（金批）
◎23.畢竟是個爽利人。（容夾）
要思量出身，便不是尋常和尚。（容眉）

且說菜園左近有二、三十個賭博不成才破落戶潑皮，泛常在園內偷盜菜蔬，靠著養身。因來偷菜，看見廨宇門上新掛一道庫司榜文，上說◎24：「大相國寺仰委管菜園僧人魯智深前來住持，自明日爲始掌管，並不許閑雜人等入園攪擾。」那幾個潑皮看了，便去與衆破落戶商議道：「大相國寺裏差一個和尚，甚麼魯智深，來管菜園。我們趁他新來，尋一場鬧，一頓打下頭來，教那廝伏我們。」數中一個道：「我有一個道理：他又不曾認得我，我們如何便去尋得鬧？等他來時，誘他去糞窖邊，只做參賀他，雙手搶住腳，翻筋斗，攧那廝下糞窖去，只是小耍他。」衆潑皮道：「好，好！」商量已定，且看他來。卻說魯智深來到退居廨宇內房中，安頓了包裹行李，倚了禪杖，掛了戒刀。那數個種地道人，都來參拜了，但有一應鎖鑰，盡行交割。那兩個和尚，同舊住持老和尚相別了，盡回寺去。且說智深出到菜園地上，東觀西望，看那園

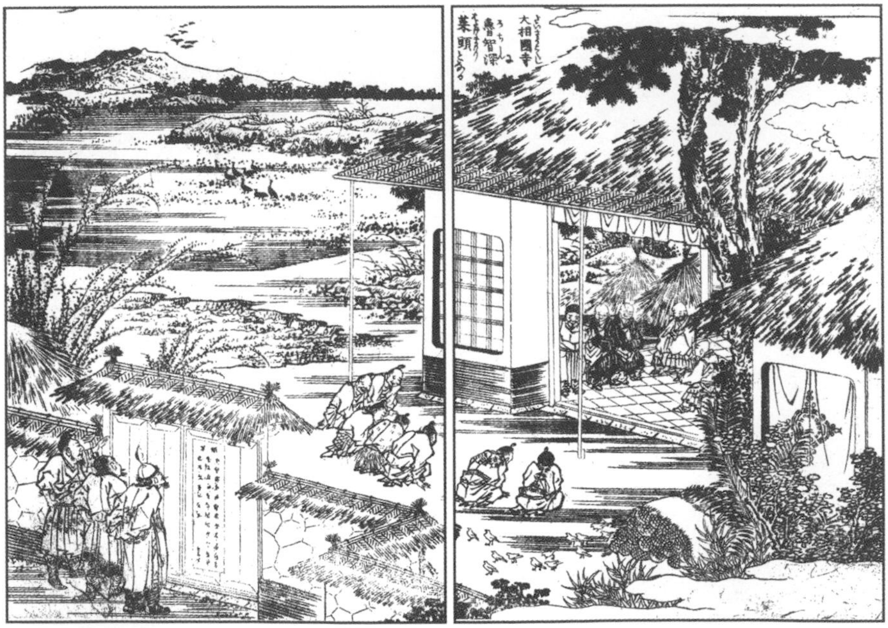

⊗ 潑皮們看魯智深掌管菜園子的告示，準備給魯智深一個下馬威。
（選自《水滸傳版刻圖錄》，江蘇廣陵古籍刻印社）

圃。只見這二、三十個潑皮，拿著些果盒、酒禮，都嘻嘻的笑道：「聞知和尚新來住持，我們鄰舍街坊，都來作慶。」智深不知是計，直走到糞窖邊來。那夥潑皮一齊向前，一個來搶左腳，一個便搶右腳，指望來攧智深。只教智深腳尖起處，山前猛虎心驚；拳頭落時，海內蛟龍喪膽。正是：方圓一片閑園圃，目下排成小戰場。那夥潑皮怎地來攧智深？且聽下回分解。◎25

汴京宣德樓前演象圖，宋代繪畫。北宋王室每年都要在皇宮宣德樓前舉行盛大的車騎演象活動，烘托歌舞昇平的氣氛。（fotoe提供）

評點

◎24. 告示亦在潑皮眼中看出。（金批）
告示亦入得沒縫。（袁眉）

◎25. 以上中下三等職事，安放諸僧，可見佛門廣大。
又評：清長老著智深去管菜園，亦是消磨銳氣一法。（袁評）

第七回 花和尚倒拔垂楊柳　豹子頭誤入白虎堂◎1

話說那酸棗門外三、二十個潑皮破落戶中間，有兩個爲頭的，一個叫做過街老鼠張三，一個叫做青草蛇李四。這兩個爲頭接將來，智深也卻好去糞窖邊，看見這夥人都不走動，只立在窖邊，齊道：「俺特來與和尚作慶。」智深道：「你們既是鄰舍街坊，都來廨宇裏坐地。」張三、李四便拜在地上，不肯起來，只指望和尚來扶他，便要動手。智深見了，心裏早疑忌道：「這夥人不三不四，◎2又不肯近前來，莫不要攧洒家？那廝卻是倒來捋虎鬚！俺且走向前去，教那廝看洒家手腳！」智深大踏步近衆人面前來，那張三、李四便道：「小人兄弟們特來參拜師父。」口裏說，便向前去，一個來搶左腳，一個來搶右腳。智深不等他佔身，右腳早起，騰的把李四先踢下糞窖裏去；張三恰待走，智深左腳早起，兩個潑皮都踢在糞窖裏掙扎。後頭那二、三十個破落戶驚得目瞪口呆，都待要走。智深喝道：「一個走的，一個下去！兩個走的，兩個下去！」衆潑皮都不敢動彈。只見那張三、李四在糞窖裏探起頭來，原來那座糞窖沒底似深，兩個一身臭屎，頭髮上蛆蟲盤滿，立在糞窖裏叫道：「師父饒恕我們！」智深喝道：「你那衆潑皮，快扶那鳥上來，我便饒你衆人！」衆人打一救，攙到葫蘆架邊，臭穢不可近前。智深呵呵大笑道：「兀那蠢物！你且去菜園池子裏洗了來，和你衆人說話。」兩個潑皮洗

了一回，衆人脫件衣服，與他兩個穿了。◎3智深叫道：「都來廨宇裏坐地說話。」智深先居中坐了，指著衆人道：「你那夥鳥人，休要瞞洒家。你等都是甚麼鳥人？來這裏戲弄洒家！」那張三、李四並衆夥伴一齊跪下，說道：「小人祖居在這裏，都只靠賭博討錢爲生。這片菜園是俺們衣飯碗，大相國寺裏幾番使錢，要奈何我們不得。師父卻是那裏來的長老，恁的了得！相國寺裏不曾見有師父，今日我等情願伏侍。」智深道：「洒家是關西延安府老種經略相公帳前提轄官，只爲殺的人多，因此情願出家，五臺山來到這裏。洒家俗姓魯，法名智深。休說你這三、二十個人值甚麼，便是千軍萬馬隊中，俺敢直殺得入去出來！」衆潑皮喏喏連聲，拜謝了去。智深自來廨宇裏房內，收拾整頓歇臥。

次日，衆潑皮商量湊些錢物，買了十瓶酒，牽了一個豬來請智深，都在廨宇內安排了，請魯智深居中坐了，兩邊一帶，坐定那二、三十潑皮飲酒。智深道：「甚麼道理叫你衆人們壞鈔？」衆人道：「我們有福，今日得師父在這裏與我等衆人做主。」智深大喜，吃到半酣裏，也有唱的，也有說

評點

◎1.此文用筆之難，獨與前後迥異。蓋前後都只一手順寫一事，便以閑筆波及他事，亦都相時乘便出之。今此文，林沖新認得一個魯達，出格親熱，卻接連便有衙內合口一事，出格鬥氣。今要寫魯達，則衙內一事須閣不起；要寫衙內，則魯達一邊須冷不下，誠所謂筆墨之事，亦有進退兩難之日也。況於衙內文中，又要分作兩番敘出，一番自在林家，一番自在高府。今敘高府，則要照林家，敘林家則要照高府。如此百忙之中，卻又有菜園一人躍躍欲來，且使此躍躍欲來之人乃是別位猶之可也，今卻端端的的便是爲了金翠蓮三拳打死人之魯達。嗚呼！即使作者乃具七手八腳，胡可得了乎？今讀其文，不偏不漏，不板不犯，讀者於此而不服膺，知後世猶未能文也。此回多用奇恣筆法。如林沖娘子受辱，本應林沖氣忿，他人勸回，今偏倒將魯達寫得聲勢，反用林沖來勸，一也。閱武坊賣刀，大漢自說寶刀，林沖、魯達自說閑話；大漢又說可惜寶刀，林沖、魯達只顧說閑話，此時譬如兩峰對插，抗不相下，後忽突然合笋，雖驚蛇脫兔，無以爲喻，二也。還過刀錢，便可去矣，卻爲要寫林沖愛刀之至，卻去問他祖上是誰，此時將答是誰爲是耶，故便就林沖問處，借作收科云：「若說時辱沒殺人。」此句雖極會看書人亦只知其餘墨淋漓，豈能知其惜墨如金耶，三也。白虎節堂，是不可進去之處，今寫林沖誤入，則應出其不意，一氣賺入矣，偏用廳前立住了腳，屏風後堂又立住了腳，然後曲曲折折來至節堂，四也。如此奇文，吾謂雖起史遷示之，亦復安能出手哉！打陸虞候家時，「四邊鄰舍都閉了門」，只八個字，寫林沖面色、衙內勢焰都盡。蓋爲藏卻衙內，則立刻齏粉；不藏衙內，則即日齏粉，既怕林沖，又怕衙內，四邊鄰舍都閉門，眞絕筆矣。（金批）

◎2.張三李四，不三不四。（金批）

◎3.若漏此句，便是兩個赤膊人，如何體面？凡作史最易漏者，如此等句是也。此書定不肯漏者，如此等句是也。（金批）

❖ 楊樹上有個老鴉巢，魯智深乘著酒興，把翠楊給拔了起來。
（日版畫，出自《新編水滸畫傳》，葛飾戴斗繪）

的，也有拍手的，也有笑的。◎4正在那裏喧哄，只聽得門外老鴉哇哇的叫。◎5眾人有叩齒※1的，齊道：「赤口上天，白舌入地※2。」智深道：「你們做甚麼鳥亂？」眾人道：「老鴉叫，怕有口舌。」智深道：「那裏取這話？」那種地道人笑道：「墻角邊綠楊樹上新添了一個老鴉巢，每日直聒到晚。」眾人道：「把梯子去上面拆了那巢便了。」有幾個道：「我們便去。」智深也乘著酒興，都到外面看時，果然綠楊樹上一個老鴉巢。眾人道：「把梯子上去拆了，也得耳根清淨。」李四便道：「我與你盤上去，不要梯子。」智深相了一相，走到樹前，把直裰脫了，用右手向

評點

◎4.是個潑皮酒席。（金批）
畫，勝似西園集記。（袁眉）
◎5.奇文怪想，突如其來，毫無斗筍接縫之跡。（金批）
◎6.忽然遞入明日。（金批）
◎7.如何向日侵損果園，今日肯費酒食，治人者思之。（袁眉）

下，把身倒繳著，卻把左手拔住上截，把腰只一趁，將那株綠楊樹帶根拔起。衆潑皮見了，一齊拜倒在地，只叫：「師父非是凡人！正是眞羅漢身體，無千萬斤氣力，如何拔得起！」智深道：「打甚鳥緊？明日都看洒家演武，使器械。◎6」衆潑皮當晚各自散了。從明日爲始，這二、三十個破落戶見智深匾匾的伏，每日將酒肉來請智深，◎7看他演武使拳。過了數日，智深尋思道：「每日吃他們酒食多矣，洒家今日也安排些還席。」叫道人去城中買了幾般果子，沽了兩、三擔酒，殺翻一口豬、一腔羊。那時正是三月盡，天氣正熱。智深道：「天色熱！」叫道人綠槐樹下鋪了蘆席，請那許多潑皮團團坐定。大碗斟酒，大塊切肉，叫衆人吃得飽了，再取果子吃，酒又吃得正濃。衆潑皮道：「這幾日見師父演力，不曾見師父使器械，怎得師父教我們看一看也好。」智深道：「說得是。」便去房內取出渾鐵禪杖，頭尾長五尺，重六十二斤。衆人看了，盡皆吃驚，都道：「兩臂膊沒水牛大小氣力，怎使得動？」智深接過

魯智深正在演練禪杖，林沖在墻外看了喝采。（選自《水滸傳版刻圖錄》，江蘇廣陵古籍刻印社）

註

※1叩齒：道家所行的祝告儀式之一。叩左齒爲鳴天鼓，叩右齒爲擊天磬驅祟降妖用之。當門上下八齒相叩爲鳴法鼓通眞、朝奏用之。

※2赤口、白舌：指由口舌招惹來的是非。

來，颭颭的使動，渾身上下沒半點兒參差。衆人看了，一齊喝采。智深正使得活泛，◎8只見墻外一個官人看見，喝采道：「端的使得好！」智深聽得，收住了手，看時，只見墻缺邊立著一個官人。怎生打扮，但見：

頭戴一頂青紗抓角兒頭巾，腦後兩個白玉圈連珠鬢環。
身穿一領單綠羅團花戰袍，腰繫一條雙搭尾龜背銀帶。
穿一對磕瓜頭朝樣皂靴，手中執一把折疊紙西川扇子。

那官人生的豹頭環眼，燕頷虎鬚，八尺長短身材，三十四、五年紀，口裏道：「這個師父，端的非凡，使得好器械！」衆潑皮道：「這位教師喝采，必然是好。」智深問道：「那軍官是誰？」衆人道：「這官人是八十萬禁軍槍棒教頭林武師，名喚林沖。」智深道：「何不就請來廝教※3。」那林教頭便跳入墻來，兩個就槐樹下相見了，一同坐地。林教頭便問道：「師兄何處人氏？法諱喚做甚麼？」智深道：「洒家是關西魯達的便是。只爲殺的人多，情願爲僧，年幼時也曾到東京，認得令尊林提轄。」◎9林沖大喜，就當結義智深爲兄。智深道：「教頭今日緣何到此？」林沖答道：「恰纔與拙荊一同來間壁嶽廟裏還香願。林沖聽得使棒，看得入眼，◎10著女使錦兒自和荊婦去廟裏燒香，林沖就只此間相等，不想得遇師兄。」智深道：「洒家初到這裏，正沒相識，得這幾個大哥每日相伴。如今又得教頭不棄，結爲弟兄，十分好了。」便叫道人再添酒來相待。恰纔飲得三杯，只見女使錦兒慌慌急急，紅了臉，在墻缺邊叫道：「官人！休要坐地，娘

子在廟中和人合口※4！」林沖連忙問道：「在那裏？」錦兒道：「正在五岳樓下來，撞見個奸詐不及的，把娘子攔住了不肯放！」林沖慌忙道：「卻再來望師兄，休怪，休怪！」

林沖別了智深，急跳過墻缺，和錦兒逕奔嶽廟裏來，搶到五岳樓看時，見了數個人，拿著彈弓、吹筒※5、粘竿※6，都立在欄杆邊。胡梯上一個年小的後生，獨自背立著，把林沖的娘子攔著道：「你且上樓去，和你說話。」林沖娘子紅了臉道：「清平世界，是何道理把良人調戲！」林沖趕到跟前，把那後生肩胛只一扳過來，喝道：「調戲良人妻子，當得何罪！」恰待下拳打時，認得是本管高太尉螟蛉之子※7高衙內。原來高俅新發跡，不曾有親兒，無人幫助，因此過房這阿叔高三郎兒子在房內為子。本是叔伯弟兄，卻與他做乾兒子。◎11因此，高太尉愛惜他。那廝在東京倚勢豪強，專一愛淫垢人家妻女。京師人懼怕他權勢，誰敢與他爭口？叫他做花花太歲。有詩為證：

臉前花現醜難親，心裏花開愛婦人。
撞著年庚不順利，方知太歲是凶神。

當時林沖扳將過來，卻認得是本管高衙內，先自手軟了。高衙內說道：「林沖，干

註

※3廝教：廝，相互的意思。廝教，請教。
※4合口：鬥嘴、吵架。
※5吹筒：獵具之一。屬弩箭之類，用以誘捕鳥獸。
※6粘竿：一種頂端塗上黏質用以捕鳥的竹竿。
※7螟蛉之子：養子，過繼兒子。

評點

◎8.二字是作文妙訣，使棒亦然耶？（金批）
◎9.閑處著神。（金批）
生出前一段情，極閑極有味。（袁眉）
◎10.友生人，品文字，相知結處在此四字。（袁眉）
◎11.特地寫小人無倫理，無閨門，以表惡之至也。（金批）

你甚事！你來多管！」原來高衙內不認得他是林沖的娘子，若還曉得時，也沒這場事。見林沖不動手，他發這話。眾多閑漢見鬧，一齊攏來勸道：「教頭休怪，衙內不認得，多有衝撞。」林沖怒氣未消，一雙眼睜著瞅那高衙內。◎12眾閑漢勸了林沖，和哄高衙內出廟上馬去了。林沖將引妻小並使女錦兒，也轉出廊下來，只見智深提著鐵禪杖，引著那二、三十個破落戶，大踏步搶入廟來。林沖見了，叫道：「師兄那裏去？」◎13智深道：「我來幫你廝打。」林沖道：「原來是本官※8高太尉的衙內，不認得荊婦，時間無禮。林沖本待要痛打那廝一頓，太尉面上須不好看。自古道：『不怕官，只怕管。』林沖不合吃著他的請受※9，權且讓他這一次。」智深道：「你卻怕他本官太尉，洒家怕他甚鳥？俺若撞見那撮鳥時，且教他吃洒家三百禪杖了去！」林沖見智深醉

林沖正與魯達聊得投機，女僕錦兒匆忙趕來，說娘子被人騷擾。（朱寶榮繪）

了，便道：「師兄說得是。林沖一時被衆人勸了，權且饒他。」智深道：「但有事時，便來喚洒家與你去。」◎14衆潑皮見智深醉了，扶著道：「師父，俺們且去，明日再得相會。」智深提著禪杖道：「阿嫂休怪，莫要笑話。阿哥，明日再會。」智深相別，自和潑皮去了。林沖領了娘子並錦兒，取路回家，心中只是鬱鬱不樂。

且說這高衙內引了一班兒閑漢，自見了林沖娘子，又被他衝散了，心中好生著迷，快快不樂，回到府中納悶。過了三、兩日，衆多閑漢都來伺候，見衙內心焦，沒撩沒亂※10，衆人散了。數內有一個幫閑的，喚作乾鳥頭富安，理會得高衙內意思，獨自一個到府中伺候。見衙內在書房中閑坐，那富安走近前去道：「衙內近日面色清減，心中少樂，必然有件不悅之事。」高衙內道：「你如何省得？」富安道：「小子一猜便著。」衙內道：「你猜我心中甚事不樂？」富安道：「衙內是思想那雙木的，這猜如何？」衙內笑道：「你猜得是，只沒個道理得他。」富安道：「有何難哉！衙內怕林沖是個好漢，不敢欺他，這個無傷。他見在帳下聽使喚，大請大受，怎敢惡了太尉？輕則便刺配了他，重則害了他性命。◎15小閑※11尋思有一計，使衙內能勾得他。」高衙內聽得，便道：「自見了許多好女娘，不知怎地只愛他，◎16心中著迷，鬱鬱不樂。你有甚見識，能勾他時，我自重重的賞你。」富安道：「門下知心腹的陸虞候陸謙，他和林沖最好，明

註

※8本官：指本部門的主管官員，即頂頭上司。
※9請受：官俸、薪餉。
※10沒撩沒亂：心緒不寧。
※11小閑：幫閑的人自稱，含有卑下的意思。

評點

◎12.寫英雄在人廊廡下，欲說不得說，光景可憐。（金批）
◎13.著此一句，便寫得魯達搶入得猛，宛然萬人辟易，林沖亦在半邊也。（金批）
◎14.好朋友，弟兄吐心瀝膽之語。（袁眉）
◎15.富安指撥高衙內之計，立心奸險，禍藏在此。（余評）
◎16.乘便補入一句，爲太尉兒子周旋，不得此句，便似曾不見女娘三家村小兒也。（金批）

日衙內躲在陸虞候樓上深閣，擺下些酒食，卻叫陸謙去請林沖出來吃酒，教他直去樊樓※12上深閣裏吃酒。小閑便去他家，對林沖娘子說道：『你丈夫教頭和陸謙吃酒，一時重氣，悶倒在樓上，叫娘子快去看哩！』賺得他來到樓上，婦人家水性，見了衙內這般風流人物，再著些甜話兒調和他，不由他不肯。小閑這一計如何？」高衙內喝采道：「好計！就今晚著人去喚陸虞候來分付了。」原來陸虞候家只在高太尉家隔壁巷內。次日，商量了計策，陸虞候一時聽允，也沒奈何，只要衙內歡喜，卻顧不得朋友交情。◎17

且說林沖連日悶悶不已，懶上街去。巳牌時，聽得門首有人叫道：「教頭在家麼？」林沖出來看時，卻是陸虞候，慌忙道：「陸兄何來？」陸謙道：「特來探望兄，何故連日街前不見？」林沖道：「心裏悶，不曾出去。」陸謙道：「我同兄長去吃三杯解悶。」林沖道：「少坐拜茶。」兩個吃了茶起身，陸虞候道：「阿嫂，我同兄長到家去吃三杯。」◎18林沖娘子趕到布簾下，叫道：「大哥，少飲早歸。」林沖與陸謙出得門來，街上閑走了一回。陸虞候道：「兄長，我們休家去，只就樊樓內吃兩杯。」當時兩個上到樊樓內，佔個閣兒，喚酒保分付，叫取兩瓶上色好酒，稀奇果子案酒。兩個敘說閑話，林沖嘆了一口氣，陸虞候道：「兄長何故嘆氣？」林沖道：「賢弟不知，男子漢空有一身本事，不遇明主，屈沉在小人之下，受這般腌臢的氣！」陸虞候道：「如今禁軍中雖有幾個教頭，誰人及得兄長的本事？太尉又看承得好，卻受誰的氣？」林沖把前日高衙內的事告訴陸虞候一遍。陸虞候道：「衙內必不認得嫂子，兄長休氣，只顧飲

酒。」◎19林沖吃了八、九杯酒，因要小遺，起身道：「我去淨手了來。」林沖下得樓來，出酒店門，投東小巷內去淨了手，回身轉出巷口，只見女使錦兒叫道：「官人，尋得我苦，卻在這裏！」林沖慌忙問道：「做甚麼？」錦兒道：「官人和陸虞候出來，沒半個時辰，只見一個漢子慌慌急急奔來家裏，對娘子說道：『我是陸虞候家鄰舍。你家教頭和陸謙吃酒，只見教頭一口氣不來，便撞倒了，叫娘子且快來看視。』娘子聽得，連忙央間壁王婆看了家，和我跟那漢子去，直到太尉府前小巷內一家人家。上至樓上，只見桌子上擺著些酒食，不見官人。恰待下樓，只見前日在嶽廟裏囉唣娘子的那後生◎20出來道：『娘子少坐，你丈夫來也。』錦兒慌慌下得樓時，只聽得娘子在樓上叫『殺人！』因此我一地裏※13尋官人不見，正撞著賣藥的張先生道：『我在樊樓前過，見教頭和一個人入去吃酒。』因此特奔到這裏。官人快去！」林沖見說，吃了一驚，也不顧女使錦兒，三步做一步跑到陸虞候家，搶到胡梯上，卻關著樓門，只聽得娘子叫道：「清平世界，如何把我良人妻子關在這裏？」又聽得高衙內道：「娘子，可憐見救俺！便是鐵石人，也告得回轉。」林沖立在胡梯上，叫道：「大嫂，開門！」那婦人聽得是丈夫聲音，只顧來開門。◎21高衙內吃了一驚，斡※14開了樓窗，跳墻走了。林沖上得樓上，尋不見高衙內，問娘子道：「不曾被這廝點污了？」娘子道：「不曾。」林沖把陸虞候

註

※12樊樓：宋時東京一座有名的酒樓，位於宋都御街北端，是根據史書記載，於一九八八年復建的一組庭院式樓閣。相傳樊樓爲北宋東京七十二家酒樓之首，風流皇帝宋徽宗與京都名妓李師師常在此相會。

※13一地裏：到處、處處。

※14斡：旋轉。這裏指推移。

評點

◎17.只這兩句，說盡千古賣友的心事。（袁眉）

◎18.隨口用意。（袁夾）

◎19.富安可恕，陸謙必不可恕，可恨可恨。（容眉）

◎20.嶽廟那後生妙。只是前日目見爲眞，後來耳中雖聞是高衙內，在此時呼不及矣。（金批）

◎21.只顧來三字，神化之筆，中間便夾帶衙內無數囉唣。（金批）

家打得粉碎，將娘子下樓。出得門外看時，鄰舍兩邊都閉了門。女使錦兒接著，三個人一處歸家去了。

林沖拿了一把解腕尖刀，逕奔到樊樓前，去尋陸虞候，也不見了。卻回來他門前等了一晚，不見回家，林沖自歸。娘子勸道：◎22「我又不曾被他騙了，你休得胡做。」林沖道：「叵耐這陸謙畜生！我和你如兄若弟，你也來騙我！只怕不撞見高衙內，也照管著他頭面。」娘子苦勸，那裏肯放他出門。陸虞候只躲在太尉府內，亦不敢回家。林沖一連等了三日，並不見面。府前人見林沖面色不好，誰敢問他。第四日飯時候，魯智深逕尋到林沖家相探，問道：「教頭如何連日不見面？」林沖答道：「小弟少冗，不曾探得師兄。既蒙到我寒舍，本當草酌三杯，爭奈一時不能周備。且和師兄一同上街閑翫一遭，市沽兩盞，如何？」智深道：「最好。」兩個同上街來，吃了一日酒，又約明日相會。◎23自此，每日與智深上街吃酒，把這件事都放慢了。正是：

開封樊樓，原名白礬樓，後來更名為豐樂樓。位於宋都御街北端。本圖是1988年復建的一組庭院式仿宋樓閣。樊樓是北宋都城東京最著名的大酒樓，名揚天下。（馮立軍／fotoe提供）

丈夫心事有親朋，談笑酣歌散鬱蒸。
只有女人愁悶處，深閨無語病難興。

且說高衙內自從那日在陸虞候家樓上吃了那驚，跳墻脫走，不敢對太尉說知，因此在府中臥病。陸虞候和富安兩個來府裏望衙內，見他容顏不好，精神憔悴。陸謙道：「衙內何故如此精神少樂？」衙內道：「實不瞞你們說：我爲林沖老婆，兩次不能勾得他，又吃他那一驚，這病越添得重了。眼見得半年三個月，性命難保。」二人道：「衙內且寬心，只在小人兩個身上，好歹要共那婦人完聚，只除他自縊死了便罷。」◎24正說間，府裏老都管也來看衙內病症。只見：

不癢不痛，渾身上或寒或熱；沒撩沒亂，滿腹中又飽又飢。白晝忘餐，黃昏廢寢。對爺娘怎訴心中恨，見相識難遮臉上羞。

那陸虞候和富安見老都管來問病，兩個商量道：「只除……恁的。」等候老都管看病已了出來，兩個邀老都管僻靜處說道：「若要衙內病好，只除教太尉得知，害了林沖性命，方能夠得他老婆和衙內在一處，這病便得好。若不如此，一定送了衙內性命。」老都管道：「這個容易。老漢今晚便稟太尉得知。」兩個道：「我們已有了計，只等你回話。」老都管至晚，來見太尉，說道：「衙內不害別的症，卻害林沖的老

評點

◎22.只一勸字，寫娘子貞良如見。若是淫浪婦人，必然要哭要死，要丈夫爲報仇也。（金批）
◎23.帶過明日，用筆簡便。（金批）
◎24.讖，伏案。（袁夾）
衙內怕林沖，不敢與太尉說，還可勸止，只一味趨承，此小人所以可恨。（袁眉）

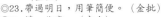

婆。」高俅道：「幾時見了他的渾家？」都管稟道：「便是前月二十八日，在嶽廟裏見來，今經一月有餘。」又把陸虞候設的計，備細說了。高俅道：「如此因為他渾家，怎地害他？我尋思起來，若為惜林沖一個人時，須送了我孩兒性命，卻怎生是好？」◎25都管道：「陸虞候和富安有計較※15。」高俅道：「既是如此，教喚二人來商議。」老都管隨即喚陸謙、富安入到堂裏，唱了喏。高俅問道：「我這小衙內的事，你兩個有甚計較？救得我孩兒好了時，我自擡舉你二人。」陸虞候向前稟道：「恩相在上，只除……如此如此使得。」高俅見說了，喝采道：「好計！你兩個明日便與我行。」不在話下。

再說林沖每日和智深吃酒，把這件事不記心了。那一日，兩個同行到閱武坊巷口，見一條大漢，頭戴一頂抓角兒頭巾，穿一領舊戰袍，手裏拿著一口寶刀，插著個草標兒，立在街上，口

林沖、魯達在街頭買了一口寶刀。（選自《水滸傳版刻圖錄》，江蘇廣陵古籍刻印社）

裏自言自語說道：「不遇識者，屈沉了我這口寶刀！」林沖也不理會，只顧和智深說著話走。那漢又跟在背後道：「好口寶刀，可惜不遇識者！」林沖只顧和智深走著，說得入港。那漢又在背後說道：「偌大一個東京，沒一個識得軍器的！」林沖聽的說，回過頭來，那漢颼的把那口刀掣將出來，明晃晃的奪人眼目。林沖合當有事，猛可地※16道：「將來看！」那漢遞將過來，林沖接在手內，同智深看了。但見：

清光奪目，冷氣侵人。遠看如玉沼春冰，近看似瓊臺瑞雪。花紋密布，如豐城獄內飛來；紫氣橫空，似楚昭夢中收得。太阿巨闕應難比，莫邪干將亦等閑。

當時林沖看了，吃了一驚，◎26失口道：「好刀！你要賣幾錢？」那漢道：「索價三千貫，實價二千貫。」林沖道：「值是值二千貫，只沒個識主。你若一千貫肯時，我買你的。」那漢道：「我急要些錢使，你若端的要時，饒你五百貫，實要一千五百貫。」林沖道：「只是一千貫，我便買了。」那漢嘆口氣道：「金子做生鐵賣了！罷，罷！一文也不要少了我的。」◎27林沖道：「跟我來家中取錢還你。」回身卻與智深道：「師兄，且在茶房裏少待，小弟便來。」智深道：「洒家且回去，明日再相見。」林沖別了智深，自引了賣刀的那漢，到家去取錢與他，就問那漢道：「你這口刀那裏得來？」那漢道：「小人祖上留下。因爲家道消乏，沒奈何，將出來賣了。」林沖道：「你祖上是誰？」那漢道：「若說時，辱沒殺人！」林沖再也不問。那漢得了銀兩，自去了。林沖

註

※15計較：原意是斤斤較量。這裏作計謀解釋。有時也作盤算、考慮等解釋。
※16猛可地：可，語助詞；猛可地，猶如說猛然地。

評點

◎25.可見惡人初念未嘗惡，一尋思，惡發矣。（袁眉）
◎26.四字寫出英雄神氣。（金批）
智深見刀偏不開口者，非不識寶刀，爲讓林沖是本文主人也。（金眉）
◎27.像個討價還價，何曲盡至此。（芥眉）

把這口刀翻來覆去看了一回，喝采道：「端的好把刀！高太尉府中有一口寶刀，胡亂不肯教人看。我幾番借看，也不肯將出來。今日我也買了這口好刀，慢慢和他比試。」林沖當晚不落手看了一晚，夜間掛在壁上。未等天明，又去看那刀。◎28

次日，巳牌時分，只聽得門首有兩個承局※17叫道：「林教頭，太尉鈞旨，道你買一口好刀，就叫你將去比看，太尉在府裏專等。」林沖聽得說道：「又是甚麼多口的報知了！」兩個承局催得林沖穿了衣裳，拿了那口刀，隨這兩個承局來。林沖道：「我在府中不認得你。」兩個人說道：「小人新近參隨。」卻早來到府前，進得到廳前。林沖立住了腳，兩個又道：「太尉在裏面後堂內坐地。」轉入屏風至後堂，又不見太尉，林

林沖被騙進白虎堂，被高俅綁了起來。（朱寶榮繪）

沖又住了腳，兩個又道：「太尉直在裏面等你，叫引教頭進來。」又過了兩、三重門，到一個去處，一周遭都是綠欄杆。兩個又引林沖到堂前，說道：「教頭，你只在此少待，等我入去稟太尉。」林沖拿著刀，立在檐前。兩個人自入去了，一盞茶時，不見出來。林沖心疑，探頭入簾看時，只見檐前額上有四個青字，寫道：「白虎節堂」。林沖猛省道：「這節堂是商議軍機大事處，如何敢無故輒入？」急待回身，只聽得靴履響、腳步鳴，一個人從外面入來。林沖看時，不是別人，卻是本管高太尉。林沖見了，執刀向前聲喏。太尉喝道：「林沖，你又無呼喚，安敢輒入白虎節堂？你知法度否？你手裏拿著刀，莫非來刺殺下官？◎29有人對我說，你兩、三日前，拿刀在府前伺候，必有歹心。」林沖躬身稟道：「恩相，恰纔蒙兩個承局呼喚林沖，將刀來比看。」太尉喝道：「承局在那裏？」林沖道：「恩相，他兩個已投堂裏去了。」太尉道：「胡說！甚麼承局，敢進我府堂裏去？左右，與我拿下這廝！」說猶未了，傍邊耳房裏走出二十餘人，把林沖橫推倒拽，恰似皂鵰追紫燕，渾如猛虎啖羊羔。高太尉大怒道：「你既是禁軍教頭，法度也還不知道。因何手執利刃，故入節堂，欲殺本官？」叫左右把林沖推下，不知性命如何。不因此等，有分教：大鬧中原，縱橫海內。直教：農夫背上添心號※18，漁父舟中插認旗※19。畢竟看林沖性命如何？且聽下回分解。◎30

註

※17承局：宋代的低級軍職屬殿前司。
※18心號：軍士的號衣，胸前背上都做上符號字樣，那東西叫做心號。
※19認旗：就是認軍旗。如本書中「風流雙槍將」、「河北玉麒麟」之類的旗子。

評點

◎28.妙絕，與坐臥碑下者何異。（袁夾）
◎29.此句從刀上入罪。（金批）
◎30.李生曰：小衙內是不知事，小兒富安是不識體，光棍兩個也不必說了。獨恨高俅害人陸謙賣友，都差魯智深打他三百禪杖。（容評）

第八回

林教頭刺配滄州※1道　魯智深大鬧野豬林◎1

話說當時太尉喝叫左右排列軍校，拿下林沖要斬，林沖大叫冤屈。太尉道：「你來節堂有何事務？現今手裏拿著利刃，如何不是來殺下官？」林沖告道：「太尉不喚，如何敢？見有兩個承局望堂裏去了，故賺林沖到此。」太尉喝道：「胡說！我府中那有承局？這廝不服斷遣。」喝叫左右解去開封府，分付滕府尹好生推問勘理※2，明白處決，就把寶刀封了去。左右領了鈞旨，監押林沖，投開封府來，恰好府尹坐衙未退。但見：

緋羅繳壁，紫綬卓圍。當頭額掛朱紅，四下簾垂斑竹。官僚守正，戒石※3上刻御製四行；令史謹嚴，漆牌中書低聲二字。提轄官能掌機密，客帳司專管牌單。吏兵沉重，節級嚴威。執藤條祇候立階前，持大杖離班分左右。戶婚詞訟，斷時有似玉衡明；鬥毆是非，判處恰如金鏡照。雖然一郡宰臣官，果是四方民父母。直使囚從冰上立，盡教人向鏡中行。說不盡許多威儀，似塑就一堂神道。

高太尉幹人把林沖押到府前，跪在階下，將太尉言語對滕府尹說了，將上太尉封的那把刀，放在林沖面前。府尹道：「林沖，你是個禁軍教頭，如何不知法度，手執利刃，故入節堂？這是該死的罪犯。」林沖告道：「恩相明鏡，念林沖負屈銜冤。小人雖是粗鹵的軍漢，頗識些法度，如何敢擅入節堂？爲是前月二十八日，林沖與妻到嶽廟還香願，正迎見高太尉的小衙內，把妻子調戲，被小人喝散了。次後，又使陸虞候賺小人吃酒，卻使富安來騙林沖妻子到陸虞候家樓上調戲，亦被小人趕去，是把陸虞候家打了一場。兩次雖不成姦，皆有人證。次日，林沖自買這口刀，今日太尉差兩個承局來家呼喚林沖，叫將刀來府裏比看。因此，林沖同二人到節堂下。兩個承局進堂裏去了，不想太尉從外面進來，設計陷害林沖。望恩相做主！」府尹聽了林沖口詞，◎2且叫與了回文，一面取刑具枷杻※4來枷了，推入牢裏監下。林沖家裏自來送飯，一面使錢。林沖的丈人張教頭亦來買上告下，使用財帛。正值有個當案孔目※5，姓孫，名定，爲人最鯁直，十分好善，◎3只要周全人，因此人都喚做孫佛兒。他明知道這件事，轉轉宛宛在府上說知就裏※6，稟道：「此事果是屈了林沖，只可周全他。」府尹道：「他做下這般罪，高太尉批『仰定罪』，定要問他手執利刃，故入節堂，殺害本官，怎周全得他？」孫定道：「這南衙開封府，不是朝廷的，是高太尉家的？」◎4府尹道：「胡說！」孫定道：「誰不知高太尉當權，倚勢豪強，更兼他府裏無般不做。但有人小小觸犯，便發來開封府，要殺便殺，要剮便剮，卻不是他家官府！」府尹道：「據你說時，林沖事怎地方便

註

※1滄州：宋州名，今河北滄州市。
※2推問勘理：審問推斷。
※3戒石：宋代以來立於地方官署中刻有警戒官吏銘文的石碑。
※4枷杻：刑具。枷，套在頸上的；杻，銬住雙手的。
※5孔目：古代職掌文書事務的小官吏。
※6就裏：這裏是內情、原因的意思。

評點

◎1.此回凡兩段文字，一段是林武師寫休書，一段是野豬林吃悶棍；一段寫兒女情深，一段寫英雄氣短，只看他行文歷歷落落處。（金批）
◎2.府尹不開口處，便是孫定可進言處，林沖可出死處。（袁眉）
◎3.鯁直的，才是眞好善。（袁眉）
◎4.雖無孔目唐突府尹之理，然自是快語。（金批）
眞是佛兒。（容眉）

他，施行斷遣？」孫定道：「看林沖口詞，是個無罪的人，只是沒拿那兩個承局處。◎5如今著他招認做『不合腰懸利刃，誤入節堂』，脊杖二十，刺配遠惡軍州。」滕府尹也知這件事了，自去高太尉面前再三稟說林沖口詞。高俅情知理短，又礙府尹，只得准了。就此日，府尹回來升廳，叫林沖除了長枷，斷了二十脊杖，喚個文筆匠，刺了面頰，量地方遠近，該配滄州牢城。當廳打一面七斤半團頭鐵葉護身枷釘了，貼上封皮，押了一道牒文，差兩個防送公人，監押前去。

兩個人是董超、薛霸。二人領了公文，押送林沖出開封府來。只見眾鄰舍並林沖的丈人張教頭都在府前接著，同林沖兩個公人到州橋下酒店裏坐定。林沖道：「多得孫孔目維持，這棒不毒，因此走動得。」張教頭叫酒保安排案酒果子，管待兩個公人。酒至數杯，只見張教頭將出銀兩，齎發他兩個防送公人已了。林沖執手對丈人說道：◎6「泰山

⊗ 幸虧孫孔目解救，林沖免除了死刑，被發配去滄州。（日版畫，出自《新編水滸畫傳》，葛飾戴斗繪）

保定直隸總督署戒石坊內額──御製戒石銘：爾奉爾祿，民膏民脂，下民易虐，上天難欺。戒石為宋太祖趙匡胤所創，他從孟昶的〈戒諭辭〉中提取了四句詞，後高宗趙構命大書法家黃庭堅撰寫，各個官府衙門前都有此石。（蕭默／fotoe提供）

在上，年災月厄，撞了高衙內，吃了一場屈官司。今日有句話說，上稟泰山：自蒙泰山錯愛，將令愛嫁事小人，已至三載，不曾有半些兒差池。雖不曾生半個兒女，未曾面紅面赤，半點相爭。今小人遭這場橫事，配去滄州，生死存亡未保。娘子在家，小人心去不穩，誠恐高衙內威逼這頭親事；況兼青春年少，休爲林沖誤了前程。卻是林沖自行主張，非他人逼迫。小人今日就高鄰在此，明白立紙休書，任從改嫁，並無爭執。如此林沖去得心穩，免得高衙內陷害。」張教頭道：「賢婿，甚麼言語！你是天年不齊※7，遭了橫事，又不是你作

註

※7天年不齊：命運不好，猶如說流年不利。

評點

◎5.透徹，只此一句，便是定不得死罪的斷案。（袁眉）
◎6.一路翁婿往復，淒淒惻惻，〈祭十二郎文〉與〈琵琶行〉兼有之。（金眉）

將出來的。今日權且去滄州躲災避難，早晚天可憐見，放你回來時，依舊夫妻完聚。老漢家中也頗有些過活，便取了我女家去，並錦兒，不揀怎地，三年五載，養贍得他。又不叫他出入，高衙內便要見，也不能夠。休要憂心，都在老漢身上。你在滄州牢城，我自頻頻寄書並衣服與你。休得要胡思亂想，只顧放心去。」林沖道：「感謝泰山厚意。只是林沖放心不下，枉自兩相耽誤。泰山可憐見林沖，依允小人，便死也瞑目。」張教頭那裏肯應承，衆鄰舍亦說行不得。林沖道：「若不依允小人之時，林沖便掙扎得回來，誓不與娘子相聚！」張教頭道：「既然恁地時，權且由你寫下，我只不把女兒嫁人便了。」◎7當時叫酒保尋個寫文書的人來，買了一張紙來。那人寫，林沖說道是：

東京八十萬禁軍教頭林沖，爲因身犯重罪，斷配滄州，去後存亡不保。有妻張氏年少，情願立此休書，任從改嫁，永無爭執。委是自行情願，即非相逼。◎8恐後無憑，立此文約爲照。年月日。

林沖當下看人寫了，借過筆來，去年月下押個花字，打個手模。正在閣裏寫了，欲付與泰山收時，只見林沖的娘子，號天哭地叫將來，女使錦兒抱著一包衣服，一路尋到酒店裏。◎9林沖見了，起身接著道：「娘子，小人有句話說，已稟過泰山了。爲是林沖年災月厄，遭這場屈事。今去滄州，生死不保，誠恐誤了娘子青春，今已寫下幾字在此。萬望娘子休等小人，有好頭腦※8，◎10自行招嫁，莫爲林沖誤了賢妻。」那婦人聽罷，哭將起來，說道：「丈夫，我不曾有半些兒點污，如何把我休了！」◎11林沖道：「娘子，

評點

◎7.截鐵語。一路翁婿往復，淒淒惻惻，曲曲折折，至此各用一句截鐵語收之。（金批）
◎8.寫得老氣，愈可痛。（袁眉）
◎9.丈人、娘子作兩番說，便有情瀾。（袁眉）
◎10.高衙内也，卻不直說高衙内，蓋恐傷其心也。（金批）
◎11.林沖娘子只說得此一句，下更無語，都是張教頭說，情景入妙。（金批）
◎12.眞是如何回去，忽乘便從鄰舍二字上生出婦人來，見景生情，文章妙訣。（金批）

我是好意，恐怕日後兩下相誤，賺了你。」張教頭便道：「我兒放心，雖是女婿恁的主張，我終不成下得※9將你來再嫁人！這事且由他放心去。他便不來時，我也安排你一世的終身盤費，只教你守志便了。」那婦人聽得說，心中哽咽，又見了這封書，一時哭倒聲絕在地。未知五臟如何，先見四肢不動。但見：

荊山玉損※10，可惜數十年結髮成親；寶鑑花殘，枉費九十日東君匹配。花容倒臥，有如西苑芍藥倚朱欄；檀口無言，一似南海觀音來入定。小園昨夜東風惡，吹折江梅就地橫。

林沖與泰山張教頭救得起來，半晌方纔甦醒，兀自哭不住。林沖把休書與教頭收了。眾鄰舍亦有婦人來勸林沖娘子，攙扶回去。◎12張教頭囑付林沖道：「你顧前程去掙扎，

林沖娘子聽說丈夫休了自己，難過傷心，暈了過去。
（選自《水滸傳版刻圖錄》，江蘇廣陵古籍刻印社）

註

※8 頭腦：人物。
※9 下得：忍心、硬心腸，猶如現在說捨得。
※10 荊山玉損：荊山，山名。在今湖北省南漳縣西部，漳水發源於此。山有抱玉岩傳爲楚人卞和得璞處。這裏比如林沖娘子的美貌如玉，因爲哭泣而受到損害。

回來廝見。你的老小，我明日便取回去，養在家裏，待你回來完聚。你但放心去，不要掛念。如有便人，千萬頻頻寄些書信來。」林沖起身謝了，拜辭泰山並眾鄰舍，背了包裹，隨著公人去了。張教頭同鄰舍取路回家，不在話下。

且說兩個防送公人把林沖帶來使臣房裏，寄了監，董超、薛霸各自回家，收拾行李。只說董超正在家裏拴束包裹，只見巷口酒店裏酒保來說道：「董端公，一位官人在小人店中請說話。」董超道：「是誰？」酒保道：「小人不認得，只叫請端公便來。」原來宋時的公人，都稱呼「端公」。當時董超便和酒保逕到店中閣兒內看時，見坐著一個人，頭戴頂萬字頭巾，身穿領皀紗背子，下面皀靴淨襪。見了董超，慌忙作揖道：「端公請坐。」董超道：「小人自來不曾拜識尊顏，不知呼喚有何使令？」那人道：「請坐，少間便知。」董超坐在對席，酒保一面鋪下酒盞、菜蔬、果品、案酒都搬來擺了一

河南省開封市宋都御街的店鋪古香古色。（周沁軍　/fotoe提供）

桌。那人問道：「薛端公在何處住？」董超道：「只在前邊巷內。」那人喚酒保問了底腳※11，「與我去請將來。」酒保去了一盞茶時，只見請得薛霸到閣兒裏。董超道：「這位官人請俺說話。」薛霸道：「不敢動問大人高姓？」那人又道：「少刻便知，且請飲酒。」三人坐定，一面酒保篩酒。酒至數杯，那人去袖子裏取出十兩金子，放在桌上，說道：「二位端公各收五兩，有些小事煩及。」二人道：「小人素不認得尊官，何故與我金子？」那人道：「二位莫不投滄州去？」董超道：「小人兩個奉本府差遣，監押林沖直到那裏。」那人道：「既是如此，相煩二位，我是高太尉府心腹人陸虞候便是。」董超、薛霸喏喏連聲，說道：「小人何等樣人，敢共對席！」陸謙道：「你二位也知林沖和太尉是對頭。今奉著太尉鈞旨，教將這十兩金子送與二位，望你兩個領諾。◎13不必遠去，只就前面僻靜去處，把林沖結果了，就彼處討紙回狀，回來便了。若開封府但有話說，太尉自行分付，並不妨事。」董超道：「卻怕使不得。開封府公文，只叫解活的去，卻不曾教結果了他。亦且本人年紀又不高大，如何作得這原故？倘有些兜搭※12，恐不方便。」薛霸道：「董超，你聽我說：高太尉便叫你我死，也只得依他，莫說使這官人又送金子與俺。你不要多說，和你分了罷，落得做人情，日後也有照顧俺處。◎14前頭有的是大松林猛惡去處，不揀怎地，與他結果了罷！」當下薛霸收了金子，說道：「官人放心，多是五站路，少便兩程，便有分曉。」陸謙大喜道：「還是薛端公真是爽利！

註

※11底腳：住址。

※12兜搭：原意是勾引、誘惑、攀附、包圍，這裏作周折、麻煩解釋。

評點

◎13.誘以利，壓以勢，其惡乃濟。（袁眉）

◎14.作一堪一好，有波瀾，有形擊。（芥眉）

明日到地了時，是必揭取林沖臉上金印回來做表證，陸謙再包辦二位十兩金子相謝。◎15專等好音，切不可相誤！」原來宋時但是犯人徒流遷徙的，都臉上刺字，怕人恨怪，只喚做打金印。三個人又吃了一會酒，陸虞候算了酒錢，三人出酒肆來，各自分手。

只說董超、薛霸將金子分受入己，送回家中，取了行李包裹，拿了水火棍※13，便來使臣房裏取了林沖，監押上路。當日出得城來，離城三十里多路歇了。宋時途路上客店人家，但是公人監押囚人來歇，不要房錢。當下董、薛二人帶林沖到客店裏，歇了一夜。第二日天明，起來打火，吃了飲食，投滄州路上來。時遇六月天氣，炎暑正熱，林沖初吃棒時，倒也無事。次後三、兩日間，天道盛熱，棒瘡卻發，又是個新吃棒的人，路上一步挨一步，走不動。薛霸道：「好不曉事！此去滄州二千里有餘的路，你這般樣走，幾時得到？」林沖道：「小人在太尉府裏折了些便宜※14，前日方纔吃棒，棒瘡舉發，這般炎熱，上下※15只得擔待一步。」董超道：「你自慢慢的走，休聽咭咶。」薛霸一路上喃喃咄咄的口裏埋冤叫苦，說道：「卻是老爺們晦氣，撞著你這個魔頭。」看看天色又晚，但見：

火輪低墜，玉鏡將懸。遙觀野炊俱生，近睹柴門半掩。僧投古寺，雲林時見鴉歸；漁傍陰涯，風樹猶聞蟬噪。急急牛羊來熱坂，勞勞驢馬息蒸途。

當晚三個人投村中客店裏來，到得房內，兩個公人放了棍棒，解下包裹。林沖也把包來解了，不等公人開口，去包裹取些碎銀兩，央店小二買些酒肉，糴些米來，安排盤饌，

請兩個防送公人坐了吃。董超、薛霸◎16又添酒來，把林沖灌的醉了，和枷倒在一邊。薛霸去燒一鍋百沸滾湯，提將來，傾在腳盆內，叫道：「林教頭，你也洗了腳好睡。」林沖掙的起來，被枷礙了，曲身不得。薛霸便道：「我替你洗。」林沖忙道：「使不得！」薛霸道：「出路人那裏計較的許多。」林沖不知是計，只顧伸下腳來，被薛霸只一按，按在滾湯裏。林沖叫一聲：「哎也！」急縮得起時，泡得腳面紅腫了。林沖道：「不消生受！」薛霸道：「只見罪人伏侍公人，那曾有公人伏侍罪人！好意叫他洗腳，顛倒嫌冷嫌熱，卻不是好心不得好報。」口裏喃喃的罵了半夜。林沖那裏敢回話，自去倒在一邊。他兩個潑了這水，自換些水，去外邊洗了腳收拾。睡到四更，同店人都未起，薛霸起來燒了麵湯，安排打火做飯吃。林沖起來暈了，吃不得，又走不動。薛霸拿了水火棍，催促動身。董超去腰裏解下一雙新草鞋，耳朵並索兒卻是麻編的，叫林沖穿。林沖看時，腳上滿面都是燎漿泡，只得尋覓舊草鞋穿，那裏去討。沒奈何，只得把新鞋穿上。叫店小二算過酒錢，兩個公人帶了林沖出店，卻是五更天氣。林沖走不到三、二里，腳上泡被新草鞋打破了，鮮血淋漓，正走不動，聲喚不止。薛霸罵道：「走便快走！不走便大棍搠將起來。」林沖道：「上下方便，小人豈敢怠慢，俄延程途，其實是腳疼走不動！」董超道：「我扶著你走便了。」攙著林沖。只得又挨了四、五里

註

※13水火棍：舊時衙門差役所使用的上黑下紅、上圓下略扁的木棍。

※14折了些便宜：折，作虧損解釋。折了些便宜，猶如說吃了些虧。

※15上下：本是指天地而言，古人多用作父母的代用語，宋時則用作對「公人」的尊稱。

評點

◎15.小人語。作者務要寫出，不顧小人看見耶？（金批）

◎16.一路董薛二人，忽然是一個，忽然是兩個，寫得如大珠小珠相似。（金眉）

路。看看正走不動了，早望見前面煙籠霧鎖，一座猛惡林子。但見：

枯蔓層層如雨腳，喬枝鬱鬱似雲頭。
不知天日何年照，惟有冤魂不斷愁。

這座林子有名喚做野豬林，此是東京去滄州路上第一個險峻去處。宋時這座林子內，但有些冤仇的，使用些錢與公人，帶到這裏，不知結果了多少好漢。◎[17]今日這兩個公人帶林沖奔入這林子裏來。董超道：「走了一五更，走不得十里路程，似此，滄州怎地得到？」薛霸道：「我也走不得了，且就林子裏歇一歇。」三個人奔到裏面，解下行李包裹，都搬在樹根頭。林沖叫聲：「阿也！」靠著一株大樹便倒了。只見董超、薛霸道：「行一步，等一步，倒走得我困倦起來，且睡一睡卻行。」放下水火棍，便倒在樹邊。略略閉得眼，◎[18]從地下叫將起來。林沖道：「上下做甚麼？」董超、薛霸道：「俺兩個正要睡一睡，這裏又無關鎖，只怕你走了，我們放心不下，以此睡不穩。」◎[19]林沖答道：「小人是個好漢，官司既已吃了，一世也不走。」薛霸道：「那裏信得你說？要我們心穩，須得縛一縛。」林沖道：「上下要縛便縛，小人敢道怎地？」薛霸腰裏解下索子來，把林沖連手帶腳和枷緊緊的綁在樹上。同董超兩個跳將起來，轉過身來，拿起水火棍，看著林沖，說道：「不是俺要結果你，自是前日來時，有那陸虞候傳著高太尉鈞旨，教我兩個到這裏結果你，立等金印回去回話。便多走得幾日，也是死數，只今日就這裏，倒作成我兩個回去快些。◎[20]休得要怨我弟兄兩個，只是上司差遣，不由自己。你

須精細著：◎21明年今日是你周年。我等已限定日期，亦要早回話。」林沖見說，淚如雨下，便道：「上下，我與你二位往日無仇，近日無冤，你二位如何救得小人，生死不忘。」董超道：「說甚麼閑話？◎22救你不得。」薛霸便提起水火棍來，望著林沖腦袋上劈將來，可憐豪傑束手就死。正是：「萬里黃泉無旅店，三魂今夜落誰家。」畢竟林沖性命如何？且聽下回分解。◎23

評點

◎17.敘述林子亦有厚味，動人險情。（袁眉）
◎18.奇文。二人心中有事，如何閉得眼，卻偏用閉眼，寫出許多做作。（金批）
◎19.已說到縛矣，卻還不說出，又收住口。（金批）
◎20.此卻是善知識語，細思之，當有橄欖回甘之益。（金批）
◎21.惡人殺人，又怕其鬼，每每如此，寫來一笑。（金批）
◎22.臨死求救是閑話，前日所云太尉要你我死，也只得依他，此是緊話也。千古一轍，爲之浩嘆。（金批）
◎23.兒女情深，英雄氣短，只沖臨歧，猶見本色，作者便非凡筆。（袁評）

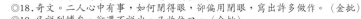

第九回　柴進門招天下客　林沖棒打洪教頭◎1

話說當時薛霸雙手舉起棍來，望林沖腦袋上便劈下來。說時遲，那時快，薛霸的棍恰舉起來，只見松樹背後雷鳴也似一聲，那條鐵禪杖飛將來，◎2把這水火棍一隔，丟去九霄雲外，跳出一個胖大和尚來，喝道：「洒家在林子裏聽你多時！」兩個公人看那和尚時，穿一領皀布直裰，跨一口戒刀，提起禪杖，掄起來打兩個公人。林沖方纔閃開眼看時，認得是魯智深。林沖連忙叫道：「師兄不可下手，我有話說。」智深聽得，收住禪杖。兩個公人呆了半晌，動彈不得。林沖道：「非干他兩個事，盡是高太尉使陸虞候分付他兩個公人，要害我性命，他兩個怎不依他？你若打殺他兩個，也是冤屈。」魯智深扯出戒刀，把索子都割斷，便扶起林沖，叫：「兄弟，俺自從和你買刀

❀ 董超、薛霸綁住了林沖，正要下手，魯智深從天而降，揮舞著禪杖跳了出來。（選自《水滸傳版刻圖錄》，江蘇廣陵古籍刻印社）

◎1.今夫文章之爲物也，豈不異哉！如在天而爲雲霞，何其起於膚寸，漸舒漸捲，倏忽萬變，爛然爲章也。在地而爲山川，何其迤邐而入，千轉百合，爭流競秀，窅冥無際也。在草木而爲花萼，何其依枝安葉，依葉安蒂，依蒂安英，依英安瓣，依瓣安鬚，眞有如神鏤鬼簇、香團玉削也！在鳥獸而爲翬尾，何其青漸入碧，碧漸入紫，紫漸入金，金漸入綠，綠漸入黑，黑又入青，内視之而成彩，外望之而成耀，不可一端指也！凡如此者，豈其必有不得不然者乎？夫使雲霞不必舒捲，而慘若烽煙，亦何怪於天；山川不必窅冥，而止有坑阜，亦何怪於地；花萼不必分英布瓣而醜如榾柮，翬尾不必金碧間雜而塊然木鳶，亦何怪於草木鳥獸。然而終亦必然者，蓋必有不得不然者也。至於文章，而何獨不然也乎？自世之鄙儒，不惜筆墨，於是到處塗抹，自命作者，乃吾視其所爲，實則曾無異於所謂烽煙、坑阜、榾柮、木鳶也者。嗚呼！其亦未嘗得見我施耐庵之《水滸傳》也。吾之爲此言者，何也？即如松林棍起，智深來救，大師此來，從天而降固也，乃今觀其敍述之法，又何其詭譎變幻，一至於是乎！第一段先飛出禪杖，第二段方跳出胖大和尚，第三段再詳其皂布直裰與禪杖戒刀，第四段始知其爲智深。若以《公》、《穀》、《大戴》體釋之，則曰：先言禪杖而後言和尚者，並未見有和尚，突然水火棍被物隔去，則一條禪杖早飛到面前也；先言胖大而後言皂布直裰者，驚心駭目之中，但見其爲胖大，未及詳其色也；先寫裝束而後出姓名者，公人驚駭稍定，見其如此打扮，卻不認爲何人，而又不敢問也。蓋如是手筆，實惟史遷有之，而《水滸傳》乃獨與之並驅也。又如前回敍林沖時，筆墨忙極，不得不將智深一邊暫時閣起，此行文之家要圖手法乾淨，萬不得已而出於此也。今入此回，卻忽然就智深口中一一追補敍還，而又不肯一直敍去，又必重將林沖一邊逐段穿插相對而出，不惟使智深一邊不曾漏落，又反使林沖一邊再加渲染，離離奇奇，錯錯落落，眞似山雨欲來風滿樓也。又如公人心怒智深，不得不問，才問，卻被智深兜頭一喝，讀者亦謂終亦不復知是某甲矣，乃遙遙直至智深拖卻禪杖去後，林沖無端誇拔楊柳，遂答還董超、薛霸最先一問。疑其必說，則忽然不說；疑不復說，則忽然卻說。譬如空中之龍，東雲見鱗，西雲露爪，眞極奇極恣之筆也。又如洪教頭要使棒，反是柴大官人說且吃酒，此一頓已是令人心癢之極。乃武師又於四、五合時跳出圈子，忽然叫住，曰除枷也；乃柴進又於重提棒時，又忽然叫住。凡作三番跌頓，直使讀者眼光一閃一閃，直極奇極恣之筆也。又如洪教頭入來時，一筆要寫洪教頭，一筆又要寫林武師，一筆又要寫柴大官人，可謂極忙極雜矣。乃今偏於極忙極雜中間，又要時時擠出兩個公人，心閑手敏，遂與史遷無二也。又如寫差撥陡然變臉數語，後接手便寫陡然翻出笑來數語，參差曆落，自成諧笑，皆所謂文章波瀾，亦有以近爲貴者也。若夫文章又有以遠爲貴也者，則如來時飛杖而來，去時拖杖而去，其波瀾乃在一篇之首與尾。林沖來時，柴進打獵歸來，林沖去時，柴進打獵出去，則其波瀾乃在一傳之首與尾矣。此又不可不知也。凡如此者，皆所謂在天爲雲霞，在地爲山川，在草木爲花萼，在鳥獸爲翬尾，而《水滸傳》必不可以不看者也。此一回中又於正文之外，旁作餘文，則於銀子三致意焉。如陸虞候送公人十兩金子，又許幹事回來，再包送十兩，一可嘆也。夫陸虞候何人，便包得十兩金子？且十兩金子何足論，而必用一人包之也？智深之救而護而送到底也，公人叫苦不迭，曰卻不是壞我勾當，二可嘆也。夫現十兩賒十兩便算一場勾當，而林沖性命曾不足顧也。又二人之暗自商量也，曰「舍著還了他十兩金子」，三可嘆也。四人在店，而兩人暗商，其心頭口頭，十兩外無別事也。訪柴進而不在也，其莊客亦更無別語相惜，但云你沒福，若是在家，有酒食錢財與你，四可嘆也。酒食錢財，小人何至便以爲福也？洪教頭之忌武師也，曰「誘些酒食錢米」，五可嘆也。夫小人之污蔑君子，亦更不於此物外也。武師要開枷，柴進送銀十兩，公人忙開不迭，六可嘆也。銀之所在，朝廷法網亦惟所命也。洪教頭之敗也，大官人實以二十五兩亂之，七可嘆也。銀之所在，名譽、身分都不復惜也。柴、林之握別也，又捧出二十五兩一錠大銀，八可嘆也。雖聖賢豪傑，心事如青天白日，亦必以此將其愛敬，設若無之，便若冷淡之甚也。兩個公人亦齎發五兩，則出門時，林武師謝，兩公人亦謝，九可嘆也。有是物即陌路皆親，豺狼亦顧，分外熱鬧也。差撥之見也，所爭五兩耳，而當其未送，則滿面皆是餓紋，及其既送，則滿面應做大官，十可嘆也。千古人倫，甄別之際，或月而易，或旦而易，大約以此也。武師以十兩送管營，差撥又落了五兩，止送五兩，十一可嘆也。本官之與長隨可謂親矣，而必染指焉，諺云：「掏虱偷腳」，比比然也。林沖要一發周旋開除鐵枷，又取三、二兩銀子，十二可嘆也。但有是物，即無事不可周旋，無人不願效力也。滿營囚徒，亦得林沖救濟，十三可嘆也。只是金多分人，而讀者至此遂感林沖恩義，口口傳爲美談，信乎名以銀成，無別法也。嗟乎！士而貧尚不閉門學道，而尚欲游於世間，多見其爲不知時務耳，豈不大哀也哉！（金批）

◎2.從天而下，說得驟捷快人。（袁眉）

評點

那日相別之後，◎3洒家憂得你苦。自從你受官司，俺又無處去救你。打聽得你斷配滄州，洒家在開封府前又尋不見。卻聽得人說，監在使臣房內，又見酒保來請兩個公人，說道：『店裏一位官人尋說話。』以此洒家疑心，放你不下。恐這廝們路上害你，俺特地跟將來。見這兩個撮鳥帶你入店裏去，洒家也在那店裏歇。夜間聽得那廝兩個做神做鬼，把滾湯賺了你腳。那時俺便要殺這兩個撮鳥，卻被客店裏人多，恐防救了。洒家見這廝們不懷好心，越放你不下。你五更裏出門時，洒家先投奔這林子裏來，等殺這廝兩個撮鳥，他到來這裏害你，正好殺這廝兩個。」◎4林沖勸道：「既然師兄救了我，你休害他兩個性命。」魯智深喝道：「你這兩個撮鳥！洒家不看兄弟面時，把你這兩個都剁做肉醬；且看兄弟面皮，饒你兩個性命！」就那裏插了戒刀，喝道：「你這兩個撮鳥，快攙兄弟，都跟洒家來。」提了禪杖先走。◎5兩個公人那裏敢回話，只叫：「林教頭救俺兩個。」依前背上包裹，提了水火棍，扶著林沖。又替他拕了包裹，一同跟出林子來。行得三、四里路程，見一座小小酒店在村口，四個人入來坐下。看那店時，

內蒙古黃崗梁國家森林公園的落葉松林。《水滸》中之所以出現多處松林場景，與松林的意境也有很大關係。（美工圖書社：中國圖片大系提供）

但見：

前臨驛路，後接溪村。數株桃柳綠陰濃，幾處葵榴紅影亂。門外森森麻麥，窗前猗猗荷花。輕輕酒旆舞薰風，短短蘆簾遮酷日。壁邊瓦甕，白泠泠滿貯村醪；架上磁瓶，香噴噴新開社醞。白髮田翁親滌器，紅顏村女笑當壚。

當下深、沖、超、霸四人在村酒店中坐下，喚酒保買五、七斤肉，打兩角酒來吃，回※1些麵來打餅。酒保一面整治，把酒來篩。兩個公人道：「不敢拜問師父在那個寺裏住持？」智深笑道：「你兩個撮鳥問俺住處做甚麼？莫不去教高俅做甚麼奈何洒家？別人怕他，俺不怕他。洒家若撞著那廝，教他吃三百禪杖。」兩個公人那裏敢再開口。吃了些酒肉，收拾了行李，還了酒錢，出離了村店。林沖問道：「師兄，今投那裏去？」◎6魯智深道：「『殺人須見血，救人須救徹』。洒家放你不下，直送兄弟到滄州。」◎7兩個公人聽了，暗暗地道：「苦也！卻是壞了我們的勾當，轉去時怎回話？且只得隨順他，一處行路。」有詩為證：

最恨奸媒欺白日，獨持義氣薄黃金。
迢遙不畏千程路，辛苦惟存一片心。

自此途中被魯智深要行便行，要歇便歇，◎8那裏敢扭他？好便罵，不好便打。兩個公人不敢高聲，只怕和尚發作。行了兩程，討了一輛車子，林沖上車將息，三個跟著車子

註
※1回：買進，轉買。

評點
◎3.看他夾敘補前之缺。（金眉）
◎4.方敘到自己正文。文勢如兩龍夭矯，陡然合笋，奇筆恣墨，讀之叫絕。（金批）
◎5.好景。此回寫智深，都在禪杖上出色，如前文禪杖飛來，此文提禪杖先走，後文拖禪杖走了，皆妙景也。（金批）
◎6.急語可憐，正如渴乳之兒，見母遠行，寫得令人墮淚。（金批）
◎7.天雨雪，鬼夜哭，盡此二十三字。（金批）
◎8.一路忽作快語。（金批）
此段看他錯錯落落，寫成一片。（金眉）

行著。兩個公人懷著鬼胎，各自要保性命，只得小心隨順著行。魯智深一路買酒買肉，將息林沖，那兩個公人也吃。遇著客店，早歇晚行，都是那兩個公人打火做飯，誰敢不依他？二人暗商量：「我們被這和尚監押定了，明日回去，高太尉必然奈何俺。」薛霸道：「我聽得大相國寺菜園廨宇裏新來了個僧人，喚做魯智深，想來必是他。◎9回去實說，俺要在野豬林結果他，被這和尚救了，一路護送到滄州，因此下手不得。捨著還了他十兩金子，著陸謙自去尋這和尚便了。我和你只要躲得身上乾淨。」董超道：「也說得是。」兩個暗商量了不題。

話休絮煩。被智深監押不離，行了十七、八日，近滄州只有七十來里路程，一路去都有人家，再無僻靜處了。魯智深打聽得實了，就松林裏少歇。◎10智深對林沖道：「兄弟，此去滄州不遠了。前路都有人家，別無僻靜去處，洒家已打聽實了。俺如今和你分手，異日再得相見。」林沖道：「師兄回去，泰山處可說知。◎11防護之恩，不死當以厚報。」魯智深又取出一、二十兩銀子與林沖，把三、二兩與兩個公人，道：「你兩個撮鳥，本是路上砍了你兩個頭，兄弟面上，饒你兩個鳥命。如今沒多路了，休生歹心。」兩個道：「再怎敢？皆是太尉差遣。」接了銀子，卻待分手，魯智深看著兩個公人道：「你兩個撮鳥的頭，硬似這松樹麼？」二人答道：「小人頭是父母皮肉，包著些骨頭……」智深掄起禪杖，把松樹只一下，打得樹有二寸深痕，齊齊折了，喝一聲道：「你兩個撮鳥！但有歹心，教你頭也與這樹一般。」◎12擺著手，拖了禪杖，叫聲：「兄

評點

◎9.猜此一語，吊在此處，並不得明白，直至後文智深回去後，林沖誇他倒拔垂楊，方成一答，文情奇絕。（金批）
◎10.松林二字，放在此處，入後逕說頭硬似松樹，所謂身在畫圖中也。（金批）
◎11.此句反在感恩之前，妙絕，有無限兒女恩情在內，讀著細味之，當爲之嗚咽。（金批）
◎12.必如此顯個手段，方去後常有個莽和尚現前，不敢起一毫歹心。（袁眉）
◎13.來得突兀，去得瀟洒，如一座怪峰，劈插而起，極其盡也，迤邐而漸弛矣。（金批）

弟保重。」自回去了。◎13董超、薛霸都吐出舌頭，半晌縮不入去。林沖道：「上下，俺們自去罷。」兩個公人道：「好個莽和尚，一下打折了一株樹。」林沖道：「這個值得甚麼？相國寺一株柳樹，連根也拔將出來。」◎14二人只把頭來搖，方纔得知是實。

三人當下離了松林，行到晌午，早望見官道上一座酒店。但見：

> 古道孤村，路傍酒店。楊柳岸，曉垂錦旆；蓮花蕩，風拂青簾。劉伶※2仰臥畫床前，李白醉眠描壁上。社醞壯農夫之膽，村醪助野叟之容。神仙玉佩曾留下，卿相金貂也當來。

三個人入酒店裏來，林沖讓兩個公人上首坐了。董、薛二人，半日方纔得自在。只見那店裏有幾處座頭，三、五個篩酒的酒保，都手忙腳亂，搬東搬西。林沖與兩個公人坐了半個時辰，酒保並不來問。林沖等得不耐煩，把桌子敲著說道：「你這店主人好欺客，見我是個犯人，便不來睬著，我須不白吃你的，是甚道理？」主人說道：「你這人原來不知我的好意。」林沖道：「不賣酒肉與我，有甚好意？」店主人道：「你不知俺這村中有個大財主，姓柴名進，此間稱爲柴大官人，江湖上都喚做小旋風，他是大周柴世宗子孫。自陳橋讓位，太祖武德皇帝敕賜與他誓書鐵券在家中，誰敢欺負他？專一招接天下往來的好漢，三、五十個養在家中，常常囑付我們酒店裏：『如有流配來的犯人，可叫他投我莊上來，我自資助他。』◎15我如今賣酒肉與你，吃得面皮紅了，他道你自有盤

註

※2劉伶：字伯倫，西晉沛國（今安徽宿縣）人，「竹林七賢」之一。

評點

◎14.直至此處，方纔遙答前文，眞是奇情恣筆，不知者反責林沖漏言，可爲失笑。（金批）

◎15.如此一位豪傑，卻在店主口中無端敘出，有春山出雲之樂。看他各樣出法。（金批）

纏，便不助你。我是好意。」林沖聽了，對兩個公人道：「我在東京教軍時，常常聽得軍中人傳說柴大官人名字，卻原來在這裏。我們何不同去投奔他？」董超、薛霸尋思道：「既然如此，有甚虧了我們處？」就便收拾包裹，和林沖問道：「酒店主人，柴大官人莊在何處？我等正要尋他。」店主人道：「只在前面，約過三、二里路，大石橋邊轉彎抹角，那個大莊院便是。」

林沖等謝了店主人，三個出門，果然三、二里，見座大石橋。過得橋來，一條平坦大路，早望見綠柳陰中顯出那座莊院。四下一周遭一條澗河，兩岸邊都是垂楊大樹，樹陰中一遭粉牆。轉彎來到莊前，看時，好個大莊院！但見：

門迎黃道※3，山接青龍※4。萬枝桃綻武陵溪※5，千樹花開金谷苑。聚賢堂上，四時有不謝奇花；百卉廳前，八節賽長春佳景。堂懸敕額金牌，家有誓書鐵券。朱甍碧瓦，掩

河南封丘陳橋驛，宋太祖黃袍加身處繫馬槐。宋太祖黃袍加身之後，一直善待柴家，柴進因此有比較舒適的生活。（聶鳴／fotoe提供）

滄州鐵獅子，又稱「鎮海吼」，位於河北滄縣舊州城內，獅身內外有許多鑄文，頭頂及頸下還鑄有「獅子王」三字，身披障泥（防塵土的墊子），肩負巨大蓮花盆，蓮花盆底部直徑一公尺，上口直徑兩公尺，通高七十公分，可拆卸下來。（姚寄晨／fotoe提供）

映著九級高堂；畫棟雕梁，眞乃是三微精舍。

不是當朝勳戚第，也應前代帝王家。

三個人來到莊上，見那條闊板橋上，坐著四、五個莊客，都在那裏乘涼。◎16三個人來到橋邊，與莊客施禮罷，林沖說道：「相煩大哥報與大官人知道：京師有個犯人，送配牢城，姓林的求見。」莊客齊道：「你沒福，若是大官人在家時，有酒食錢財與你，今早出獵去了。」林沖道：「不知幾時回來？」莊客道：「說不定，敢怕投東莊去歇，也不見得。許你不得。」林沖道：「如此，是我沒福，不得相遇，我們去罷。」別了眾莊客，和兩個公人再回舊路，肚裏好生愁悶。行了半里多路，只見遠遠的從林子深處，一簇人馬飛奔莊上來。但見：

人人俊麗，個個英雄。數十匹駿馬嘶風，兩三面繡旗弄日。粉青毡笠，似倒翻

註

※3 黃道：太陽每年在恆星之間的視軌跡，即地球軌道面與天球的相交線。此處引申爲平坦大道或寓吉祥之意。

※4 青龍：青色的龍。也指東方星宿名。即蒼龍。

※5 武陵溪：陶淵明〈桃花源記〉中記載的地方，通往桃花源的路。

評點

◎16.沒要緊處，點出時節，妙。（袁眉）

荷葉高擎；絳色紅纓，如爛熳蓮花亂插。飛魚袋※6內，高插著裝金雀畫細輕弓；獅子壺中，整攢著點翠鵰翎端正箭。牽幾隻趕獐細犬，擎數對拿兔蒼鷹。穿雲俊鶻頓絨絛，脫帽錦鵰尋護指。標槍風利，就鞍邊微露寒光；畫鼓團圞，向馬上時聞響震。鞍邊拴繫，無非天外飛禽；馬上擎擡，盡是山中走獸。好似晉王臨紫塞，渾如漢武到長楊。

那簇人馬飛奔莊上來，中間捧著一位官人，騎一匹雪白捲毛馬。馬上那人，生得龍眉鳳目，皓齒朱脣，三牙掩口髭鬚，三十四、五年紀。頭戴一頂皂紗轉角簇花巾，身穿一領紫繡團胸繡花袍，腰繫一條玲瓏嵌寶玉環絛，足穿一雙金線抹綠皂朝靴。帶一張弓，插一壺箭，引領從人，都到莊上來。林沖看了，尋思道：「敢是柴大官人麼？」又不敢問他，只自肚裏躊躇。◎17只見那馬上年少的官人縱馬前來，問道：「這位帶枷的是甚人？」林沖慌忙躬身答道：「小

林沖快到滄州的時候，半路與打獵歸來的柴進相遇。（日版畫，出自《新編水滸畫傳》，葛飾戴斗繪）

人是東京禁軍教頭，姓林名沖，爲因惡※7了高太尉，尋事發下開封府，問罪斷遣，刺配此滄州。聞得前面酒店裏說，這裏有個招賢納士好漢柴大官人，因此特來相投。不期緣淺，不得相遇。」那官人滾鞍下馬，飛近前來，說道：「柴進有失迎迓！」就草地上便拜。林沖連忙答禮。那官人攜住林沖的手，同行到莊上來。那莊客們看見，大開了莊門。柴進直請到廳前。兩個敘禮罷，柴進說道：「小可※8久聞教頭大名，不期今日來踏賤地，足稱平生渴仰之願！」林沖答道：「微賤林沖，聞大人貴名，傳播海宇，誰人不敬？不想今日因得罪犯，流配來此，得識尊顏，宿生萬幸！」柴進再三謙讓，林沖坐了客席，董超、薛霸也一帶坐了。跟柴進的伴當，各自牽了馬，去後院歇息，不在話下。柴進便喚莊客，叫將酒來。不移時，只見數個莊客托出一盤肉、一盤餅，溫一壺酒。又一個盤子，托出一斗白米，米上放著十貫錢，都一發將出來。◎18柴進見了道：「村夫不知高下！教頭到此，如何恁地輕意？快將進去。先把果盒酒來，隨即殺羊相待，快去整治！」林沖起身謝道：「大官人，不必多賜，只此十分夠了。」柴進道：「休如此說！難得教頭到此，豈可輕慢！」莊客不敢違命，先捧出果盒酒來。柴進起身，一面手執三杯。林沖謝了柴進，飲酒罷。兩個公人一同飲了。柴進道：「教頭請裏面少坐。」柴進隨即解了弓袋箭壺，就請兩個公人一同飲酒。

註

※6飛魚袋：一種裝弓箭的袋子。

※7惡：得罪、冒犯。

※8小可：自稱的謙詞。

評點

◎17.本是一色人物，只因身在囚服，便於貴遊之前，不復更敢伸眉吐氣，寫得英雄失路，極其可憐。（金批）

◎18.寫柴進待林沖，無可著筆，故又特地布此一景，極力搖曳出來。（金批）

落魄的林沖受到柴進熱情的招待，引起了洪教頭的嫉妒。（朱寶榮繪）

柴進當下坐了主席，林沖坐了客席，兩個公人在林沖肩下。敘說些閑話，江湖上的勾當，不覺紅日西沉。安排得酒食果品海味，擺在桌上，擡在各人面前。柴進親自舉杯，把了三巡，坐下叫道：「且將湯來吃。」吃得一道湯，五、七杯酒，只見莊客來報道：「教師來也。」柴進道：「就請來一處坐地相會亦好，快擡一張桌來。」林沖起身看時，只見那個教師入來，歪戴著一頂頭巾，挺著脯子，來到後堂。林沖尋思道：「莊客稱他做教師，必是大官人的師父。」急急躬身唱喏道：「林沖謹參。」那人全不睬著，也不還禮。◎[19]林沖不敢擡頭。柴進指著林沖對洪教頭道：「這位便是東京八十萬禁軍槍棒教頭林武師林沖的便是，就請相見。」林沖聽了，看著洪教頭便拜。那洪教頭說道：「休拜，起來！」卻不躬身答禮。柴進看了，心中好不快意。

林沖拜了兩拜起身，讓洪教頭坐。洪教頭亦不相讓，走去上首便坐。柴進看了，又不喜歡。林沖只得肩下坐了，兩個公人亦就坐了。洪教頭便問道：「大官人今日何故厚禮管待配軍？」柴進道：「這位非比其他的，乃是八十萬禁軍教頭，師父如何輕慢？」洪教頭道：「大官人只因好習槍棒，往往流配軍人都來倚草附木，皆道我是槍棒教師，來投莊上，誘些酒食錢米。大官人如何忒※9認眞？」◎20林沖聽了，並不做聲。柴進說道：「凡人不可易相，休小覷他。」洪教頭怪這柴進說「休小覷他」，便跳起身來道：「我不信他，他敢和我使一棒看，我便道他是眞教頭！」柴進大笑道：「也好，也好！林武師，你心下如何？」林沖道：「小人卻是不敢。」洪教頭心中忖量道：「那人必是不會，心中先怯了。」因此越來惹林沖使棒。柴進一來要看林沖本事，二者要林沖贏他，滅那廝嘴。柴進道：「且把酒來吃著，待月上來也罷。」當下又吃過了五、七杯酒，卻早月上來了，照見廳堂裏面，如同白日。柴進起身道：「二位教頭較量一棒。」林沖自肚裏尋思道：「這洪教頭必是柴大官人師父，不爭我一棒打翻了他，須不好看。」柴進見林沖躊躇，便道：「此位洪教頭也到此不多時，此間又無對手。林武師休得要推辭，小可也正要看二位教頭的本事。」柴進說這話，原來只怕林沖礙柴進的面皮，不肯使出本事來。林沖見柴進說開就裏，方纔放心。只見洪教頭先起身道：「來，來，來！和你使一棒看。」一齊都哄出堂後空地上。莊客拿一束棍棒來，放在地下。洪教頭先脫了衣

註

※9忒：太、過於、很的意思。

評點

◎19.形容驕傲自大的光景逼眞，戴頭巾的往往如此。（袁眉）
◎20.妒才嫉賢的人偏會說參透世情的話，所以可恨。（袁眉）

裳，拽扎起裙子，掣條棒，使個旗鼓，喝道：「來，來，來！」柴進道：「林武師，請較量一棒。」林沖道：「大官人，休要笑話。」就地也拿了一條棒起來道：「師父請教。」洪教頭看了，恨不得一口水呑了他。林沖拿著棒，使出山東大擂，打將入來。洪教頭把棒就地下鞭了一棒，來搶林沖。兩個教頭就明月地下交手，眞個好看。怎見是山東大擂，但見：

山東大擂，河北夾槍。大擂棒是鰍魚穴內噴來，夾槍棒是巨蟒窠中竄出。大擂棒似連根拔怪樹，夾槍棒如遍地捲枯藤。兩條海內搶珠龍，一對岩前爭食虎。

兩個教頭在月明地上交手，使了四、五合棒，只見林沖托地跳出圈子外來，叫一聲：「少歇。」柴進道：「教頭如何不使本事？」林沖道：「小人輸了。」柴進道：「未見二位較量，怎便是輸了？」林沖道：「小人只多這具枷，因此，權當輸了。」◎21柴進道：「是小可一時失了計較。」大笑著道：「這個容易。」便叫莊客取十兩銀來，當時將至。柴進對押解兩個公人道：「小可大膽，相煩二位下顧，權把林教頭枷開了，明日牢城營內但有事務，都在小可身上，白銀十兩相送。」董超、薛霸見了柴進人物軒昂，不敢違他，落得做人情，又得了十兩銀子，亦不怕他走了。薛霸隨即把林沖護身枷開了。柴進大喜道：「今番兩位教師再試一棒。」洪教頭見他卻纔棒法怯了，肚裏平欺他，便提起棒，卻待要使。柴進叫道：「且住！」叫莊客取出一錠銀來，重二十五兩。無一時，至面前。柴進乃言：「二位教頭比試，非比其他，這錠銀子，權爲利物※10。

評點

◎21.交手後才請開枷，便增一分光景。（袁眉）
◎22.非獨掀動林，正以利亂洪也。（袁夾）
◎23.寫得棒是活棒，武師是活武師，妙絕之筆。（金批）

若是贏的，便將此銀子去。」柴進心中只要林沖把出本事來，故意將銀子丟在地下。◎22洪教頭深怪林沖來，又要爭這個大銀子，又怕輸了銳氣，把棒來盡心使個旗鼓，吐個門戶，喚做把火燒天勢。林沖想道：「柴大官人心裏只要我贏他。」也橫著棒，使個門戶，吐個勢，喚做撥草尋蛇勢。洪教頭喝一聲：「來，來，來！」便使棒蓋將入來。林沖望後一退，洪教頭趕入一步，提起棒，又復一棒下來。林沖看他腳步已亂了，便把棒從地下一跳，洪教頭措手不及，就那一跳裏，和身一轉，那棒直掃著洪教頭臁兒骨※11上，◎23撇了棒，撲地倒了。柴進大喜，叫快將酒來把盞。衆人一齊大笑。洪教頭那裏掙扎起來？衆莊客一頭笑著扶了，洪教頭羞顏滿面，自投莊外去了。柴進攜住林沖的手，再入後堂飲酒，叫將利物來，送還教

註

※10利物：競賽的獎品、彩頭。

※11臁兒骨：小腿脛骨。

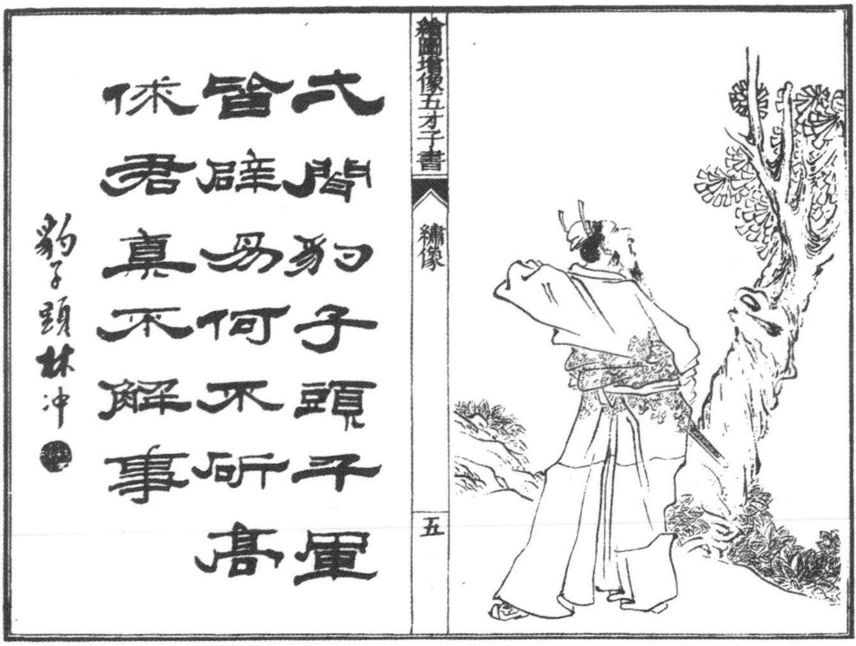

陳老蓮的水滸葉子：林沖，左面有題詞。（選自《水滸傳版刻圖錄》，江蘇廣陵古籍刻印社）

師。林沖那裏肯受？推托不過，只得收了。正是：

欺人意氣總難堪，冷眼旁觀也不甘。
請看受傷並折利，方知驕傲是羞慚。

柴進留林沖在莊上，一連住了幾日，每日好酒好食管待。又住了五、七日，兩個公人催促要行。柴進又置席面相待送行，又寫兩封書，分付林沖道：「滄州大尹也與柴進好，牢城管營、差撥，亦與柴進交厚。可將這兩封書去下，必然看覷教頭。」即捧出二十五兩一錠大銀，送與林沖；又將銀五兩齎發兩個公人，吃了一夜酒。次日天明，吃了早飯，叫莊客挑了三個的行李。林沖依舊帶上枷，辭了柴進便行。柴進送出莊門作別，分付道：「待幾日，小可自使人送冬衣來與教頭。」林沖謝道：「如何報謝大官人！」兩個公人相謝了。三人取路投滄州來，將及午牌時候，已到滄州城裏。雖是個小去處，亦

河南湯陰縣羑里城遺址。是有文字記載的中國第一座國家監獄，現存建築是明代（西元1542年）重修的。（王遠／fotoe提供）

有六街三市。逕到州衙裏下了公文，當廳引林沖參見了州官大尹，當下收了林沖，押了回文，一面帖下，判送牢城營內來。兩個公人自領了回文，相辭了，回東京去，不在話下。

只說林沖送到牢城營內來，看那牢城營時，但見：

門高墻壯，地闊池深。天王堂畔，兩行細柳綠垂煙；點視廳前，一簇喬松青潑黛。來往的，盡是咬釘嚼鐵漢；出入的，無非瀝血剖肝人。

滄州牢城營內收管林沖，發在單身房裏，聽候點視。卻有那一般的罪人，都來看覷他，對林沖說道：「此間管營、差撥，十分害人，只是要詐人錢物。若有人情錢物送與他時，便覷的你好；若是無錢，將你撇在土牢裏，求生不生，求死不死。若得了人情，入門便不打你一百殺威棒，只說有病，把來寄下；若不得人情時，這一百棒打得七死八活。」林沖道：「眾兄長如此指教，且如要使錢，把多少與他？」眾人道：「若要使得好時，管營把五兩銀子與他，差撥也得五兩銀子送他，十分好了。」正說之間，只見差撥過來問道：「那個是新來配軍？」林沖見問，向前答應道：「小人便是。」那差撥不見他把錢出來，變了面皮，指著林沖罵道：「你這個賊配軍！見我如何不下拜？卻來唱喏！你這廝可知在東京做出事來，見我還是大剌剌的。我看這賊配軍，滿臉都是餓文※12，一世也不發跡！打不死、拷不殺的頑囚！你這把賊骨頭，好歹落在我手裏，教你

註

※12餓文：就是「餓紋」，迷信的說法：人臉上的皺紋，如果延長伸進嘴裏，這人後來定要餓死。因此，稱伸進嘴裏的皺紋叫做餓紋。

粉骨碎身！少間叫你便見功效！」◎24把林沖罵得一佛出世※13，那裏敢擡頭應答？衆人見罵，各自散了。林沖等他發作過了，去取五兩銀子，陪著笑臉告道：「差撥哥哥，些小薄禮，休言輕微。」差撥看了道：「你教我送與管營和俺的，都在裏面？」林沖道：「只是送與差撥哥哥的；另有十兩銀子，就煩差撥哥哥送與管營。」差撥見了，看著林沖笑道：「林教頭，我也聞你的好名字，端的是個好男子！想是高太尉陷害你了。雖然目下暫時受苦，久後必然發跡。據你的大名，這表人物，必不是等閑之人，久後必做大官。」林沖笑道：「皆賴差撥照顧。」差撥道：「你只管放心。」又取出柴大官人的書禮，說道：「相煩老哥將這兩封書下一下。」差撥道：「既有柴大官人的書，煩惱做甚？這一封書值一錠金子。◎25我一面與你下書，少間管營來點你，要打一百殺威棒時，你便只說你『一路患病，未曾痊可』。我自來與你支吾，要瞞生人的眼目。」林沖道：「多謝指教。」差撥拿了銀子並書，離了單身房，自去了。林沖嘆口氣道：「『有錢可以通神』，此語不差。端的有這般的苦處！」

原來差撥落了五兩銀子，只將五兩銀子並書來見管營，備說林沖是個好漢，柴大官人有書相薦，在此呈上。本是高太尉陷害，配他到此，又無十分大事。管營道：「況是柴大官人有書，必須要看顧他。」便教喚林沖來見。且說林沖正在單身房裏悶坐，只見牌頭叫道：「管營在廳上叫喚新到罪人林沖來點名。」林沖聽得叫喚，來到廳前。管營道：「你是新到犯人，太祖武德皇帝留下舊制：新入配軍，須吃一百殺威棒。左右與

我馱起來。」林沖告道：「小人於路感冒風寒，未曾痊可，告寄打。」差撥道：「這人見今有病，乞賜憐恕。」管營道：「果是這人症候在身，權且寄下，待病痊可卻打。」差撥道：「現今天王堂看守的，多時滿了，可教林沖去替換他。」就廳上押了帖文，差撥領了林沖，單身房裏取了行李，來天王堂交替。差撥道：「林教頭，我十分周全你。◎26教看天王堂時，這是營中第一樣省氣力的勾當，早晚只燒香掃地便了。你看別的囚徒，從早起直做到晚，尚不饒他；還有一等無人情的，撥他在土牢裏，求生不生，求死不死。」林沖道：「謝得照顧。」又取三、二兩銀子與差撥道：「煩望哥哥一發周全，開了項上枷更好。」差撥接了銀子，便道：「都在我身上。」連忙去稟了管營，就將枷也開了。林沖自此在天王堂內，安排宿食處，每日只是燒香掃地，不覺光陰早過了四、五十日。那管營、差撥得了賄賂，日久情熟，由他自在，亦不來拘管他。柴大官人又使人來送冬衣並人事與他。那滿營內囚徒，亦得林沖救濟。

話不絮煩。時遇冬深將近，忽一日，林沖巳牌時分，偶出營前閑走。正行之間，只聽得背後有人叫道：「林教頭，如何卻在這裏？」林沖回頭過來看時，見了那人。有分教：林沖火煙堆裏，爭些斷送餘生；風雪途中，幾被傷殘性命。畢竟林沖見了的是甚人？且聽下回分解。◎27

註

※13一佛出世：常與「二佛涅槃」（和尚死了，佛教稱圓寂，或稱涅槃、滅度）或「二佛生天」連用。是死去活來的意思。

評點

◎24.都是嚇死人語，讀之痛心。（金批）

◎25.只因柴進是舍錢的大財主，故一封書值得一錠金子，不然，還是五兩十兩銀子當得百十個柴進。（袁眉）

◎26.又有這一番銷繳銀子的說話。（袁眉）

◎27.李卓吾曰：施耐庵、羅貫中眞神手也！摹寫魯智深處，便是個烈丈夫模樣；摹寫洪教頭處，便是忌嫉小人底身分；至差撥處，一怒一喜，倏忽轉移，咄咄逼眞，令人絕倒，異哉！（容評）

第十回 林教頭風雪山神廟 陸虞候火燒草料場◎1

話說當日林沖正閑走間，忽然背後人叫，回頭看時，卻認得是酒生兒※1李小二。◎2當初在東京時，多得林沖看顧。這李小二先前在東京時，不合偷了店主人家財，被捉住了，要送官司問罪，卻得林沖主張陪話，救了他，免送官司，又與他陪了些錢財，方得脫免。京中安不得身，又虧林沖齎發※2他盤纏，於路投奔人，不想今日卻在這裏撞見。林沖道：「小二哥，你如何也在這裏？」李小二便拜道：「自從得恩人救濟，齎發小人，一地裏投奔人不著，迤邐不想來到滄州，投托一個酒店裏，姓王，留小人在店中做過賣※3。因見小人勤謹，安排的好菜蔬，調和的好汁水，來吃的人都喝采，以此買賣順當。主人家有個女兒，就招了小人做女婿。如今丈人、丈母都死了，只剩得小人夫妻兩個，權在營前開了個茶酒店。因討錢過來，遇見恩人。恩人不知爲何事在這裏？」林沖指著臉上道：「我因惡了高太尉，生事陷害，受了一場官司，刺配到這裏。如今叫我管天王堂，未知久後如何。不想今日到此遇見。」李小二就請林沖到家裏面坐定，叫妻子出來拜了恩人。兩口兒歡喜道：「我夫妻二人正沒個親眷，◎3今日得恩人到來，便是從天降下。」林沖道：「我是罪囚，恐怕玷辱你夫妻兩口。」李小二道：「誰不知恩人大名？休恁地說。但有衣服，便拿來家裏漿洗縫補。」當時管待林沖酒食，至夜送回天

長白山雪景。本回的雪景最富特色，幾個經典的場景都在雪中發生。（美工圖書社：中國圖片大系提供）

王堂。次日又來相請，因此林沖得李小二家來往，不時間送湯送水來營裏，與林沖吃。林沖因見他兩口兒恭敬孝順，常把些銀兩與他做本錢。

且把閑話休題，只說正話。迅速光陰，卻早冬來。林沖的綿衣裙襖，都是李小二渾家整治縫補。忽一日，李小二正在門前安排菜蔬下飯，只見一個人閃將進來，酒店裏坐下，隨後又一人閃入來。看時，前面那個人是軍官打扮，後面這個走卒

註

※1酒生兒：酒店裏的夥計。

※2齎發：贈與，給人錢財幫助。

※3過賣：舊稱飯館、茶館、酒店中的店員。

評點

◎1.夫文章之法，豈一端而已乎？有先事而起波者，有事過而作波者，讀者於此，則惡可混然以爲一事也。夫文自在此而眼光在後，則當知此文之起，自爲後文，非爲此文也；文自在後而眼光在前，則當知此文未盡，自爲前文，非爲此文也。必如此，而後讀者之胸中有針有線，始信作者之腕下有經有緯。不然者，幾何其不見一事即以爲一事，又見一事即又以爲一事，於是遂取事前先起之波，與事後未盡之波，累累然與正敘之事，並列而成三事耶？如酒生兒李小二夫妻，非眞謂林沖於牢城營有此一個相識，與之往來火熱也，意自在閣子背後聽說話一段絕妙奇文，則不得不先作此一個地步，所謂先事而起波也。如莊家不肯回與酒吃，亦可別樣生發，卻偏用花槍挑塊火柴，又把花槍爐裏一攪，何至拜揖之後向火多時，而花槍猶在手中耶？凡此，皆爲前文幾句花槍挑著葫蘆，逼出廟中挺槍殺出門來一句，其勁勢猶尚未盡，故又於此處再一點兩點，以殺其餘怒。故凡篇中如搠兩人後殺陸謙時，特地寫一句把槍插在雪地下，醉倒後莊家尋著蹤跡趕來時，又特地寫一句花槍亦丟在半邊，皆所謂事過而作波者也。陸謙、富安、管營、差撥四個人坐閣子中議事，不知所議何事，詳之則不可得詳，置之則不可得置。今但於小二夫妻眼中、耳中寫得「高太尉三字」句，「都在我身上」句，「一帕子物事，約莫是金銀」句，「換湯進去，看見管營手裏拿著一封書」句，忽斷忽續，忽明忽滅，如古錦之文不甚可指，斷碑之字不甚可讀，而深心好古之家自能於意外求而得之，眞所謂鬼於文、聖於文者也。殺出廟門時，看他一槍先搠倒差撥，接手便寫陸謙一句。寫陸謙不曾寫完，接手卻再搠富安。兩個倒矣，方翻身回來，刀剜陸謙，剜陸謙未畢，回頭卻見差撥爬起，便又且置陸謙，先割差撥頭挑在槍上，然後回過身來，作一頓割陸謙富安頭，結做一處。以一個人殺三個人，凡三、四個回身，有節次，有間架，有方法，有波折，不慌不忙，不疏不密，不缺不漏，不一片，不煩瑣，眞鬼於文、聖於文也。舊人傳言：昔有畫北風圖者，盛暑張之，滿座都思挾纊，既又有畫雲漢圖者，祁寒對之，揮汗不止。於是千載嘖嘖，詫爲奇事。殊未知此特寒熱各作一幅，未爲神奇之至也。耐庵此篇獨能於一幅之中，寒熱間作，寫雪便其寒徹骨，寫火便其熱照面。昔百丈大師患瘧，僧眾請問：「伏惟和上尊候若何？」丈云：「寒時便寒殺闍黎，熱時便熱殺闍黎。」今讀此篇，亦復寒時寒殺讀者，熱時熱殺讀者，眞是一卷「瘧疾文字」，爲藝林之絕奇也。閣子背後聽四個人說話，聽得不仔細，正妙於聽得不仔細；山神廟裏聽三個人說話，聽得極仔細，又正妙於聽得極仔細。雖然，以閣子中間、山神廟前，兩番說話偏都兩番聽得，亦可以見冤家路窄矣！乃今愚人猶刺刺說人不休，則獨何哉？此文通篇以火字發奇，乃又於大火之前，先寫許多火字，於大火之後，再寫許多火字。我讀之，因悟同是火也，而前乎陸謙，則有老軍借盆，恩情樸至；後乎陸謙，則有莊客借烘，又復恩情樸至；而中間一火，獨成大冤深禍，爲可駭嘆也。夫火何能作恩，火何能作怨，一加之以人事，而恩怨相去遂至於是！然則人行世上，觸手礙眼，皆屬禍機，亦復何樂乎哉！文中寫情寫景處，都要細細詳察。如兩次照顧火盆，則明林沖非失火也；止拖一條棉被，則明林沖明日原要歸來，今止作一夜計也。如此等處甚多，我亦不能遍指。孔子曰：「舉一隅不以三隅反，則不復矣。」（金批）

◎2.林沖得遇小二，後通消息，正是恩恩相報，天不絕林沖一義士也。（余評）

◎3.如此等語，總爲後文地，非寫李小二夫妻情分也。（金批）

模樣，跟著也來坐下。◎4李小二入來問道：「可要吃酒？」只見那個人將出一兩銀子與小二道：「且收放櫃上，取三、四瓶好酒來；客到時，果品、酒饌只顧將來，不必要問。」李小二道：「官人請甚客？」那人道：「煩你與我去營裏請管營、差撥兩個來說話。問時，你只說有個官人請說話，商議些事務。專等，專等！」李小二應承了，來到牢城裏，先請了差撥，同到管營家裏請了管營，都到酒店裏。只見那個官人和管營、差撥兩個講了禮。管營道：「素不相識，動問官人高姓大名？」那人道：「有書在此，少刻便知。且取酒來。」李小二連忙開了酒，一面鋪下菜蔬、果品、酒饌，那人叫討副勸盤來，把了盞，相讓坐了。小二獨自一個穿梭也似伏侍不暇。◎5那跟來的人討了湯桶，自行燙酒，約計吃過十數杯，再討了案酒，鋪放桌上。只見那人說道：「我自有伴當燙酒，不叫，你休來。我等自要說話。」李小二應了，自來門首叫老婆道：「大姐，這兩個人來得不尷尬※4！」

⊗ 陸謙和富安來到滄州，勾結管營和差撥，陷害林沖，恰巧在李小二的店裏商量，被李小二夫妻發覺。
（日版畫，出自《新編水滸畫傳》，葛飾戴斗繪）

◎6老婆道：「怎麼的不尷尬？」小二道：「這兩個人語言聲音是東京人。初時又不認得管營，向後我將案酒入去，只聽得差撥口裏吶出一句高太尉三個字來，這人莫不與林教頭身上有些干礙？我自在門前理會，你且去閣子背後聽說甚麼。」老婆道：「你去營中尋林教頭來認他一認。」李小二道：「你不省得。林教頭是個性急的人，摸不著便要殺人放火。倘或叫得他來看了，正是前日說的甚麼陸虞候，他肯便罷？做出事來，須連累了我和你。你只去聽一聽再理會。」老婆道：「說得是。」便入去聽了一個時辰，出來說道：「他那三、四個交頭接耳說話，正不聽得說甚麼。只見那一個軍官模樣的人，去伴當懷裏取出一帕子物事，遞與管營和差撥，◎7帕子裏面的，莫不是金銀？只聽差撥口裏說道：『都在我身上，好歹要結果了他性命。』」正說之間，閣子裏叫將湯來。李小二急去裏面換湯時，看見管營手裏拿著一封書。小二換了湯，添些下飯，又吃了半個時辰，算還了酒錢，管營、差撥先去了。次後那兩個低著頭也去了。

轉背沒多時，只見林沖走將入店裏來，說道：「小二哥，連日好買賣。」李小二慌忙道：「恩人請坐，小二卻待正要尋恩人，有些要緊話說。」◎8有詩爲證：

謀人動念震天門，悄語低言號六軍。
豈獨隔墻原有耳，滿前神鬼盡知聞。

當下林沖問道：「甚麼要緊的事？」小二哥請林沖到裏面坐下，說道：「卻纔有個東

註

※4不尷尬：指人的行爲鬼祟、不正派；事情有問題、有麻煩。

評點

◎4.看時二字妙，是李小二眼中事。一個，小二看來是軍官，一個，小二看來是走卒。先看他跟著，卻又看他一起坐下，寫得狐疑之極，妙妙。（金批）
◎5.寫得小二礙眼可厭，妙筆。此一句，從說機密人眼中寫出，不在李小二用心打聽中寫出，妙筆。（金批）
◎6.寫小二驚心吊膽，而不嫌突然者，全虧前文許多親熱也。（金批）
◎7.聽了一個時辰，卻是看見，耳顛目倒，靈心妙筆。（金批）
◎8.觀李二夫妻將此恩報林沖，爲仁義之人。（余評）

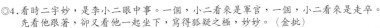

京來的尷尬人，在我這裏請管營、差撥吃了半日酒。差撥口裏吶出高太尉三個字來。小人心下疑惑。又著渾家聽了一個時辰，他卻交頭接耳，說話都不聽得。臨了只見差撥口裏應道：『都在我兩個身上，好歹要結果了他。』那兩個把一包金銀遞與管營、差撥，又吃一回酒，各自散了。不知甚麼樣人，小人心下疑，只怕恩人身上有些妨礙。」林沖道：「那人生得什麼模樣？」李小二道：「五短身材，白淨面皮，沒甚髭鬚，約有三十餘歲；那跟的也不長大，紫棠色面皮。」林沖聽了，大驚道：「這三十歲的正是陸虞候！◎9那潑賤賊，敢來這裏害我！休要撞著我，只教他骨肉爲泥！」李小二道：「只要提防他便了。豈不聞古人言『吃飯防噎，走路防跌』？」林沖大怒，離了李小二家，先去街上買把解腕尖刀，帶在身上。前街後巷，一地裏去尋。李小二夫妻兩個捏著兩把汗。◎10當晚無事。次日天明起來，洗漱罷，帶了刀，又去滄州城裏城外，小街夾巷，團團尋了一日。牢城營裏，都沒動靜。林沖又來對李小二道：「今日又無事。」小二道：「恩人，只願如此。只是自放仔細便了。」林沖自回天王堂，過了一夜。街上尋了三、五日，不見消耗※5，林沖也自心下慢了。到第六日，只見管營叫喚林沖到點視廳上，說道：「你來這裏許多時，柴大官人面皮，不曾擡舉得你。此間東門外十五里有座大軍草料場，每月但是納草納料的，有些常例錢取覓。原是一個老軍看管，如今我擡舉你去替那老軍來守天王堂，你在那裏尋※6幾貫盤纏。你可和差撥便去那裏交割。」林沖應道：「小人便去。」當時離了營中，逕到李小二家，對他夫妻兩個說道：「今日管營

評點

◎9.只認一個，又留下一個不猜出，此書用筆奇譎，每每如此。（金批）
◎10.描畫李小二夫妻兩個，無不入神，怪哉怪哉！（容眉）
◎11.極力放慢，詭譎之極。（金批）
◎12.寫得小二反有羞悔前日失言之意，極力放慢，詭譎之極。（金批）
◎13.此回大火拉雜，卻以星星之火引起。（金眉）

撥我去大軍草料場管事，卻如何？」李小二道：「這個差使，又好似天王堂。◎11那裏收草料時，有些常例錢鈔。往常不使錢時，不能夠這差使。」林沖道：「卻不害我，倒與我好差使，正不知何意？」李小二道：「恩人休要疑心，只要沒事便好了。◎12只是小人家離得遠了，過幾時挪※7工夫來望恩人。」就在家裏安排幾杯酒，請林沖吃了。

話不絮煩，兩個相別了。林沖自來天王堂取了包裹，帶了尖刀，拿了條花槍，與差撥一同辭了管營，兩個取路投草料場來。正是嚴冬天氣，彤雲密布，朔風漸起，卻早紛紛揚揚捲下一天大雪來。那雪早下得密了，但見：

凜凜嚴凝霧氣昏，空中祥瑞降紛紛。須臾四野難分路，頃刻千山不見痕。銀世界，玉乾坤，望中隱隱接崑崙。若還下到三更後，彷彿填平玉帝門。

林沖和差撥兩個在路上，又沒買酒吃處，早來到草料場外。看時，一周遭有些黃土墻，兩扇大門；推開看裏面時，七、八間草房做著倉廒，四下裏都是馬草堆，中間兩座草廳。到那廳裏，只見那老軍在裏面向火。◎13差撥說道：「管營差這個林沖來替你回天王堂看守，你可即便交割。」

註

※5消耗：音信。

※6尋：掙的意思。

※7挪：作移用解釋。

林沖去草料場的時候，天就下起了雪。林沖冒雪而行。（朱寶榮繪）

老軍拿了鑰匙，引著林沖分付道：「倉廒內自有官司封記。這幾堆草，一堆堆都有數目。」老軍都點見了堆數，又引林沖到草廳上，老軍收拾行李，臨了說道：「火盆、鍋子、碗、碟都借與你。」林沖道：「天王堂內，我也有在那裏。你要，便拿了去。」◎14老軍指壁上掛一個大葫蘆，說道：「你若買酒吃時，只出草場，投東大路去三、二里，便有市井。」老軍自和差撥回營裏來。只說林沖就床上放了包裹被臥，就坐下生些焰火起來。屋邊有一堆柴炭，拿幾塊來生在地爐裏。仰面看那草屋時，四下裏崩壞了，又被朔風吹撼，搖振得動。林沖道：「這屋如何過得一冬？待雪晴了，去城中喚個泥水匠來修理。」向了一回火，覺得身上寒冷，尋思：「卻纔老軍所說，二里路外有那市井，何不去沽些酒來吃？」便去包裹取些碎銀子，把花槍挑了酒葫蘆，將火炭蓋了，取氈笠子戴上，拿了鑰匙出來把草廳門拽上。出到大門首，把兩扇草場門反拽上鎖了，帶了鑰匙，信步投東。雪地裏踏著碎瓊亂玉，迤邐背著北風而行。那雪正下得緊。行不上半里多路，看見一所古廟，林沖頂禮道：「神明庇佑，改日來燒紙錢。」又行了一回，望見一簇人家，林沖住腳看時，見籬笆中挑著一個草帚兒在露天裏。林沖逕到店裏，主人問道：「客人那裏來？」林沖道：「你認得這個葫蘆麼？」◎15主人看了道：「這葫蘆是草料場老軍的。」林沖道：「原來如此。」店主道：「既是草料場看守大哥，且請少坐。天氣寒冷，且酌三杯，權當接風。」店家切一盤熟牛肉，燙一壺熱酒，請林沖吃。又自買了些牛肉，又吃了數杯。就又買了一葫蘆酒，包了那兩塊牛肉，留下些碎銀子，把花

評點

◎14.小小情事，都逼眞。（袁眉）
◎15.一來省，二來趣。（金批）
◎16.不獨用心細膩，又伏後火種無根。（袁眉）

槍挑了酒葫蘆，懷內揣了牛肉，叫聲相擾，便出籬笆門，依舊迎著朔風回來。看那雪，到晚越下得緊了。古時有個書生，做了一個詞，單題那貧苦的恨雪：

廣莫嚴風刮地，這雪兒下的正好。拈絮撏綿，裁幾片大如栲栳。見林間竹屋茅茨，爭些兒被他壓倒。富室豪家，卻言道壓瘴猶嫌少。向的是獸炭紅爐，穿的是綿衣絮襖。手拈梅花，唱道國家祥瑞，不念貧民些小。高臥有幽人，吟詠多詩草。

再說林沖踏著那瑞雪，迎著北風，飛也似奔到草場門口開了鎖，入內看時，只叫得苦。原來天理昭然，佑護善人義士。因這場大雪，救了林沖的性命。那兩間草廳，已被雪壓倒了。林沖尋思：「怎地好？」放下花槍、葫蘆在雪裏，恐怕火盆內有火炭延燒起來，搬開破壁子，探半身入去摸時，火盆內火種都被雪水浸滅了。◎16林沖把手床上摸時，只拽得一條絮被。林沖鑽將出來，見天色黑了，尋思：「又沒把火處，怎生安排？」想起：「離了這半里路上，有個古廟，可以安身。我且去那裏宿一夜，等到天明，卻做理會。」把被捲了，花槍挑著酒葫蘆，依舊把門拽上，鎖了，望那廟裏來。入得廟門，再把門掩上，旁邊只有一

❽ 大雪壓塌了林沖的草屋，他躲到山神廟裏歇息，喝著冷酒。（選自《水滸傳版刻圖錄》，江蘇廣陵古籍刻印社）

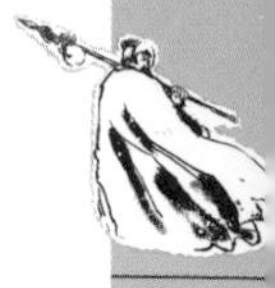

塊大石頭，掇將過來，靠了門。入得裏面看時，殿上塑著一尊金甲山神，兩邊一個判官，一個小鬼，側邊堆著一堆紙。團團看來，又沒鄰舍，又無廟主。林沖把槍和酒葫蘆放在紙堆上，將那條絮被放開。先取下氈笠子，把身上雪都抖了，把上蓋※8白布衫脫將下來，早有五分濕了，和氈笠放在供桌上。把被扯來，蓋了半截下身。卻把葫蘆冷酒提來慢慢地吃，就將懷中牛肉下酒。

正吃時，只聽得外面咇咇剝剝地爆響。林沖跳起身來，就壁縫裏看時，只見草料場裏火起，刮刮雜雜的燒著。但見：

雪欺火勢，草助火威。偏愁草上有風，更訝雪中送炭。赤龍鬥躍，如何玉甲紛紛；粉蝶爭飛，遮莫火蓮焰焰。初疑炎帝縱神駒，此方芻牧；又猜南方逐朱雀，遍處營巢。誰知是白地裏起災殃，也須信暗室中開電目。看這火，能教烈士無明髮；對這雪，應使奸邪心膽寒。

當時林沖便拿了花槍，卻待開門來救火，只聽得外面有人說將話來。林沖就伏門邊聽時，是三個人腳步響，直奔廟裏來，用手推門，卻被石頭靠住了，推也推不開。三人在廟檐下立地看火。數內一個道：◎17「這條計好麼？」一個應道：「端的虧管營、差撥兩位用心！回到京師，稟過太尉，都保你二位做大官。這番張教頭沒得推故了！」那人道：「林沖今番直吃我們對付了，高衙內這病必然好了。」又一個道：「張教頭那廝，三回五次託人情去說：『你的女婿沒了。』張教頭越不肯應承，因此衙內病患看看重

評點

◎17.一連九個一個道，如王積薪夜聽姑婦弈棋，著著分明，聲聲不漏。（金批）
◎18.便是三人供狀口辭。（容眉）
◎19.差拔、富安，皆一氣敘去，獨陸謙作兩半敘法，此先頓下半句也。筆力夭矯絕人。（金批）

了。太尉特使俺兩個央浼二位幹這件事，不想而今完備了。」又一個道：「小人直爬入墻裏去，四下草堆上點了十來個火把，待走那裏去？」那一個道：「這早晚燒個八分過了。」又聽得一個道：「便逃得性命時，燒了大軍草料場，也得個死罪！」又一個道：「我們回城裏去罷。」一個道：「再看一看，拾得他一、兩塊骨頭回京，府裏見太尉和衙內時，也道我們能會幹事。」◎18林沖聽那三個人時，一個是差撥，一個是陸虞候，一個是富安。自思道：「天可憐見林沖！若不是倒了草廳，我准定被這廝們燒死了。」輕輕把石頭掇開，挺著花槍，一手拽開廟門，大喝一聲：「潑賊那裏去？」三個人都急要走時，驚得呆了，正走不動。林沖舉手，肐察的一槍，先搠倒差撥。陸虞候叫聲：「饒命！」嚇得慌了手腳，走不動。◎19那富安走不到十來步，被林沖趕上，後心只一槍，又搠倒了。翻身回來，陸虞候卻纔行得三、四步。林沖喝聲道：「奸賊，你待那裏去！」劈胸只一提，丟翻在雪地上，把槍搠在地裏，用腳踏住胸脯，身邊取出那口刀來，便去陸謙臉上擱著，喝道：「潑賊，我自來又和你無甚麼冤仇，你如何這等害我？正是殺人可恕，情理難容。」陸虞候告道：「不干小人事，太尉差遣，不敢不來。」林沖罵道：「奸賊，我與你自幼相

註

※8上蓋：上身的外衣。

河南省浚縣伏丘山雪後的古廟、古樹。林沖去買酒的路上，於雪中也看到一座古廟。（王立力／fotoe提供）

交，今日倒來害我，怎不干你事？◎20且吃我一刀！」把陸謙上身衣服扯開，把尖刀向心窩裏只一剜，七竅迸出血來，將心肝提在手裏。回頭看時，差撥正爬將起來要走。林沖按住喝道：「你這廝原來也恁的歹，且吃我一刀！」又早把頭割下來，挑在槍上。回來，把富安、陸謙頭都割下來。◎21把尖刀插了，將三個人頭髮結做一處，提入廟裏來，都擺在山神面前供桌上，再穿了白布衫，繫了搭膊，把氈笠子帶上，將葫蘆裏冷酒都吃盡了。被與葫蘆都丟了不要，提了槍，便出廟門投東去。走不到三、五里，早見近村人家都拿著水桶鈎子來救火。林沖道：「你們快去救應，我去報官了來！」提著槍，只顧走。有詩為證：

天理昭昭不可誣，莫將奸惡作良圖。
若非風雪沽村酒，定被焚燒化朽枯。
自謂冥中施計毒，誰知暗裏有神扶。
最憐萬死逃生地，真是魁奇偉丈夫。

那雪越下得猛，林沖投東走了兩個更次，身上單寒，當不過那冷，在雪地裏看時，離得草料場遠了。只見前面疏林深處，樹木交雜，遠遠地數間草屋，被雪壓著，破壁縫裏透出火光來。林沖逕投那草屋來，推開門，只見那中間坐著一個老莊客，周圍坐著四、五個小莊家向火，地爐裏面焰焰地燒著柴火。林沖走到面前叫道：「眾位拜揖！小人是牢城營差使人，被雪打濕了衣裳，借此火烘一烘，◎22望乞方便。」莊客道：「你

自烘便了，何妨礙！」林沖烘著身上濕衣服，略有些乾，只見火炭邊煨著一個甕兒，裏面透出酒香。林沖便道：「小人身邊有些碎銀子，望煩回些酒吃。」老莊客道：「我們每夜輪流看米囤，如今四更，天氣正冷，我們這幾個吃，尚且不夠，那得回與你！休要指望！」林沖又道：「胡亂只回三、五碗與小人擋寒。」老莊客道：「你那人休纏，休纏！」林沖聞得酒香，越要吃，說道：「沒奈何，回些罷！」眾莊客道：「好意著你烘衣裳向火，便來要酒吃！去便去，不去時，將來吊在這裏。」林沖怒道：「這廝們好無道理！」把手中槍看著塊焰焰著的火柴頭，望老莊客臉上只一挑將起來，又把槍去火爐裏只一攪，那老莊客的髭鬚焰焰的燒著，◎23眾莊客都跳將起來。林沖把槍桿亂打，老莊客先走了，莊家們都動彈不得，被林沖趕打一頓，都走了。林沖道：「都去了，老爺快活吃酒！」土坑上卻有兩個椰瓢，取一個下來，傾那甕酒來，吃了一會，剩了一半。提了槍，出門便走。一步高，一步低，踉踉蹌蹌，捉腳不住。走不過一里路，被朔風一掉，隨著那山澗邊倒了，那裏掙得起來。大凡醉人一倒，便起不得。當時林沖醉倒在雪地上。卻說眾莊客引了二十餘人，拖槍拽棒，都奔草屋下看時，不見了林沖。卻尋著蹤跡趕將來，只見倒在雪地裏，花槍丟在一邊。眾莊客一齊上，就地拿起林沖來，將一條索縛了。趁五更時分，把林沖解投一個去處來。不是別處，有分教，蓼兒窪內，前後擺數千隻戰艦艨艟；水滸寨中，左右列百十個英雄好漢。正是：說時殺氣侵人冷，講處悲風透骨寒。畢竟看林沖被莊客解投甚處來？且聽下回分解。◎24

評點

◎20.非罵陸謙，罵天下也。（金批）
此等人頗多，只要太尉差遣。（袁夾）
◎21.觀富安等被林沖刺死，有致之害，天理昭然。（余評）
◎22.有時被火燒，火則成怨；有時借火烘，火又成恩。火之爲用，不亦奇乎！（金批）
◎23.閑冷處偏弄得火熱。（袁眉）
◎24.禿翁曰：《水滸傳》文字原是假的，只爲他描畫得眞情出，所以便可與天地相終始。即此回中李小二夫妻倆人情事，咄咄如畫。若到後來渾天陣處，都假了，費盡苦心亦不好看。（容評）

第十一回 朱貴水亭施號箭※1 林沖雪夜上梁山◎1

話說豹子頭林沖當夜醉倒在雪裏地上，掙扎不起，被衆莊客向前綁縛了，解送來一個莊院。只見一個莊客從院裏出來，說道：「大官人未起，衆人且把這廝高吊起在門樓下。」看看天色曉來，林沖酒醒，打一看時，果然好個大莊院。林沖大叫道：「甚麼人敢吊我在這裏？」那莊客聽得叫，手拿白木棍，從門房裏走出來，喝道：「你這廝還自好口※2！」那個被燒了髭鬚的老莊客說道：「休要問他，只顧打！等大官人起來，問明送官！」莊客一齊上，林沖被打，掙扎不得，只叫道：「不要打我！我自有說處！」只見一個莊客來叫道：「大官人來了。」林沖看時，只見個官人，背叉著手，行將出來，在廊下問道：「你們在此打甚麼人？」衆莊客答道：「昨夜捉得個偷米賊人。」那官人向前來看時，認得是林沖，慌忙喝退莊客，親自解下，問道：「教頭緣何被吊在這裏？」衆莊客看見，一齊走了。林沖看時，不是別人，卻是小旋風柴進，◎2連忙叫道：「大官人救我！」柴進道：「教頭爲何到此，被村

山東梁山縣，水泊梁山風景區。本回借柴進口中說出梁山泊，勸林沖上梁山。（劉軍／fotoe提供）

夫恥辱？」林沖道：「一言難盡！」兩個且到裏面坐下，把這火燒草料場一事，備細告訴。柴進聽罷道：「兄長如此命蹇！今日天假其便，但請放心，這裏是小弟的東莊，且住幾時，卻再商議。」叫莊客取一籠※3衣裳出來，叫林沖徹裏至外都換了，請去暖閣裏坐地，安排酒食杯盤管待。自此林沖只在柴進東莊上住了五、七日，不在話下。

卻說滄州牢城營裏管營首告：林沖殺死差撥、陸虞候、富安等三人，放火延燒大軍草料場。州尹大驚，隨即押了公文帖，仰緝捕人員將帶做公的，沿鄉、歷邑、道店、村坊，四處張掛，出三千貫信賞錢，捉拿正犯林沖。看看挨捕甚緊，各處村坊講動了。

且說林沖在柴大官人東莊上，聽得個信息緊急，俟候柴進回莊，林沖便說道：「非是大官人不留小弟，只因官司追捕甚緊，排家※4搜捉。倘或尋到大官人莊上時，須負累大官人不好。既蒙大官人仗義疏財，求借林沖些小盤纏，投奔他處棲身，異日不死，當效犬馬之報。」柴進道：「既是兄長要行，小人有個去處，作書一封與兄長去，如何？」正是：

註

※1號箭：一種用作號令、行動信號的箭。這種箭有一個中空、有眼的裝置，射出時能發出響聲，又叫「響箭」、「鳴鏑」。

※2好口：強嘴、頂嘴；強辯。

※3籠：箱籠，盛衣服的器具。

※4排家：挨家挨戶。

評點

◎1.旋風者，惡風也。其勢盤旋自地而起，初則揚灰聚土，漸至奔沙走石，天地為昏，人獸駭竄，故謂之旋。旋音去聲，言其能旋惡物聚於一處故也。水泊之有眾人也，則自林沖始也，而旋林沖入水泊，則柴進之力也。名柴進曰「旋風」者，惡之之辭也。然而又繫之以「小」，何也？夫柴進之於水泊，其猶青萍之末矣，積而至於李逵亦入水泊，而上下尚有定位，日月尚有光明乎耶？故甚惡之，而加之以「黑」焉。夫視「黑」，則柴進為「小」矣，此「小旋風」之所以名也。此回前半只平平無奇，特喜其敘事簡淨耳。至後半寫林武師店中飲酒，筆筆如奇鬼，森然欲來搏人，雖坐閨閣中讀之，不能不拍案叫哭也。接手便寫王倫疑忌，此亦若輩故態，無足為道。獨是渡河三日，一日一換，有筆如此，雖謂比肩腐史，豈多讓哉！

最奇者，如第一日，並沒一個人過；第二日，卻有一夥三百餘人過，乃不敢動手；第三日，有一個人，卻被走了，必再等一等，方等出一個大漢來。都是特特為此奇拗之文，不得忽過也。處處點綴出雪來，分外耀艷。我讀第三日文中，至「打拴了包裹撇在房中」句，「不如趁早，天色未晚」句，真正心折耐庵之為才子也。後有讀者，願留覽焉。（金批）

◎2.林沖此處又逢柴進，是天假良晤，使沖入水滸之漸矣。（余評）

豪傑蹉跎運未通，行藏隨處被牢籠。
不因柴進修書薦，焉得馳名水滸中。

林沖道：「若得大官人如此周濟，教小人安身立命。只不知投何處去？」柴進道：「是山東濟州管下一個水鄉，地名梁山泊，方圓八百餘里，中間是宛子城、蓼兒窪。◎[3]如今有三個好漢，在那裏扎寨。爲頭的喚做白衣秀士王倫，第二個喚做摸著天杜遷，第三個喚做雲裏金剛宋萬。那三個好漢，聚集著七、八百小嘍囉，打家劫舍；多有做下迷天大罪的人，都投奔那裏躲災避難，他都收留在彼。三位好漢，亦與我交厚，嘗寄書緘來。我今修一封書與兄長，去投那裏入夥，如何？」林沖道：「若得如此顧盼，最好！深謝主盟。」柴進道：「只是滄州道口見今官司張掛榜文，又差兩個軍官在那裏搜檢，把住道口。兄長必用從那裏經過……」柴進低頭一想道：「再有個計策，送兄長過去。」林沖道：「若蒙周全，死而不忘！」

林沖在柴進莊上，聽說官府畫形圖影捉拿自己，風聲很緊。（日版畫，出自《新編水滸畫傳》，葛飾戴斗繪）

柴進當日先叫莊客背了包裹出關去等。柴進卻備了三、二十匹馬，帶了弓箭旗槍，駕了鷹鵰，牽著獵狗，一行人馬都打扮了，卻把林沖雜在裏面，一齊上馬，都投關外。卻說把關軍官坐在關上，看見是柴大官人，卻都認得。原來這軍官未襲職時，曾到柴進莊上，因此識熟。軍官起身道：「大官人又去快活？」柴進下馬問道：「二位官人緣何在此？」軍官道：「滄州太尹行移文書，畫影圖形，捉拿犯人林沖，特差某等在此守把。但有過往客商，一一盤問，纔放出關。」柴進笑道：「我這一夥人內，中間夾帶著林沖，你緣何不認得？」◎4軍官也笑道：「大官人是識法度的，不到得※5肯夾帶了出去。請尊便上馬。」柴進又笑道：「只恁地相托得過，拿得野味回來相送。」作別了，一齊上馬出關去了。行得十四、五里，卻見先去的莊客在那裏等候。柴進叫林沖下了馬，脫去打獵的衣服，卻穿上莊客帶來的自己衣裳，繫了腰刀，戴上紅纓毡笠，背上包裹，提了袞刀，相辭柴進，拜別了便行。只說那柴進一行人上馬，自去打獵，到晚方回，依舊過關送些野味與軍官，回莊上去了，不在話下。

且說林沖與柴大官人別後，上路行了十數日。時遇暮冬天氣，彤雲密布，朔風緊起，又見紛紛揚揚，下著滿天大雪。行不到二十餘里，只見滿地如銀。昔金完顏亮※6有篇詞，名百字令，單題著大雪，壯那胸中殺氣：

註

※5不到得：不可能、不至於的意思。

※6完顏亮：完顏亮，金代皇帝。史稱海陵王。女眞族。字元功，女眞名迪古乃。金太祖之孫，完顏宗傒次子。金熙宗朝官至右丞相兼都元帥。太保領三省事。皇統九年完顏亮與左丞相秉德、駙馬唐括辯等合謀，刺殺熙宗，即皇帝位，改元天德。

評點

◎3.看官記著：山東濟州梁山泊宛子城、蓼兒窪，是柴進口中提出，故號之爲小旋風也。（金批）

◎4.好。庾冰故事，用得恰妙。（金批）

天丁震怒，掀翻銀海，散亂珠箔。六出奇花飛滾滾，平填了山中邱壑。皓虎顛狂，素麟猖獗，掣斷珍珠索。玉龍酣戰，鱗甲滿天飄落。誰念萬里關山，征夫僵立，縞帶霑旗腳。色映戈矛，光搖劍戟，殺氣橫戎幕。貔虎※7豪雄，偏裨英勇，共與談兵略。須拚一醉，看取碧空寥廓。

話說林沖踏著雪只顧走，看看天色冷得緊切，漸漸晚了。遠遠望見枕溪靠湖一個酒店，被雪漫漫地壓著。但見：

銀迷草舍，玉映茅檐。數十株老樹杈枒，三五處小窗關閉。疏荊籬落，渾如膩粉輕鋪；黃土繞墻，卻似鉛華布就。千團柳絮飄簾幕，萬片鵝毛舞酒旗。

林沖看見，奔入那酒店裏來，揭起蘆簾，拂身入去，到側身看時，都是座頭。揀一處坐下，倚了袞刀，解放包裹，擡了毡笠，把腰刀也掛了。只見一個酒保來問道：「客官，打多少酒？」林沖道：「先取兩角酒來。」酒保將個桶兒打兩角酒，將來放在桌上。林沖又問道：「有甚麼下酒？」酒保道：「有生熟牛肉、肥鵝、嫩雞。」林沖道：「先切二斤熟牛肉來。」酒保去不多時，將來鋪下一大盤牛肉，數盤菜蔬，放個大碗，一面篩酒。林沖吃了三、四碗酒，只見店裏一個人背叉著手，走出來門前看雪。那人問酒保道：「甚麼人吃酒？」林沖看那人時，頭戴深檐暖帽，身穿貂鼠皮襖，腳著一雙獐皮窄勒靴；身材長大，貌相魁宏；雙拳骨臉，三丫黃鬚，只把頭來仰著看雪。林沖叫酒保只顧篩酒。林沖說道：「酒保，你也來吃碗酒。」◎5酒保吃了一碗。林沖問道：「此間

去梁山泊還有多少路？」酒保答道：「此間要去梁山泊，雖只數里，卻是水路，全無旱路。若要去時，須用船去，方纔渡得到那裏。」林沖道：「你可與我覓隻船兒？」酒保道：「這般大雪，天色又晚了，那裏去尋船隻？」林沖道：「我多與你些錢，央你覓隻船來，渡我過去。」酒保道：「卻是沒討處。」林沖尋思道：「這般卻怎地好？」又吃了幾碗酒，悶上心來，驀然想起：◎6「我先在京師做教頭，每日六街三市遊頑吃酒，誰想今日被高俅這賊坑陷了我這一場，文了面，直斷送到這裏，閃得我有家難奔，有國難投，受此寂寞！」◎7因感傷懷抱，問酒保借筆硯來，乘著一時酒興，向那白粉壁上寫下八句道：「仗義是林沖，爲人最樸忠。江湖馳譽望，京國顯英雄。身世悲浮梗，功名類轉蓬。他年若得志，威鎮泰山東！」撇下筆，再取酒來。正飲之間，只見那個穿皮襖的漢子走向前來，把林沖劈腰揪住，◎8說道：「你好大膽！你在滄州做下迷天大罪，卻在這裏！現今官司出三千貫信賞錢捉你，卻是要怎地？」林沖道：「你道我是誰？」那漢道：「你不是豹子頭林沖？」林沖道：「我自姓張。」那漢笑道：「你莫胡說，見今壁上寫下名字，你臉上文著金印，如何要賴得過？」林沖道：「你真個要拿我？」那漢笑道：「我卻拿你做甚麼？你跟我進來，到裏面和你說話。」那漢放了手，林沖跟著，到後面一個水亭上，叫酒保點起燈來，和林沖施禮，對面坐下。那漢問道：「卻纔見兄長只顧問梁山泊路頭，要尋船去，那裏是強人山寨，你待要去做甚麼？」林沖道：「實不

註

※7 貔虎：喻勇敢強猛的軍隊。

評點

◎5.著此小熱絡，便不寡談。（袁夾）
◎6.此四字猶如驚蛇怒筍，跳脫而出，令人大哭，令人大叫。（金批）
無限感痛在驀想中說來，情深百倍。（袁眉）
◎7.一字一哭，一哭一血，至今如聞其聲。（金批）
英雄定然墮淚。（容眉）
◎8.朱貴扭住，其實相戲，使林沖魂魄喪矣。（余評）

相瞞：如今官司追捕小人緊急，無安身處，特投這山寨裏好漢入夥，因此要去。」那漢道：「雖然如此，必有個人薦兄長來入夥。」林沖道：「滄州橫海郡故友舉薦將來。」那漢道：「莫非小旋風柴進麼？」林沖道：「足下何以知之？」那漢道：「柴大官人與山寨中大王頭領交厚，常有書信往來。」原來王倫當初不得第※8之時，與杜遷投奔柴進，多得柴進留在莊子上，住了幾時。臨起身，又齎發盤纏銀兩，因此有恩。◎9林沖聽了，便拜道：「有眼不識泰山！願求大名。」那漢慌忙答禮，說道：「小人是王頭領手下，小人姓朱，名貴，原是沂州沂水縣人氏，江湖上但叫小弟做旱地忽律。山寨裏教小弟在此間開酒店爲名，專一探聽往來客商經過。但有財帛者，便去山寨裏報知。但是孤單客人到此，無財帛的，放他過去；有財帛的，來到這裏，輕則蒙汗藥麻翻，重則登時結果，將精肉片爲羓子※9，肥肉煎油點燈。卻纔見兄長只顧問梁山泊路頭，因此不敢下手。次後見寫出大名來，曾有東京來的人，傳說兄長的豪傑，不期今日得會。既有柴大官人書緘相薦，亦是兄長名震寰海，王頭領必當重用。」隨即安排魚肉、盤饌、酒餚，到來相待。兩個在水亭上，吃了半夜酒。林沖道：「如何能夠船來渡過去？」朱貴道：「這裏自有船隻，兄長放心。且暫宿一宵，五更卻請起來同往。」當時兩個各自去歇息。

睡到五更時分，朱貴自來叫林沖起來，洗漱罷，再取三、五杯酒相待，吃了些肉食之類。此時天尚未明，朱貴把水亭上窗子開了，取出一張鵲畫弓，搭上那一枝響箭，覷

著對港敗蘆折葦裏面射將去。林沖道：「此是何意？」朱貴道：「此是山寨裏的號箭，少頃便有船來。」沒多時，只見對過蘆葦泊裏，三、五個小嘍囉，搖著一隻快船過來，逕到水亭下。朱貴當時引了林沖，取了刀仗、行李下船。小嘍囉把船搖開，望泊子裏去奔金沙灘來。林沖看時，見那八百里梁山水泊，果然是個陷人去處！但見：

> 山排巨浪，水接遙天。亂蘆攢萬隊刀槍，怪樹列千層劍戟。濠邊鹿角※10，俱將骸骨攢成。寨內碗瓢，盡使骷髏做就。剝下人皮蒙戰鼓，截來頭髮做繮繩。阻當官軍，有無限斷頭港陌。遮攔盜賊，是許多絕徑林巒。鵝卵石疊疊如山，苦竹槍森森似雨。斷金亭上愁雲起，聚義廳前殺氣生。

當時小嘍囉把船搖到金沙灘岸邊，朱貴同林沖上了岸，小嘍囉背了包裹，拿了刀仗，兩個好漢上山寨來。那幾個小嘍囉，自把船搖到小港裏去了。林沖看岸上時，◎10兩邊都是合抱的大樹，半山裏一座斷金亭子。再轉將過來，見座大關，關前擺著槍、刀、劍、戟、弓、弩、戈、矛，四邊都是擂木炮石。小嘍囉先去報知。二人進得關來，兩邊夾道遍擺著隊伍旗號。又過了兩座關隘，方纔到寨門口。林沖看見四面高山，三關雄壯，團團圍定。中間裏鏡面也似一片平地，可方三、五百丈。靠著山口，纔是正門，兩邊都是耳房。朱貴引著林沖來到聚義廳上，中間交椅上坐著一個好漢，正是白衣秀士王倫。左

註

※8 不得第：古代沒有考上進士的讀書人。

※9 羓子：即臘肉。也寫作「巴子」。

※10 鹿角：為阻止敵軍前進而設置的樹枝、荊棘之類的障礙物。

評點

◎9.先敘此一段，見王倫寡情可恨，便應有火併之理。（袁眉）

◎10.林沖眼中看出梁山泊來。此是梁山泊最初寫圖， 一句亦不可少。（金批）

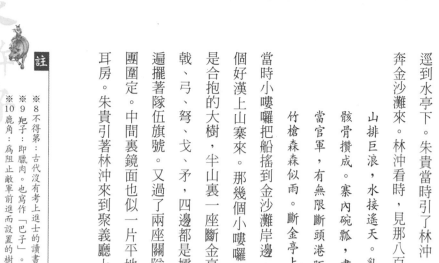

❀ 林沖在山寨前的酒店裏，朱貴射箭給山上報信。（朱寶榮繪）

邊交椅上坐著摸著天杜遷，右邊交椅坐著雲裏金剛宋萬。朱貴、林沖向前聲喏了。林沖立在朱貴側邊，朱貴便道：「這位是東京八十萬禁軍教頭，姓林，名沖，綽號豹子頭。因被高太尉陷害，刺配滄州，那裏又被火燒了大軍草料場，爭奈殺死三人，逃走在柴大官人家，好生相敬。因此，特寫書來舉薦入夥。」林沖懷中取書遞上，王倫接來拆開看了，便請林沖來坐第四位交椅，◎11朱貴坐了第五位。一面叫小嘍囉取酒來，把了三巡，動問柴大官人近日無恙。林沖答道：「每日只在郊外獵較樂情。」王倫動問了一回，驀然尋思道：◎12「我卻是個不及第的秀才，因鳥氣，合著杜遷來這裏落草；續後宋萬來，聚集這許多人馬伴當。我又沒十分本事，杜遷、宋萬武藝也只平常。如今不爭添了這個人，他是京師禁軍教頭，必

評點

◎11.便請林沖坐，不見王倫立起施禮。（金批）
◎12.倫一見林沖，驀想自本事低微，起心不容，可見一儒夫安能爲一寨主矣。（余評）
◎13.顧他不得四字怕人，凡相好友朋，後相毒害也，只是顧他不得。（袁眉）

然好武藝。倘若被他識破我們手段，他須佔強，我們如何迎敵？不若只是一怪，推卻事故，發付他下山去便了，免致後患。只是柴進面上卻不好看，忘了日前之恩，如今也顧他不得。」◎13正是：

未同豪氣豈相求，縱遇英雄不肯留。
秀士自來多嫉妒，豹頭空嘆見封侯。

當下王倫叫小嘍囉一面安排酒食，整理筵宴，請林沖赴席，衆好漢一同吃酒。將次席終，王倫叫小嘍囉把一個盤子，托出五十兩白銀，兩匹紵絲來。王倫起身說道：「柴大官人舉薦將教頭來敝寨入夥，爭奈小寨糧食缺少，屋宇不整，人力寡薄，恐日後誤了足下，亦不好看。略有些薄禮，望乞笑留，尋個大寨安身歇馬，切勿見怪。」林沖道：「三位頭領容覆：小人『千里投名，萬里投主』，憑托柴大官人面皮，逕投大寨入夥。林沖雖然不才，望賜收錄。當以一死向前，並無諂佞，實爲平生之幸。不爲銀兩齎發而來，乞頭領照察。」王倫道：「我這裏是個小去處，如何安

❀ 五更時分，朱貴帶著林沖上了梁山。（朱寶榮繪）

著得你？休怪，休怪！」朱貴見了，便諫道：「哥哥在上，莫怪小弟多言。山寨中糧食雖少，近村遠鎮，可以去借。山場水泊木植廣有，便要蓋千間房屋，卻也無妨。這位是柴大官人力舉薦來的人，如何教他別處去？抑且柴大官人自來與山上有恩，日後得知不納此人，須不好看。這位又是有本事的人，他必然來出氣力。」杜遷道：「山寨中那爭他一個？哥哥若不收留，柴大官人知道時見怪，顯得我們忘恩背義。日前多曾虧了他，今日薦個人來，便恁推卻，發付他去？」宋萬也勸道：◎14「柴大官人面上，可容他在這裏做個頭領也好；不然，見得我們無義氣，使江湖上好漢見笑。」◎15王倫道：「兄弟們不知，他在滄州雖是犯了迷天大罪，今日上山，卻不知心腹。倘或來看虛實，如之奈何？」◎16林沖道：「小人一身犯了死罪，因此來投入夥，何故相疑？」王倫道：「既然如此，你若眞心入夥時，把一個『投名狀』※11來。」林沖便道：「小人頗識幾字，乞紙筆來便寫。」朱貴笑道：「教頭，你錯了。但凡好漢們入夥，須要納投名狀，是教你下山去殺得一個人，將頭獻納，他便無疑心。這個便謂之投名狀。」林沖道：「這事也不難，林沖便下山去等，只怕沒人

為了入夥，林沖必須獲得投名狀，不得不在山下殺一個人。恰好碰到楊志，兩個人在山下對殺了起來。（選自《水滸傳版刻圖錄》，江蘇廣陵古籍刻印社）

過。」王倫道：「與你三日限。若三日內有投名狀來，便容你入夥；若三日內沒時，只得休怪。」林沖應承了，自回房中宿歇，悶悶不已。正是：

愁懷鬱鬱苦難開，可恨王倫忒弄乖。
明日早尋山路去，不知那個送頭來。

當夜席散，朱貴相別下山，自去守店。

林沖到晚，取了刀仗、行李，小嘍囉引去客房內歇了一夜。次日早起來，吃些茶飯，◎17帶了腰刀，提了袞刀，叫一個小嘍囉領路下山，把船渡過去，在僻靜小路上等候客人過往。從朝至暮，等了一日，並無一個孤單客人經過。林沖悶悶不已，和小嘍囉再過渡來，回到山寨中。王倫問道：「投名狀何在？」林沖答道：「今日並無一個過往，以此不曾取得。」王倫道：「你明日若無投名狀時，也難在這裏了。」林沖再不敢答應，心內自己不樂，來到房中，討些飯吃了，又歇了一夜。次日清早起來，和小嘍囉吃了早飯，◎18拿了袞刀，又下山來。小嘍囉道：「俺們今日投南山路去等。」兩個來到林裏潛伏等候，並不見一個客人過往。伏到午牌時候，一夥客人約有三百餘人，結蹤而過，林沖又不敢動手，看他過去。又等了一歇，看看天色晚來，又不見一個客人過。林沖對小嘍囉道：「我恁地晦氣！等了兩日，不見一個孤單客人過往，如何是好？」◎19小嘍囉道：「哥哥且寬心，明日還有一日限，我和哥哥去東山路上等候。」當晚依舊上

註

※11投名狀：這裏指用殺人來表示自己誠心投靠的事情。

評點

◎14.此處若不表出三人，則日後火併如何留得耶？（金眉）
◎15.只怕江湖上好漢見笑，卻不怕道學先生笑，大奇。（容眉）
◎16.白衣秀士經濟，每每如此。（金批）
◎17.四字寫得冷淡可憐。（金批）
◎18.早飯便和小嘍囉吃，哭殺英雄。（金批）
◎19.第一日不說甚麼，悶悶而回；第二日，臨回時說此一語；第三日，便初下山即說一語，其法各變。（金批）

山。王倫說道：「今日投名狀如何？」林沖不敢答應，只嘆了一口氣。王倫笑道：「想是今日又沒了。我說與你三日限，今已兩日了。若明日再無，不必相見了，便請挪步下山，投別處去。」林沖回到房中，端的是心內好悶！有臨江仙詞一篇云：

悶似蛟龍離海島，愁如猛虎困荒田，悲秋宋玉淚漣漣※12。江淹初去筆※13，項羽恨無船※14。高祖滎陽遭困厄※15，昭關伍相受憂煎※16，曹公赤壁火連天。李陵臺上望，蘇武陷居延。

當晚林沖仰天長嘆道：「不想我今日被高俅那賊陷害，流落到此，天地也不容我，直如此命蹇時乖！」◎20過了一夜，次日天明起來，討些飯食吃了，◎21打拴了那包裹撇在房中，跨了腰刀，提了衮刀，又和小嘍囉下山過渡，投東山路上來。林沖道：「我今日若還取不得投名狀時，只得去別處安身立命。」兩個來到山下東路林子裏潛伏等候。看看日頭中了，又沒一個人來。時遇殘雪初晴，日色明朗，◎22林沖提著衮刀對小嘍囉道：「眼見得又不濟事了！不如趁早，天色未晚取了行李，只得往別處去尋個所在。」小校用手指道：「好了！兀的不是一個人來？」林沖看時，叫聲：「慚愧！」只

山東梁山縣，水泊梁山寨大門。（劉軍／fotoe提供）

見那個人遠遠在山坡下望見行來。只待那人來得較近，林沖卻把袞刀桿剪了一下，驀地跳將出來。那漢子見了林沖，叫聲：「阿也！」撇了擔子，轉身便走。◎23林沖趕將去，那裏趕得上，那漢子閃過山坡去了。林沖道：「你看我命苦麼！等了三日，甫能等得一個人來，又吃他走了！」◎24小校道：「雖然不殺得人，這一擔財帛，可以抵當。」林沖道：「你先挑了上山去，我再等一等。」小嘍囉先把擔兒挑出林去。只見山坡下轉出一個大漢來，林沖見了，說道：「天賜其便。」只見那人挺著朴刀，大叫如雷，喝道：「潑賊，殺不盡的強徒！將俺行李那裏去！洒家正要捉你這廝們，倒來拔虎鬚！」飛也似踴躍將來。林沖見他來得勢猛，也使步迎他。不是這個人來鬥林沖，有分教：梁山泊內，添幾個弄風白額大蟲；水滸寨中，輳幾隻跳澗金睛猛獸。畢竟來與林沖鬥的，正是甚人？且聽下回分解。◎25

註

※12悲秋宋玉淚漣漣：宋玉，又名子淵，湖北宜城人（也有稱歸州人的）。相傳他是屈原的學生，戰國時鄢（今襄樊宜城）人，曾事楚頃襄王。好辭賦，為屈原之後辭賦家，與唐勒、景差齊名。

※13江淹初去筆：江淹，南朝文學家，字文通。相傳他睡夢中見神人授他一枝閃著五彩的神筆，自此文思如湧，成了一代文章風流魁首。到了晚年，他又夢見一個人，自稱是郭璞（晉代文學家），向他要回了筆，其後他寫的文章就日漸失色。

※14項羽恨無船：項羽，名籍，字羽，秦末下相（今江蘇宿遷）人。楚國名將項燕之孫，古代著名軍事家，一代英雄。楚漢相爭時項羽被困於垓下，單騎到烏江邊，烏江亭長供船並勸服他日後再起，項羽因無顏見江東父老而未渡江。

※15高祖滎陽遭困厄：高祖劉邦在滎陽被項羽圍困。

※16昭關伍相受憂煎：傳說伍子胥過昭關，一夜愁白了頭髮，後來常用一夜白頭比喻人極端憂愁。

評點

◎20.酒店一嘆，此處又一嘆，如夜潮之一湧一落，讀之乃欲叫哭。（金批）
◎21.一討猶可，至於再討，胡可一朝居耶？（金批）
◎22.忽點入時節，妙。（袁夾）
◎23.敘過三日，便接出一個人來，此學究記事也。敘過三日，偏又放走一個，才子，奇文，世寧有兩乎哉？（金眉）
◎24.沖見不能殺那漢子，此處正是愁懷難盡訴，啞苦實難分。（余評）
◎25.此竟可作《水滸》第一回，刪削者斷從茲起，公明以前不數晁而數林矣。（袁評）

第十二回 梁山泊林沖落草 汴京城楊志賣刀◎1

話說林沖打一看時，只見那漢子頭戴一頂范陽氈笠，上撒著一把紅纓，穿一領白緞子征衫，繫一條縱線絛。下面青白間道行纏※1，抓著褲子口，獐皮襪，帶毛牛膀靴；跨口腰刀，提條朴刀；生得七尺五、六身材，面皮上老大一搭青記，腮邊微露些少赤鬚。把氈笠子掀在脊梁上，坦開胸脯。帶著抓角兒軟頭巾，挺手中朴刀，高聲喝道：「你那潑賊，將俺行李財帛那裏去了？」◎2林沖正沒好氣，那裏答應，圓睜怪眼，倒豎虎鬚，挺著朴刀，搶將來鬥那個大漢。此時殘雪初晴，薄雲方散，溪邊踏一片寒冰，岸畔湧兩條殺氣，一往一來，鬥到三十來合，不分勝敗。◎3兩個又鬥了十數合，正鬥到分際，只見山高處叫道：「兩個好漢不要鬥了！」林沖聽得，驀地跳出圈子外來。◎4兩個收住手中朴刀，看那山頂上時，卻是白衣秀士王倫和杜遷、宋萬，並許多小嘍囉，走下山來，將船渡過了河，說道：「兩位好漢，端的好兩口朴刀，神出鬼沒！這個是俺的兄弟豹子頭林沖。

評點

◎1.吾觀今之文章之家，每云我有避之一訣，固也，然而吾知其必非才子之文也。夫才子之文，則豈惟不避而已，又必於本不相犯之處，特特故自犯之，而後從而避之。此無他，亦以文章家之有避之一訣，非以教人避也，正以教人犯也。犯之而後避之，故避有所避也。若不能犯之而但欲避之，然則避何所避乎哉？是故行文非能避之難，實能犯之難也。譬諸弈棋者，非救劫之難，實留劫之難也。將欲避之，必先犯之。夫犯之而至於必不可避，而後天下之讀吾文者，於是乎而觀吾之才之筆矣。犯之而至於必不可避，而吾之才之筆，爲之躊躇，爲之四顧，砉然中窾，如土委地，則雖號於天下之人曰：「吾才子也，吾文才子之文也。」彼天下之人，亦誰復敢爭之乎哉？故此書於林沖買刀後，緊接楊志賣刀，是正所謂才子之文必先犯之者，而吾於是始樂得而徐觀其避也。又曰：我讀《水滸》至此，不禁浩然而嘆也。曰：嗟乎！作《水滸》者，雖欲不謂之才子，胡可得乎？夫人胸中，有非常之才者，必有非常之筆；有非常之筆者，必有非常之力。夫非非常之才，無以構其思也；非非常之筆，無以摛其才也；又非非常之力，亦無以副其筆也。今觀《水滸》之寫林武師也，忽以寶刀結成奇彩，及寫楊制使也，又復以寶刀結成奇彩。夫寫豪傑不可盡，而忽然置豪傑而寫寶刀，此借非非常之才，其亦安知寶刀爲即豪傑之替身，但寫得寶刀盡致盡興，即已令豪傑盡致盡興者耶？且以寶刀寫出豪傑固已，然以寶刀寫武師者，不必其又以寶刀寫制使也。今前回初以一口寶刀照耀武師者，接手便又以一口寶刀照耀制使，兩位豪傑，兩口寶刀，接連而來，對插而起，用筆至此，奇險極矣。即欲不謂之非常，而英英之色，千人萬人，莫不共見，其又疇得而不謂之非常乎？又一個買刀，一個賣刀，分鑣各騁，互不相犯固也，然使於讚嘆處，痛悼處，稍稍有一句、二句，乃至一字、二字偶然相同，即亦豈見作者之手法乎？今兩刀接連，一字不犯，乃至譬如東泰西華，各自爭奇。嗚呼！特特鋌而走險，以自表其「六轡如組，兩驂如舞」之能，才子之稱，豈虛譽哉！天漢橋下寫英雄失路，使人如坐冬夜，緊接演武廳前寫英雄得意，使人忽上春臺。咽處加一倍咽，艷處加一倍艷，皆作者瞻顧非常，趨走有龍虎之狀處。（金批）

青面漢，你卻是誰？願通姓名。」那漢道：「洒家是三代將門之後，五侯楊令公之孫，姓楊，名志，流落在此關西※2。年紀小時，曾應過武舉，做到殿司制使官※3，道君因蓋萬歲山※4，差一般十個制使去太湖邊搬運花石綱※5，赴京交納。不想洒家時乖運蹇，押著那花石綱，來到黃河裏，遭風打翻了船，失陷了花石綱，不能回京赴任，逃去他處避難。如今赦了俺們罪犯，洒家今來收的一擔兒錢物，待回東京去樞密院使用，再理會本身的勾當，◎5打從這裏經過，顧倩莊家挑那擔兒，不想被你們奪了。可把來還洒家如何？」王倫道：「你莫是綽號喚做青面獸的？」楊志道：「洒家便是。」王倫道：「既然是楊制使，就請到山寨吃三杯水酒，納還行李如何？」楊志道：「好漢既然認得洒家，便還了俺行李，更強似請吃酒。」王倫道：「制使，小可數年前到東京應舉時，便聞制使大名。◎6今日幸得相見，如何教你空去！且請到山寨少敘片時，並無他意。」楊志聽說了，只得跟了王倫一行人等，過了河，上山寨來。就叫朱貴同上山寨相會，都來到寨中聚義廳上。左邊一帶四把交椅，卻是王倫、杜遷、宋萬、朱貴；右邊一帶兩把交椅，上首楊志，下首林沖，都坐定了。王倫叫殺羊置酒，安排筵宴，管待楊志，不在

註

※1行纏：裹足布，綁腿布。古時男女都用，後惟兵士或遠行者用。
※2關西：指函谷關或潼關以西的地區。
※3殿司制使官：是皇帝所派出的使者。
※4萬歲山：明永樂年間修建皇宮時根據青龍、白虎、朱雀、玄武四個星宿的說法，北面玄武的位置必須有山，便將挖掘紫禁城筒子河和太液池南海的泥土堆積此山，成為大內「鎮山」，取名萬歲山。
※5花石綱：成幫結隊地輸運貨物叫做「綱」，在宋時大都是官差性質，例如鹽綱、茶綱等；花石綱就是輸運花石。趙佶向南方搜括奇花異石運京，故有花石綱之名。後文的生辰綱，就是輸運壽禮。

評點

◎2.不說林沖喝那漢，偏說那漢喝一聲，顯得是個勁敵。（金批）
◎3.此處二人武藝並高，所以起王倫三人之心服也。（余評）
◎4.獨寫林沖跳出，見其志不在門，若楊志既失車仗，則自不應先住也，用筆精細如此。（金批）
◎5.豪傑出身，非錢不可，可憐。（袁眉）
◎6.也有這些兒氣味，所以也暫做得寨主。（芥夾）

話下。

話休絮煩。酒至數杯，王倫心裏想道：「若留林沖，實形容得我們不濟，不如我做個人情，並留了楊志，與他作敵。」因指著林沖對楊志道：「這個兄弟，他是東京八十萬禁軍教頭，喚做豹子頭林沖，因這高太尉那廝安不得好人，把他尋事刺配滄州，那裏又犯了事，如今也新到這裏。卻纔制使要上東京勾當，不是王倫糾合※6制使，小可兀自棄文就武，◎7來此落草，制使又是有罪的人，雖經赦宥，難復前職。亦且高俅那廝見掌軍權，他如何肯容你？不如只就小寨歇馬，大秤分金銀，大碗吃酒肉，同做好漢，不知制使心下主意若何？」楊志答道：「重蒙眾頭領如此帶攜，只是洒家有個親眷，見在東京居住。前者官事連累了他，不曾酬謝得他。今日欲要投那裏走一遭，望眾頭領還了洒家行李；如不肯還，楊志空手也去了。」王倫笑道：「既是制使不肯在此，如何敢勒逼入夥？且請寬心

❁ 楊志為楊令公後人，自然不願意落草，因此他拒絕了王倫的邀請。圖為河南開封天波楊府。（馮立軍／fotoe提供）

住一宵，明日早行。」楊志大喜，當日飲酒到一更方歇，各自去歇息了。次日早起來，又置酒與楊志送行。◎8吃了早飯，衆頭領叫一個小嘍囉，把昨夜擔兒挑了，一齊都送下山來，到路口與楊志作別。教小嘍囉渡河，送出大路。衆人相別了，自回山寨。王倫自此方纔肯教林沖坐第四位，朱貴坐第五位。從此，五個好漢在梁山泊打家劫舍，不在話下。

只說楊志出了大路，尋個莊家挑了擔子，發付小嘍囉自回山寨。楊志取路，不數日，來到東京。入得城來，尋個客店安歇下；莊客交還擔兒，與了些銀兩，自回去了。楊志到店中放下行李，解了腰刀、朴刀，叫店小二將些碎銀子買些酒肉吃了。過數日，央人來樞密院打

林沖與楊志爭鬥，王倫看到兩人武藝都很出衆，在遠處喊止。（朱寶榮繪）

註

※6糾合：唆使、教唆。

評點

◎7.好貨，虧他說。秀才自大語，每每有之。（金批）
◎8.與林沖討飯句掩映。（金批）

點，理會本等[※7]的勾當，將出那擔兒內金銀財物，買上告下，再要補殿司府制使職役。把許多東西都使盡了，方纔得申文書，引去見殿帥高太尉。來到廳前，那高俅把從前歷事文書都看了，大怒道：「既是你等十個制使去運花石綱，九個回到京師交納了，偏你這廝把花石綱失陷了，又不來首告，倒又在逃，許多時捉拿不著！今日再要勾當？雖經赦宥所犯罪名，難以委用。」把文書一筆都批倒了，將楊志趕出殿司府來。楊志悶悶不已，回到客店中，思量：「王倫勸俺，也見得是。只為洒家清白姓字，不肯將父母遺體來玷污了。指望把一身本事，邊庭上一槍一刀，[◎9]博個封妻蔭子，也與祖宗爭口氣；不想又吃這一閃。高太尉，[◎10]你忒毒害，恁地刻薄！」心中煩惱了一回。在客店裏又住幾日，盤纏都使盡了。正是：

花石綱原沒紀綱，奸邪到底困忠良。
早知廊廟當權重，不若山林眾義長。

楊志尋思道：「卻是怎地好？只有祖上留下這口寶刀。從來跟著洒家，[◎11]如今事急無措，只得拿去街上貨賣得千百貫錢鈔，好做盤纏，投往

楊志落魄街頭，不得不賣刀謀生，不想碰到潑皮牛二的糾纏。（選自《水滸傳版刻圖錄》，江蘇廣陵古籍刻印社）

他處安身。」當日將了寶刀，插了草標兒，上市去賣。走到馬行街內，立了兩個時辰，並無一個人問。將立到晌午時分，轉來到天漢州橋熱鬧處去賣。楊志立未久，◎12只見兩邊的人都跑入河下巷內去躲。楊志看時，只見都亂攛，口裏說道：「快躲了！大蟲來也！」楊志道：「好作怪！這等一片錦城池，卻那得大蟲來！」當下立住腳看時，只見遠遠地黑凜凜一大漢，吃得半醉，一步一攧撞將來。楊志看那人時，形貌生得粗醜。但見：

　　面目依稀似鬼，身材彷彿如人。杈枒怪樹，變爲肐膊形骸；臭穢枯樁，化作腌臢魍魎。渾身遍體，都生滲滲瀨瀨沙魚皮；夾腦連頭，盡長拳拳彎彎捲螺髮。胸前一片錦頑皮，額上三條強拗皺。

原來這人是京師有名的破落戶潑皮，叫做沒毛大蟲牛二，專在街上撒潑、行凶、撞鬧，連爲幾頭官司，開封府也治他不下，以此滿城人見那廝來都躲了。卻說牛二搶到楊志面前，就手裏把那口寶刀扯將出來，問道：「漢子，你這刀要賣幾錢？」楊志道：「祖上留下寶刀，要賣三千貫。」牛二喝道：「甚麼鳥刀，要賣許多錢！我三十文買一把，也切得肉，切得豆腐。你的鳥刀有甚好處，叫做寶刀！」楊志道：「洒家的須不是店上賣的白鐵刀，這是寶刀。」牛二道：「怎地喚做寶刀？」楊志道：「第一件，砍銅剁鐵，刀口不捲；第二件，吹毛得過；第三件，殺人刀上沒血。」牛二道：「你敢剁銅

註

※7本等：本來、原來。

評點

◎9.痛哭語，又寫得壯健，又寫得洒落。（金批）
◎10.叫一聲妙，至今如聞其響。（金批）
◎11.刀跟人，人看刀，相知處林楊一合。（袁夾）
◎12.上寫兩句立久，都向刀上一哭，此忽然寫入一句立未久，讀者只謂亦向刀上出色也，卻突轉出下文一段奇情，令人絕倒。（金批）

錢麼？」楊志道：「你便將來剁與你看。」牛二便去州橋下香椒舖裏討了二十文當三錢※8，一垛兒將來放在州橋欄干上，叫楊志道：「漢子，你若剁得開時，我還你三千貫！」那時看的人，◎13雖然不敢近前，向遠遠地圍住了望。楊志道：「這個值得甚麼？」把衣袖捲起，拿刀在手，看的較準，只一刀，把銅錢剁做兩半，衆人都喝采。牛二道：「喝甚麼鳥采？你且說第二件是甚麼？」楊志道：「吹毛得過：若把幾根頭髮望刀口上只一吹，齊齊都斷。」牛二道：「我不信。」自把頭上拔下一把頭髮，遞與楊志：「你且吹我看！」◎14楊志左手接過頭髮，照著刀口上盡氣力一吹，那頭髮都做兩段，紛紛飄下地來。衆人喝采，看的人越多了。牛二又問：「第三件是甚麼？」楊志道：「殺人刀上沒血。」牛二道：「怎地殺人刀上沒血？」楊志道：「把人一刀砍了，並無血痕，只是個快。」牛二道：「我不信！你把刀來剁一個人我看。」楊志道：「禁城之中，如何敢殺人？你不信時，取一隻狗來，殺與你看。」牛二道：「你說殺人，不曾說殺狗！」◎15楊志道：「你不買便罷，只管纏人做甚麼？」◎16牛二道：「你將來我看！」楊志道：「你只顧沒了當※9，洒家又不是你撩撥※10的！」◎17牛二道：「你敢殺我？」楊志道：「和你往日無冤，昔日無仇。一物不成，兩物見在※11。沒來由殺你做甚麼？」牛二緊揪住楊志，說道：「我偏要買你這口刀！」楊志道：「你要買，將錢來！」牛二道：「我沒錢。」楊志道：「你沒錢，揪住洒家怎地？」牛二道：「我要你這口刀！」楊志道：「我不與你。」牛二道：「你好男子，

評點

◎13.極忙時，忽然插入一句看的人，筆力如蒼鷹矯犬，其眼光左閃右掣。（金批）
◎14.形容粗惡人光景，妙。（袁眉）
◎15.看他一路緊上去。（金眉）
◎16.英雄可憐，至此方說他一句。（金批）
◎17.英雄可憐，至此方自表一句。（金批）
◎18.此句逗出楊志怒來。（金批）
◎19.第一段，只推一跤，不便殺。（金批）
◎20.補一句無人勸，楊志所以成於殺也。（金批）
◎21.英雄碩惡人，皆從此四字生出事來。（袁眉）
◎22.也是牛二自家討死。（容眉）
◎23.寫楊志另是楊志，不是史進，不是魯達，不是林沖。（金批）

剁我一刀！」◎18楊志大怒，把牛二推了一跤。◎19牛二爬將起來，鑽入楊志懷裏。楊志叫道：「街坊鄰舍，都是證見：楊志無盤纏，自賣這口刀，這個潑皮強奪洒家的刀，又把俺打！」街坊人都怕這牛二，誰敢向前來勸。◎20牛二喝道：「你說我打你，便打殺直甚麼？」口裏說，一面揮起右手一拳打來。楊志霍地躲過，拿著刀搶入來，一時性起，◎21望牛二嗓根上搠個著，撲地倒了。楊志趕入去，把牛二胸脯上又連搠了兩刀，血流滿地，死在地上。◎22

楊志叫道：「洒家殺死這個潑皮，怎肯連累你們！潑皮既已死了，你們都來同洒家去官府裏出首。」◎23坊隅眾人慌忙攏來，隨同楊志逕投開封府出首，正值府尹坐衙，楊志拿著刀和地方鄰舍眾人都上廳來，一齊跪下，把刀放在面前。楊志告道：「小人原是殿司制使，為因失陷花石綱，削去本身職役，無有盤纏，將這口刀

註

※8當三錢：當三錢，是宋時一種制錢，一個錢當三個錢用的。二十文，指的是二十個。

※9沒了當：了當，有妥當、完畢、乾淨俐落等意思。沒了當，就是沒完沒了、糾纏不清的意思。

※10撩撥：招惹、挑逗。

※11一物不成，兩物見在：意思是說買賣不成，但雙方錢物仍在，都沒有受什麼損失。

⊗楊志忍無可忍，殺死了京師有名的破落戶潑皮，沒毛大蟲牛二。
（日版畫，出自《新編水滸畫傳》，葛飾戴斗繪）

在街貨賣。不期被個潑皮破落戶牛二強奪小人的刀，又用拳打小人。因此一時性起，將那人殺死，衆鄰舍都是證見。」衆人亦替楊志告說，分訴了一回。府尹道：「既是自行前來出首，免了這廝入門的款打。」且叫取一面長枷枷了。差兩員相官帶了仵作行人，監押楊志並衆鄰舍一干人犯，都來天漢州橋邊，登場※12檢驗了，疊成文案，衆鄰舍都出了供狀，保放，隨衙聽候，當廳發落，將楊志於死囚牢裏監收。但見：

推臨獄內，擁入牢門。黃鬚節級，麻繩準備吊綳揪；黑面押牢，木匣安排牢鎖鐐。殺威棒，獄卒斷時腰痛；撒子角，囚人見了心驚。休言死去見閻王，只此便如眞地獄。

且說楊志押到死囚牢裏，衆多押牢禁子、節級，見說楊志殺死沒毛大蟲牛二，都可憐他是個好男子，不來問他要錢，又好生看覷他。天漢州橋下衆人，爲是楊志除了街上害人之物，都斂些盤纏，湊些銀兩，來與他送飯，上下又替他使用。推司也覷他是個身首※13的好漢，又與東京街上除了一害，牛二家又沒苦主，把款狀都改得輕了。三推六問卻招做一時鬥毆殺傷，誤傷人命。◎24待了六十日限滿，當廳推司稟過府尹，將楊志帶出廳前，除了長枷，斷了二十脊杖，喚個文墨匠人刺了兩行金印，迭配北京大名府留守司充軍。那口寶刀沒官入庫。當廳押了文牒，差兩個防送公人，免不得是張龍、趙虎；把七斤半鐵葉子盤頭護身枷釘了。分付兩個公人，便教監押上路。天漢州橋那幾個大戶科斂※14些銀兩錢物，等候楊志到來，請他兩個公人一同到酒店裏吃了些酒食，把出銀兩，

齎發兩位防送公人，說道：「念楊志是個好漢，與民除害，今去北京，路途中望乞二位上下照覷，好生看他一看。」張龍、趙虎道：「我兩個也知他是好漢，亦不必你衆位分付，但請放心。」楊志謝了衆人。其餘多的銀兩，盡送與楊志做盤纏，衆人各自散了。

話裏只說楊志同兩個公人來到原下的客店裏，算還了房錢，取了原寄的衣服行李，安排些酒食，請了兩個公人，尋醫士贖了幾個棒瘡的膏藥，貼了棒瘡，便同兩個公人上路。三個望北京進發，五里單牌，十里雙牌，◎25逢州過縣，買些酒肉，不時間請張龍、趙虎吃。三個在路，夜宿旅館，曉行驛道，不數日來到北京，入得城中，尋個客店安下。原來北京大名府留守司，上馬管軍，下馬管民，最有權勢。那留守喚作梁中書，諱世傑，他是東京當朝太師蔡京的女婿。當日是二月初九日，留守升廳，兩個公人解楊志到留守司廳前，呈上開封府公文，梁中書看了。原在東京時，也曾認得楊志，當下一見了，備問情由。楊志便把高太尉不容復職，使盡錢財，將寶刀貨賣，因而殺死牛二的實情，通前一一告稟了。梁中書聽得大喜，當廳就開了枷，留在廳前聽用。押了批回與兩個公人，自回東京，不在話下。

只說楊志自在梁中書府中早晚殷勤聽候使喚，梁中書見他勤謹，有心要擡舉他，欲要遷他做個軍中副牌，月支一分請受，只恐衆人不伏。因此傳下號令，教軍政司告示

註

※12登場：就是當場。
※13身首：就是自首。
※14科斂：攤派的意思。

評點

◎24.可見天理尚在人心。（容眉）
◎25.少不得這些話，補遞時日。（袁夾）

大小諸將人員，來日都要出東郭門教場中去演武試藝。當晚梁中書喚楊志到廳前。梁中書道：「我有心要擡舉你做個軍中副牌，月支一分請受，只不知你武藝如何？」楊志稟道：「小人應過武舉出身，曾做殿司府制使職役。這十八般武藝，自小習學。今日蒙恩相擡舉，如撥雲見日一般。楊志若得寸進，當效銜環背鞍之報。」梁中書大喜，賜與一副衣甲。當夜無事。

次日天曉，時當二月中旬，◎26正值風和日暖。梁中書早飯已罷，帶領楊志上馬，前遮後擁，往東郭門來，上得教場中，大小軍卒，並許多官員接見。就演武廳前下馬，到廳上，正面撒著一把渾銀交椅，坐下；左右兩邊，齊臻臻地排著兩行官員，指揮使、團練使、正制使、統領使、牙將、校尉、正牌軍、副牌軍，前後周圍，惡狠狠地列著百員將校。正將臺上，立著兩個都監，一個喚做李天王李成，一個喚做聞大刀聞達，二人皆有萬夫不當之勇，統領著許多軍馬，一齊都來朝著梁中書呼三聲喏。◎27卻早將臺上豎起一面黃旗來，將臺

梁中書為了提拔楊志，讓楊志與周謹比試武藝，讓衆人心服口服。（選自《水滸傳版刻圖錄》，江蘇廣陵古籍刻印社）

兩邊左右列著三、五十對金鼓手，一齊發起擂來，品了三通畫角，發了三通擂鼓，教場裏面誰敢高聲。又見將臺上豎起一面淨平旗來，前後五軍，一齊整肅。將臺上把一面引軍紅旗麾動，只見鼓聲響處，五百軍列成兩陣，軍士各執器械在手；將臺上又把白旗招動，兩陣馬軍齊齊地都立在面前，各把馬勒住。

梁中書傳下令來，叫喚副牌軍周謹向前聽令。右陣裏周謹聽得呼喚，躍馬到廳前，跳下馬，插了槍，暴雷也似聲個大喏。梁中書道：「著副牌軍施逞本身武藝。」周謹得了將令，綽槍上馬，在演武廳前，左盤右旋，右盤左旋，將手中槍使了幾路，衆人喝采。梁中書道：「叫東京對撥來的軍健楊志。」楊志轉過廳前，唱個大喏。梁中書道：「楊志，我知你原是東京殿司府制使軍官，犯罪配來此間，即目※15盜賊猖狂，國家用人之際，◎28你敢與周謹比試武藝高低？如若贏得，便遷你充其職役。」楊志道：「若蒙恩相差遣，安敢有違鈞旨。」梁中書叫取一匹戰馬來，教甲仗庫隨行官吏應付軍器，教楊志披掛上馬，與周謹比試。楊志去廳後把夜來衣甲穿了，拴束罷，帶了頭盔、弓、箭、腰刀，手拿長槍上馬，從廳後跑將出來。梁中書看了道：「著楊志與周謹先比槍。」周謹怒道：「這個賊配軍敢來與我交槍！」誰知惱犯了這個好漢，來與周謹鬥武。不因這番比試，有分教：楊志在萬馬叢中聞姓字，千軍隊裏奪頭功。畢竟楊志與周謹比試，引出甚麼人來？且聽下回分解。◎29

註

※15即目：正當、現在，猶如說即令、目下。

評點

◎26.有意無意，所謂草蛇灰線之法也。（金批）
◎27.此一段看他會家不忙，敘得水平樹匝相似。（金眉）
◎28.眞以此念用人獎人，不樹私人，國家必有得人之慶矣。（袁眉）
◎29.卓吾曰：楊志是國家有用人。只爲高俅不能用他，以致爲宋公明用了，可見小人嫉賢妒能，遺禍國家不小。（容評）

第十三回 急先鋒東郭爭功 青面獸北京鬥武◎1

話說當時周謹、楊志兩個勒馬，在於旗下，正欲出戰交鋒，只見兵馬都監聞達喝道：「且住！」自上廳來稟覆梁中書道：「覆恩相：論這兩個比試武藝，雖然未見本事高低，槍刀本是無情之物，只宜殺賊剿寇，今日軍中自家比試，恐有傷損，輕則殘疾，重則致命，此乃於軍不利。可將兩根槍去了槍頭，各用毡片包裹，地下蘸了石灰，再各上馬，都與皂衫穿著。但是槍桿廝搠，如白點多者，當輸。」梁中書道：「言之極當。」隨即傳令下去。兩個領了言語，向這演武廳後去了槍尖，都用毡片包了，縛成骨朵※1，身上各換了皂衫，各用槍去石灰桶裏蘸了石灰，再各上馬，出到陣前。那周謹躍馬挺槍，直取楊志。這楊志也拍戰馬，拈手中槍，來戰周謹。兩個在陣前，來來往往，番番復復，

❀ 周謹比試武藝失敗以後，又要求和楊志比試弓箭，沒想到楊志的弓箭更出色。
（日版畫，出自《新編水滸畫傳》，葛飾戴斗繪）

攪做一團，扭做一塊，鞍上人鬥人，坐下馬鬥馬，兩個鬥了四、五十合。看周謹時，恰似打翻了豆腐的，斑斑點點，約有三、五十處；看楊志時，只有左肩胛上一點白。◎2梁中書大喜，叫喚周謹上廳，看了跡道：「前官參你做個軍中副牌，量你這般武藝，如何南征北討？怎生做得正請受的副牌？」教楊志替此人職役。◎3管軍兵馬都監李成上廳稟覆梁中書道：「周謹槍法生疏，弓馬熟嫻，不爭把他來逐了職事，恐怕慢了軍心。再教周謹與楊志比箭如何？」梁中書道：「言之極當。」再傳下將令來，叫楊志與周謹比箭。兩個得了將令，都扎了槍，各關了弓箭。楊志就弓袋內取出那張弓來，扣得端正，擎了弓，跳上馬，跑到廳前，立在馬上，欠身稟覆道：「恩相，弓箭發處，事不

註

※1 骨朵：古時守衛人拿的一種長柄儀仗兵器，頭端形如金瓜、大蒜。後文第三十三回花榮射中的門神骨朵頭，第五十九回宋江執著的骨朵，都是這種兵器。這裏是說改造過的長槍形同骨朵。

評點

◎1.古語有之：畫咸陽宮殿易，畫楚人一炬難；畫舳艫千里易，畫八月潮勢難。今讀《水滸》至東郭爭功，其安得不謂之畫火畫潮第一絕筆也！夫梁中書之愛楊志，止爲生辰綱伏線也，乃愛之而將以重大托之，定不得不先加意獨提掇之。於是傳令次日大小軍官都至教場比試，蓋其意止在周謹一分請受耳。今觀其略寫使槍，詳寫弓馬，亦可謂於教場中盡態極妍矣，而殊不知作者滔滔浩浩、莽莽蒼蒼之才，殊未肯已也。忽然階下左邊轉出一個索超，一時遂若連彼梁中書亦似出於意外也者。而於是於兩漢未曾交手之前，先寫梁中書著楊志好生披掛，又借自己好馬與他騎了。於是李成亦便叫索超去加倍分付，亦將自己披掛戰馬全副借與。當是時，兩人殊未嘗動一步，出一色，而讀者心頭眼底已自異樣驚魂動魄，悶心搖膽。卻又放下兩人，復寫梁中書走出月臺，特特增出一把銀葫蘆頂茶褐羅三檐涼傘，重放炮，重發擂，重是金鼓起，重是紅旗、黃旗、白旗、青旗招動，然後托出兩員好漢來。讀者至此，其心頭眼底，胡得不又爲之驚魂動魄，悶心搖膽！然而兩人固殊未嘗交手也。至於正文，只用一句「戰到五十餘合不分勝負」，就此一句，半路按住，卻重復寫梁中書看呆，眾軍官喝采，滿教場軍士們沒一個不說，李成、聞達不住聲叫好鬥，使讀者口中自說滿教場人，而眼光自落在兩個好漢、兩匹戰馬、兩般兵器上。不惟書裏梁中書呆了，連書外看書的人也呆了，於是鳴金收軍而後，重複正寫一句兩個各要爭功，那肯回馬。如此行文，眞是畫火畫潮，天生絕筆，自有筆墨未有此文，自有此文未有此評。嗚呼！天下之樂，第一莫若讀書；讀書之樂，第一莫若讀《水滸》，即又何忍不公諸天下後世之酒邊燈下之快人恨人也！如此一回大書，愚夫讀之，則以爲東郭爭功，定是楊志分中一件驚天動地之事。殊不知止爲後文生辰綱要重托楊志，故從空結出兩層樓臺，以爲梁中書愛楊志地耳。故篇中凡寫梁中書加意楊志處，文雖少，是正筆，寫與周謹、索超比試處，文雖絢爛縱橫，是閑筆。夫讀書而能識賓主旁正者，我將與之遍讀天下之書也。看他齊臻臻地一教場人，後來發放了大軍，留下梁中書、眾軍官、索超、楊志；又發放了眾軍官，留下梁中書、索超、楊志；又發放了索超，留下梁中書、楊志。嗟乎！意在乎此矣。寫大風者曰：「始於青萍之末」，「盛於土囊之口」。吾嘗謂其後當必重收到青萍之末也。今梁中書、楊志，所謂青萍之末，而教場比試，所謂土囊之口，讀者其何可以不察也。（金批）

◎2.好形容。（袁眉）

◎3.梁中書欲重用楊志，將比試以服眾軍之心，以示公用之道，可謂明也已矣。（余評）

容情，恐有傷損，乞請鈞旨。」梁中書道：「武夫比試，何慮傷殘？但有本事，射死勿論。」◎4楊志得令，回到陣前。李成傳下言語，叫兩個比箭好漢，各關與一面遮箭牌，防護身體。兩個各領了遮箭防牌，綰在臂上。楊志道：「你先射我三箭，後卻還你三箭。」周謹聽了，恨不得把楊志一箭射個透明。楊志終是個軍官出身，識破了他手段，全不把他爲事。怎見得兩個比試：

這個曾向山中射虎，那個慣從風裏穿楊。彀滿處，兔狐喪命；箭發時，鵰鶚魂傷。較藝術，當場比並；施手段，對眾揄揚。一個磨鞦解，實難抵當；一個閃身解，不可提防。頃刻內要觀勝負，霎時間便見存亡。

當時將臺上早把青旗麾動，楊志拍馬望南邊去，周謹縱馬趕來，將韁繩搭在馬鞍鞽上，左手拿著弓，右手搭上箭，拽得滿滿地望楊志後心颼地一箭。◎5楊志聽得背後弓弦響，霍地一閃，去鐙裏藏身，那枝箭早射個空。周謹見一箭射不著，卻早慌了，再去壺中急取第二枝箭來，搭上弓弦，覷的楊志較親，望後心再射一箭。楊志聽得第二枝箭來，卻不去鐙裏藏身，那枝箭風也似來，楊志那時也取弓在手，用弓梢只一撥，那枝箭滴溜溜撥下草地裏

演武廳在古代的城防建設中地位十分重要。圖為北京香山團城演武廳雪景。（聶鳴／fotoe提供）

去了。周謹見第二枝箭又射不著，心裏愈慌。楊志的馬早跑到教場盡頭，霍地把馬一兜，那馬便轉身望正廳上走回來。◎6周謹也把馬只一勒，那馬也跑回，就勢裏趕將來。去那綠茸茸芳草地上，八個馬蹄翻盞撒鈸相似，勃喇喇地風團兒也似般走。周謹再取第三枝箭，搭在弓弦上，扣得滿滿地，盡平生氣力，眼睜睜地看著楊志後心窩上只一箭射將來。楊志聽得弓弦響，扭回身，就鞍上把那枝箭只一綽，綽在手裏，◎7便縱馬入演武廳前，撇下周謹的箭。

梁中書見了大喜，傳下號令，卻叫楊志也射周謹三箭。將臺上又把青旗麾動。周謹撇了弓箭，拿了防牌在手，拍馬望南而走。楊志在馬上把腰只一縱，略將腳一拍，那馬潑喇喇的便趕。楊志先把弓虛扯一扯，周謹在馬上聽得腦後弓弦響，扭轉身來，便把防牌來迎，卻早接個空。周謹尋思道：「那廝只會使槍，不會射箭。等他第二枝箭再虛詐時，我便喝住了他，便算我贏了。」周謹的馬早到教場南盡頭，那馬便轉望演武廳來。楊志的馬見周謹馬跑轉來，那馬也便回身。楊志早去壺中掣出一枝箭來，搭在弓弦上，心裏想道：「射中他後心窩，必至傷了他性命。他和我又沒冤仇，洒家只射他不致命處便了。」左手如托泰山，右手如抱嬰孩，弓開如滿月，箭去似流星，說時遲，那時快，◎8一箭正中周謹左肩。周謹措手不及，翻身落馬。那匹空馬直跑過演武廳背後去了。◎9眾軍卒自去救那周謹去了。梁中書見了大喜，叫軍政司便呈文案來，教楊志截替了周謹職役。楊志喜氣洋洋，下了馬，便向廳前來拜謝恩相，充其職役。正是：

評點

◎4.又少不得這一轉，若再作抽矢去金之論，便少變化矣。（袁眉）
◎5.寫得好。後心二字，故意嚇人，眞正才子。（金批）
◎6.才有盤旋，不是直話急話。（袁眉）
◎7.讀者須知，周謹三箭皆是妙手，蓋蹬裏藏身，則箭過鞍上矣，弓稍掠得著，手綽得住，則相去不能以寸矣。（金眉）
◎8.六句寫得好。（金批）
◎9.形容周瑾、楊志比箭處如畫。（容眉）

得罪幽燕作配兵，當場比試死相爭。
能將一箭穿楊手，奪得牌軍半職榮。

不想階下左邊轉上一個人來，叫道：「休要謝職，我和你兩個比試！」楊志看那人時，身材七尺以上長短，面圓耳大，唇闊口方，腮邊一部落腮鬍鬚，威風凜凜，相貌堂堂，直到梁中書面前聲了喏，稟道：「周謹患病未痊，精神不在，因此誤輸與楊志。小將不才，願與楊志比試武藝，如若小將折半點便宜與楊志，休教截替周謹，便教楊志替了小將職役，雖死而不怨。」梁中書看時，不是別人，卻是大名府留守司正牌軍索超。為是他性急，撮鹽入火，為國家面上，只要爭氣，當先廝殺，以此人都叫他做急先鋒。李成聽得，便下將臺來，直到廳前稟覆道：「相公，這楊志既是殿司制使，必然好武藝，須和周謹不是對手；正好與索正牌比試武藝，便見優劣。」梁中書聽了，心中想道：「我指望一力要擡舉楊志，眾將不伏。一發等他贏了索超，他們也死而無怨，卻無話說。」梁中書隨即喚楊志上廳，問道：「你與索超比試武藝如何？」楊志稟道：「恩相將令，安敢有違？」梁中書道：「既然如此，你去廳後換了裝束，好生披掛，◎10教甲仗庫隨行官吏取應用軍器給與，就叫牽我的戰馬借與楊志騎，小心在意，休覷得等閑。」楊志謝了，自去結束。

卻說李成分付索超道：「你卻難比別人，周謹是你徒弟，先自輸了。你若有些疏失，吃他把大名府軍官都看得輕了。我有一匹慣曾上陣的戰馬，並一副披掛，都借與

評點

◎10.凡寫梁中書著意處，當知不為當日演武出色，總為後文生辰綱伏線耳。（金批）
◎11.兩邊囑咐，情事相對，而語有伸縮出入，全不覺其板煞。（袁眉）
◎12.移坐一番，更見精彩，此等用意，極細極變極眞。（袁眉）
◎13.出陣處都如畫，異哉此人，奇哉此文。（容眉）

你，小心在意，休教折了銳氣。」◎11索超謝了，也自去結束。梁中書起身，走出階前來，從人移轉銀交椅，直到月臺欄杆邊放下，◎12梁中書坐定，左右祗候兩行，喚打傘的撐開那把銀葫蘆頂茶褐羅三檐涼傘來，蓋定在梁中書背後。將臺上傳下將令，早把紅旗招動。兩邊金鼓齊鳴，發一通擂，去那教場中兩陣內，各放了個炮。炮響處，索超跑馬入陣內，藏在門旗下。楊志也從陣裏跑馬入軍中，直到門旗背後。將臺上又把黃旗招動，又發了一通擂，兩軍齊吶一聲喊。教場中誰敢做聲，靜蕩蕩的。再一聲鑼響，扯起淨平白旗，兩下眾官沒一個敢走動，胡言說話，靜靜地立著。將臺上又把青旗招動，只見第三通戰鼓響處，去那左邊陣內門旗下看看分開◎13，鸞鈴響處，正牌軍索超出馬直到陣前，兜住馬，拿軍器在手，果是英雄。但見：頭戴一頂熟鋼獅子盔，腦後斗大來一顆紅纓；身披一副鐵葉攢成鎧甲，腰繫一條鍍金獸面束帶，前後兩面青銅

❁ 索超與楊志比試武藝之前，各自披掛亮相。（日版畫，出自《新編水滸畫傳》，葛飾戴斗繪）

索超代表大名府將士，與楊志在教場大戰。
（朱寶榮繪）

護心鏡；上籠著一領緋紅團花袍，上面垂兩條綠絨縷領帶；下穿一雙斜皮氣跨靴；左帶一張弓，右懸一壺箭；手裏橫著一柄金蘸斧；坐下李都監那匹慣戰能征雪白馬。看那馬時，又是一匹好馬。但見：

色按庚辛※2，彷彿南山白額虎；毛堆膩粉，如同北海玉麒麟。衝得陣，跳得溪，喜戰鼓，性如君子；負得重，走得遠，慣嘶風，必是龍媒※3。勝如伍相梨花馬，賽過秦王白玉駒。

左陣上急先鋒索超兜住馬，掗※4著金蘸斧，立馬在陣前。右邊陣內門旗下，看看分開。鸞鈴響處，楊志提手中槍出馬，直至陣前，勒住馬，橫著槍在手，果是勇猛。但見：頭戴一頂鋪霜耀日鑌鐵盔，上撒著一把青纓；身穿一副鈎嵌梅花榆葉甲，繫一條紅絨打就勒甲縧，前後獸面掩心；上籠著一領白羅生色花袍，垂著條紫絨飛帶；腳登一雙黃皮襯底靴；一張皮靶弓，數根鑿子箭；手中挺著渾鐵點鋼槍；騎的是梁中書那匹火塊赤千里嘶風馬。看那馬時，又是匹無敵的好馬。但見：

騣分火焰，尾擺朝霞。渾身亂掃胭脂，兩耳對攢紅葉。侵晨臨紫塞，馬蹄迸四點寒星；日暮轉沙堤，就地滾一團火塊。休言南極神駒，真乃壽亭赤兔※5。

註

※2色按庚辛：指白色。古代五色用五個方向來配，西方白色，配以庚辛。

※3龍媒：指名馬。唐御馬廄六閑之一。《新唐書・兵志》：「又以尚乘掌天子之御。左右六閑：一曰飛黃，二曰吉良，三曰龍媒，四曰騊駼，五曰駃騠，六曰天苑。」

※4掗：揮動的意思。

※5壽亭赤兔：據說是關羽的坐騎。

右陣上青面獸楊志拈手中槍，勒坐下馬，立於陣前。兩邊軍將暗暗地喝采，雖不知武藝如何，先見威風出眾。

正南上旗牌官拿著銷金令字旗，驟馬而來，喝道：「奉相公鈞旨，教你兩個俱各用心，如有虧誤處，定行責罰。若是贏時，多有重賞。」二人得令，縱馬出陣，都到教場中心。兩馬相交，二般兵器並舉。索超忿怒，掄手中大斧，拍馬來戰楊志；楊志逞威，拈手中神槍，來迎索超。兩個在教場中間，將臺前面，二將相交，各賭平生本事。一來一往，一去一回，四條臂膊縱橫，八隻馬蹄撩亂。但見：

征旗蔽日，殺氣遮天。一個金蘸斧直奔頂門，一個渾鐵槍不離心坎。這個是扶持社稷毘沙門，托塔李天王；那個是整頓江山掌金闕，天蓬大元帥。一個槍尖上吐一條火焰，一個斧刃中迸幾道寒光。那個是七國中袁達重生，這個是三分內張飛出世。一個似巨靈神忿怒，揮大斧劈碎山根；一個如華光藏生嗔，仗金槍搠開地府。這個圓彪彪睜開雙眼，肐查查斜砍斧頭來；那個咇剝剝咬碎牙關，火焰焰搖得槍桿斷。各人窺破綻，那放半些閑。

兩個鬥到五十餘合，不分勝敗。月臺上梁中書看得呆了◎14。兩邊眾軍官看了，喝采不迭，陣面上軍士們遞相廝覷道：「我們做了許多年軍，也曾出了幾遭征，何曾見這等一對好漢廝殺！」◎15李成、聞達在將臺上，不住聲叫道：「好鬥！」聞達心裏只恐兩個內傷了一個，慌忙招呼旗牌官，拿著令字旗，與他分了。將臺上忽的一聲鑼響，楊志和索超鬥到是處，各自要爭功，那裏肯回馬。旗牌官飛來叫道：「兩個好漢歇了，相公有令！」楊志、索超方纔收了手中軍器，勒坐下馬，各跑回本陣來，立馬在旗下，看那梁中書，只等將令。李成、聞達下將臺來，直到月臺下，稟覆梁中書道：「相公，據這兩個武藝一般，皆可重用。」梁中書大喜，傳下將令，叫喚楊志、索超。旗牌官傳令，喚兩個到廳前，都下了馬，小校接了二人的軍器。兩個都上廳來，躬身聽令。梁中書叫取兩錠白銀，兩副表裏，來賞賜二人，就叫軍政司將兩個都升做管軍提轄使，便叫貼了文案，從今日便參了他兩個。索超、楊志都拜謝了梁中書，將著賞賜下廳來，解了槍刀、弓箭，卸了頭盔、衣甲，換了衣裳。索超也自去了披掛，換了錦襖，都上廳來，再拜謝了衆軍官。梁中書叫索超、楊志兩個也見了禮，入班做了提轄。衆軍卒打著得勝鼓，把著那金鼓旗先散。◎16

梁中書和大小軍官，都在演武廳上筵宴。看看紅日沉西，筵席已罷，梁中書上了馬，衆官員都送歸府。馬頭前擺著這兩個新參的提轄，上下肩都騎著馬，頭上都帶著花紅，迎入東郭門來。兩邊街道扶老攜幼，都看了歡喜。梁中書在馬上問道：「你那百姓，歡喜爲何？」衆老人都跪下稟道：「老漢等生在北京，長在大名府，不曾見今日這等兩個好漢將軍比試。今日教場中看了這般敵手，如何不歡喜？」◎17梁中書在馬上聽了大喜。回到府中，衆官各自散了。索超自有一班弟兄請去作慶飲酒；楊志新來，未有相識，自去梁府宿歇，早晚殷勤聽候使喚，都不在話下。

評點

◎14.不寫索、楊，卻去寫梁中書，當知非寫梁中書也，正深於寫索超、楊志也。（金批）

◎15.不寫索、楊，卻去寫陣上軍士。（金批）
好點綴。（容夾）

◎16.發放滿教場人，留下梁中書、眾軍官、索超、楊志。（金批）

◎17.此處又寫出一段民情來，用意詳厚。（袁眉）

且把這閑話丟過，◎18只說正話。自東郭演武之後，梁中書十分愛惜楊志，早晚與他並不相離，月中又有一分請受，自漸漸地有人來結識他。那索超見了楊志手段高強，心中也自欽伏。不覺光陰迅速，又早春盡夏來，時逢端午，蕤賓節至，梁中書與蔡夫人在後堂家宴，慶賀端陽。但見：

盆栽綠艾，瓶插紅榴。水晶簾捲蝦鬚，錦繡屏開孔雀。菖蒲切玉，佳人笑捧紫霞杯；角黍堆銀，美女高擎青玉案※6。食烹異品，果獻時新。葵扇風中，奏一派聲清韻美；荷衣香裏，出百般舞態嬌姿。

當日梁中書正在後堂與蔡夫人◎19家宴，慶賞端陽，酒至數杯，食供兩套，只見蔡夫人道：「相公自從出身，今日爲一統帥，掌握國家重任，這功名富貴從何而來？」梁中書道：「世傑自幼讀書，頗知經史，人非草木，豈不知泰山之恩，提攜之力，感激不盡！」蔡夫人道：「丈夫既知我父親之恩德，如何忘了他生辰？」梁中書道：「下官如

梁中書與蔡夫人準備給蔡京送禮物，討論讓誰去押送生辰綱。（朱寶榮繪）

何不記得，泰山是六月十五日生辰，◎20已使人將十萬貫收買金珠寶貝，送上京師慶壽。一月之前，幹人都關領去了。現今九分齊備，數日之間，也待打點停當，差人起程。只是一件，在此躊躇。上年收買了許多玩器並金珠寶貝，使人送去，不到半路，盡被賊人劫了，枉費了這一遭財物，至今嚴捕賊人不獲。今年叫誰人去好？」蔡夫人道：「帳前見有許多軍校，你選擇知心腹的人去便了。」梁中書道：「尚有四、五十日，早晚催並禮物完足，那時選擇去人未遲。夫人不必掛心，世傑自有理會。」當日家宴，午牌至二更方散，自此不在話下。

不說梁中書收買禮物玩器，選人上京去慶賀蔡太師生辰。且說山東濟州鄆城縣新到任一個知縣，姓時名文彬。此人爲官清正，作事廉明，每懷惻隱之心，常有仁慈之念。爭田奪地，辨曲直而後施行；閑毆相爭，分輕重方纔決斷。閑暇時撫琴會客，忙迫裏飛筆判詞。名爲縣之宰官，實乃民之父母。當日知縣時文彬升廳公座，左右兩邊排著公吏人等。知縣隨即叫喚尉司捕盜官員並兩個巡捕都頭。本縣尉司管下有兩個都頭：一個喚做步兵都頭，一個喚做馬兵都頭。這馬兵都頭管著二十匹坐馬弓手，二十個土兵※7。◎21那步兵都頭管著二十個使槍的頭目，二十個土兵。這馬兵都頭姓朱，名仝，身長八尺四五，有一部虎鬚髯，長一尺五寸，面如重棗，目若朗星，似關雲長模樣，滿縣人都稱

註

※6青玉案：青玉製作的托盤。

※7土兵：廂兵。宋初選諸州募兵之壯勇者，送京師充禁軍。其餘留駐各州，不加訓練，只充勞役，稱爲廂軍，也叫廂兵。

評點

◎18.已上如許一篇大文，卻只算做閑話，須知。（金眉）

◎19.徒然寫出三個字來，如離似合，如急似緩，妙筆。（金批）

◎20.六月十五日，下文都從此五字著筆。上文紀時，亦遠遠便爲此五字也。（金批）
妻前夫後，只爲泰山壓倒。（袁夾）

◎21.雖是知縣衙門，亦必要敘，然亦特地寫此一番小小景象，與前教場中大鋪排作映耀也。（金批）

他做美髯公。原是本處富戶，只因他仗義疏財，結識江湖上好漢，學得一身好武藝。怎見得朱仝氣象？但見：

　　義膽忠肝豪傑，胸中武藝精通，超群出眾果英雄。彎弓能射虎，提劍可誅龍。一表堂堂神鬼怕，形容凜凜威風。面如重棗色通紅，雲長重出世，人號美髯公。

那步兵都頭姓雷名橫，身長七尺五寸，紫棠色面皮，有一部扇圈鬍鬚；爲他膂力過人，能跳二、三丈闊澗，滿縣人都稱他做插翅虎。原是本縣打鐵匠人出身，[◎22]後來開張碓房，殺牛放賭，雖然仗義，只有些心地匾窄，也學得一身好武藝。怎見得雷橫的氣象？但見：

　　天上罡星臨世上，就中一個偏能，都頭好漢是雷橫。拽拳神臂健，飛腳電光生。江海英雄推武勇，跳墻過澗身輕，豪雄誰敢與相爭。山東插翅虎，寰海盡聞名。

那朱仝、雷橫兩個，專管擒拿賊盜。當日知縣呼喚兩個上廳來，聲了喏，取臺旨。知縣道：「我自到任以來，聞知本府濟州管下所屬水鄉梁山泊賊盜聚衆打劫，拒敵官軍。亦恐各處鄉村盜賊猖狂，小人甚多，今喚你等兩個，休辭辛苦，與我將帶本管土兵人等，一個出西門，一個出東門，分投巡捕。若有賊人，隨即剿獲申解[※8]，不可擾動鄉民。體知東溪村山上有株大紅葉樹，別處皆無，你們衆人採幾片來縣裏呈納，方表你們曾巡到

那裏。若無紅葉，便是汝等虛妄，定行責罰不恕。」兩個都頭領了臺旨，各自回歸，點了本管土兵，分投自去巡察。

不說朱仝引人出西門自去巡捕。只說雷橫當晚引了二十個土兵出東門，繞村巡察，遍地裏走了一遭，回來到東溪村山上，衆人採了那紅葉，就下村來。行不到三、二里，早到靈官廟前，見殿門不關。雷橫道：「這殿裏又沒有廟祝，殿門不關，莫不有歹人在裏面麼？我們直入去看一看。」衆人拿著火，一齊照將入來，只見供桌上赤條條地睡著一個大漢。◎23天道又熱，那漢子把些破衣裳團做一塊作枕頭，枕在項下，齁齁的沉睡著了在供桌上。雷橫看了道：「好怪，好怪！知縣相公忒神明，原來這東溪村眞個有賊！」大喝一聲，那漢卻待要掙扎，被二十個土兵一齊向前，把那漢子一條索綁了，押出廟門，投一個保正莊上來。不是投那個去處，有分教：東溪村裏，聚三、四籌好漢英雄；鄆城縣中，尋十萬貫金珠寶貝。正是：天上罡星來聚會，人間地煞得相逢。畢竟雷橫拿住那漢，投解甚處來？且聽下回分解。◎24

註

※8 申解：解送。

評點

◎22.打鐵匠人直至五十七回替湯隆打鈎鐮槍照出。（袁眉）

◎23.一句寫出好漢顧盼非常來，不然，「供桌上赤條條」從不曾連作一句也。（金批）

◎24.梁中書如此憐才，而志落吳用計中，與朱仝誤失小衙內，同抱負心之痛。（袁評）

第十四回 赤髮鬼醉臥靈官殿※1 晁天王認義東溪村◎1

話說當時雷橫來到靈官殿上，見了這條大漢睡在供桌上，眾土兵向前，把條索子綁了，捉離靈官殿來。天色卻早，是五更時分。雷橫道：「我們且押這廝去晁保正莊上討些點心吃了，卻解去縣裏取問。」一行眾人卻都奔這保正莊上來。

原來那東溪村保正，姓晁名蓋，祖是本縣本鄉富戶，平生仗義疏財，專愛結識天下好漢，但有人來投奔他的，不論好歹，◎2便留在莊上住。若要去時，又將銀兩齎助他起身。最愛刺槍使棒，亦自身強力壯，不娶妻室，終日只是打熬筋骨。鄆城縣管下東門外有兩個村坊，一個東溪村，一個西溪村，◎3只隔著一條大溪。當初這西溪村常常有鬼，白日迷人下水，在溪裏，無可奈何。忽一日，有個僧人經過，村中人備細說知此事，僧人指個去處，教用青石鑿個寶塔，放於所在，鎮住溪邊。其時西溪村的鬼，都趕過東溪村來。那時晁蓋得知了，大怒，從這裏走將過去，把青石寶塔獨自奪了過來東溪村放下，因此人皆稱他做托塔天王。晁蓋獨霸在那村坊，江湖都聞他名字。卻早雷橫並土兵押著那漢來到莊前敲門，莊裏莊客聞知，報與保正。此

赤髮鬼劉唐一身黑肉，鬢邊一搭朱砂記，上面生一片黑黃毛。（葉雄繪）

明清以來道教修建了很多靈官廟，因此，劉唐在野外休息，自然選擇了靈官廟。圖為河北涉縣媧皇宮媧皇閣靈官廟塑像。（聶鳴／fotoe提供）

時晁蓋未起，聽得報是雷都頭到來，慌忙叫開門。莊客開得莊門，衆土兵先把那漢子吊在門房裏。雷橫自引了十數個爲頭的人，到草堂上坐下。晁蓋起來接待，動問道：「都頭有甚公幹到這裏？」雷橫答道：「奉知縣相公鈞旨：著我與朱仝兩個引了部下土兵，分投下鄉村各處巡捕賊盜。因走得力乏，欲得少歇，逕投貴莊暫息，有驚保正安寢。」晁蓋道：「這個何妨。」一面叫莊客安排酒食管待，先把湯來吃。晁蓋動問道：「敝村曾拿得個把小賊麼？」雷橫

註

※1靈官殿：靈官殿，相當於佛教的天王殿，裏面供奉的是王靈官王善。王善本是宋徽宗著名道士薩眞人薩守堅的弟子，後來成爲道教的重要護法神將，被稱作「玉樞火府將軍」，據傳被玉皇大帝封爲「先天將軍」，讓他司掌天上、人間糾察之職，專門鎮守道觀山門，鎮壓妖魔，地位相當於佛教的韋馱。

評點

◎1.一部書共計七十回，前後凡敘一百八人，而晁蓋則其提綱挈領之人也。晁蓋提綱挈領之人，則應下筆第一回便與先敘；先敘晁蓋已得停當，然後從而因事造景，次第敘出一百八個人來，此必然之事也。乃今上文已放去一十二回，到得晁蓋出名，書已在第十三回，我因是而想：有有全書在胸而始下筆著書者，有無全書在胸而姑涉筆成書者。如以晁蓋爲一部提綱挈領之人，而欲第一回便先敘起，此所謂無全書在胸而姑涉筆成書者也；若既已以晁蓋爲一部提綱挈領之人，而又不得不先放去一十二回，直至第十三回方與出名，此所謂有全書在胸而後下筆著書者也。夫欲有全書在胸而後下筆著書，此其以一部七十回一百有八人輪回摺疊於眉間心上，夫豈一朝一夕而已哉！觀鴛鴦而知金針，讀古今之書而能識其經營，予日欲得見斯人矣。
加亮初出草廬第一句，曰：「人多做不得，不少亦做不得。」至哉言乎！雖以治天下，豈復有遺論哉！然而人少做不得一語，人固無賢無愚，無不能知之也。若夫人多亦做不得一語，則無賢無愚，未有能知之者也。嗚呼！君不密則失臣，臣不密則失身，豈惟民可使由，不可使知。周禮建官三百六十，實惟使由，不使知之屬也。樞機之地，惟是二三公孤得與聞之。人多做不得，豈非王道治天下之要論耶，惡可以其稗官之言也而忽之哉！一部書一百八人，聲色爛然，而爲頭是晁蓋先說做下一夢。嗟乎！可以悟矣。夫羅列此一部書一百八人之事蹟，豈不有哭，有笑，有贊，有罵，有讓，有奪，有成，有敗，有俯首受辱，有提刀報仇，然而爲頭先說是夢，則知無一而非夢也。大地夢國，古今夢影，榮辱夢事，衆生夢魂，豈惟一部書一百八人而已。盡大千世界無不同在一局，求其先覺者，自大雄氏以外無聞矣。眞蕉假鹿，紛然成訟，長夜漫漫，胡可勝嘆！（金批）
◎2.斷定晁蓋。活畫出晁蓋有粗無細來。（金批）
◎3.生此一段因緣，如又入一小劇。（袁眉）

道：「卻纔前面靈官殿上有個大漢睡著在那裏，我看那廝不是良善君子，一定是醉了，就便睡著。我們把索子縛綁了，本待便解去縣裏見官，一者忒早些，二者也要教保正知道，恐日後父母官問時，保正也好答應。現今吊在貴莊門房裏。」晁蓋聽了，記在心，◎4稱謝道：「多虧都頭見報。」少刻莊客捧出盤饌酒食，晁蓋說道：「此間不好說話，不如去後廳軒下少坐。」便叫莊客裏面點起燈燭，請都頭到裏面酌杯。晁蓋坐了主位，雷橫坐了客席。兩個坐定，莊客鋪下果品、案酒、菜蔬、盤饌。莊客一面篩酒，晁蓋又叫置酒與土兵眾人吃，莊客請眾人都引去廊下客位裏管待，大盤酒肉只管叫眾人吃。晁蓋一頭相待雷橫吃酒，一面自肚裏尋思：◎5「村中有甚小賊吃他拿了？我且自去看是誰。」相陪吃了五、七杯酒，便叫家裏一個主管出來：「陪奉都頭坐一坐，我去

晁蓋獨自把青石寶塔奪了過來，放在東溪村，因此人皆稱他做托塔天王。
（日版畫，出自《新編水滸畫傳》，葛飾戴斗繪）

淨了手便來。」那主管陪侍著雷橫吃酒，晁蓋卻去裏面拿了個燈籠，逕來門樓下看時，士兵都去吃酒，沒一個在外面。晁蓋便問看門的莊客：「都頭拿的賊吊在那裏？」莊客道：「在門房裏關著。」晁蓋去推開門，打一看時，只見高高吊起那漢子在裏面，露出一身黑肉，下面抓扎起兩條黑魆魆毛腿，赤著一雙腳。晁蓋把燈照那人臉時，紫黑闊臉，鬢邊一搭朱砂記，上面生一片黑黃毛。晁蓋便問道：「漢子，你是那裏人？我村中不曾見有你。」那漢道：「小人是遠鄉客人，來這裏投奔一個人，◎6卻把我來拿做賊，我須有分辯處。」晁蓋道：「你來我這村中投奔誰？」那漢道：「我來這村裏投奔一個好漢。」晁蓋道：「這好漢叫做甚麼？」那漢道：「他喚做晁保正。」晁蓋道：「你卻尋他有甚勾當？」那漢道：「他是天下聞名的義士好漢。如今我有一套富貴，要與他說知，因此而來。」晁蓋道：「你且住，◎7只我便是晁保正，卻要我救你，你只認我做娘舅之親。少刻，我送雷都頭那人出來時，你便叫我做阿舅，我便認你做外甥，只說四、五歲離了這裏，今番來尋阿舅，因此不認得。」那漢道：「若得如此救護，深感厚恩，義士提攜則個！」正是：

黑甜※2一枕古祠中，被獲高懸草舍東。
百萬贓私天不佑，解圍晁蓋有奇功。

當時晁蓋提了燈籠，自出房來，仍舊把門拽上，急入後廳來見雷橫，說道：「甚

註

※2黑甜：指睡夢。

評點

◎4.宰相如此，便是賢宰相也。（金批）
◎5.常存救人的念頭與惟恐錯過了好漢的念頭，才肯記心，才肯思想。（袁眉）
◎6.偏不直說出來。（金批）
◎7.上文一套富貴，眞乃出色奇語，讀者於此，幾有目不及眨之樂，乃徒然只用三個字橫風吹斷，看他一起一跌，皆極文章之致也。（金批）

是慢客！」雷橫道：「多多相擾，理甚不當！」兩個又吃了數杯酒，只見窗子外射入天光來。雷橫道：「東方動了，小人告退，好去縣中畫卯※3。」晁蓋道：「都頭官身，不敢久留。若再到敝村公幹，千萬來走一遭。」雷橫道：「卻得再來拜望，不須保正分付。請保正免送。」晁蓋道：「卻罷，也送到莊門口。」◎8兩個同走出來，那夥土兵眾人都得了酒食，吃得飽了，各自拿了槍棒，便去門房裏解了那漢，背剪縛著帶出門外。晁蓋見了，說道：「好條大漢！」雷橫道：「這廝便是靈官廟裏捉的賊。」說猶未了，只見那漢叫一聲：「阿舅，救我則個！」晁蓋假意看他一看，喝問道：「兀的這廝不是王小三麼？」那漢道：「我便是，阿舅救我！」眾人吃了一驚。雷橫便問晁蓋道：「這人是誰？如何卻認得保正？」晁蓋道：「原來是我外甥王小三。這廝如何在廟裏歇？乃是家姐的孩兒，從小在這裏過活。四、五歲時隨家姐夫和家姐上南京去住，一去了十數年。這廝十四、五歲又來走了一遭，跟個本京客人來這裏販賣，向後再不曾見面。多聽得人說這廝不成器，如何卻在這裏？小可本也認他不得，爲他鬢邊有這一搭朱砂記，因此影影認得。」◎9晁蓋喝道：「小三，你如何不逕來見我？卻去村中做賊！」那漢叫道：「阿舅，我不曾做賊。」晁蓋喝道：「你既不做賊，如何拿你在這裏？」奪過土兵手裏棍棒，劈頭劈臉便打。◎10雷橫並眾人勸道：「且不要打，聽他說。」那漢道：「阿舅息怒，且聽我說。自從十四、五歲時來走了這遭，如今不是十年了？昨夜路上多吃了一杯酒，不敢來見阿舅，權去廟裏睡得醒了，卻來尋阿舅；不想被他們不問事由，將我拿了，卻不曾做賊。」晁蓋拿起棍來又要打，口裏罵道：「畜生！你卻不逕來見我，且在路上貪噇這口黃湯！我家中沒得與你吃，辱沒殺人！」雷橫勸道：「保正息怒，你令甥本不曾做賊。◎11我們見他偌大一條大漢在廟裏睡得蹺蹊※4，亦且面生，又不認得，因此設疑，捉了他來這裏。若早知是保正的令甥，定不拿他。」喚土兵快解了綁縛的索子，放還保正，眾土兵登時解了那漢。雷橫道：「保正休怪！早知是令甥，不致如此，甚是得罪，小人們回去。」晁蓋道：「都頭且住，請入小莊，再有話說。」雷橫放了那漢，一齊再入草堂裏來。晁蓋取出十兩花銀送與雷橫，說道：「都頭休嫌輕微，望賜笑留。」◎12雷橫道：「不當如此。」晁蓋道：「若是不肯收受時，便是怪小人。」雷橫道：「既是保正厚意，權且收受，改日卻得報答。」晁蓋叫那漢拜謝了雷橫。晁蓋又取些銀兩賞了眾土兵，再送出莊門外。雷橫相別了，引著土兵自去。

晁蓋卻同那漢到後軒下，取幾件衣裳與他換了，取頂頭巾與他帶了，便問那漢姓甚名誰，何處人氏。那漢道：「小人姓劉名唐，祖貫東潞州人氏。因這鬢邊有這搭朱砂記，人都喚小人做赤髮鬼。◎13特地送一套富貴來與保正哥哥。昨夜晚了，因醉倒在廟裏，不想被這廝們捉住，綁縛了來，正是『有緣千里來相會，無緣對面不相逢』。今日幸得到此，哥哥坐定，受劉唐四拜。」拜罷，晁蓋道：「你且說送一套富貴與我，見在何處？」劉唐道：「小人自幼飄蕩江湖，多走途路，專好結識好漢，往往多聞哥哥

註

※3 畫卯：卯時上班簽到。
※4 蹺蹊：奇怪、不妥、使人詫異。

評點

◎8.文情曲曲折折，並無一筆直寫。（金批）
◎9.偏作疑惑不肯十分相認語，妙絕。（金批）
◎10.偏不勸，偏要打，妙絕。（金批）
老賊老賊，妙人妙人。（容眉）
激怒愈緊，愈得寬著。（袁眉）
◎11.晁蓋偏要陷是賊，雷橫極辯不是賊，妙絕。（金批）
◎12.此段見晁蓋輕財交友，所以劉唐感風而來。（余評）
◎13.托塔天王家裏卻有赤髮鬼來，可發一笑。（金批）

大名，不期有緣得遇。曾見山東、河北做私商的，多曾來投奔哥哥，因此劉唐敢說這話。這裏別無外人，方可傾心吐膽對哥哥說。」晁蓋道：「這裏都是我心腹人，但說不妨。」劉唐道：「小弟打聽得北京大名府梁中書收買十萬貫金珠、寶貝、玩器等物，送上東京，與他丈人蔡太師慶生辰。去年也曾送十萬貫金珠寶貝，來到半路裏，不知被誰人打劫了，至今也無捉處。今年又收買十萬貫金珠寶貝，早晚安排起程，要趕這六月十五日生辰。小弟想此一套是不義之財，取之何礙！便可商議個道理，去半路上取了，天理知之，也不爲罪。◎14聞知哥哥大名，是個眞男子，武藝過人。小弟不才，頗也學得本事，休道三、五個漢子，便是一、二千軍馬隊中，拿條槍，也不懼他。倘蒙哥哥不棄時，獻此一套富貴，不知哥哥心內如何？」晁蓋道：「壯哉！且再計較。你既來這裏，想你吃了些艱辛，且去客房裏將息少歇，待我從長商議，來日說話。」晁蓋叫莊客引劉唐廊下客房裏歇息，莊客引到房中，也自去幹事了。

且說劉唐在房裏尋思道：◎15「我著甚來由，苦惱這遭？多虧晁蓋完成，解脫了這件事。只叵耐雷橫那廝，平白騙了晁保正十兩銀子，又吊我一夜！想那廝去未遠，我不如拿了條棒趕上去，齊打翻了那廝們，卻奪回那銀子，送還晁蓋，也出一口惡氣。此計大妙！」劉唐便出房門，去槍架上拿了一條朴刀，便出莊門，大踏步投南趕來。此時天色已明，但見：

北斗初橫，東方欲白。天涯曙色才分，海角殘星漸落。金雞三唱，喚佳人傅粉施朱；寶馬頻嘶，催行客爭名競利。幾縷丹霞橫碧漢，一輪紅日上扶桑。

這赤髮鬼劉唐挺著朴刀，趕了五、六里路，卻早望見雷橫引著土兵，慢慢地行將去。劉唐趕上來，大喝一聲：「兀那都頭不要走！」雷橫吃了一驚，回過頭來，見是劉唐拈著朴刀趕來。雷橫慌忙去土兵手裏奪條朴刀拿著，◎16喝道：「你那廝趕將來做甚麼？」劉唐道：「你曉事的，留下那十兩銀子還了我，我便饒了你！」雷橫道：「是你阿舅送我的，干你甚事？我若不看你阿舅面上，直結果了你這廝性命，剗地※5問我取銀子？」劉唐道：「我須不是賊，你卻把我吊了一夜，又騙我阿舅十兩銀子。是會的※6將來還我，佛眼相看！你若不還我，叫你目前流血！」雷橫大怒，指著劉唐大罵道：「辱門敗戶的謊賊，怎敢無禮！」劉唐道：「你那詐害百姓的腌臢潑才，怎敢罵我！」雷橫又罵道：「賊頭賊臉賊骨頭，必然要連累晁蓋！你這等賊心賊肝，我行※7須使不得！」劉唐大怒道：「我來和你見個輸贏。」拈著朴刀，直奔雷橫。雷橫見劉唐趕上來，呵呵大笑，挺手中朴刀來迎。兩個就大路上廝併，但見：

一來一往，似鳳翻身；一撞一衝，如鷹展翅。一個照搠，盡依良法；一個遮攔，自有悟頭。這個丁字腳，搶將入來；那個四換頭，奔將進去。兩句道：

「雖然不上凌煙閣，只此堪描入畫圖。」

註

※5剗地：音參，平白無故的意思。

※6會的：這裏是識相的、懂事的意思。

※7我行：行，音杭，我面前、我處、衝著我。

評點

◎14.可見是義旗。（金批）
有此論頭才是義士，不是劫盜，此等處是作傳人大關目。（袁眉）

◎15.放過晁蓋，再從劉唐身上生出文情，有千丈游絲，縈花黏草之妙。（金批）

◎16.槍架上拿條朴刀，是不曾帶朴刀來者。土兵手裏奪條朴刀，亦是不曾帶朴刀來者。雖極不經意處，都寫得精細，妙手。（金批）

當時雷橫和劉唐就路上鬥了五十餘合，不分勝敗。衆土兵見雷橫贏劉唐不得，卻待都要一齊上併他。只見側首籬門開處，一個人挈兩條銅鏈，叫道：◎17「你們兩個好漢，且不要鬥！我看了多時，權且歇一歇，我有話說。」便把銅鏈就中一隔，兩個都收住了朴刀，跳出圈子外來，立住了腳。看那人時，似秀才打扮，戴一頂桶子樣抹眉梁頭巾，穿一領皂沿邊麻布寬衫，腰繫一條茶褐鑾帶，下面絲鞋淨襪，生得眉清目秀，面白鬚長。這人乃是智多星吳用，表字學究，道號加亮先生，祖貫本鄉人氏。曾有一首臨江仙讚吳用的好處：

萬卷經書曾讀過，平生機巧心靈，六韜三略※8究來精。胸中藏戰將，腹內隱雄兵。謀略敢欺諸葛亮，陳平豈敵才能，略施小計鬼神驚。字稱吳學究，人號智多星。

當時吳用手提銅鏈，指著劉唐叫道：「那漢且住，你因甚和都頭爭執？」劉唐光著眼※9看吳用道：「不干你秀才事！」◎18雷橫便道：「教授※10不知這廝夜來赤條條

吳用看到雷橫漸漸抵擋不住，便手提銅鏈，分開劉唐和雷橫。（選自《水滸傳版刻圖錄》，江蘇廣陵古籍刻印社）

地睡在靈官廟裏，被我們拿了這廝，帶到晁保正莊上，原來卻是保正的外甥。看他母舅面上，放了他。晁保正請我們吃了酒，送些禮物與我。這廝瞞了他阿舅，直趕到這裏問我取，你道這廝大膽麼？」吳用尋思道：「晁蓋我都是自幼結交，但有些事，便和我相議計較。他的親眷相識，我都知道，不曾見有這個外甥，亦且年甲也不相登，必有些蹺蹊。我且勸開了這場鬧，卻再問他。」吳用便道：「大漢休執迷，你的母舅與我至交，又和這都頭亦過得好，他便送些人情與這都頭，你卻來討了，也須壞了你母舅面皮。且看小生面，我自與你母舅說。」劉唐道：「秀才，你不省得。這個不是我阿舅甘心與他，他詐取了我阿舅的銀兩，若是不還我，誓不回去！」雷橫道：「只除是保正自來取，便還他，卻不還你！」劉唐道：「你冤屈人做賊，詐了銀子，怎地不還？」◎19雷橫道：「不是你的銀子，不還！不還！」劉唐道：「你不還，只除問得我手裏朴刀肯便罷。」吳用又勸：「你兩個鬥了半日，又沒輸贏，只管鬥到幾時是了？」劉唐道：「他不還我銀子，直

註

※8六韜三略：《六韜》透過周文王、武王與呂望對話的形式，論述治國、治軍和指導戰爭的理論、原則，是一部具有重要價值的兵書，對後世產生了重大影響，受到歷代兵家名將的重視，司馬遷《史記・齊太公世家》稱：「後世之言兵及周之陰權，皆宗太公為本謀。」北宋神宗元豐年間，《六韜》被列為《武經七書》之一，為武學必讀之書。《三略》也叫《黃石公三略》，傳說是漢初黃石公（又稱圯上老人）所著，傳授給張良的。

※9光著眼：睜大眼睛。

※10教授：對私塾先生的尊稱。

評點

◎17.雷橫、劉唐相敵，又遇吳用相解，亦天使星煞相聚不相傷也。（余評）

◎18.寫得妙，使秀才羞殺。雖是借題調侃秀才語，然實反襯後文無事不干此人，以為文章波折也。（金批）

◎19.做都頭的不會捉賊，做賊的卻會定罪。（袁眉）

和他拚個你死我活便罷。」雷橫大怒道：「我若怕你，添個土兵來併你，也不算好漢，我自好歹搠翻你便罷！」劉唐大怒，拍著胸前叫道：「不怕，不怕！」便趕上來。這邊雷橫便指手劃腳，也趕攏來。兩個又要廝併，這吳用橫身在裏面勸，那裏勸得住？劉唐拈著朴刀，只待鑽將過來。雷橫口裏千賊萬賊價罵，挺起朴刀，正待要鬥，只見衆土兵指道：「保正來了！」劉唐回身看時，只見晁蓋披著衣裳，前襟攤開，從大路上趕來，大喝道：「畜生不得無禮！」那吳用大笑道：「須是保正自來，方纔勸得這場鬧。」晁蓋趕得氣喘，問道：「你怎地趕來這裏鬥朴刀？」雷橫道：「你的令甥拿著朴刀趕來，問我取銀子，小人道：『不還你，我自送還保正，非干你事。』他和小人鬥了五十合，教授解勸在此。」晁蓋道：「這畜生！小人並不知道。都頭看小人之面請回，自當改日登門陪話。」雷橫道：「小人也知那廝胡爲，不與他一般見識，又勞保正遠出。」作別自去，不在話下。

且說吳用對晁蓋說道：「不是保正自來，幾乎做出一場大事。這個令甥端的非凡，◎[20]是好武藝。小生在籬笆裏看了。這個有名慣使朴刀的雷都頭，也敵不過，只辦得架隔遮攔。若再鬥幾合，雷橫必然有失性命，因此小生慌忙出來間隔了。這個令甥從何而來？◎[21]往常時莊上不曾見有。」晁蓋道：「卻待正要來請先生到敝莊商議句話，正欲使人來，只是不見了他，槍架上朴刀又沒尋處。只見牧童報說，一個大漢拿條朴刀望南一直趕去，我慌忙隨後追得來，早是得教授諫勸住了。請尊步同到敝莊，有句話計較計較。」那吳用還至書齋，掛了銅鏈在書房裏，分付主人家道：「學生來時，說道先生今日有幹※11，權放一日假。」有詩爲證：

文才不下武才高，銅鏈猶能勸朴刀。
只愛雄談偕義士，豈甘枯坐伴兒曹。
放他眾鳥籠中出，許爾群蛙野外跳。
自是先生多好動，學生歡喜主人焦。

吳用拽上書齋門，將鎖鎖了，一同晁蓋、劉唐到晁家莊上。晁蓋逕邀入後堂深處，分賓而坐。吳用問道：「保正，此人是誰？」◎22晁蓋道：「江湖上好漢，此人姓劉，名唐，是東潞州人氏。因有一套富貴，特來投奔我。夜來他醉臥在靈官廟裏，卻被雷橫捉了，拿到我莊上。我因認他做外甥，方得脫身。他說：『有北京大名府梁中書收買十萬貫金珠寶貝，送上東京，與他丈人蔡太師慶生辰，早晚從這裏經過，此等不義之財，取之何礙！』◎23他來的意，正應我一夢。我昨夜夢見北斗七星，直墜在我屋脊上；斗柄上另有一顆小星，化道白光去了。我想星照本家，安得不利？今早正要求請教授商議，此一件事若何？」吳用笑道：「小生見劉兄趕得來蹺蹊，也猜個七、八分了。此一事卻好，只是一件，人多做不得，人少又做不得。◎24宅上空有許多莊客，一個也用不得。如今只有保正、劉兄、小生三人，這件事如何團弄※12？便是保正與劉兄十分了得，也

註

※11有幹：有事情。
※12團弄：辦妥、圓成的意思。

評點

◎20.凡一個好漢出現，必有一番出色語。今是劉唐出現處，故特地寫出八個字，爲他出色。雷橫此時只算陪客，不妨權讓一步也。（金批）
◎21.令甥如何云從何而來？豈不聞甥不出舅耶？（金批）
◎22.直問是誰，妙。蓋大漢之稱，已猜到九分矣。（金批）
◎23.中書賀丈人乃今之宜也，而啓劉唐輩聚劍之謀，莫非剖尅之所致也。（余評）
◎24.十字千古名言，可謂初出茅廬第一語矣。（金批）
好話，的是有賊智底。（容眉）
便見初出茅廬的計略。（袁眉）

劉唐與雷橫糾纏不休，幸虧晁蓋趕到，才化解了糾紛。（朱寶榮繪）

擔負不下。這段事須得七、八個好漢方可，多也無用。」晁蓋道：「莫非要應夢之星數？」吳用便道：「兄長這一夢也非同小可，莫非北地上再有扶助的人來？」吳用尋思了半晌，眉頭一縱，計上心來，說道：「有了，有了！」晁蓋道：「先生既有心腹好漢，可以便去請來，成就這件事。」◎25吳用不慌不忙，疊兩個指頭，說出這句話來，有分教：東溪莊上，聚義漢翻作強人；石碣村中，打魚船權為戰艦。正是：指揮說地談天口，來誘翻江攪海人。畢竟智多星吳用說出甚麼人來？且聽下回分解。◎26

從左圖可看出蔡京的權勢。《聽琴圖》，宋徽宗趙佶繪。畫中古松樹下的彈琴者為趙佶本人，端坐左側的青衣者為童貫，有一童子侍立在旁，紅衣者為蔡京。《聽琴圖》詩為蔡京所題。

評點

◎25.晁蓋乃一義士，輕財重交友，奪此類未見蓋之輕財處。（余評）
◎26.保正識英雄，自是只眼。
又評：突出智多星解紛，卻是七星會合奇緣。（袁評）

第十五回 吳學究說三阮撞籌※1 公孫勝應七星聚義◎1

話說當時吳學究道：「我尋思起來，有三個人，義膽包身，武藝出衆，敢赴湯蹈火，同死同生。只除非得這三個人，方纔完得這件事。」晁蓋道：「這三個卻是甚麼樣人？姓甚名誰？何處居住？」吳用道：「這三個人是弟兄三個，在濟州梁山泊邊石碣村住，◎2日常只打魚爲生，亦曾在泊子裏做私商勾當。本身姓阮，弟兄三人，一個喚做立地太歲※2阮小二，一個喚做短命二郎阮小五，一個喚做活閻羅阮小七。這三個是親弟兄。小生舊日在那裏住了數年，與他相交時，◎3他雖是個不通文墨的人，爲見他與人結交眞有義氣，是個好男子，因此和他來往。今已好兩年不曾相見。若得此三人，大事必成。」晁蓋道：「我也曾聞這阮家三弟兄的名字，只不曾相會。石碣村離這裏只有百十里以下路程，何不使人請他們來商議？」吳用道：「著人去請，他們如何肯來？小生必須自去那裏，憑三寸不爛之舌，說他們入夥。」晁蓋大喜道：「先生高

⊗ 晁蓋夢到七星墜落到屋頂，吳用分析對應到阮氏三雄身上。
（日版畫，出自《新編水滸畫傳》，葛飾戴斗繪）

見！◎4幾時可行？」吳用答道：「事不宜遲，只今夜三更便去，明日晌午可到那裏。」晁蓋道：「最好。」

當時叫莊客且安排酒食來吃。吳用道：「北京到東京也曾行到，只不知生辰綱從那條路來，再煩劉兄休辭生受，連夜去北京路上探聽起程的日期，端的從那條路上來。」劉唐道：「小弟只今夜也便去。」吳用道：「且住，他生辰是六月十五日，如今卻是五月初頭，尚有四、五十日。等小生先去說了三阮弟兄回來，那時卻教劉兄去。」晁蓋道：「也是，劉兄弟只在我莊上等候。」話休絮煩。當日吃了半晌酒食，至三更時分，吳用起來洗漱罷，吃了些早飯，討了些銀兩，藏在身邊，穿上草鞋，晁蓋、劉唐送出莊門。吳用連夜投石碣村來。行到晌午時分，早來到那村中。但見：

青鬱鬱山峰疊翠，綠依依桑柘堆雲。四邊流水繞孤村，幾處疏篁沿小徑。茅檐傍澗，古木成林。籬外高懸沽酒旆，柳陰閑纜釣魚船。

吳學究自來認得，不用問人，來到石碣村中，逕投阮小二家

註

※1撞籌：湊數、入夥。

※2立地太歲：太歲，傳說中神名。古代迷信，認爲太歲之神在地，與天上歲星（木星）相應而行，因此興建工程等要躲開太歲的方位，否則就會不吉利。

評點

◎1.《水滸》之始也始於石碣，《水滸》之終也終於石碣。石碣之爲言一定之數，固也。然前乎此者之石碣，蓋托始之例也。若《水滸》之一百八人，則自有其始也。一百八人自有其始，則又宜何所始？其必始於石碣矣。故讀阮氏三雄，而至石碣村宇，則知一百八人之入《水滸》，斷自此始也。阮氏之言曰：「人生一世，草生一秋。」嗟乎！意盡乎言矣。夫人生世間，以七十年爲大凡，亦可謂至暫也。乃此七十年也者，又夜居其半，日僅居其半焉。抑又不寧惟是而已，在十五歲以前，蒙無所識知，則猶擲之也。至於五十歲以後，耳目漸廢，腰髖不隨，則亦不如擲之也。中間僅僅三十五年，而風雨佔之，疾病佔之，憂慮佔之，飢寒又佔之，然則如阮氏所謂論秤稱金銀，成套穿衣服，大碗吃酒，大塊吃肉者，亦有幾日乎耶！而又況乎有終其身曾不得一日也者！故作者特於三阮名姓，深致嘆焉：曰「立地太歲」，曰「活閻羅」，中間則曰「短命二郎」。嗟乎！生死迅疾，人命無常，富貴難求，從吾所好，則不著書，其又何以爲活也！加亮說阮，其曲折迎送，人所能也；其漸近即縱之，既縱即又另起一頭，復漸漸逼近之，眞有如諸葛之於孟獲者，此定非人之所能也。故讀說阮一篇，當禎其筆頭落處，不當隨其筆尾去處，蓋讀稗史亦有法矣。（金批）

◎2.此書始於石碣，終於石碣，然所以始之終之者，必以中間石碣爲提綱，此撞籌之旨也。（金批）

◎3.觀阮家三兄弟啓吳用結交，非勇猛何能結交。（余評）

◎4.二字贊得妙，蓋深以禮賢下士爲急務也。（金批）

❀ 吳用連夜出發，第二天中午到了石碣村，看到一片水鄉風景。（選自《水滸傳版刻圖錄》，江蘇廣陵古籍刻印社）

來。到得門前看時，只見枯樁上纜著數隻小漁船，疏籬外曬著一張破魚網，倚山傍水，約有十數間草房。吳用叫一聲道：「二哥在家麼？」只見一個人從裏面走出來。生得如何？但見：

驅兜臉兩眉竪起，略綽口四面連拳。胸前一帶蓋膽黃毛，背上兩枝橫生板肋。
臂膊有千百斤氣力，眼睛射幾萬道寒光。休言村裏一漁人，便是人間眞太歲。

那阮小二走將出來，◎5頭戴一頂破頭巾，身穿一領舊衣服，赤著雙腳，出來見了是吳用，慌忙聲喏道：「教授何來？甚風吹得到此？」吳用答道：「有些小事，特來相浼二郎。」阮小二道：「有何事，但說不妨。」吳用道：「小生自離了此間，又早二年。如今在一個大財主家做門館，他要辦筵席，用著十數尾重十四、五斤的金色鯉魚，因此特地來相投足下。」阮小二笑了一聲，說道：「小人且和教授吃三杯，卻說。」◎6吳用道：「小生的來意，也欲正要和二哥吃三杯。」阮小二道：「隔湖有幾處酒店，我們就在船裏蕩將過去。」吳用道：「最好。也要就與五郎說句話，不

評點

◎5.看他兄弟三人，逐個敘出，有山斷雲連，水斜橋接之妙。（金批）
◎6.吳用與小二相見，以言緩緩說之，果見用眞一智多星矣。（余評）
◎7.先遇七郎，亦湊泊，亦變化。（袁眉）
◎8.特寫三阮之爲三阮，非一朝一夕之故。其母之縱之者久矣。（金批）

知在家也不在？」阮小二道：「我們也尋他便了。」兩個來到泊岸邊，枯樁上纜的小船解了一隻，便扶著吳用下船去了。樹根頭拿了一把樺楸※3，只顧蕩，早蕩將開去，望湖泊裏來。正蕩之間，只見阮小二把手一招，叫道：「七哥，曾見五郎麼？」◎7吳用看時，只見蘆葦叢中搖出一隻船來。那漢生得如何？但見：

疙疸臉橫生怪肉，玲瓏眼突出雙睛。腮邊長短淡黃鬚，身上交加烏黑點。渾如生鐵打成，疑是頑銅鑄就。世上降生真五道※4，村中喚做活閻羅。

那阮小七頭戴一頂遮日黑箬笠，身上穿個棋子布背心，腰繫著一條生布裙，把那隻船蕩著，問道：「二哥，你尋五哥做甚麼？」吳用叫一聲：「七郎，小生特來相央你們說話。」阮小七道：「教授恕罪，好幾時不曾相見。」吳用道：「一同和二哥去吃杯酒。」阮小七道：「小人也欲和教授吃杯酒，只是一向不曾見面。」兩隻船廝跟著在湖泊裏，不多時，划到個去處，團團都是水，高埠上有七、八間草房。阮小二叫道：「老娘，五哥在麼？」那婆婆道：「說不得！魚又不得打，連日去賭錢，輸得沒了分文，卻纔討了我頭上釵兒，◎8出鎮上賭去了！」阮小二笑了一聲，便把船划開。阮小七便在背後船上說道：「哥哥正不知怎地，賭錢只是輸，卻不晦氣！莫說哥哥不贏，我也輸得赤條條地。」吳用暗想道：「中了我的計了。」兩隻船廝並著，投石碣村鎮上來。划了半個時辰，只見獨木橋邊一個漢子，把著兩串銅錢，下來解船。阮小二道：「五郎來

註

※3 樺楸：指船槳。

※4 五道：迷信傳說中東嶽的屬神，掌管人的生死。

梁山泊的原型，一說是安徽巢湖，從水鄉特徵來說，安徽比山東更像梁山泊。照片為安徽巢湖地區和縣梁山遊船碼頭。（汪順陵／fotoe提供）

了。」吳用看時，但見：

> 一雙手渾如鐵棒，兩隻眼有似銅鈴。面上雖有些笑容，眉間卻帶著殺氣。能生橫禍，善降非災。拳打來，獅子心寒；腳踢處，虺蛇喪膽。何處覓行瘟使者，只此是短命二郎。

那阮小五斜戴著一頂破頭巾，鬢邊插朵石榴花，◎9披著一領舊布衫，露出胸前刺著的青鬱鬱一個豹子來，裏面匾扎起褲子，上面圍著一條間道棋子布手巾。吳用叫一聲道：「五郎得采麼？」阮小五道：「原來卻是教授！好兩年不曾見面，我在橋上望你們半日了。」◎10阮小二道：「我和教授直到你家尋你，老娘說道：『出鎮上賭錢去了。』因此同來這裏尋你。且來和教授去水閣上吃三杯。」阮小五慌忙去橋邊解了小船，跳在艙裏，捉了樺楫，只一划，三隻船廝並著，划了一歇，早到那個水閣酒店前。看時，但見：

> 前臨湖泊，後映波心。數十株槐柳綠如煙，一兩蕩荷花紅照水。涼亭上窗開碧檻，水閣中風動朱簾。休言三醉岳陽樓※5，只此便是蓬島客。

當下三隻船撐到水亭下荷花蕩中，三隻船都纜了。扶吳學究上了岸，入酒店裏來，都到水閣內揀一副紅油桌凳。阮小二便道：「先生休怪我三個弟兄粗俗，請教授上坐。」吳用道：「卻使不得。」阮小七道：「哥哥只顧坐主位，請教授坐客席，我兄弟兩個便先坐了。」吳用道：「七郎只是性快！」四個人坐定了，叫酒保打一桶酒來。店小二把四隻大盞子擺開，鋪下四雙箸，放了四盤菜蔬，打一桶酒，放在桌子上。阮小七道：「有甚麼下口？」小二哥道：「新宰得一頭黃牛，花糕也似好肥肉。」阮小二道：「大塊切十斤來。」阮小五道：「教授休笑話，沒甚孝順。」吳用道：「倒來相擾，多激惱你們。」阮小二道：「休恁地說。」◎11催促小二哥只顧篩酒，早把牛肉切做兩盤，將來放在桌上。阮家三兄弟讓吳用吃了幾塊，便吃不得了。那三個狼餐虎食，吃了一回。阮小五動問道：「教授到此貴幹？」阮小二道：「教授如今在一個大財主家做門館教學，今來要對付十數尾金色鯉魚，要重十四、五斤的，特來尋我們。」阮小七道：「若是每常要三、五十尾也有，莫說十數個，再要多些，◎12我弟兄們也包辦得。如今便要重十斤的也難得。」阮小五道：「教授遠來，我們也對付十來個重五、六斤的相送。」吳用道：「小生多有銀兩在此，隨算價錢，只是不用小的，須得十四、五斤重的便好。」阮小七道：「教授，卻沒討處。便是五哥許五、六斤的，也不能夠，須是等得幾日才得。我的船裏有一桶小活魚，就把來吃酒。」阮小七便去船內取將一桶小魚上來，約有五、七斤，自去竈上安排，盛做三盤，把來放在桌上。阮小七道：「教授，胡亂吃些個。」四個又吃了一回，看看天色漸晚，吳用尋思道：「這酒店裏須難說話，今夜必是他家權宿，到那裏卻又理會。」阮小二道：「今夜天色晚了，請教授權在我家宿一宵，明日卻再計較。」吳用道：「小生來這裏走一遭，千難萬難，幸得你們弟兄今日

註

※5岳陽樓：岳陽樓始建於西元二二〇年前後，距今已有一千七百多年歷史，其前身相傳爲三國時期東吳大將魯肅的「閱軍樓」，中唐李白賦詩之後，始稱「岳陽樓」。

評點

◎9.恐人忘了蔡太師生辰日，故閑中記出三個字來。（金批）

◎10.倒互一句妙，便於無字處，隱現出一段情景。（金批）

◎11.讀此文時，切記小二、小五、小七等字樣，便如鳩摩羅什與人弈棋，其間道處都成龍鳳之形。（金眉）

◎12.既說三、五十尾，又說再要多些，寫不通文墨人口中，雜沓無倫，摹神之筆。（金批）

做一處，眼見得這席酒不肯要小生還錢，今晚借二郎家歇一夜。小生有些須銀子在此，相煩就此店中沽一甕酒，買些肉，村中尋一對雞，夜間同一醉如何？」阮小二道：「那裏要教授壞錢！我們弟兄自去整理，不煩惱沒對付處。」吳用道：「逕來要請你們三位。若還不依小生時，只此告退。」阮小七道：「既是教授這般說時，且順情吃了，卻再理會。」吳用道：「還是七郎性直爽快。」◎13吳用取出一兩銀子，付與阮小七，就問主人家沽了一甕酒，借個大甕盛了；買了二十斤生熟牛肉，一對大雞。阮小二道：「我的酒錢，一發還你。」店主人道：「最好，最好！」四人離了酒店，再下了船，把酒肉都放在船艙裏，解了纜索，逕划將開去，一直投阮小二家來。到得門前，上了岸，把船仍舊纜在樁上，取了酒肉，四人一齊都到後面坐地，便叫點起燈燭。原來阮家弟兄三個，只有阮小二有老小，阮小五、阮小七都不曾婚娶。四個人都在阮小二家後面水亭上坐定。阮小七宰了雞，◎14叫阿嫂同討的小猴子※6在廚下安排。約有一更相次，酒肉都搬來擺在桌上。吳用勸他弟兄們吃了幾杯，又提起買魚事來，說道：「你這裏偌大一個

吳用和三阮在酒店的水閣一邊暢飲，一邊談天。（朱寶榮繪）

去處，卻怎地沒了這等大魚？」◎15阮小二道：「實不瞞教授說，這般大魚，只除梁山泊裏便有，我這石碣湖中狹小，存不得這等大魚。」吳用道：「這裏和梁山泊一望不遠，相通一派之水，如何不去打些？」◎16阮小二嘆了一口氣道：「休說！」吳用又問道：「二哥如何嘆氣？」阮小五接了說道：「教授不知，在先這梁山泊是我弟兄們的衣飯碗，如今絕不敢去。」吳用道：「偌大去處，終不成官司禁打魚鮮？」阮小五道：「甚麼官司，敢來禁打魚鮮！便是活閻王，也禁治不得！」吳用道：「既沒官司禁治，如何絕不敢去？」阮小五道：「原來教授不知來歷，且和教授說知。」吳用道：「小生卻不理會得。」阮小七接著便道：「這個梁山泊去處，難說難言。如今泊子裏新有一夥強人佔了，不容打魚。」吳用道：「小生卻不知，原來如今有強人，我那裏並不曾聞得說。」阮小二道：「那夥強人，爲頭的是個秀才落第舉子，喚做白衣秀士王倫，第二個叫做摸著天杜遷，第三個叫做雲裏金剛宋萬。以下有個旱地忽律※7朱貴，見在李家道口開酒店，專一探聽事情，也不打緊。如今新來一個好漢，是東京禁軍教頭，甚麼豹子頭林沖，十分好武藝。這幾個賊男女聚集了五、七百人，打家劫舍，搶擄來往客人。我們有一年多不去那裏打魚，如今泊子裏把住了，絕了我們的衣飯，因此一言難盡。」吳用道：「小生實是不知有這段事，如何官司不來捉他們？」阮小五道：「如今那官司一處處動彈，便害百姓。但一聲下鄉村來，倒先把好百姓家養的豬、羊、雞、鵝，盡都吃

註

※6小猴子：這裏指小男孩。
※7忽律：鱷魚。

評點

◎13.順他性格，固也，然寫七郎，亦實實寫得可愛。（金批）
◎14.小二家自有阿嫂，卻偏要小七動手宰雞，何也？要寫小七天性粗快，殺人手溜，卻在瑣屑處寫出，此見神妙之筆也。（金批）
◎15.追問爲何打不得魚，是第二段。（金眉）
◎16.看他逼入去，惡極。（金批）

了，又要盤纏打發他。◎17如今也好教這夥人奈何！那捕盜官司的人，那裏敢下鄉村來，若是那上司官員差他們緝捕人來，都嚇得屎尿齊流，怎敢正眼兒看他！」阮小二道：「我雖然不打得大魚，也省了若干科差※8。」吳用道：「恁地時，那廝們倒快活！」◎18阮小五道：「他們不怕天，不怕地，不怕官司；論秤分金銀，異樣穿綢錦，成甕吃酒，大塊吃肉，如何不快活！我們弟兄三個空有一身本事，怎地學得他們！」吳用聽了，暗暗地歡喜道：「正好用計了。」阮小七又道：「人生一世，草生一秋，我們只管打魚營生，學得他們過一日也好！」吳用道：「這等人學他做甚麼？◎19他做的勾當，不是笞杖五、七十的罪犯，空自把一身虎威都撇下。倘或被官司拿住了，也是自做的罪。」阮小二道：「如今該管官司沒甚分曉，一片糊塗。千萬犯了迷天大罪的，倒都沒事。我弟兄們不能快活，若是但有肯帶挈我們的，也去了罷！」阮小五道：「我也常常這般思量，我弟兄三個的本事，又不是不如別人。誰是識我們的？」吳用道：「假如便有識你們的，你們便如何肯去！」阮小七道：「若是有識我們的，水裏水裏去，火裏火裏去！若能夠受用得一日，便死了開眉展眼！」吳用暗地想道：「這三個都有意了，我且慢慢地誘他。」又勸他三個吃了兩巡酒。◎20正是：

只爲奸邪屈有才，天教惡曜下凡來。
試看阮氏三兄弟，劫取生辰不義財。

吳用又說道：「你們三個敢上梁山泊捉這夥賊麼？」阮小七道：「便捉得他們，

那裏去請賞？也吃江湖上好漢們笑話！」吳用道：「小生短見，假如你們怨恨打魚不得，也去那裏撞籌卻不是好？」阮小二道：「先生，你不知。我弟兄們幾遍商量，要去入夥，聽得那白衣秀士王倫的手下人都說道他心地窄狹，安不得人。前番那個東京林沖上山，慪盡他的氣。◎21王倫那廝不肯胡亂著人，因此我弟兄們看了這般樣，一齊都心懶了。」阮小七道：「他們若似老兄這等慷慨，愛我弟兄們便好。」阮小五道：「那王倫若得似教授這般情分時，我們也去了多時，不到今日！我弟兄三個，便替他死也甘心！」吳用道：「量小生何足道哉！如今山東、河北多少英雄豪傑的好漢！」◎22阮小二道：「好漢們盡有，我弟兄自不曾遇著！」吳用道：「只此間鄆城縣東溪村晁保正，你們曾認得他麼？」阮小五道：「莫不是叫做托塔天王的晁蓋麼？」吳用道：「正是此人。」阮小七道：「雖然與我們只隔得百十里路程，緣分淺薄，聞名不曾相會。」吳用道：「這等一個仗義疏財的好男子，如何不與他相見！」阮小二道：「我弟兄們無事也不曾到那裏，因此不能夠與他相見。」吳用道：「小生這幾年也只在晁保正莊上左近教些村學，如今打聽得他有一套富貴待取，特地來和你們商議，我等就那半路裏攔住取了，如何？」阮小五道：「這個卻使不得。他既是仗義疏財的好男子，我們卻去壞他的道路※9，須吃江湖上好漢們知時笑話。」◎23吳用道：「我只道你們弟兄心志不堅，原來真個惜客好義！我對你們實說，果有協助之心，我教你們知此一事。我如今見在晁

註

※8科差：繳納捐稅和承當差役。

※9道路：這裏作生意、買賣解釋。

評點

◎17.真情實話，言之酸鼻。（容眉）

◎18.快活二字忽然倒插而入，筆力矯健飆悍之極。（金批）

◎19.都是正語，卻都是反跌。（袁眉）

◎20.寬一步，更有尋。（袁夾）

◎21.此句前照限林沖，後照併王倫，有左顧右盼之妙。（金批）

◎22.河北伏盧員外。（袁眉）

◎23.小五見吳用言晁蓋，便言不可，此處可見小五真乃豪傑也。（余評）

保正莊上住，保正聞知你三個大名，特地教我來請你們說話。」阮小二道：「我弟兄三個，眞眞實實地並沒半點兒假！晁保正敢※10有件奢遮※11的私商買賣，有心要帶挈我們，一定是煩老兄來。若還端的有這事，我三個若捨不得性命相幫他時，殘酒爲誓，教我們都遭橫事，惡病臨身，死於非命！」阮小五和阮小七把手拍著脖項道：「這腔熱血，只要賣與識貨的！」◎24吳用道：「你們三位弟兄在這裏，不是我壞心術來誘你們，這件事非同小可的勾當！目今朝內蔡太師是六月十五日生辰，他的女婿是北京大名府梁中書，即日起解十萬貫金珠寶貝與他丈人慶生辰。今有一個好漢姓劉名唐，特來報知。如今欲要請你們去商議，聚幾個好漢，向山凹僻靜去處，取此一套富貴不義之財，大家圖個一世快活。因此特教小生只做買魚來請你們三個計較，成此一事。不知你們心意如何？」阮小五聽了道：「罷，罷！」叫道：「七哥，我和你說甚麼來？」阮小七跳起來道：「一世的指望，今日還了願心。正是搔著我癢處！我們幾時去？」吳用道：「請三位即便去來，明日起個五更，一齊都到晁天王莊上去。」阮家三弟兄大喜。有詩爲證：

學究知書豈愛財，阮郎漁樂亦悠哉！
只因不義金珠去，致使群雄聚義來。

當夜過了一宿，次早起來，吃了早飯，阮家三弟兄分付了家中，跟著吳學究，四個人離了石碣村，拽開腳步，取路投東溪村來。行了一日，早望見晁家莊，只見遠遠地綠槐樹下，晁蓋和劉唐在那裏等，望見吳用引著阮家三兄弟，直到槐樹前，兩下都廝見了。晁

吳用勸說三阮一起搶劫生辰綱，從此開始了梁山聚義之路。圖為山東梁山縣，水泊梁山山寨忠義堂內景。（劉軍／fotoe提供）

蓋大喜道：「阮氏三雄名不虛傳，且請到莊裏說話。」六人俱從莊外入來，到得後堂，分賓主坐定。吳用把前話說了，晁蓋大喜，便叫莊客宰殺豬羊，安排燒紙。阮家三弟兄見晁蓋人物軒昂，語言洒落，三個說道：「我們最愛結識好漢，原來只在此間。今日不得吳教授相引，如何得會？」三個弟兄好生歡喜。當晚且吃了些飯，說了半夜話。◎25

次日天曉，去後堂前面列了金錢、紙馬、香花、燈燭，擺了夜來煮的豬羊◎26、燒紙。眾人見晁蓋如此志誠，盡皆歡喜，個個說誓道：「梁中書在北京害民，詐得錢物，卻把去東京與蔡太師慶生辰，此一等正是不義之財。我等六人中，但有私意者，天地誅滅，神明鑑察。」六人都說誓了，燒化錢紙。六籌好漢正在後堂散福飲酒，只見一個莊客報說：「門前有個先生※12要見保正化齋糧。」晁蓋道：「你好不曉事！見我管待客人在此吃酒，你便與他三、五升米便了，何須直來問我？」莊客道：「小人把米與他，他又不要，只要面見保正。」晁蓋道：「一定是嫌少？你便再與

「智多星」吳用像，日本浮世繪畫家歌川國芳繪。

註

※10 敢：這裏是莫非、大約的意思。

※11 奢遮：了得、了不起的意思。

※12 先生：宋時對道士的稱呼之一。有時也用以稱呼以醫、卜、星、相爲職業的人。

評點

◎24.拉雜如火，使讀者增長義氣。（金批）

壯哉！（容夾）

寫出這三個人有狀有聲，激昂如生，憤雄堪涕。（袁眉）

◎25.要知半夜所說，只是閑話，若云商量此一件事，則豈有豪傑舉事，只管商量者哉！（金批）

◎26.夜來煮的，細，妙，賴此四字，遂不犯次日天曉字也。（金批）

他三、二斗米去。你說與他保正今日在莊上請人吃酒，沒工夫相見。」莊客去了多時，只見又來說道：「那先生，與了他三斗米，又不肯去。自稱是一清道人，不爲錢米而來，只要求見保正一面。」晁蓋道：「你這廝不會答應，便說今日委實沒工夫，教他改日卻來相見拜茶。」莊客道：「小人也是這般說。那個先生說道：『我不爲錢米齋糧，聞知保正是個義士，特求一見。』」晁蓋道：「你也這般纏，全不替我分憂！他若再嫌少時，可與他三、四斗米去，何必又來說！我若不和客人們飲時，便去廝見一面，打甚麼緊。你去發付他罷，再休要來說！」莊客去了沒半個時辰，只聽得莊門外熱鬧，又見一個莊客飛也似來報道：「那先生發怒，把十來個莊客都打倒了！」晁蓋聽得，吃了一驚，慌忙起身道：「眾位弟兄少坐，晁蓋自去看一看。」便從後堂出來，到莊門前看時，只見那個先生身長八尺，道貌堂堂，生得古怪，正在莊門外綠槐樹下打那眾莊客。

晁蓋看那先生時，但見：

頭綰兩枚鬅鬆雙丫髻，身穿一領巴山短褐袍，腰繫雜色彩絲絛，背上松紋古銅劍。白肉腳襯著多耳麻鞋，綿囊手拿著鱉殼扇子。八字眉，一雙杏子眼；四方口，一部落腮鬍。

那先生一頭打莊客，一頭口裏說道：「不識好人！」晁蓋見了，叫道：「先生息怒。你來尋晁保正，無非是投齋化緣，他已與了你米，何故嗔怪如此？」那先生哈哈大笑道：「貧道不爲酒食錢米而來。我覷得十萬貫如同等閑，特地來尋保正，有句話說。叵耐村夫無禮，毀罵貧道，因此性發。」晁蓋道：「你可曾認得晁保正麼？」那先生道：「只聞其名，不曾會面。」晁蓋道：「小子便是，先生有甚話說？」那先生看了道：「保正休怪，貧道稽首。」晁蓋道：「先生少禮，請到莊裏拜茶如何？」那先生道：「多感。」

兩人入莊裏來，吳用見那先生入來，自和劉唐、三阮一處躲過。且說晁蓋請那先生到後堂吃茶已罷，那先生道：「這裏不是說話處，別有甚麼去處可坐？」晁蓋見說，便邀那先生又到一處小小閣兒內，分賓坐定。晁蓋道：「不敢拜問先生高姓？貴鄉何處？」那先生答道：「貧道複姓公孫，單諱一個勝字，道號一清先生。小道是薊州人氏，自幼鄉中好習槍棒，學成武藝多般，人但呼為公孫勝大郎。為因學得一家道術，亦能呼風喚雨，駕霧騰雲，江湖上都稱貧道做入雲龍。◎27貧道久聞鄆城縣東溪村保正大名，無緣不曾拜識。今有十萬貫金珠寶貝，專送與保正，作進見之禮，未知義士肯納受否？」晁蓋大笑道：「先生所言，莫非北地生辰綱麼？」那先生大驚道：「保正何以知之？」晁蓋道：「小子胡猜，未知合先生意否？」公孫勝道：「此一套富貴，不可錯過！古人有云：『當取不取，過後莫悔。』保正心下如何？」正說之間，只見一個人從閣子外搶將入來，劈胸揪住公孫勝，說道：「好呀！明有王法，暗有神靈，你如何商量這等的勾當？我聽得多時也！」嚇得這公孫勝面如土色。正是：機謀未就，爭奈窗外人聽；計策才施，又早蕭墻禍起。畢竟搶來揪住公孫勝的卻是何人？且聽下回分解。◎28

評點

◎27.傳中獨公孫勝是突然自來者，籍貫、名號俱口自陳說。（袁眉）
◎28.一幅漁村圖，一首漁家傲，智多星口角卻銛於釣鰲鉤。（袁評）

第十六回

楊志押送金銀擔　吳用智取生辰綱◎1

話說當時公孫勝正在閣兒裏對晁蓋說這北京生辰綱是不義之財，取之何礙。只見一個人從外面搶將入來，揪住公孫勝道：◎2「你好大膽！卻纔商議的事，我都知了也！」那人卻是智多星吳學究。晁蓋笑道：「教授休取笑，且請相見。」兩個敘禮罷，吳用道：「江湖上久聞人

評點

◎1. 蓋我讀此書而不勝三致嘆焉，曰：嗟乎！古之君子，受命於內，蒞事於外，竭忠盡智，以圖報稱，而終亦至於身敗名喪爲世僇笑者，此其故，豈得不爲之深痛哉！夫一夫專制，可以將千軍；兩人牽羊，未有不僵於路者也。獨心所運，不難於造五鳳樓曾無黍米之失；聚族而謀，未見其能築室有成者也。梁中書以道路多故，人才復難，於是致詳致愼，獨簡楊志而畀之以十萬之任，謂之知人，洵無忝矣，即又如之何而必副之以一都管與兩虞候乎？觀其所云，另有夫人禮物送與府中寶眷，亦要楊志認領，多恐不知頭路。夫十萬已領，何難一擔？若言不知頭路，則豈有此人從貴女愛婿邊來，現護生辰重寶至於如此之盛，而猶慮及府中之人猜疑顧忌，不視之爲機密者也？是皆中書視十萬過重，視楊志過輕。視十萬過重，則意必太師也者，雖富貴雙極，然見此十萬，必嚇然心動；太師嚇然心動，而中書之寵，固於磐石，夫是故以此爲獻，凡以冀其心之得一動也。視楊志過輕，則意或楊志也者，本單寒之士，今見此十萬，必嚇然心動，楊志嚇然心動，而生辰十擔，險於蕉鹿，夫是故以一都管、兩虞候爲監，凡以防其心之忽一動也。然其胸中，則又熟有「疑人勿用，用人勿疑」之成訓者，於是即又僞裝夫人一擔，以自蓋其相疑之跡。嗚呼！爲楊志者，不其難哉！雖當時亦曾有早晚行住，悉聽約束，戒彼三人不得別拗之教敕，然而官之所以得治萬民，與將之所以得制三軍者，以其惟此一人故也。今也一楊志，一都管，又二虞候，且四人矣，以四人而欲押此十一禁軍，豈有得乎？《易大傳》曰：「陽一君二民，君子之道也；陰二君一民，小人之道也。」今中書徒以重視十萬、輕視楊志之故，而曲折計畫，既已出於小人之道，而尚望黃泥岡上萬無一失，殆必無之理矣。故我謂生辰綱之失，非晁蓋八人之罪，亦非十一禁軍之罪，亦並非一都管、兩虞候之罪，而實皆梁中書之罪也，又奚議焉，又奚議焉？曰：然則楊志即何爲而不爭之也？聖歎答曰：楊志不可得而爭也。夫十萬金珠，重物也，不惟大名百姓之髓腦竭，並中書相公之心血竭矣。楊志自惟起於單寒，驟蒙顯擢，夫烏知彼之遇我厚者之非獨爲今日之用我乎？故以十萬之故而授統制易，以統制之故而托十萬難，此楊志之所深知也。楊志於何知之？楊志知年年根括十萬以媚於丈人者，是其人必不能以國士遇我者也；不能以國士遇我，而昔者東郭鬥武，一日而逾數階者，是其心中徒望我今日之出死力以相效耳。譬諸飼鷹喂犬，非不極其恩愛，然彼固斷不信鷹之德爲鳳凰，犬之品爲騶虞也。故於中書未撥都管、虞候之先，志反先告相公只須一個人和小人去。夫「一個人和小人去」者，非請武陽爲副，殆請朝恩爲監矣。若夫楊志早知人之疑之，而終亦主於必去，則固丈夫感恩知報，凡以酬東郭驟遷之遇耳，豈得已哉！嗚呼！楊志其寓言也，古之國家，以疑立監者，比比皆有，我何能遍言之！看他寫楊志忽然肯去，忽然不肯去，忽然又肯去，忽然又不肯去，筆勢夭矯，不可捉搦。看他寫天氣酷熱，不費筆墨，只一句兩句便已焦熱殺人。古稱盛冬掛雲漢圖，滿座煩悶，今讀此書，乃知眞有是事。看他寫一路老都管掣人肘處，眞乃描摹入畫。嗟乎！小人習承平之時，忽禍患之事，箕踞當路，搖舌罵人，豈不鑿鑿可聽；而卒之變起倉猝，不可枝梧，爲鼠爲虎，與之俱敗，豈不痛哉！看他寫棗子客人自一處，挑酒人自一處，酒自一處，瓢自一處，雖讀者亦幾忘其爲東溪村中飲酒聚義之人，何況當日身在廬山者耶？耐庵妙筆，眞是獨有千古。看他寫賣酒人鬥口處，眞是絕世奇筆。蓋他人敘此事至此，便欲駸駸相就，讀之，滿紙皆似惟恐不得賣者矣。今偏筆筆撒開，如強弓怒馬，急不可就，務欲極扳開去，乃至不可收拾，一似惟恐爲其買者，眞怪事也。看他寫七個棗子客人饒酒，如數鷹爭雀，盤旋跳霍，讀之欲迷。（金批）

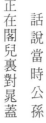

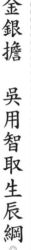

說入雲龍公孫勝一清大名，不期今日此處得會。」晁蓋道：「這位秀才先生，便是智多星吳學究。」公孫勝道：「吾聞江湖上多人曾說加亮先生大名，豈知緣法卻在保正莊上得會。只是保正疏財仗義，以此天下豪傑，都投門下。」晁蓋道：「再有幾個相識在裏面，一發請進後堂深處相見。」

三個人入到裏面，就與劉唐、三阮都相見了。正是：

金帛多藏禍有基，英雄聚會本無期。
一時豪俠欺黃屋，七宿光芒動紫微。

眾人道：「今日此一會，應非偶然，須請保正哥哥正面而坐。」晁蓋道：「量小子是個窮主人，怎敢佔上。」吳用道：「保正哥哥年長，依著小生，且請坐了。」晁蓋只得坐了第一位，吳用坐了第二位，公孫勝坐了第三位，劉唐坐了第四位，阮小二坐了第五位，阮小五坐第六位，阮小七坐第七位。◎3卻纔聚義飲酒，重整杯盤，再備酒肴，眾人飲酌。吳用道：「保正夢見北斗七星墜在屋脊上，今日我等七人聚義舉事，豈不應天垂象※1！

入雲龍公孫勝，身長八尺，道貌堂堂。（葉雄繪）

註

※1應天垂象：對應上天顯示的徵兆。

評點

◎2.此回吳學究扭住公孫勝，此戲不由睦不烈矣。（余評）
◎3.便有忠義堂氣象。（袁眉）

此一套富貴，唾手而取。前日所說央劉兄去探聽路程從那裏來，今日天晚，來早便請登程。」公孫勝道：「這一事不須去了。貧道已打聽知他來的路數了，只是黃泥岡大路上來。」◎4晁蓋道：「黃泥岡東十里路，地名安樂村，有一個閑漢叫做白日鼠白勝，也曾來投奔我，我曾齎助他盤纏。」吳用道：「北斗上白光，莫不是應在這人？自有用他處。」劉唐道：「此處黃泥岡較遠，何處可以容身？」吳用道：「只這個白勝家便是我們安身處，亦還要用了白勝。」晁蓋道：「吳先生，我等還是軟取，卻是硬取？」吳用笑道：「我已安排定了圈套，只看他來的光景，力則力取，智則智取。我有一條計策，不知中你們意否……如此如此。」晁蓋聽了大喜，攧著腳道：「好妙計！不枉了稱你做智多星。果然賽過諸葛亮！好計策！」吳用道：「休得再提。常言道：『隔墻須有耳，窗外豈無人。』只可你知我知。」晁蓋便道：「阮家三兄且請回歸，至期來小莊聚會。吳先生依舊自去教學。公孫先生並劉唐，只在敝莊權住。」當日飲酒至晚，各自去客房裏歇息。次日五更起來，安排早飯吃了，晁蓋取出三十兩花銀，送與阮家三兄弟道：「權表薄意，◎5切勿推卻。」三阮那裏肯受。吳用道：「朋友之意，不可相阻。」三阮方纔受了銀兩，一齊送出莊外來。吳用附耳低言道：「……這般這般，至期不可有誤。」三阮相別了，自回石碣村去。晁蓋留住公孫勝、劉唐在莊上，吳學究常來議事。

正是：

取非其有官皆盜，損彼盈餘盜是公。

計就只須安穩待，笑他寶擔去匆匆。

話休絮煩。卻說北京大名府梁中書收買了十萬貫慶賀生辰禮物完備，選日差人起程。當下一日在後堂坐下，只見蔡夫人問道：「相公，生辰綱幾時起程？」梁中書道：「禮物都已完備，明後日便可起身。只是一件事，在此躊躇未決。」蔡夫人道：「有甚事躊躇未決？」梁中書道：「上年費了十萬貫收買金珠寶貝，送上東京去。只因用人不著，半路被賊人劫將去了，至今無獲。今年帳前眼見得又沒個了事※2的人送去，在此躊躇未決。」蔡夫人指著階下道：◎6「你常說這個人十分了得，何不著他委紙領狀，送去走一遭，不致失誤。」

梁中書看階下那人時，卻是青面獸楊志。梁中書大喜，隨即喚楊志上廳，說道：「我正忘了你，你若與我送得生辰綱去，我自有擡舉你處。」楊志叉手向前稟道：「恩相差遣，不敢不依！只不知怎地打點？幾時起身？」◎7梁中書道：「著落大名府差十輛太平車子※3，帳前撥十個廂禁軍監押著車，每輛上各插一把黃旗，上寫著：『獻賀太師生辰綱』。每輛車子再使個軍健跟著，三日內便要起身去。」楊志道：「非是小人推托，其實去不得，乞鈞旨別差英雄精細的人去。」◎8梁中書道：「我有心要擡舉你，這獻生辰綱的札子內，另修一封書在中間，太師跟前重重保你受道敕命※4回來，如何倒

註

※2了事：能幹、會辦事。

※3太平車子：可以載重幾十石，用四、五匹到十多匹牲口拉的大車。

※4敕命：明、清贈封六品以下官職的命令稱「敕命」。

評點

◎4.妙，一者公孫此來不虛，二者省卻許多閑手。（金批）

◎5.晁蓋與三阮一會，便送金帛，此王輕財而義士則服，眞丈夫矣。（余評）

◎6.就在眼前指出，方見親隨，與十三回內早晚並不相離應。（袁眉）

◎7.第一段，不敢不去。（金批）

◎8.第二段，忽然去不得，文勢飄忽。（金批）
英雄必精細，才幹得事來。（袁眉）

生支調※5，推辭不去？」楊志道：「恩相在上，小人也曾聽得上年已被賊人劫去了，至今未獲。今歲途中盜賊又多，此去東京，又無水路，都是旱路。經過的是紫金山、二龍山、桃花山、傘蓋山、黃泥岡、白沙塢、野雲渡、赤松林，這幾處都是強人出沒的去處。更兼單身客人亦不敢獨自經過。他知道是金銀寶物，如何不來搶劫？枉結果了性命，以此去不得。」梁中書道：「恁地時，多著軍校防護送去便了。」楊志道：「恩相便差五百人去，也不濟事。這廝們一聲聽得強人來時，都是先走了的。」梁中書道：「你這般地說時，生辰綱不要送去了？」楊志又稟道：「若依小人一件事，便敢送去。」◎9梁中書道：「我既委在你身上，如何不依你說。」楊志道：「若依小人說時，並不要車子，把禮物都裝做十餘條擔子，只做客人的打扮；行貨也點十個壯健的廂禁軍，卻裝做腳夫挑著。只消一個人和小人去，卻打扮做客人，悄悄連夜送上東京交付，恁地時方好。」梁中書道：「你甚說得是。我寫書呈重重保你受道誥命回來。」楊志道：「深謝恩相擡舉。」當日便叫楊志一面打拴擔腳，一面選揀軍人。

次日，叫楊志來廳前伺候。梁中書出廳來問道：「楊志，你

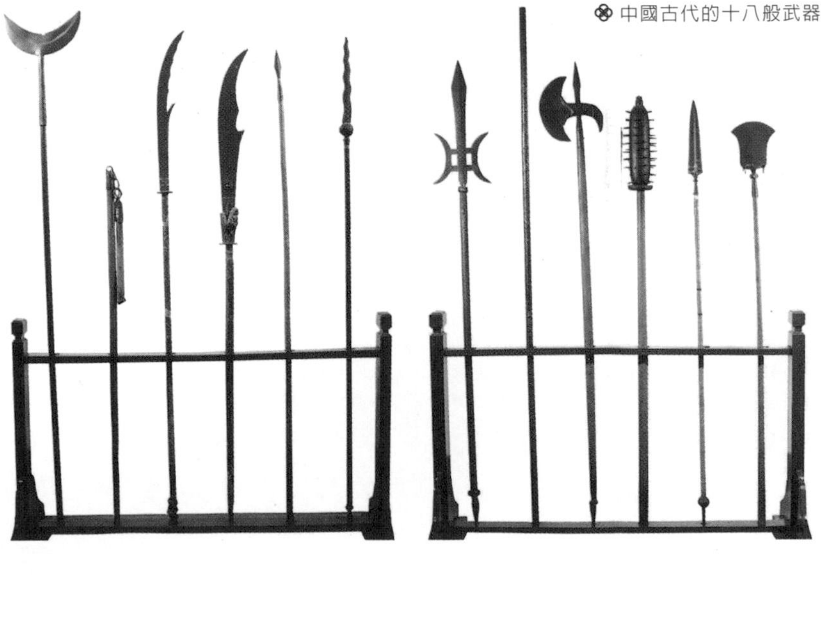

❀中國古代的十八般武器。

幾時起身？」楊志稟道：「告覆恩相，只在明早准行，就委領狀。」梁中書道：「夫人也有一擔禮物，另送與府中寶眷，◎10也要你領。怕你不知頭路，特地再教奶公※6謝都管並兩個虞候，和你一同去。」楊志告道：「恩相，楊志去不得了。」◎11梁中書道：「禮物都已拴縛完備，如何又去不得？」楊志稟道：「此十擔禮物都在小人身上，和他衆人，都由楊志，要早行便早行，要晚行便晚行，要住便住，要歇便歇。亦依楊志提調。如今又叫老都管並虞候和小人去，他是夫人行的人，又是太師府門下奶公，倘或路上與小人彆拗起來，楊志如何敢和他爭執得？若誤了大事時，楊志那其間如何分說？」◎12梁中書道：「這個也容易，我叫他三個都聽你提調便了。」楊志答道：「若是如此稟過，小人情願便委領狀。倘有疏失，甘當重罪。」梁中書大喜道：「我也不枉了擡舉你，眞個有見識！」隨即喚老謝都管並兩個虞候出來，當廳分付道：「楊志提轄情願委了一紙領狀，監押生辰綱，十一擔金珠寶貝，赴京太師府交割，這干係都在他身上。你三人和他做伴去，一路上早起、晚行、住歇，都要聽他言語，不可和他彆拗。夫人處分付的勾當，你三人自理會。◎13小心在意，早去早回，休教有失。」老都管一一都應了。

當日楊志領了，次日早起五更，在府裏把擔仗都擺在廳前。老都管和兩個虞候又將一小擔財帛，共十一擔，揀了十一個壯健的廂禁軍，都做腳夫打扮。楊志戴上涼笠兒，穿著青紗衫子，繫了纏帶，行履麻鞋，跨口腰刀，提條朴刀。老都管也打扮做個客人模樣，

註

※5支調：支吾搪塞的意思。

※6奶公：對乳母丈夫的稱呼。

評點

◎9.第三段，依了一件事，又便去得，飄忽之極。（金批）

◎10.粘著婦人家事體，便瑣瑣碎碎，牽牽纏纏，不得如意。（芥眉）

◎11.忽然又去不得了，飄忽如此，異哉。（金批）

忽然去得，忽然去不得，凡四段，翻騰跳躍，看他卻是無中生有。（金眉）

◎12.楊志告中書不同二人去，此見楊志識事去處。（余評）

◎13.調侃一句，然卻是分外閑筆，以泯自家倒裝之跡耳。（金批）

兩個虞候假裝做跟的伴當。各人都拿了條朴刀，又帶幾根藤條。◎14梁中書付與了札付※7書呈，一行人都吃得飽了，在廳上拜辭了梁中書。看那軍人擔仗起程，楊志和謝都管、兩個虞候監押著，一行共是十五人，離了梁府，出得北京城門，取大路投東京進發。此時正是五月半天氣，雖是晴明得好，只是酷熱難行。昔日吳七郡王有八句詩道：

玉屛四下朱闌遶，簇簇游魚戲萍藻。
簟鋪八尺白蝦鬚，頭枕一枚紅瑪瑙。
六龍懼熱不敢行，海水煎沸蓬萊島。
公子猶嫌扇力微，行人正在紅塵道。

這八句詩單題著炎天暑月，那公子王孫在涼亭上水閣中浸著浮瓜沉李，調冰雪藕避暑，尚兀自嫌熱；怎知客人爲些微名薄利，又無枷鎖拘縛，三伏內，只得在那途路中行。今日楊志這一行人要取六月十五日生辰，只得在路途上趲行。自離了這北京五、七日，端的只是起五更，趁早涼便行，日中熱時便歇。

五、七日後，人家漸少，行客又稀，一站站都是山路。楊志卻要辰牌起身，申時便歇。那十一個廂禁軍，擔子又重，無有一個稍輕。天氣熱了，行不得，見著林子便要去歇息，楊志趕著催促要行，如若停住，輕則痛罵，重則藤條便打，逼趕要行。◎15兩個虞候雖只背些包裹行李，也氣喘了行不上。楊志也嗔道：「你兩個好不曉事！這干係須是俺的，你們不替洒家打這夫子，卻在背後也慢慢地挨，這路上不是耍處！」那虞候道：

「不是我兩個要慢走，其實熱了行不動，因此落後。前日只是趁早涼走，如今怎地正熱裏要行？正是好歹不均勻。」楊志道：「你這般說話，卻似放屁！前日行的須是好地面，如今正是尷尬去處，若不日裏趕過去，誰敢五更半夜走？」兩個虞候口裏不言，肚中尋思：「這廝不直得便罵人。」楊志提了朴刀，拿著藤條，自去趕那擔子。兩個虞候坐在柳陰樹下，等得老都管來，兩個虞候告訴道：「楊家那廝，強殺只是我相公門下一個提轄，直這般會做大老※8！」都管道：「須是相公當面分付道：休要和他彆拗。因此我不做聲。這兩日也看他不得，權且耐他。」兩個虞候道：「相公也只是人情話兒，都管自做個主便了。」老都管又道：「且耐他一耐。」當日行到申牌時分，尋得一個客店裏歇了。那十一個廂禁軍雨汗通流，都嘆氣吹噓，對老都管說道：「我們不幸做了軍健。情知道被差出來，這般火似熱的天氣，又挑著重擔，這兩日又不揀早涼行，動不動老大藤條打來，都是一般父母皮肉，我們直恁地苦！」◎16老都管道：「你們不要怨悵，巴到東京時，我自賞你。」眾軍漢道：「若是似都管看待我們時，並不敢怨悵。」又過了一夜，次日天色未明，眾人起來，趁早涼起身去。楊志跳起來喝道：「那裏去！且睡了，卻理會！」眾軍漢道：「趁早不走，日裏熱時走不得，卻打我們。」楊志大罵道：「你們省得甚麼？」拿了藤條要打。眾軍忍氣吞聲，只得睡了。當日直到辰牌時分，慢慢地打火，吃了飯走，一路上趕打著，不許投涼處歇。那十一個廂禁軍，口裏喃喃訥訥

註

※7札付：公文。

※8做大老：擺架子。

評點

◎14.以備後用。不是此處放此一句，後來一時如何生得出。（金批）

◎15.此又不善行兵矣，病在打罵嗔狠處。（袁眉）

觀楊志苦打眾軍，正是散眾人之心，致陷身之由。（余評）

◎16.廂軍語語近情，楊志處處使性，即不外劫，亦有內變。（袁眉）

地怨悵，兩個虞候在老都管面前絮絮聒聒地搬口；老都管聽了，也不著意，心內自惱他。◎17

話休絮煩，似此行了十四、五日，那十四個人沒一個不怨悵楊志。當日客店裏辰牌時分慢慢地打火，吃了早飯行，正是六月初四日時節，天氣未及晌午，一輪紅日當天，沒半點雲彩，其日十分大熱。古人有八句詩道：

祝融南來鞭火龍，火旗焰焰燒天紅。
日輪當午凝不去，萬國如在紅爐中。
五嶽翠乾雲彩滅，陽侯海底愁波竭。
何當一夕金風起，爲我掃除天下熱。

當日行的路，都是山僻崎嶇小徑，南山北嶺，卻監著那十一個軍漢，約行了二十餘里路程。那軍人們思量要去柳陰樹下歇涼，◎18被楊志拿著藤條打將來，喝道：「快走！教你早歇！」衆軍人看那天時，四下裏無半點雲彩，其時那熱不可當。但見：

熱氣蒸人，囂塵撲面。萬里乾坤如甑，一輪火傘當天。四野無雲，風寂寂樹焚溪坼；千山灼焰，咇剝剝石裂灰飛。空中鳥雀命將休，倒攧入樹林深處。水底

為了押運生辰綱，楊志讓十一個廂禁軍做腳夫打扮，挑著擔子，他自己戴著涼笠兒，一手提條朴刀，一手拿藤條，就這樣出發了。（朱寶榮繪）

魚龍鱗角脫，直鑽入泥土窖中。直教石虎喘無休，便是鐵人須汗落。

當時楊志催促一行人在山中僻路裏行，看看日色當午，◎19那石頭上熱了，腳疼走不得。眾軍漢道：「這般天氣熱，兀的不曬殺人！」楊志喝著軍漢道：「快走！趕過前面岡子去，卻再理會。」正行之間，前面迎著那土岡子。眾人看這岡子時，但見：

頂上萬株綠樹，根頭一派黃沙。嵯峨渾似老龍形，險峻但聞風雨響。山邊茅草，亂絲絲攢遍地刀槍。滿地石頭，磣可可睡兩行虎豹。休道西川蜀道險，須知此是太行山。

當時一行十五人奔上岡子來，歇下擔仗，那十四人都去松陰樹下睡倒了。楊志說道：「苦也！這裏是甚麼去處，你們卻在這裏歇涼？起來快走！」眾軍漢道：「你便剁做我七、八段，其實去不得了！」楊志拿起藤條，劈頭劈腦打去，打得這個起來，那個睡倒，◎20楊志無可奈何。只見兩個虞候和老都管氣喘急急，也巴到岡子上松樹下坐了喘氣。看這楊志打那軍健，老都管見了說道：「提轄，端的熱了走不得！休見他罪過。」楊志道：「都管，你不知這裏正是強人出沒的去處，地名叫做黃泥岡。閑常太平時節，白日裏兀自出來劫人，休道是這般光景，誰敢在這裏停腳！」兩個虞候聽楊志說了，便道：「我見你說好幾遍了，只管把這話來驚嚇人！」老都管道：「權且教他們眾人歇一歇，略過日中行如何？」楊志道：「你也沒分曉了！如何使得？這裏下岡子去，兀自有七、八里沒人家，甚麼去處，敢在此歇涼！」老都管道：「我自坐一坐了走，你自去趕

評點

◎17.楊志雖是能幹，卻不善調停，如何濟得事。（容眉）
◎18.此一段單寫軍漢，都管、虞候都落在後。（金批）
◎19.先將未午一段盡情寫出炎熱之苦，至此處交入正午，只用一句，便接入眾人睡倒，行文詳略之際，分寸不失。（金批）
◎20.語與事俱逼真。（袁眉）

他眾人先走。」◎21楊志拿著藤條喝道：「一個不走的，吃俺二十棍！」眾軍漢一齊叫將起來。數內一個分說道：「提轄，我們挑著百十斤擔子，須不比你空手走的，你端的不把人當人！便是留守相公自來監押時，也容我們說一句，你好不知疼癢！只顧逞辯。」楊志罵道：「這畜生不慪死俺！只是打便了！」拿起藤條，劈臉便打去。老都管喝道：◎22「楊提轄，且住！你聽我說：◎23我在東京太師府裏做奶公時，◎24門下官軍，見了無千無萬，都向著我喏喏連聲。不是我口棧，量你是個遭死的軍人，相公可憐擡舉你做個提轄，比得芥菜子大小的官職，直得恁地逞能！休說我是相公家都管，便是村莊一個老的，也合依我勸一勸！只顧把他們打，是何看待？」楊志道：「都管，你須是城市裏人，生長在相府裏，那裏知道途路上千難萬難！」老都管道：「四川、兩廣，也曾去來，不曾見你這般賣弄。」楊志道：「如今須不比太平時節。」都管道：「你說這話，該剜口割舌！今日天下怎地不太平？」◎25楊志卻待再要回言，只見對面松林裏影著一個人，在那裏舒頭探腦價望。楊志道：「俺說甚麼？兀的不是歹人來了！」撇下藤條，拿了朴刀，趕入松林裏來，喝一聲道：「你這廝好大膽，怎敢看俺的行貨！」正是：

　　說鬼便招鬼，說賊便招賊，卻是一家人，對面不能識。

楊志趕來看時，只見松林裏一字兒擺著七輛江州車兒※9，七個人脫得赤條條的，在那裏乘涼。一個鬢邊老大一搭朱砂記，拿著一條朴刀，望楊志跟前來。七個人齊叫一聲：「呵也！」◎26都跳起來。楊志喝道：「你等是甚麼人？」那七人道：「你是甚麼人？」

評點

◎21.其言既不爲楊志出力，亦不替眾人分辨，而意旨已隱隱一句縱容，一句激變，老奸巨猾，何代無賢。（金批）
◎22.從空忽然插入老都管一喝，借題寫出千載說大話人，句句出神入妙。（金批）
◎23.二句六字，其辭甚厲，你聽我說四字，寫老奴托大，聲色俱有。（金批）
◎24.嚇殺醜殺，可笑可惱。一句十二字，作兩半句讀，「我在東京太師府裏」，何等軒昂，「做奶公時」，何等出醜，然狐輩每每自謂得志，樂道不絕。（金批）
◎25.鬥口語入眞境。（袁眉）
◎26.二字妙絕，只須此二字，楊志胸中已釋然矣。（金批）

楊志又問道：「你等莫不是歹人？」那七人道：「你顛倒問！我等是小本經紀，那裏有錢與你？」楊志道：「你等小本經紀人，偏俺有大本錢！」那七人問道：「你端的是甚麼人？」楊志道：「你等且說那裏來的人？」那七人道：「我等弟兄七人是濠州人，販棗子上東京去，路途打從這裏經過。聽得多人說，這裏黃泥岡上時常有賊打劫客商。我等一面走，一頭自說道：『我七個只有些棗子，別無甚財貨。』只顧過岡子來。上得岡子，當不過這熱，權且在這林子裏歇一歇，待晚涼了行。只聽得有人上岡子來，我們只怕是歹人，因此使這個兄弟出來看一看。」楊志道：「原來如此，也是一般的客人。卻纔見你們窺望，惟恐是歹人，因此趕來看一看。」那七個人道：「客官請幾個棗子了去。」楊志道：「不必。」提了朴刀，再回擔邊來。老都管道：「既是有賊，我們去休。」楊志說道：「俺只道是歹人，原來是幾個販棗子的客人。」老都管道：「似你方纔說時，他們都是沒命的！」楊志道：「不必相鬧，俺只要沒事便好。你們且

楊志聽得聲響，趕過去一看，只見松林裏擺著七輛江州車，旁邊七個人脫得赤條條的在那裏乘涼。（選自《水滸傳版刻圖錄》，江蘇廣陵古籍刻印社）

註

※9 江州車兒：手推的獨輪小車。

歇了，等涼些走。」衆軍漢都笑了。◎27楊志也把朴刀插在地上，自去一邊樹下坐了歇涼。沒半碗飯時，只見遠遠地一個漢子，挑著一副擔桶，唱上岡子來。唱道：「赤日炎炎似火燒，野田禾稻半枯焦。農夫心內如湯煮，公子王孫把扇搖。」那漢子口裏唱著，走上岡子來，松林裏頭歇下擔桶，坐地乘涼。衆軍看見了，便問那漢子道：「你桶裏是甚麼東西？」那漢子應道：「是白酒。」衆軍道：「挑往那裏去？」那漢子道：「挑出村裏賣。」衆軍道：「多少錢一桶？」那漢子道：「五貫足錢。」衆軍商量道：「我們又熱又渴，何不買些吃，也解暑氣。」正在那裏湊錢。楊志見了，喝道：「你們又做甚麼？」衆軍道：「買碗酒吃。」楊志調過朴刀桿便打，罵道：「你們不得洒家言語，胡亂便要買酒吃，好大膽！」衆軍道：「沒事又來鳥亂！我們自湊錢買酒吃，干你甚事？也來打人。」楊志道：「你這村鳥！理會得甚麼？到來只顧吃嘴！全不曉得路途上的勾當艱難，多少好漢被蒙汗藥麻翻了！」那挑酒的漢子看著楊志冷笑道：◎28「你這客官好不曉事！早是我不賣與你吃，卻說出這般沒氣力的話來！」正在松樹邊鬧動爭說，只見對面松林裏那夥販棗子的客人，都提著朴刀走出來，問道：「你們做甚麼鬧？」那挑酒的漢子道：「我自挑這酒過岡子村裏賣，熱了，在此歇涼。他衆人要問我買些吃，我又不曾賣與他。這個客官道我酒裏有甚麼蒙汗藥，你道好笑麼？說出這般話來！」那七個客人說道：「我只道有歹人出來，原來是如此，說一聲也不打緊。我們正想酒來解渴，既是他們疑心，且賣一桶與我們吃。」那挑酒的道：「不賣！不賣！」這七個客人道：

「你這鳥漢子也不曉事！我們須不曾說你。你左右將到村裏去賣，一般還你錢，便賣些與我們，打甚麼不緊？看你不道得※10捨施了茶湯，便又救了我們熱渴。」◎29那挑酒的漢子便道：「賣一桶與你，不爭，只是被他們說的不好，又沒碗瓢舀吃。」那七人道：「你這漢子忒認眞！便說了一聲，打甚麼不緊？我們自有椰瓢在這裏。」只見兩個客人去車子前取出兩個椰瓢來，一個捧出一大捧棗子來，七個人立在桶邊，開了桶蓋，輪替換著舀那酒吃，把棗子過口。無一時，一桶酒都吃盡了。七個客人道：「正不曾問得你多少價錢？」那漢道：「我一了※11不說價，五貫足錢一桶，十貫一擔。」七個客人道：「五貫便依你五貫，只饒我們一瓢吃。」那漢道：「饒不得，做定的價錢！」一個客人把錢還他，一個客人便去揭開桶蓋，兜了一瓢，拿上便吃，◎30那漢去奪時，這客人手拿半瓢酒，望松林裏便走，那漢趕將去。只見這邊一個客人從松林裏走將出來，手裏拿一個瓢，便來桶裏舀了一瓢酒。那漢看見，搶來劈手奪住，望桶裏一傾，便蓋了桶蓋，將瓢望地下一丟，口裏說道：「你這客人好不君子相！戴頭識臉的※12，也這般囉唣！」

那對過衆軍漢見了，心內癢起來，都待要吃。數中一個看著老都管道：「老爺爺與我們說一聲，那賣棗子的客人買他一桶吃了，我們胡亂也買他這桶吃，潤一潤喉也好。其實熱渴了，沒奈何。這裏岡子上又沒討水吃處，老爺爺方便！」老都管見衆軍所說，

註

※10不道得：豈不是的意思。有時也作不至於、不見得、豈肯、難道解釋。

※11一了：一向、一直、向來、本來。

※12戴頭識臉的：有面子的、有身分的。

評點

◎27.分明老奴所使，寫得活畫。凡老奸巨猾之人，欲排陷一人，自卻不笑，而偏能激人使笑，皆如此奴矣，於國於家，何處無之。（金批）

◎28.凡此以下，皆花攢錦湊，龍飛風走之文，須要逐遞逐句細細看去。（金眉）

◎29.此二語之妙，不惟說過賣酒者，亦已罩定楊志矣。（金批）

◎30.妙在便吃。（袁眉）

自心裏也要吃得些，竟來對楊志說：「那販棗子客人已買了他一桶酒吃，只有這一桶，胡亂教他們買了避暑氣，岡子上端的沒處討水吃。」◎31楊志尋思道：「俺在遠遠處望這廝們都買他的酒吃了，那桶裏當面也見吃了半瓢，想是好的。打了他們半日，胡亂容他買碗吃罷。」楊志道：「既然老都管說了，教這廝們買吃了，便起身。」衆軍健聽了這話，湊了五貫足錢，來買酒吃。那賣酒的漢子道：「不賣了，不賣了！這酒裏有蒙汗藥在裏頭！」衆軍陪著笑，說道：「大哥直得便還言語！」那漢道：「不賣了！休纏！」這販棗子的客人勸道：「你這個鳥漢子。他也說得差了！你也忒認眞！連累我們也吃你說了幾聲。須不關他衆人之事，胡亂賣與他衆人吃些。」那漢道：「沒事討別人疑心做甚麼！」這販棗子客人把那賣酒的漢子推開一邊，只顧將這桶酒提與衆軍去吃。◎32那軍漢開了桶蓋，無甚舀吃，陪個小

❂ 楊志等人在去東京的路上，途經黃泥岡。左邊領頭的為楊志，右邊為黃泥岡畫面。
（日版畫，出自《新編水滸畫傳》，葛飾戴斗繪）

心，問客人借這椰瓢用一用。衆客人道：「就送這幾個棗子與你們過酒。」衆軍謝道：「甚麼道理。」客人道：「休要相謝，都是一般客人，何爭在這百十個棗子上。」衆軍謝了，先兜兩瓢，叫老都管吃一瓢，楊提轄吃一瓢。楊志那裏肯吃？老都管自先吃了一瓢，兩個虞候各吃一瓢。衆軍漢一發上，那桶酒登時吃盡了。楊志見衆人吃了無事，自本不吃，一者天氣甚熱，二乃口渴難熬，拿起來只吃了一半，棗子分幾個吃了。那賣酒的漢子說道：「這桶酒被那客人饒一瓢吃了，少了你些酒，我今饒了你衆人半貫錢罷。」衆軍漢把錢還他。那漢子收了錢，挑了空桶，依然唱著山歌，自下岡子去了。

那七個販棗子的客人，立在松樹傍邊，指著這一十五人說道：「倒也！倒也！」只見這十五個人頭重腳輕，一個個面面廝覷，都軟倒了。那七個客人從松樹林裏推出這七輛江州車兒，把車子上棗子都丟在地上，將這十一擔金珠寶貝都裝在車子內，遮蓋好了，叫聲：「聒噪！」一直望黃泥岡下推了去。正是：

誅求膏血慶生辰，不顧民生與死鄰。
始信從來招劫盜，虧心必定有緣因。

楊志口裏只是叫苦，軟了身體，掙扎不起。十五人眼睜睜地看著那七個人，都把這金寶裝了去，只是起不來，掙不動，說不得。我且問你：這七人端的是誰？◎33不是別人，原來正是晁蓋、吳用、公孫勝、劉唐、三阮這七個。卻纔那個挑酒的漢子，便是白日鼠白勝。卻怎地用藥？原來挑上岡子時，兩桶都是好酒。七個人先吃了一桶，劉唐揭起桶

評點

◎31.亦單說棗子客人買過一桶，不說又饒一瓢，寫老兒是老兒。（金批）
◎32.龍跳虎臥之才，有此一筆，不然，則重軍奪吃既不好，白勝肯賣又不好也。（金批）
◎33.於末後一問一解，如萬斛舟隨舵而動，文字篇法如此收拾，即古文亦少，況稗官乎？（袁眉）

天氣炎熱，楊志擔心賣酒的有問題，不准許買酒解渴，而七個客商卻買了一桶吃。（朱寶榮繪）

蓋，又兜了半瓢吃，故意要他們看著，只是叫人死心塌地。次後，吳用去松林裏取出藥來，抖在瓢裏，只做走來饒他酒吃，把瓢去兜時，藥已攪在酒裏，假意兜半瓢吃，那白勝劈手奪來，傾在桶裏，這個便是計策。那計較都是吳用主張，這個喚做智取生辰綱。

原來楊志吃的酒少，便醒得快，爬將起來，兀自捉腳不住。看那十四個人時，口角流涎，都動不得，正應俗語道：「饒你奸似鬼，吃了洗腳水。」楊志憤悶道：「不爭你把了生辰綱去，教俺如何回去見得梁中書！這紙領狀須繳不得！」就扯破了。「如今閃得俺有家難奔，有國難投，待走那裏去？不如就這岡子上尋個死處！」撩衣破步，望著黃泥岡下便跳。正是：斷送落花三月雨，摧殘楊柳九秋霜。畢竟楊志在黃泥岡上尋死，性命如何？且聽下回分解。

白日鼠白勝。白勝武藝低微，露臉的場面就在這一回了。（葉雄繪）

第十七回 花和尚單打二龍山 青面獸雙奪寶珠寺◎1

話說楊志當時在黃泥岡上，被取了生辰綱去，如何回轉去見得梁中書？欲要就岡子上自尋死路。卻待望黃泥岡下躍身一跳，猛可醒悟，拽住了腳，尋思道：「爹娘生下洒家，堂堂一表，凜凜一軀，自小學成十八般武藝在身，終不成只這般休了。比及今日尋個死處，不如日後等他拿得著時，卻再理會。」回身再看那十四個人時，只是眼睜睜地看著楊志，◎2沒個掙扎

◎1.一部書，將網羅一百八人而貯之山泊也。將網羅一百八人而貯之山泊，而必一人一至朱貴水亭。一人一段分例酒食，一人一枝號箭，一人一次渡船，是亦何以異於今之販夫之唱籌量米之法也者。而以誇於世曰才子之文，豈其信哉？故自其天降石碣大排座次之日視之，則彼一百八人，誠已齊齊臻臻悉在山泊矣。然當其一百八人，猶未得而齊齊臻臻，悉在山泊之初，此是譬如大珠小珠，不得玉盤，迸走散落，無可羅拾。當是時。殆幾非一手二手之所得而施設也。作者於此，爲之躊躕，爲之經營，因忽然別構一奇，而控扭魯、楊二人藏之二龍，俟後樞機所發，乘勢可動，夫然後沖雷破壁，疾飛而去。嗚呼！自古有云良匠心苦，洵不誣也。魯達一孽龍也，楊志又一孽龍也。二孽龍同居一水，獨不虞其鬥乎？作者亦深知其然，故特於前文兩人出身下，都預寫作關西人，亦以望其有鄉里之情也。雖然以魯達、楊志二人而望其以鄉里爲投分之故，此倍難矣。以魯達、楊志二人，而誠肯以鄉里之故而得成投分，然則何不生於關西，長於關西，老死於關西，而又必破閑齧櫪而至於斯也？破閑齧櫪以至於斯，而尚思以「關西」二字羈之使合，是猶以藕絲之輕縶二孽龍，必不得之數耳。作者又深知其然，故特提操刀曹正，大書爲林沖之徒，曹正貫索在手，而魯、楊孽龍弭首帖尾，不敢復動。無他，天下怪物自須天下怪寶鎮之，則讀此篇者，其胡可不知林沖爲禹王之金鎖也？頃我言此篇之中雖無林沖，然而欲制毒龍，必須禹王金鎖，所以林沖獨爲一篇綱領之人，亦既論之詳矣。乃今我又欲試問天下之讀《水滸》者，亦嘗知此篇之中，爲止二龍，爲更有龍？爲止一鎖，爲更有鎖？爲止一貫索奴，爲更有貫索奴耶孔子曰：舉此隅，不以彼隅反，則不復說。然而我終亦請試言之。夫魯達、楊志雙居珠寺，他日固又有武松來也。夫魯達一孽龍也，武松又一孽龍也。魯楊之合也，則鎖之以林沖也，曹正其貫索者也。若魯、武之合也，其又以何爲鎖，以誰爲貫索之人乎哉？曰：而不見夫魯達自述孟州遇毒之事乎？是事也，未嘗見之於實事也，第一敘之於魯達之口，一敘之於張青之口，如是焉耳。夫魯與武即曾不相遇，而前後各各自到張青店中，則其貫索久已各各入於張青之手矣。故夫異日之有張青，猶如今日之有曹正也。曰：張青猶如曹正，則是貫索之人誠有之也，鎖其奈何？曰：誠有之，未細讀耳。覷魯達之述張青也，曰：看了戒刀吃驚。至後日張青之贈武松也，曰：我有兩口戒刀。其此物此志也。魯達之戒刀也，伴之以禪杖，武松之戒刀也，伴之以人骨念珠，此又作者故染間色，以眩人目也。不信，則第覷武松初過十字坡之時，張青夫婦與之飲酒至晚，無端忽出戒刀，互各驚賞，此與前文後文悉不連屬，其爲何耶？嗟乎！讀書隨書讀，定非讀書人，即又奚怪聖歎之以鍾期自許耶！楊志初入曹正店時，不必先有曹正之妻也。自楊志初入店時，一寫有曹正之妻，而下文遂有折本入贅等語，糾纏筆端，苦不得了，然而不得已也。何也？作者之胸中，夫固斷以魯、楊爲一雙，鎖之以林沖，貫之以曹正，又以魯、武爲一雙，鎖之以戒刀，貫之以張青，如上所云矣。然而，其事相去越十餘卷，彼天下之人方且眼小如豆，即又烏能凌跨二、三百紙，而得知其文心照耀，有如是之奇絕橫極者乎？故作者萬無如何，而先於曹正店中凭空添一婦人，使之特與張青店中彷彿相似，而後下文飛空架險，結撰奇觀，蓋才子之才，實有化工之能也。魯、楊一雙以關西通氣，魯、武一雙以出家逗機，皆惟恐文章不成篇段耳。請至末幅，已成拖尾，忽然翻出何清報信一篇有哭有笑文字，遂使天下無兄弟人讀之心傷，有兄弟人讀之又心傷，誰謂稗史無勸懲乎？（金批）

得起。楊志指著罵道：「都是你這廝們不聽我言語，因此做將出來，連累了洒家！」◎3
樹根頭拿了朴刀，掛了腰刀，周圍看時，別無物件。楊志嘆了口氣，一直下岡子去了。

那十四個人，直到二更，方纔得醒，一個個爬將起來，口裏只叫得連珠箭的苦。老都管道：「你們衆人不聽楊提轄的好言語，今日送※1了我也！」衆人道：「老爺，今日事已做出來了，且通個商量。」老都管道：「你們有甚見識？」衆人道：「是我們不是了。古人有言：『火燒到身，各自去掃；蜂蠆入懷，隨即解衣。』若還楊提轄在這裏，我們都說不過；如今他自去得不知去向，我們回去見梁中書相公，何不都推在他身上？只說道：『他一路上，凌辱打罵衆人，逼迫得我們都動不得。他和強人做一路，把蒙汗藥將俺們麻翻了，縛了手腳，將金寶都擄去了。』」老都管道：「這話也說得是。我們等天明，先去本處官司首告。留下兩個虞候，隨衙聽候，捉拿賊人。我等衆人，連夜趕回北京，報與本官知道，教動文書，申覆太師得知，著落濟州府，追獲這夥強人便了。」次日天曉，老都管自和一行人來濟州府該管官吏首告，不在話下。

且說楊志提著朴刀，悶悶不已，離黃泥岡，望南行了半日，看看又走了半夜，去林子裏歇了，尋思道：「盤纏又沒了，舉眼無個相識，卻是怎地好？」漸漸天色明亮，只得趁早涼了行。又走了二十餘里，正是：

面皮青毒逞雄豪，白送金珠十一挑。
今日為何行急急，不知若個打藤條。

註

※1送：這裏作斷送、葬送解釋。

評點

◎2.妙言奇趣，令人絕倒。本是楊志看十四個人也，卻反看出十四個人看楊志來，兩看字，寫得睜睜可笑。（金批）
◎3.就聽你言語也要做將出來，痴子。（容眉）

當時楊志走得辛苦，到一酒店門前。楊志道：「若不得些酒吃，怎地打熬得過？」便入那酒店去，向這桑木桌凳座頭上坐了，◎4身邊倚了朴刀。只見竈邊一個婦人問道：「客官莫不要打火？」楊志道：「先取兩角酒來吃，借些米來做飯，有肉安排些個，少停一發算錢還你。」只見那婦人先叫一個後生來面前篩酒，一面做飯，一邊炒肉，都把來楊志吃了。楊志起身，綽了朴刀，便出店門。那婦人道：「你的酒肉飯錢都不曾有！」楊志道：「待俺回來還你，權賒咱一賒。」◎5說了便走。那篩酒的後生趕將出來，揪住楊志，被楊志一拳打翻了。那婦人叫起屈來。楊志只顧走，只聽得背後一個人趕來，叫道：「你那廝走那裏去！」楊志回頭看時，那人大脫著膊，拖條桿棒，搶奔將來。楊志道：「這廝卻不是晦氣！倒來尋酒家！」立即住了不走。看後面時，那篩酒後生也拿條欓叉，隨後趕來，又引著三、兩個莊客，各拿桿棒，飛也似奔將都來。楊志道：「結果了這廝一個，那廝們都不敢追來！」便挺了手中朴刀來鬥這漢。這漢也掄轉手中桿棒，搶來相迎。兩個鬥了三、二十合，這漢怎地敵得楊志，只辦得架隔遮攔，上下躲閃。那後來的後生並莊客，卻待一發上，只見這漢托地跳出圈子外來，叫道：「且都不要動手！兀那使朴刀的大漢，你可通個姓名。」那楊志拍著胸道：「酒家行不更名，坐不改姓，青面獸楊志的便是！」這漢道：「莫不是東京殿司楊制使麼？」楊志道：「你怎地知道酒家是楊制使？」這漢撇了槍棒，便拜道：「小人有眼不識泰山！」楊志便扶這人起來，問道：「足下是誰？」這漢道：「小人原是開封府人氏，乃是八十

萬禁軍都教頭林沖的徒弟，◎6姓曹，名正，祖代屠戶出身。小人殺的好牲口，挑筋剮骨，開剝推剃，只此被人喚做操刀鬼。爲因本處一個財主，將五千貫錢，教小人來此山東做客，不想折了本，回鄉不得，在此入贅在這個莊農人家。卻纔竈邊婦人，便是小人的渾家。這個拿欉叉的，便是小人的妻舅。卻纔小人和制使交手，見制使手段和小人師父林教師一般，◎7因此抵敵不住。」楊志道：「原來你卻是林教師的徒弟。你的師父被高太尉陷害，落草去了。如今見在梁山泊。」曹正道：「小人也聽得人這般說將來，未知眞實。且請制使到家少歇。」

楊志便同曹正再回到酒店裏來。曹正請楊志裏面坐下，叫老婆和妻舅都來拜了楊志，◎8一面再置酒食相待。飲酒中間，曹正動問道：「制使緣何到此？」楊志把做制使失陷花石綱，並如今又失陷了梁中書的生辰綱一事，從頭備細告訴了。曹正道：「既然如此，制使且在小人家裏住幾時，再有商議。」楊志道：「如此卻是深感你的厚意。只恐官司追捕將來，不敢久住。」曹正道：「制使這般說時，要投那裏去？」楊志道：「洒家欲投梁山泊，去尋你師父林教頭。俺先前在那裏經過時，正撞著他下山來，與洒家交手。王倫見了俺兩個本事一般，因此都留在山寨裏相會，以此認得你師父林沖。王倫當初苦苦相留，俺卻不肯落草，如今臉上又添了金印，卻去投奔他時，好沒志氣。◎9因此躊躇未決，進退兩難。」曹正道：「制使見得是。小人也聽得人傳說，王倫那廝，心地匾窄，安不得人。說我師父林教頭上山時，受盡他的氣。不若小人此間離不遠，卻

評點

◎4.寫英雄無賴，卻寫出他沒意思來，妙筆。（金批）
◎5.方不是言必信，行必果的小人。（容眉）
◎6.安見曹正之必爲林沖之徒，特是楊志曾與林沖水泊交手，則此處不問其爲誰人，定不得不是林沖之徒，此文章家結撰之法也。（金批）
◎7.又映帶出林沖手段，與梁山泊時應。（芥眉）
林教頭有此阿徒，不俗不俗。（容眉）
◎8.不還酒錢，反要拜他、請他，氣人氣人。（容夾）
◎9.有志有志，不愧名字。（容夾）

是青州地面，有座山，喚做二龍山；山上有座寺，喚做寶珠寺。那座山生來卻好，裹著這座寺，只有一條路上得去。如今寺裏住持還了俗，養了頭髮，餘者和尚都隨順了。說道他聚集的四、五百人，打家劫舍。爲頭那人喚做金眼虎鄧龍。制使若有心落草時，到去那裏入夥，足可安身。」楊志道：「既有這個去處，何不去奪來安身立命？」當下就曹正家裏住了一宿，借了些盤纏，拿了朴刀，相別曹正，拽開腳步，投二龍山來。行了一日，看看漸晚，卻早望見一座高山。楊志道：「俺去林子裏且歇一夜，明日卻上山去。」轉入林子裏來，吃了一驚。只見一個胖大和尚，◎10脫得赤條條的，背上刺著花繡，坐在松樹根頭乘涼。那和尚見了楊志，就樹根頭綽了禪杖，跳將起來，大喝道：「兀那撮鳥！你是那裏來的？」正是：

平將珠寶擔落空，卻問寶珠寺討帳。要投入寺裏強人，先引出寺外和尚。

楊志聽了心道：「原來也是關西和尚。俺和他是鄉中※2，問他一聲。」楊志叫道：「你是那裏來的僧人？」那和尚也不回說，掄起手中禪杖，只顧打來。楊志道：「怎奈這禿廝無禮，且把他來出口氣！」挺起手中朴刀，來奔那和尚。兩個就林子裏一來一往，一上一下，兩個放對※3。但見：

兩條龍競寶，一對虎爭餐。禪杖起如虎尾龍筋，朴刀飛似龍鬐虎爪。崒嵂嵂，忽喇喇，天崩地塌，陣雲中黑氣盤旋。惡狠狠，雄赳赳，雷吼風呼，殺氣內金光閃爍。兩條龍競寶，嚇得那身長力壯仗霜鋒周處眼無光；一對虎爭餐，驚得這膽大心粗施雪刃卞莊魂魄喪。兩條龍競寶，眼珠放彩，尾擺得水母殿臺搖。
一對虎爭餐，野獸奔馳，聲震得山神毛髮豎。

當時楊志和那和尚鬥到四、五十合，不分勝敗。那和尚賣個破綻，托地跳出圈子外來，喝一聲：「且歇！」兩個都住了手。楊志暗暗地喝采道：「那裏來的這個和尚！眞個好本事，手段高。俺卻剛剛地只敵得他住。」◎11那僧人叫道：「兀那青面漢子，你是甚麼人？」楊志道：「洒家是東京制使楊志的便是。」那和尚道：「你不是在東京賣刀殺了破落戶牛二的？」楊志道：「你不見俺臉上金印？」那和尚笑道：「卻原來在這裏相見。」楊志道：「不敢問師兄卻是誰？緣何知道洒家賣刀？」那和尚道：「洒家不是別人，俺是延安府老種經略相公帳前軍官魯提轄的便是。爲因三拳打死了鎭關西，卻去五臺山淨髮爲僧。人見洒家背上有花繡，都叫俺做花和尚魯智深。」楊志笑道：「原來是自家鄉里，俺在江湖上多聞師兄大名。聽得說道，師兄在大相國寺裏掛搭，如今何故來在這裏？」魯智深道：「一言難盡。洒家在大相國寺管菜園，遇著那豹子頭林沖，被高太尉要陷害他性命。俺卻路見不平，直送他到滄州，救了他一命。不想那兩個防送公人回來，對高俅那廝說道：『正要在野豬林裏結果林沖，卻被大相國寺魯智深救了。那和尚直送到滄州，因此害他不得。』這直娘賊恨殺洒家，分付寺裏長老不許俺掛搭，又差人來捉洒家，卻得一夥潑皮通報，不曾著了那廝的手。◎12吃俺一把火燒了那菜園裏廨

註
※2鄉中：同鄉、老鄉。
※3放對：對打。

評點
◎10.楊志相遇智深，星煞之初合也。（余評）
◎11.魯達本事，前林沖嘆之矣，今楊志又嘆之。至云自己剛剛敵得他住，則是楊志本事，林沖嘆之，魯達嘆之，楊志亦自嘆之也。（金批）
◎12.潑皮亦有用處，收應無漏。（袁夾）

魯智深和楊志狹路相逢，打鬥在一起。卻是不打不相識，兩人最後反因此而結交。（日版畫，出自《新編水滸畫傳》，葛飾戴斗繪）

宇，逃走在江湖上，東又不著，西又不著。來到孟州十字坡過，險些兒被個酒店裏婦人害了性命，把洒家著蒙汗藥麻翻了。得他的丈夫歸來得早，見了洒家這般模樣，又看了俺的禪杖、戒刀吃驚，連忙把解藥救俺醒來。因問起洒家名字，留住俺過了幾日，結義洒家做了弟兄。那人夫妻兩個，亦是江湖上好漢有名的，都叫他做菜園子張青，其妻母夜叉孫二娘，甚是好義氣。◎13住了四、五日，打聽得這裏二龍山寶珠寺可以安身，洒家特地來奔那鄧龍入夥，叵耐那廝不肯安著洒家在這山上。和俺廝併，又敵洒家不過，只把這山下三座關，牢牢

楊志進入樹林，突然看到一個胖大的和尚，脫得赤條條，嚇了一大跳。（朱寶榮繪）/右頁圖

評點

◎13.此一段既爲行者事先提，又與操刀人暗映，文情有意無意，毫無痕跡。（芥眉）

地拴住，又沒別路上去。那撮鳥由你叫罵，只是不下來廝殺，氣得洒家正苦在這裏沒個委結※4。不想卻是大哥來。」楊志大喜。兩個就林子裏剪拂了，就地坐了一夜。楊志訴說賣刀殺死了牛二的事，並解生辰綱失陷一節，都備細說了。又說曹正指點來此一事，便道：「既是閉了關隘，俺們住在這裏，如何得他下來？不若且去曹正家商議。」

兩個廝趕著行離了那林子，來到曹正酒店裏。楊志引魯智深與他相見了，曹正慌忙置酒相待，商量要打二龍山一事。曹正道：「若是端的閉了關時，休說道你二位，便有一萬軍馬，也上去不得！似此只可智取，不可力求。」魯智深道：「叵耐那撮鳥，初投他時，只在關外相見。因不留俺，廝併起來，那廝小肚上，被俺一腳點翻※5了。卻待要結果了他性命，被他那裏人多，救了上山去，閉了這鳥關，由你自在下面罵，只是不肯下來廝殺！」楊志道：「既然好去處，俺和你如何不用心去打！」魯智深道：「便是沒做個道理上去，奈何不得他！」曹正道：「小人有條計策，不知中二位意也不中？」◎14楊志道：「願聞良策則個※6。」曹正道：「制使也休這般打扮，只照依小人這裏近村莊家穿著。小人把這位師父禪杖、戒刀都拿了，卻叫小人的妻弟，帶六個火家，直送到那山下，把一條索子綁了師父，小人自會做活結頭。卻去山下叫道：『我們近村開酒店莊家，這和尚來我店中吃酒，吃得大醉了，不肯還錢，口裏說道，去報人來打你山寨，因此我們聽得。乘他醉了，把他綁縛在這裏，獻與大王。』那廝必然放我們上去。到得他山寨裏面，見鄧龍時，把索子拽脫了活結頭，小人便遞過禪杖與師父。你兩個好漢一發

上，那廝走往那裏去！若結果了他時，以下的人，不敢不伏。此計若何？」魯智深、楊志齊道：「妙哉！妙哉！」有詩爲證：

> 乳虎稱龍亦枉然，二龍山許二龍蟠。
> 人逢忠義情偏洽，事到顛危策愈全。

當晚衆人吃了酒食，又安排了些路上乾糧。次日五更起來，衆人都吃得飽了。魯智深的行李、包裹，都寄放在曹正家。◎15當日楊志、魯智深、曹正，帶了小舅並五、七個莊家，取路投二龍山來。晌午後，直到林子裏，脫了衣裳，把魯智深用活結頭使索子綁了，教兩個莊家，牢牢地牽著索頭。楊志戴了遮日頭涼笠兒，身穿破布衫，手裏倒提著朴刀。曹正拿著他的禪杖，衆人都提著棍棒，在前後簇擁著。到得山下，看那關時，都擺著強弩硬弓，灰瓶炮石。小嘍囉在關上看見綁得這個和尚來，飛也似報上山去。多樣時，◎16只見兩個小頭目上關來問道：「你等何處人？來我這裏做甚麼？那裏捉得這個和尚來？」曹正答道：「小人等是這山下近村莊家，開著一個小酒店。這個胖和尚不時來我店中吃酒，吃得大醉，不肯還錢，口裏說道：『要去梁山泊叫千百個人來，打此二龍山，和你這近村坊，都洗蕩了！』因此小人只得又將好酒請他，灌得醉了，一條索子綁縛這廝，來獻與大王，表我等村鄰孝順之心，免得村中後患。」兩個小頭目聽了這話，

註

※4委結：了局、結果的意思。
※5點翻：放倒、打倒。
※6則個：加重語氣的語尾詞。

評點

◎14.一路皆聽曹正處畫，明曹正爲二漢之斗筭合縫人也。（金眉）
◎15.細中之細，只因一句魯達寄包裹，便將楊志岡上失事，店中賒酒等事，忽然襯出，令讀者已忘了又提著也。（金批）
◎16.三字寫鄧龍也，卻活寫出王倫，然亦活寫出天下人矣。（金批）

歡天喜地，說道：「好了！衆人在此少待一時。」兩個小頭目就上山來報知鄧龍，說拿得那胖和尚來。鄧龍聽了大喜，叫：「解上山來，且取這廝的心肝，來做下酒，消我這點冤仇之恨！」小嘍囉得令，來把關隘門開了，便叫送上來。

楊志、曹正，緊押魯智深解上山來，看那三座關時，端的險峻，兩下裏山環繞將來，包住這座寺。山峰生得雄壯，中間只一條路上關來。三重關上，擺著擂木炮石，硬弩強弓，苦竹槍密密地攢著。過得三處關閘，來到寶珠寺前看時，三座殿門，一段鏡面也似平地，周遭都是木柵爲城。◎[17]寺前山門下立著七、八個小嘍囉，看見縛得魯智深來，都指手罵道：「你這禿驢，傷了大王，今日也吃拿了！慢慢的碎割了這廝！」魯智深只不做聲。押到佛殿看時，殿上都把佛來擡去了，中間放著一把虎皮交椅，衆多小嘍囉，拿著槍棒，立在兩邊。少刻，只見兩個小嘍囉扶出鄧龍來，坐在交椅上。曹正、楊志緊緊地幫※[7]著魯智深到階下。鄧龍道：「你那廝禿驢！前日點翻了我，傷了小腹，

❀ 莊家把索頭鬆開，魯智深就接過禪杖，鄧龍被魯智深一杖打死，楊志也砍死了四、五個小嘍囉。（選自《水滸傳版刻圖錄》，江蘇廣陵古籍刻印社）

至今青腫未消，今日也有見我的時節！」魯智深睜圓怪眼，大喝一聲：「撮鳥休走！」兩個莊家把索頭只一拽，拽脫了活結頭，散開索子。魯智深就曹正手裏接過禪杖，雲飛掄動；楊志撇了涼笠兒，提起手中朴刀；曹正又掄起桿棒；衆莊家一齊發作，並力向前。鄧龍急待掙扎時，早被魯智深一禪杖，當頭打著，把腦蓋劈做兩半個，和交椅都打碎了。手下的小嘍囉，早被楊志搠翻了四、五個。曹正叫道：「都來投降！若不從者，便行掃除處死！」◎18寺前寺後，五、六百小嘍囉並幾個小頭目，驚嚇得呆了，只得都來歸降投伏。隨即叫把鄧龍等屍首，扛擡去後山燒化了。一面去點倉廒，整頓房舍，再去看那寺後有多少物件。且把酒肉安排些來吃。魯智深並楊志做了山寨之主，置酒設宴慶賀。小嘍囉們盡皆投伏了，仍設小頭目管領。曹正別了二位好漢，領了莊家，自回家去，不在話下。正是：

古剎雄奇隱翠微，翻爲賊寨假慈悲。
天生神力花和尚，弄棒磨刀作住持。

又有詩一首並及楊志：

有智能深助智深，綠林豪客主叢林。
降龍伏虎眞同志，戰面誰知有佛心。

不說魯智深、楊志自在二龍山落草，卻說那押生辰綱老都管並這幾個廂禁軍，曉行夜住，趕回北京，到得梁中書府，直至廳前，齊齊都拜翻在地下告罪。梁中書道：「你

註

※7 幫：擠住，使被擠者不能動。

評點

◎17.是個可據處，少不得這一番形容。又在當時看的眼睛裏說出來，更與呆呆敘贊者迥別。（袁眉）
◎18.曹正眞是捉刀人，可用可用。（袁眉）

們路上辛苦，多虧了你衆人。」又問：「楊提轄何在？」衆人告道：「不可說！這人是個大膽忘恩的賊！自離了此間，五、七日後，行得到黃泥岡，天氣大熱，都在林子裏歇涼。不想楊志和七個賊人通同，假裝做販棗子客商。楊志約會與他做一路，先推七輛江州車兒在這黃泥岡上松林裏等候。卻叫一個好漢，挑一擔酒來岡子上歇下。小的衆人不合買他酒吃，被那廝把蒙汗藥都麻翻了，又將索子綑縛衆人。楊志和那七個賊人，卻把生辰綱財寶並行李，盡裝載車上將了去。現今去本管濟州府呈告了，留兩個虞候在那裏隨衙聽候，捉拿賊人。小人等衆人，星夜趕回來，告知恩相。」梁中書聽了大驚，◎19罵道：「這賊配軍！你是犯罪的囚徒，我一力擡舉你成人，怎敢做這等不仁忘恩的事！我若拿住他時，碎屍萬段！」隨即便喚書吏，寫了文書，當時差人星夜來濟州投下；又寫一封家書，著人也連夜上東京，報與太師知道。

且不說差人去濟州下公文，只說著人上東京來到太師府報知。見了太師，呈上書札。蔡太師看了大驚，道：「這班賊人，甚是膽大！去年將我女婿送來的禮物，打劫了去，至今未獲；今年又來無禮，如何干罷！」◎20隨即押了一紙公文，著一個府幹，親自齎了，星夜望濟州來。著落府尹，立等捉拿這夥賊人，便要回報。

且說濟州府尹自從受了北京大名府留守司梁中書札付，每日理論不下。正憂悶間，只見門吏報道：「東京太師府裏，差府幹見到廳前，有緊急公文，要見相公。」府尹聽得大驚，道：「多管是生辰綱的事！」慌忙升廳，來與府幹相見了，說道：「這件事，下官已受了梁府虞候的狀子，已經差緝捕的人，跟捉賊人，未見蹤跡。前日留守司又差人行札付到來，又經著仰尉司並緝捕觀察，杖限跟捉，未曾得獲。若有些動靜消息，下官親到相府回話。」府幹道：「小人是太師府裏心腹人。今奉太師鈞旨，特差來這裏要這一干人。臨行時，太師親自分付，教小人到本府，只就州衙裏宿歇，立等相公，要拿這七個販棗子的，並賣酒一人、在逃軍官楊志，各賊正身。限在十日捉拿完備，差人解赴東京。若十日不獲得這件公事時，怕不先來請相公去沙門島※8走一遭，小人也難回太師府裏去，性命亦不知如何。相公不信，請看太師府裏行來的鈞帖。」府尹看罷大驚，◎21隨即便喚緝捕人等。只見階下一人聲喏，立在簾前。太守道：「你是甚人？」那人稟道：「小人是三都緝捕使臣何濤。」太守道：「前日黃泥岡上打劫了去的生辰綱，是你該管麼？」何濤答道：「稟覆相公，何濤自從領了這件公事，晝夜無眠，差下本管眼明手快的公人，去黃泥岡上往來緝捕。雖是累經杖責，到今未見蹤跡。非是何濤怠慢官府，實出於無奈。」府尹喝道：「胡說！『上不緊則下慢』。我自進士出身，歷任到這一郡諸侯，非同容易！今日東京太師府差一幹辦，來到這裏，領太師臺旨，限十日內，須要捕獲各賊正身，完備解京。若還違了限次，我非止罷官，必陷我投沙門島走一遭。你是個緝捕使臣，倒不用心，以致禍及於我！先把你這廝迭配遠惡軍州，雁飛不到去處！」◎22便喚過文筆匠來，去何濤臉上刺下「迭配……州」字樣，空著甚處州名，發落

註

※8 沙門島：位於山東蓬萊西北海中的小島，在宋時是個荒涼偏僻、流配犯人的地方。

評點

◎19.此段凡用四個大驚字。（金眉）
◎20.好宰相，只是慶賀自家生辰便了。（容眉）
◎21.中書驚爲失媚，太師驚爲失賄，府尹驚爲失官，可憐可笑。（袁眉）
◎22.太師責府尹，府尹責觀察，觀察責公人，看他一路鵝翎卸下。（金眉）

道：「何濤，你若獲不得賊人，重罪決不饒恕！」

正是：

臉皮打稿太乖張，自要平安人受殃。
賤面可無煩作計，本心也合細思量。

卻說何濤領了臺旨，下廳前來到使臣房裏，會集許多做公的，都到機密房中，商議公事。眾做公的都面面相覷，如箭穿雁嘴，鉤搭魚腮，盡無言語。何濤道：「你們閑常時，都在這房裏賺錢使用。如今有此一事難捉，都不作聲。你眾人也可憐我臉上刺的字樣。」眾人道：「上覆觀察，小人們人非草木，豈不省的？只是這一夥做客商的，必是他州外府深山曠野強人遇著，一時劫了他的財寶，自去山寨裏快活，如何拿得著？便是知道，也只看得他一看。」何濤聽了，當初只有五分煩惱，見說了這話，又添了五分煩惱。自離了使臣房裏，上馬回到家中，把馬牽去後槽上拴了，獨自一個，悶悶不已。正是：

眉頭重上三鍠鎖，滿腹塡平萬斛愁。
網裏漏魚何處覓？甕中捉鱉向誰求？

黃泥岡生辰綱被劫，官府忙得雞飛狗跳。圖為黃泥岡所在的太行山景色，絕壁之上的村子。（李傑／fotoe提供）

只見老婆道：「丈夫，你如何今日這般嘴臉？」何濤道：「你不知，前日太守委我一紙批文，爲因黃泥岡上一夥賊人，打劫了梁中書與丈人蔡太師慶生辰的金珠寶貝，計十一擔，正不知是甚麼樣人打劫了去。我自從領了這道鈞批，到今未曾得獲。今日正去轉限，不想太師府又差幹辦來，立等要拿這一夥賊人解京。太守問我賊人消息，我回覆道：『未見次第※9，不曾獲得。』府尹將我臉上刺下『迭配……州』字樣，只不曾塡甚去處，在後知我性命如何！」老婆道：「似此怎地好？卻是如何得了！」正說之間，只見兄弟何清來望哥哥。何濤道：「你◎23來做甚麼？不去賭錢，卻來怎地？」何濤的妻子乖覺，連忙招手，說道：「阿叔，你且來廚下，和你說話。」何清當時跟了嫂嫂進到廚下坐了。嫂嫂安排些肉食菜蔬，盪幾杯酒，請何清吃。何清問嫂嫂道：「哥哥忒殺欺負人！我不中，也是你一個親兄弟！你便奢遮殺，只做得個緝捕觀察！便叫我一處吃盞酒，有甚麼辱沒了你！」阿嫂道：「阿叔，你不知道，你哥哥心裏自過活不得哩！」何清道：「哥每日起了大錢大物，那裏去了？有的是錢和米，有甚麼過活不得處？」◎24阿嫂道：「你不知，爲這黃泥岡上，前日一夥販棗子的客人，打劫了北京梁中書慶賀蔡太師的生辰綱去。如今濟州府尹奉著太師鈞旨，限十日內，定要捉拿各賊解京。若還捉不著正身時，便要刺配遠惡軍州去。你不見你哥哥先吃府尹刺了臉上『迭配……州』字樣，只不曾塡甚處去處，早晚捉不著時，實是受苦！他如何有心和你吃酒？我卻纔安排

註

※9 次第：頭緒的意思。

評點

◎23.一你字可嘆，何不叫他一聲兄弟耶？（金批）

◎24.何清與阿嫂交口，另作一篇小文讀，蓋〈棠棣〉之詩。遜其婉切矣。（金眉）

些酒食與你吃。他悶了幾時了，你卻怪他不得。」何清道：「我也誹誹地聽得人說道：『有賊打劫了生辰綱去。』正在那裏地面上？」阿嫂道：「只聽得說道黃泥岡上。」何清道：「卻是甚麼樣人劫了？」阿嫂道：「叔叔，你又不醉，我方纔說了，是七個販棗子的客人打劫了去。」何清呵呵的大笑道：「原來恁地！既道是販棗子的客人了，卻悶怎地？何不差精細的人去捉？」阿嫂道：「你倒說得好，便是沒捉處。」何清笑道：「嫂嫂，倒要你憂！哥哥放著常來的一班兒好酒肉弟兄，閑常不睬的是親兄弟，今日纔有事，便叫沒捉處。◎25若是叫兄弟得知，賺得幾貫錢使，量這夥小賊，有甚難處！」阿嫂道：「阿叔，你倒敢知得些風路※10？」何清笑道：「直等哥哥臨危之際，兄弟卻來有個道理救他。」說了，便起身要去。◎26阿嫂留住再吃兩杯。那婦人聽了這話說得蹺蹊，慌忙來對丈夫備細說了。何濤連忙叫請兄弟到面前。何濤陪著笑臉說道：「兄弟，◎27你既知此賊去向，如何不救我？」何清道：「我不知甚麼來歷，我自和嫂嫂說耍。兄弟如何救得哥哥？」◎28何濤道：「好兄弟，休得要看冷暖※11。只想我日常的好處，休記我閑時的歹處，◎29救我這條性命！」何清道：「哥哥，你管下許多眼明手快的公人，也有三、二百個，何不與哥哥出些大氣？量兄弟一個，怎救得哥哥！」何濤道：「兄弟休說他們。你的話眼裏有些門路，休要把與別人做好漢。你且說與我些去向，我自有補報你處。正教我怎地心寬！」何清道：「有甚麼去向，兄弟不省的！」何濤道：「你不要慪我，只看同胞共母之面。」◎30何清道：「不要慌。且待到至急處，兄弟自來出些氣力，拿這夥小賊。」阿嫂便道：「阿叔，胡亂救你哥哥，也是兄弟情分。◎31如今被太師府鈞帖，立等要這一干人，天來大事，你卻說小賊！」何清道：「嫂嫂，你須知我只為賭錢上，吃哥哥多少言語。但是打罵，不曾和他爭涉。閑常有酒有食，只和別人快活，今日兄弟也有用處！」何濤見他話眼有些來歷，慌忙取一個十兩銀子，放在桌上，說道：「兄弟，權將這錠銀子收了。日後捕得賊人時，金銀緞匹賞賜，我一力包辦。」何清笑道：「哥哥，正是『急來抱佛腳，閑時不燒香』！我若要你銀子時，便是兄弟勒掯※12你。◎32你且把去收了，不要將來賺我。你若如此，我便不說。既是你兩口兒我行陪話，我說與你，不要把銀子出來驚我。」何濤道：「銀兩都是官司信賞出的，如何沒三、五百貫錢？兄弟，你休推卻。我且問你，這夥賊卻在那裏有些來歷？」何清拍著大腿道：「這夥賊，我都捉在便袋裏了！」何濤大驚道：「兄弟，你如何說這夥賊在你便袋裏？」何清道：「哥哥，你莫管我，自都有在這裏便了。你只把銀子收了去，不要將來賺我，只要常情便了。我卻說與你知道。」何清不慌不忙，疊著兩個指頭說出來。有分教：鄆城縣裏，引出個仗義英雄；梁山泊中，聚一夥擎天好漢。畢竟何清對何濤說出甚人來？且聽下回分解。

註

※10風路：風聲、路道、線索。
※11看冷暖：宋時俗語「世情看冷暖，人面逐高低」，即世態人情。
※12勒掯：勒索、強迫、有意為難。也寫作「掯勒」。

評點

◎25.酒肉兄弟決不如親兄弟，千古至言。（容眉）
◎26.筆如鷙鷹脱兔，其勢駭人。（金批）
◎27.久不聞此二字，寫得痛人。（金批）
◎28.描畫何清處，咄咄逼眞。（容眉）
◎29.二語亦是陪笑急辭耳，夫哥哥兄弟，有何好處，有何歹處，只須常情足矣，固知二語，定非何清之所願聞也。（金批）
◎30.此句卻說入何清本懷，故下文便肯相許。作者眞有人倫之責，天下萬世，其奈何不讀《水滸》也？（金批）
◎31.這婦人也用得。（容眉）
◎32.畢竟同胞兄弟重於孔方兄，何清可傳。（袁夾）

第十八回

美髯公智穩插翅虎　宋公明私放晁天王◎1

當時何觀察與兄弟何清道：「這錠銀子，是官司信賞的，非是我把來賺你，後頭再有重賞。兄弟，你且說這夥人如何在你便袋裏？」只見何清去身邊招文袋※1內，摸出一個經折兒※2來，指道：「這夥賊人都在上面。」何濤道：「你且說怎地寫在上面？」何清道：「不瞞哥哥說，兄弟前日爲賭博輸了，沒一文盤纏，有個一般賭博的，引兄弟去北門外十五里，地名安樂村，有個王家客店內，湊些碎賭。◎2爲是官司行下文書來，著落本村，但凡開客店的，須要置立文簿，一面上用勘合印信。每夜有客商來歇宿，須要問他：『那裏來？何處去？姓甚名誰？做甚買賣？』都要抄寫在簿子上。官司查照時，每月一次，去里正處報名。◎3爲是小二哥不識字，央我替他抄了半個月。當日是六月初三日，有七個販棗子的客人，推著七輛江州車兒來歇。我卻認得一個爲頭的客人，是鄆城縣東溪村晁保正。因何認得他呢？我比先曾跟一個賭漢去投奔他，因此我認得。我寫著文簿，問他道：『客人高姓？』只見一個三髭鬚白淨面皮的搶將過來，答應道：『我等姓李，從濠州來販棗子，去東京賣。』◎4我雖寫了，有些疑心。第二日，他自去了。店主帶我去村裏相賭，來到一處三叉路口，只見一個漢子挑兩個桶來。我不認得他。店主人自與他厮叫道：『白大郎，那裏去？』那人應道：『有擔醋，將去村裏財主家賣。』店主人和我說道：『這人叫做白日鼠白勝，他是個賭客。』我也只安在心裏。後來聽得沸沸揚揚地說道：『黃泥岡上一夥販棗子的客人，把蒙汗藥麻翻了人，劫了生辰綱去。』我猜不是晁保正，卻是兀誰？如今只捕了白勝，一問便知端的。這個經折兒，是我抄的副本。」◎5何濤聽了大喜，隨即引了兄弟何清，逕到州衙裏見了太守。府尹問道：「那公事有些下落麼？」何濤稟道：「略有些消息了。」府尹叫進後堂來說，◎6仔細問了來歷。何清一一稟說了。當下便差八個做公的，一同何濤、何清，連夜來到安樂村，叫了店主人做眼，逕奔到白勝家裏，卻是三更時分。叫店主人賺開門來打火，只聽得白勝在床上做聲。問他老婆時，卻說道：「害熱病，不曾得汗。」從床上拖將起來，見白勝面色紅白，就把索子綁了，喝道：「黃泥岡上做得好事！」白勝那裏肯認。把那婦人綑了，也不肯招。眾做公的繞屋尋贓，尋到床底下，見地面不平。眾人掘開，不到三尺深，眾多公人發聲喊，白勝面如土色，就地下取出一包金銀。隨即把白

註

※1招文袋：掛在腰帶上的小袋，古人用它作文件袋、公事包。

※2經折兒：手折，古人用它作事冊、筆記本。

評點

◎1.此回始入宋江傳也。宋江，盜魁也。盜魁，則其罪浮於群盜一等。然而從來人之讀《水滸》者，每每過許宋江忠義，如欲旦暮遇之。此豈其人性喜與賊爲徒？殆亦讀其文而不能通其義有之耳。自吾觀之，宋江之罪之浮於群盜也，吟反詩爲小，而放晁蓋爲大。何則？放晁蓋而倡聚群醜禍連朝廷，自此始矣。宋江而誠忠義，是必不放晁蓋者也；宋江而放晁蓋，是必不能忠義者也。此入本傳之始，而初無一事可書，爲首便書私放晁蓋。然則宋江通天之罪，作者眞不能爲之諱也。豈惟不諱而已，又特致其辨焉。如曰：府尹叫進後堂，則機密之至也；叫了店主做眼，則機密之至也；三更奔到白家，則機密之至也；五更趕回城裏，則機密之至也；包了白勝頭臉，則機密之至也；老婆監收女牢，則機密之至也；何濤親領公文，則機密之至也；就帶虞候做眼，則機密之至也；眾人都藏店裏，則機密之至也；何濤不肯輕說，則機密之至也。凡費若干文字，寫出無數機密，而皆所以深著宋江私放晁蓋之罪。蓋此書之寧恕群盜，而不恕宋江，其立法之嚴有如此者。世人讀《水滸》而不能通，而遽便以忠義目之，眞不知馬之幾足者也。寫朱仝、雷橫二人，各自要放晁蓋，而爲朱仝巧雷橫拙，朱仝快雷橫遲，便見雷橫處處讓過朱仝一著。然殊不知朱仝未入黑影之先，又先有宋江早已做過人情，則是朱仝又讓過宋江一著也。強手之中，更有強手，眞是寫得妙絕。（金批）

◎2.何濤罵兄弟好賭，不謂賊人消息卻都在賭博上撈摸出來。看他逐段不脫賭字，妙絕。（金批）

◎3.可見保甲法之妙。（袁眉）

◎4.以吳用之智，而又适（編者注：迅速）以智敗，世界之窄，不已甚乎！（金批）

◎5.找一句，了經折事。（袁眉）

◎6.自此以下都極寫機密之至，無處走漏消息，以見晁蓋之走，實係宋江放之，所以大著其罪也。（金眉）

勝頭臉包了，帶他老婆，扛擡贓物，都連夜趕回濟州城裏來。卻好五更天明時分。把白勝押到廳前，便將索子綑了。問他主情造意※3，白勝抵賴，死不肯招晁保正等七人。◎7連打三、四頓，打得皮開肉綻，鮮血迸流。府尹喝道：「告的正主招了贓物，捕人已知是鄆城縣東溪村晁保正了，你這廝如何賴得過！你快說那六人是誰，便不打你了。」白勝又捱了一歇，打熬不過，只得招道：「爲首的是晁保正。他自同六人來糾合白勝與他挑酒，其實不認得那六人。」知府道：「這個不難。只拿住晁保正，那六人便有下落。」先取一面二十斤死囚枷，枷了白勝。他的老婆也鎖了，押去女牢裏監收。隨即押一紙公文，就差何濤親自帶領二十個眼明手快的公人，逕去鄆城縣投下，◎8著落本縣，立等要捉晁保正，並不知姓名六個正賊。就帶原解生辰綱的兩個虞候，作眼拿人，一同何觀察領了一行人，去時不要大驚小怪，只恐怕走透了消息。星夜來到鄆城縣，先把一行公人並兩個虞候，都藏在客店裏，◎9只帶一、兩個跟著，來

❽ 何濤捉拿白勝夫婦，在床上捉了個正著。（日版畫，出自《新編水滸畫傳》，葛飾戴斗繪）

下公文，逕奔鄆城縣衙門前來。當下巳牌時分，卻值知縣退了早衙，縣前靜悄悄地。何濤走去縣對門一個茶坊裏坐下，吃茶相等。吃了一個泡茶，問茶博士※4道：「今日如何縣前恁地靜？」茶博士說道：「知縣相公早衙方散，一應公人和告狀的，都去吃飯了未來。」何濤又問道：「今日縣裏不知是那個押司※5值日？」茶博士指著道：「今日值日的押司來也。」何濤看時，只見縣裏走出一個吏員來。看那人時，怎生模樣？但見：

> 眼如丹鳳，眉似臥蠶。滴溜溜兩耳懸珠，明皎皎雙睛點漆。唇方口正，髭鬚地閣輕盈。額闊頂平，皮肉天倉※6飽滿。坐定時渾如虎相，走動時有若狼形。年及三旬，有養濟萬人之度量；身軀六尺，懷掃除四海之心機。志氣軒昂，胸襟秀麗。刀筆敢欺蕭相國，聲名不讓孟嘗君。

那押司姓宋名江，表字公明，排行第三，祖居鄆城縣宋家村人氏。爲他面黑身矮，人都喚他做黑宋江。又且於家大孝，爲人仗義疏財，人皆稱他做孝義黑三郎。上有父親在堂，母親早喪。下有一個兄弟，喚做鐵扇子宋清，自和他父親宋太公在村中務農，守些田園過活。這宋江自在鄆城縣做押司。他刀筆精通，吏道純熟；更兼愛習槍棒，學得武藝多般。平生只好結識江湖上好漢，但有人來投奔他的，若高若低，無有不納，便留在莊上館穀※7，終日追陪，並無厭倦。若要起身，盡力資助，端的是揮金似土。人問

註

※3主情造意：主謀的，出主意的。
※4茶博士：茶館的夥計。
※5押司：宋時辦理文書、獄訟的地方胥吏，多由當地有產業人戶中差選。
※6天倉：相者術語，即天庭。
※7館穀：供給客人住宿和膳食。

評點

◎7.亦見義氣，鼠尚如此，況龍虎等物乎？（芥眉）
◎8.公文不另差人，機密之至，更不得消息走漏也。（金批）
◎9.寫得是眾人都藏過，則更無走漏消息處，見機密之至也。（金批）

他求錢物，亦不推托，且好做方便，每每排難解紛，只是周全人性命。如常散施棺材藥餌，濟人貧苦，賙人之急，扶人之困，以此山東、河北聞名，都稱他做及時雨，卻把他比做天上下的及時雨一般，能救萬物。◎10曾有一首臨江仙讚宋江好處：

起自花村刀筆吏，英靈上應天星，疏財仗義更多能。事親行孝敬，待士有聲名。濟弱扶傾心慷慨，高名水月雙清。及時甘雨四方稱，山東呼保義※8，豪傑宋公明。

當時宋江帶著一個伴當※9，走將出縣前來。只見這何觀察當街迎住，叫道：「押司，此間請坐拜茶。」宋江見他似個公人打扮，慌忙答禮道：「尊兄何處？」何濤道：「且請押司到茶坊裏面吃茶說話。」宋公明道：「謹領。」兩個人到茶坊裏坐定，伴當都叫去門前等候。宋

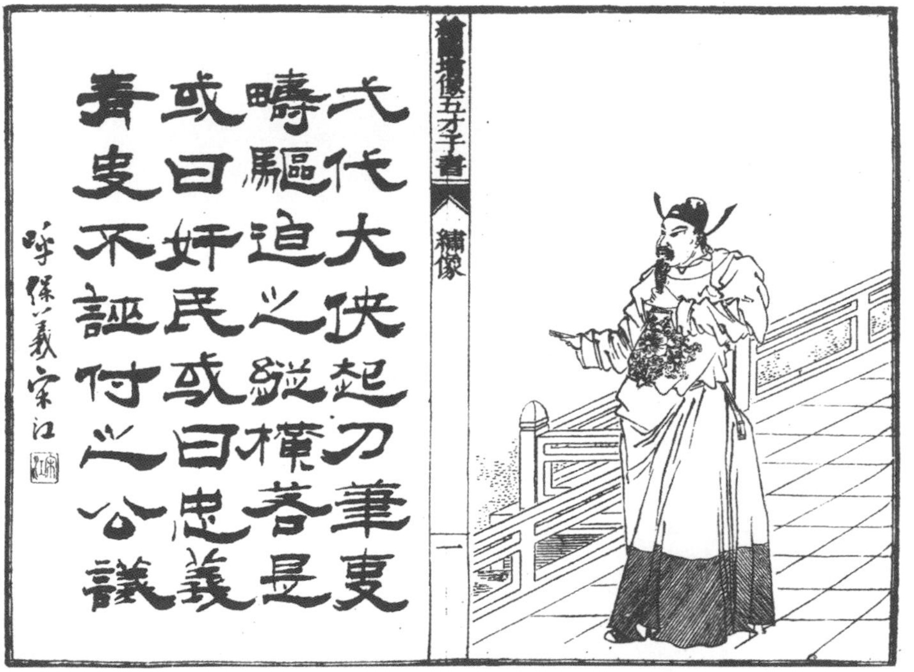

⊗ 陳老蓮水滸葉子，宋江畫像。畫像左面的判詞對宋江評價很高。
（選自《水滸傳版刻圖錄》，江蘇廣陵古籍刻印社）

茶坊在宋代就十分流行，《水滸》中多處出現茶坊的場景。圖為劉氏莊園內的老茶坊，四川大邑安仁鎮。（黃金國／fotoe提供）

江道：「不敢拜問尊兄高姓？」何濤答道：「小人是濟州府緝捕使臣何濤的便是。不敢動問押司高姓大名？」宋江道：「賤眼不識觀察，少罪。小吏姓宋名江的便是。」何濤倒地便拜，說道：「久聞大名，無緣不曾拜識。」宋江道：「惶恐！觀察請上坐。」何濤道：「小人安敢佔上？」宋江道：「觀察是上司衙門的人，又是遠來之客。」兩個謙讓了一回，宋江坐了主位，何濤坐了客席。宋江便叫茶博士將兩杯茶來。沒多時，茶到。兩個吃了茶。宋江道：「觀察到敝縣，不知上司有何公務？」何濤道：「實不相瞞，來貴縣有幾個要緊的人。」宋江道：「莫非賊情公事否？」何濤道：「有實封公文在此，敢煩押司作成。」宋江道：「觀察是上司差來捕盜的人，小吏怎敢怠慢？不知為甚麼賊情緊事？」何濤道：「押司是當案的人，便說也不妨。◎11敝府管下黃泥岡上一夥賊人，共是八個，把蒙汗藥麻翻了北京大名府梁中書差遣送蔡太師的生辰綱軍健一十五

註

※8 呼保義：「保義」是宋代武官官名。《宋史》卷一六九《職官志》記載：「政和二年，易武階官以新名，以舊官右班殿直為保義郎。」呼，稱呼的意思。

※9 伴當：夥計、僕從。

評點

◎10.贊此一段，與他人不同。（袁眉）
◎11.不是不是，卻先走漏消息了。（容眉）

人，劫去了十一擔珍珠寶貝，計該十萬貫正贓。今捕得從賊一名白勝，指說七個正賊都在貴縣。這是太師府特差一個幹辦在本府，立等要這件公事，望押司早早維持。」宋江道：「休說太師處著落，便是觀察自齎公文來要，敢不捕送？◎12只不知道白勝供指那七人名字？」何濤道：「不瞞押司說，是貴縣東溪村晁保正爲首。更有六名從賊，不識姓名，煩乞用心。」宋江聽罷，吃了一驚，肚裏尋思道：「晁蓋是我心腹弟兄。他如今犯了迷天之罪，我不救他時，捕獲將去，性命便休了！」心內自慌，卻答應道：「晁蓋這廝，奸頑役戶，本縣內上下人，沒一個不怪他。今番做出來了，好教他受！」何濤道：「相煩押司便行此事。」宋江道：「不妨，這事容易。『甕中捉鱉，手到拿來。』只是一件，這實封公文，須是觀察自己當廳投下，本官看了，便好施行發落差人去捉，小吏如何敢私下擅開？這件公事非是小可，不當輕泄於人。」何濤道：「押司高見極明，相煩引進。」宋江道：「本官發放一早晨事務，倦怠了，少歇。觀察略待一時，少刻坐廳時，小吏來請。」何濤道：「望押司千萬作成。」宋江道：「理之當然，休這等說話。小吏略到寒舍，分撥了些家務便到，觀察少坐一坐。」何濤道：「押司尊便，小弟只在此專等。」

　　宋江起身，出得閣兒，分付茶博士道：「那官人要再用茶，一發我還茶錢。」離了茶坊，飛也似跑到下處。先分付伴當去叫直司在茶坊門前伺候，「若知縣坐衙時，便可去茶坊裏安撫那公人道：『押司穩便』。叫他略待一待。」卻自槽上鞁※10了馬，牽出後門外去。拿了鞭子，慌忙的跳上馬，慢慢地離了縣治。◎13出得東門，打上兩鞭，那馬撥喇喇的望東溪村攛將去。沒半個時辰，早到晁蓋莊上。◎14莊客見了，入去莊裏報知。正是：

義重輕他不義財，奉天法網有時開。
剝民官府過於賊，應爲知交放賊來。

且說晁蓋正和吳用、公孫勝、劉唐在後園葡萄樹下吃酒。此時三阮已得了錢財，自回石碣村去了。晁蓋見莊客報說宋押司在門前，晁蓋問道：「有多少人隨從著？」莊客道：「只獨自一個飛馬而來，說快要見保正。」晁蓋道：「必然有事！」慌忙出來迎接。宋江道了一個喏，攜了晁蓋手，◎15便投側邊小屋裏來。晁蓋問道：「押司如何來得慌速？」宋江道：「哥哥不知，兄弟是心腹弟兄，我捨著條性命來救你。如今黃泥岡事發了！白勝已自拿在濟州大牢裏了，供出你等七人。濟州府差一個何緝捕，帶領若干人，奉著太師府鈞帖，並本州文書，來捉你等七人，道你爲首。天幸撞在我手裏！我只推說知縣睡著，且教何觀察在縣對門茶坊裏等我。以此飛馬而來報道。哥哥，『三十六計，走爲上計』。若不快走時，更待甚麼？我回去引他當廳下了公文，知縣不移時，便差人連夜下來，你們不可耽擱，倘有些疏失，如之奈何！休怨小弟不來救你！」晁蓋聽罷，吃了一驚，道：「賢弟大恩難報！」宋江道：「哥哥，你休要多說，只顧安排走

註

※10鞁：把鞍轡之類的東西套在馬身上。

評點

◎12.看他只是口頭狡獪語，便令天下人奔走效死，宋江眞權詐之雄哉。（金批）
◎13.緩中有急，急中有緩，次第寫出，無一筆不到。（袁眉）
◎14.梁山泊禍苗，全在此處，宋江非罪之魁、盜之首而何？（容眉）
◎15.宋江攜晁蓋手第一。宋江一生以攜手爲第一要務，思之可嘆。（金批）

路，不要纏障，我便回去也。」晁蓋道：「七個人：三個是阮小二、阮小五、阮小七，已得了財，自回石碣村去了。後面有三個在這裏，賢弟且見他一面。」宋江來到後園，晁蓋指著道：「這三位，一個吳學究；一個公孫勝，薊州※11來的；一個劉唐，東潞州人。」◎16宋江略講一禮，回身便走，◎17囑付道：「哥哥保重，作急快走！兄弟去也。」宋江出到莊前，上了馬，打下兩鞭，飛也似望縣裏來了。當時有個學究，為此事作詩一首，也說得是。詩曰：

保正緣何養賊曹，押司縱賊罪難逃。
須知守法清名重，莫謂通情義氣高。
爵固畏鸇能害爵，貓如伴鼠豈成貓。
空持刀筆稱文吏，羞說當年漢相蕭。

且說晁蓋與吳用、公孫勝、劉唐三人道：「你們認得進來相見的這個人麼？」吳用道：「卻怎地慌慌忙忙便去了？正是誰人？」晁蓋道：「你三位還不知哩。我們不是他來時，性命只在咫尺休了！」◎18三人大驚道：「莫不走了消息，這件事發了？」晁蓋道：「虧殺這個兄弟，擔著血海也似干係，來報與我們！原來白勝已自捉在濟州大牢裏了，供出我等七人。本

宋江見了吳用等三人，略講一禮，回身便走。吳用等人還不知道發生了什麼事情。（朱寶榮繪）

州差個緝捕何觀察，將帶若干人，奉著太師鈞帖來，著落鄆城縣，立等要拿我們七個。虧了他穩住那公人在茶坊裏俟候，他飛馬先來報知我們。如今回去下了公文，少刻便差人連夜到來，捕獲我們，卻是怎地好！」吳用道：「若非此人來報，都打在網裏。這大恩人姓甚名誰？」晁蓋道：「他便是本縣押司，呼保義宋江的便是。」吳用道：「只聞宋押司大名，小生卻不曾得會。雖是住居咫尺，無緣難得見面。」公孫勝、劉唐都道：「莫不是江湖上傳說的及時雨宋公明？」晁蓋點頭道：「正是此人。他和我心腹相交，結義弟兄，吳先生不曾得會。◎19四海之內，名不虛傳，結義得這個兄弟，也不枉了！」晁蓋問吳用道：「我們事在危急，卻是怎地解救？」吳學究道：「兄長，不須商議，『三十六計，走爲上計。』」晁蓋道：「卻纔宋押司也教我們走爲上計，卻是走那裏去好？」吳用道：「我已尋思在肚裏了。如今我們收拾五、七擔挑了，一逕都走奔石碣村三阮家裏去。今急遣一人，先與他弟兄說知。」晁蓋道：「三阮是個打魚人家，如何安得我等許多人？」吳用道：「兄長，你好不精細！石碣村那裏一步步近去，便是梁山泊。如今山寨裏好生興旺，官軍捕盜，不敢正眼兒看他。若是趕得緊，我們一發入了夥！」晁蓋道：「這一論極是上策，只恐怕他們不肯收留我們。」吳用道：「我等有的是金銀，送獻些與他，便入了夥。」◎20正是：

無道之時多有盜，英雄進退兩俱難。
只因秀士居山寨，買盜猶然似買官。

註

※11薊州：宋時州名，在今天北京大興縣。

評點

◎16.又有此一段文字者，不重晁蓋赤心白意，正表宋江私放，不止晁蓋一人也。（金批）
◎17.極忙急時還以一識好漢爲要緊事。晁蓋必欲引進，宋江並不推掉，眞是心腹弟兄。（袁眉）
◎18.常筆必先答人，後出事，於文失直致，於情欠關切，於人少鄭重，此等布置處具有三妙。（芥眉）
◎19.又在晁蓋口裏描一句不曾會面，下緊接四海聞名，叫應無跡。（袁眉）
◎20.調侃世人語，絕倒。做官須賄賂，做強盜亦須賄賂哉？（金批）

當時晁蓋道：「既然恁地商量定了，事不宜遲。吳先生，你便和劉唐帶了幾個莊客，挑擔先去阮家安頓了，卻來旱路上接我們。我和公孫先生兩個打併了便來。」吳用、劉唐把這生辰綱打劫得金珠寶貝，做五、六擔裝了，叫五、六個莊客一發吃了酒食。吳用袖了銅鏈，劉唐提了朴刀，監押著五、七擔，一行十數人，投石碣村來。晁蓋和公孫勝在莊上收拾，有些不肯去的莊客，齎發他些錢物，從他去投別主。有願去的，都在莊上併疊財物，打拴行李。正是：

須信錢財是毒蛇，錢財聚處即亡家。
人稱義士猶難保，天鑑貪官漫自誇。

再說宋江飛馬去到下處，連忙到茶坊裏來，只見何觀察正在門前望。宋江道：「觀察久等。卻被村裏有個親戚，在下處說些家務，因此耽擱了些。」何濤道：「有煩押司引進。」宋江道：「請觀察到縣裏。」兩個入得衙門來，正值知縣時文彬在廳上發落事務。宋江將著實封公文，引著何觀察直至書案邊，叫左右掛上迴避牌。宋江向前稟道：「奉濟州府公文，爲賊情緊急公務，特差緝捕使臣何觀察到此下文書。」知縣接來拆開，就當廳看了，大驚，對宋江道：「這是太師府差幹辦來，立等要回話的勾當！這一干賊，便可差人去捉。」宋江道：「日間去，只怕走了消息，只可差人就夜去捉。拿得晁保正來，那六人便有下落。」時知縣道：「這東溪村晁保正，聞名是個好漢，他如何肯做這等勾當？」◎21隨即叫喚尉司並兩個都頭：一個姓朱名仝，一個姓雷名橫。他兩個，非是等閑人也！當下朱仝、雷橫，兩個來到後堂，領了知縣言語，和縣尉上了馬，逕到尉司，點起馬步弓手並士兵一百餘人，就同何觀察並兩個虞候，做眼※12拿人。當晚都帶了繩索、軍器，縣尉騎著馬，兩個都頭亦各乘馬，各帶了腰刀、弓箭，手拿朴刀，前後馬步弓手簇擁著，出得東門，飛奔東溪村晁家來。到得東溪村裏，已是一更天氣，都到一個觀音庵取齊。朱仝道：「前面便是晁家莊。晁蓋家前後有兩條路，若是一齊去打他前門，他望後門走了；一齊哄去打他後門，他奔前門走了。我須知晁蓋好生了得，又不知那六個是甚麼人，必須也不是善良君子。那廝們都是死命，倘或一齊殺出來，又有莊客協助，卻如何抵敵他？只好聲東擊西，等那廝們亂攛，便好下手。不若我和雷都頭分做兩路，我與你分一半人，都是步行去，先望他後門埋伏了；等候呼哨響為號，你等向前門只顧打入來，見一個捉一個，見兩個捉一雙。」雷橫道：「也說得是。朱都頭，你和縣尉相公從前門打入來，我去截住後門。」◎22朱仝道：「賢弟，你不省得。晁蓋莊上有三條活路，◎23我閑常時都看在眼裏了。我去那裏，須認得他的路數，不用火把便見。你還不知他出沒的去處，倘若走漏了事情，不是耍處。」縣尉道：「朱都頭說得是，你帶一半人去。」朱仝道：「只消得三十來個夠了。」朱仝領了十個弓手，二十個士兵，先去了。縣尉再上了馬，雷橫把馬步弓手都擺在前後，幫護著縣尉。士兵等都在馬前，明晃晃照著三、二十個火把，拿著欓叉、朴刀、留客住、鉤鐮刀，一齊都奔晁家

註

※12做眼：嚮導、線人的意思。

評點

◎21.寫知縣贊晁蓋，以顯上文宋江罵晁蓋之詐。（金批）
◎22.朱仝有朱仝心事，雷橫有雷橫心事，寫兩人爭後門，妙絕。（金批）
◎23.說兩條，又說三條，故為疑詞以惑之。（袁眉）

莊來。到得莊前，兀自有半里多路，只見晁蓋莊裏一縷火起，從中堂燒將起來，湧得黑煙遍地，紅焰飛空。又走不到十數步，只見前後門四面八方，約有三、四十把火發，焰騰騰地一齊都著。前面雷橫挺著朴刀，背後衆土兵發著喊，一齊把莊門打開，都撲入裏面。看時，火光照得如同白日一般明亮，並不曾見有一個人，只聽得後面發著喊，叫將起來，叫前面捉人。原來朱仝有心要放晁蓋，故意賺雷橫去打前門。這雷橫亦有心要救晁蓋，以此爭先要來打後門，卻被朱仝說開了，只得去打他前門。故意這等大驚小怪，聲東擊西，要催逼晁蓋走了。◎24朱仝那時到莊後時，兀自晁蓋收拾未了。莊客看見，來報與晁蓋說道：「官軍到了。事不宜遲！」晁蓋叫莊客四下裏只顧放火，他和公孫勝引了十數個去的莊客，吶著喊，挺起朴刀，從後門殺將出來，大喝道：「當吾者死！避吾者生！」朱仝在黑影裏叫道：「保正休走！朱仝在這裏等你多時。」◎25晁蓋那裏顧他說，與同公孫勝捨命只顧殺出來。朱仝虛閃一閃，放開條路，讓晁蓋走了。晁蓋卻叫公孫勝引了莊客先走，他獨自押著後。朱仝使步弓手

❀ 朱仝有心要放晁蓋，便讓雷橫在後門埋伏，自己帶人乘機私放晁蓋。雷橫不知是計，便答應了。（朱寶榮繪）

從後門撲入去，叫道：「前面趕捉賊人！」雷橫聽的，轉身便出莊門外，叫馬步弓手分頭去趕。雷橫自在火光之下，東觀西望做尋人。朱仝撇了士兵，挺著刀，去趕晁蓋。晁蓋一面走，口裏說道：「朱都頭，你只管追我做甚麼？我須沒歹處！」朱仝見後面沒人，方纔敢說道：「保正，你兀自不見我好處。我怕雷橫執迷，不會做人情，◎26被我賺他打你前門，我在後面等你出來放你。你見我閃開條路，讓你過去？你不可投別處去，只除梁山泊可以安身。」◎27晁蓋道：「深感救命之恩，異日必報！」有詩爲證：

捕盜如何與盜通，官贓應與盜贓同。
莫疑官府能爲盜，自有皇天不肯容。

朱仝正趕間，只聽得背後雷橫大叫道：「休教走了人！」朱仝分付晁蓋道：「保正，你休慌，只顧一面走，我自使轉他去。」朱仝回頭叫道：「有三個賊望東小路去了，雷都頭，你可急趕。」雷橫領了人，便投東小路上，並士兵眾人趕去。朱仝一面和晁蓋說著話，一面趕他，卻如防送的相

莊園經濟具有自給自足的特性，因此鄰居也難以發現莊園內發生了什麼事情。圖為唐代敦煌壁畫莊園生活圖，圖中表現出具有西北地方色彩的莊園特色。

評點

◎24.注朱仝意中事。（金批）
◎25.一腔心事，不說又不得，要說又不得，看他匆匆只此一句。（金批）
◎26.人情亦要會做，不說不知。（袁眉）
◎27.便是殺死小衙內根種。（袁眉）

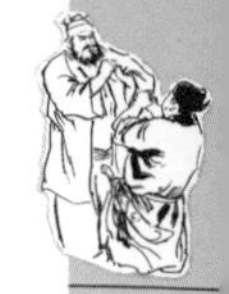

似。漸漸黑影裏不見了晁蓋。朱仝只做失腳撲地，倒在地下。眾土兵隨後趕來，向前扶起，急救得。朱仝答道：「黑影裏不見路徑，失腳走下野田裏，滑倒了，閃挫了左腿。」縣尉道：「走了正賊，怎生奈何！」朱仝道：「非是小人不趕，其實月黑了，沒做道理處。這些土兵，全無幾個有用的人，不敢向前。」縣尉再叫土兵去趕，眾土兵心裏道：「兩個都頭，尚兀自不濟事，近他不得，我們有何用？」都去虛趕了一回，轉來道：「黑地裏正不知那條路去了。」雷橫也趕了一直※13回來，心內尋思道：「朱仝和晁蓋最好，多敢是放了他去，我沒來由做甚麼惡人。我也有心要放他，今已去了，只是不見了人情！◎28晁蓋那人，也不是好惹的。」回來說道：「那裏趕得上？這夥賊端的了得！」縣尉和兩個都頭回到莊前時，已是四更時分。何觀察見眾人四分五落，趕了一夜，不曾拿得一個賊人，只叫苦道：「如何回得濟州去見府尹？」縣尉只得捉了幾家鄰舍去，解將鄆城縣裏來。◎29這時知縣一夜不曾得睡，立等回報，聽得道：「賊都走了，只拿得幾個鄰舍。」知縣把一干拿到的鄰舍，當廳勘問。眾鄰舍告道：「小人等雖在晁保正鄰近住居，遠者三、二里田地，近者也隔著些村坊。他莊上如常有搠槍使棒的人來，如何知他做這般的事？」知縣逐一問了時，務要問他們一個下落。數內一個貼鄰告道：「若要知他端的，除非問他莊客。」知縣道：「說他家莊客，也都跟著走了。」鄰舍告道：「也有不願去的，還在這裏。」知縣聽了，火速差人，就帶了這個貼鄰做眼，來東溪村捉人。無兩個時辰，早拿到兩個莊客。當廳勘問時，那莊客初時抵賴，吃打不

過，只得招道：「先是六個人商議，小人只認得一個，是本鄉中教學的先生，叫做吳學究。一個叫做公孫勝，是全眞※14先生。又有一個黑大漢，姓劉。更有那三個，小人不認得，卻是吳學究合將來的。聽得說道：『他姓阮，在石碣村住。他是打魚的，弟兄三個。』只此是實。」知縣取了一紙招狀，把兩個莊客交割與何觀察，回了一道備細公文，申呈本府。宋江自周全那一干鄰舍，保放回家聽候。◎30

且說這眾人與何濤押解了兩個莊客，連夜回到濟州，正值府尹升廳。何濤引了眾人到廳前，稟說晁蓋燒莊在逃一事，再把莊客口詞說一遍。府尹道：「既是恁地說時，再拿出白勝來！」問道：「那三個姓阮的，端的住在那裏？」白勝抵賴不過，只得供說：「三個姓阮的，一個叫做立地太歲阮小二，一個叫做短命二郎阮小五，一個是活閻羅阮小七，都在石碣村湖裏住。」知府道：「還有那三個姓甚麼？」白勝告道：「一個是智多星吳用，一個是入雲龍公孫勝，一個叫做赤髮鬼劉唐。」知府聽了，便道：「既有下落，且把白勝依原監了，收在牢裏。」隨即又喚何觀察，差去石碣村，緝捕這幾個賊人。不是何濤去石碣村去，有分教：天罡地煞，來尋際會風雲；水滸山城，去聚縱橫人馬。畢竟何觀察怎生差去石碣村緝捕？且聽下回分解。◎31

註

※13一直：一程、一陣。

※14全眞：宋時對道士的稱呼。

評點

◎28.朱仝事畢後，雷橫始見事，其讓一地如此也。（金批）

◎29.從來捉都如此。（容眉）

◎30.非表宋江仁義，正見宋江權術。然其實則爲一路宋江已冷，恐人遂至忘之，故借事提出一句也。（金批）

◎31.李生曰：梁山泊賊首，當以何濤、宋江爲魁，朱仝、雷橫次之。一邊問個走漏消息，一邊問個故放賊犯，想他四人亦自甘心。又曰：從來捉賊做賊、捕盜做盜，的的不差，若要眞正除得盜賊，只須除了捕快爲第一義。（容評）

第十九回 林沖水寨大併火※1 晁蓋梁山小奪泊◎1

話說當下何觀察領了知府臺旨下廳來，隨即到機密房裏，與衆人商議。衆多做公的道：「若說這個石碣村湖蕩，緊靠著梁山泊，都是茫茫蕩蕩，蘆葦水港。若不得大隊官軍，舟船人馬，誰敢去那裏捕捉賊人？」何濤聽罷，說道：「這一論也是。」再到廳上稟覆府尹道：「原來這石碣村湖泊，正傍著梁山泊，周圍盡是深港水汊，蘆葦草蕩。閑常時也兀自劫了人，莫說如今又添了那一夥強人在裏面。若不起得大隊人馬，如何敢去那裏捕獲得人？」府尹道：「既是如此說時，再差一員了得事的捕盜巡檢※2，點與五百官兵人馬，和你一處去緝捕。」何觀察領了臺旨，再回機密房來，喚集這衆多做公的，整選了五百餘人，各各自去準備什物器械。次日，那捕盜巡檢領了濟州府帖文，與同何觀察兩個，點起五百軍兵，同衆多做公的，一齊奔石碣村來。◎2

且說晁蓋、公孫勝自從把火燒了莊院，帶同十數個莊客，來到石碣村，半路上撞見三阮弟兄，各執器械，卻來接應到家，七個人都在阮小五莊上。那時阮小二已把老小搬入湖泊裏，七人商議要去投梁山泊一事。吳用道：「見今李家道口有那旱地忽律朱貴在那裏開酒店，招接四方好漢。但要入夥的，須是先投奔他。我們如今安排了船隻，把一應的物件裝在船裏，將些人情送與他引進。」◎3大家正在那裏商議投奔梁山泊，只見幾

❁ 獨特的水鄉地形，讓官軍草木皆兵。圖為河北省白洋澱風景，與小說中的石碣村十分相似。（李平／fotoe提供）

個打魚的來報道：「官軍人馬，飛奔村裏來也！」晁蓋便起身叫道：「這廝們趕來，我等休走！」阮小二道：「不妨！我自對付他。叫那廝大半下水裏去死，小半都搠殺他！」公孫勝道：「休慌！且看貧道的本事！」晁蓋道：「劉唐兄弟，你和學究先生且把財賦老小，裝載船裏，逕撐去李家道口左側相等。我們看些頭勢，隨後便到。」阮小二選兩隻棹船，把娘和老小、家中財賦，都裝下船裏。吳用、劉唐各押著一隻，叫七、八個伴當搖了船，先到李家道口去等。又分付阮小五、阮小七撐駕小船，如此迎敵。兩個各棹船去了。

且說何濤並捕盜巡檢，帶領官兵，漸近石碣村，但見河埠有船，盡數奪了，便使會水的官兵，且下船裏進發；岸上人馬，船騎相迎，水陸並進。到阮小二家，一齊吶喊，人兵並起，撲將入去，早是一所空房，裏面只有些粗重家火。何濤道：「且去拿幾家附近漁戶。」問時，

註

※1併火：自己一夥人拼殺。

※2巡檢：官署名，巡檢司官名巡檢使，省稱巡檢。始於五代後唐莊宗。宋時於京師府界東西兩路各置都同巡檢二人，京城四門巡檢各一人。又於沿邊、沿江、沿海置巡檢司，掌訓練甲兵巡邏州邑，職權頗重，後受所在縣令節制。明清時凡鎮市、關隘要害處，俱設巡檢司歸縣令管轄。

評點

◎1.此回前半幅借阮氏口痛罵官吏，後半幅借林沖口痛罵秀才。其言憤激，殊傷雅道。然怨毒著書，史遷不免，於稗官又奚責焉。前回朱、雷來捉時，獨書晁蓋斷後。此回何濤來捉時，忽分作兩半。前半獨書阮氏水戰，後半獨書公孫火攻。後入山泊見林沖時，則獨書吳用舌辯。蓋七個人，凡大書六個人各建奇功也。中間止有劉唐未嘗自效，則又於後回補書月夜入險，以表此七人者，悉皆出奇爭先，互不冒濫。嗟乎！強盜猶不可以白做，奈何今之在其位、食其食者，乃曾無所事事而又殊不自怪耶！是稗史也。稗史之作，其何所昉？當亦昉於風刺之旨也。今讀何濤捕賊一篇，抑何其無罪而多戒，至於若是之妙耶！夫未捉賊，先捉船。夫孰不知捉船以捉賊也，而殊不知百姓之遇捉船，乃更慘於遇賊，則是捉船以捉賊者之即賊，百姓之胸中久已疑之也。及於船既捉矣，賊又不捉，而又即以所捉之船排衙乘涼。百姓夫而後又知向之捉船者，固非欲捉賊，正是賊要乘涼耳。嗟乎！捉船以捉賊，而令百姓疑其以賊捉賊，已大不可，奈何又捉船以乘涼，而令百姓竟指爲賊要乘涼，尚忍言哉，尚忍高哉！世之君子讀是篇者，其亦側然中感而愼戢官軍，則不可謂非稗史之一助也。何濤領五百官兵、五百公人，而寫來恰似深秋敗葉，聚散無力。晁蓋等不過五人，再引十數個打魚人，而寫來便如千軍萬馬，奔騰馳驟，有開有合，有誘有劫，有伏有應，有衝有突。凡若此者，豈謂當時眞有是事，蓋是耐庵墨兵筆陣，縱橫入變耳。聖歎蹙然嘆曰：嗟乎！怨毒之於人甚矣哉！當林沖弭首廡下，坐第四，志豈能須臾忘王倫耶？徒以勢孤援絕，懼事不成，爲世僇笑，故隱忍而止。一旦見晁蓋者兄弟七人，無因以前，彼詎不心動乎？此雖王倫降心優禮，歡然相接，彼猶將私結之以得肆其欲焉，況又加之以猜疑耶？夫自雪天三限以至今日，林沖渴刀已久與王倫頸血相吸，雖無吳用之舌，又豈遂得不殺哉？或林沖之前無高俅相惡之事，則其殺王倫猶未至於如是之毒乎？顧虎頭針刺畫影，而鄰女心痛，然則殺王倫之日，俅其氣絕神滅矣乎？人生世上，睚眥之事，可自恣也哉！（金批）

◎2.何濤被差捉賊，皆不得已，生死安可保乎？（余評）

◎3.此語非揶揄朱貴，蓋王倫之惡名，流布久矣。（金批）

說道：「他的兩個兄弟，阮小五、阮小七，都在湖泊裏住，非船不能去。」何濤與巡檢商議道：「這湖泊裏港汊又多，路徑甚雜，抑且水蕩坡塘，不知深淺。若是四分五落去捉時，又怕中了這賊人奸計。我們把馬匹都教人看守在這村裏，一發都下船裏去。」當時，捕盜巡檢並何觀察一同做公的人等，都下了船。那時捉的船，非止百十隻，也有撐的，亦有搖的，一齊都望阮小五打魚莊上來。行不到五、六里水面，只聽得蘆葦中間有人嘲歌。眾人且住了船聽時，◎4那歌道：

打魚一世蓼兒窪，不種青苗不種麻。
酷吏贓官都殺盡，忠心報答趙官家。

何觀察並眾人聽了，盡吃一驚。只見遠遠地一個人獨棹一隻小船兒唱將來。有認得的指道：「這個便是阮小五。」何濤把手一招，眾人併力向前，各執器械，挺著迎將去。只見阮小五大笑罵道：「你這等虐害百姓的賊官，◎5直如此大膽！敢來引老爺做甚麼！卻不是來捋虎鬚！」何濤背後有會射弓箭的，搭上箭，拽滿弓，一齊放箭。阮小五見放箭來，拿著樺楸，翻筋斗鑽下水裏去。眾人趕到跟前，拿個空。又行不到兩條港汊，只聽得蘆花蕩裏打唿哨，眾人把船擺開，見前面兩個人棹著一隻船來。船頭上立著一個人，頭戴青箬笠，身披綠蓑衣，手裏拈著條筆管槍，口裏也唱著道：

老爺生長石碣村，稟性生來要殺人。
先斬何濤巡檢首，京師獻與趙王君。

何觀察並衆人聽了，又吃一驚。一齊看時，前面那個人拈著槍，唱著歌，背後這個搖著櫓。有認得的說道：「這個正是阮小七。」何濤喝道：「衆人併力向前，先拿住這個賊！休教走了！」阮小七聽得笑道：「潑賊！」◎6便把槍只一點，那船便使轉來，望小港裏串著走。衆人發著喊，趕將去。這阮小七和那搖船的，飛也似搖著櫓，口裏打著唿哨，串著小港汊中只顧走。衆官兵趕來趕去，看見那水港窄狹了，何濤道：「且住！把船且泊了，都傍岸邊。」上岸看時，只見茫茫蕩蕩，都是蘆葦，正不見一些旱路。何濤心內疑惑，卻商議不定，便問那當村住的人，說道：「小人們雖是在此居住，也不知道這裏有許多去處。」何濤便教划著兩隻小船，船上各帶三、兩個做公的，去前面探路。去了兩個時辰有餘，不見回報。何濤道：「這廝們好不了事！」再差五個做公的，又划兩隻船去探路。這幾個做公的划了兩隻船，又去了一個多時辰，並不見些回報。何濤道：「這幾個都是久慣做公的，四清六活※3的人，卻怎地也不曉事，如何不著一隻船轉來回報？不想這些帶來的官兵，人人亦不知顛倒※4！」天色又看看晚了，何濤思想：「在此不著邊際，怎生奈何！我須用自去走一遭。」揀一隻疾快小船，選了幾個老郎做公的，各拿了器械，槳起五、六把樺楫，何濤坐在船頭上，望這個蘆葦港裏蕩將去。那時已是日沒沉西，划得船開，約行了五、六里水面，看見側邊岸上一個人，提著把鋤頭走將來。何濤問道：「兀那漢子，你是甚人？這裏是甚麼去處？」那人應道：「我是這

註

※3 四清六活：機靈幹練的意思。
※4 不知顛倒：不明事理。

評點

◎4.只聽得三字，紙上如有一人直閃出來。住了船聽時五字，紙上如有一人復閃入去。寫得變詭之極。（金批）
◎5.官是賊，賊是老爺。然則官也，賊也；賊也，老爺也。一而二，二而一者也。快絕之文。（金批）
◎6.笑著只罵兩字，妙。（芥眉）

村裏莊家。這裏喚做斷頭溝，沒路了。」何濤道：「你曾見兩隻船過來麼？」那人道：「不是來捉阮小五的？」何濤道：「你怎地知得是來捉阮小五的？」那人道：「他們只在前面烏林裏廝打。」何濤道：「離這裏還有多少路？」那人道：「只在前面望得見便是。」何濤聽得，便叫攏船，前去接應，便差兩個做公的，拿了欓叉上岸來。只見那漢提起鋤頭來，手到，把這兩個做公的，一鋤頭一個，◎7翻筋斗都打下水裏去。何濤見了吃一驚，急跳起身來時，卻待奔上岸，只見那隻船忽地搪將開去，水底下鑽起一個人來，◎8把何濤兩腿只一扯，撲通地倒撞下水裏去。那幾個船裏的卻待要走，被這提鋤頭的趕將上船來，一鋤頭一個，排頭打下去，腦漿也打出來。這何濤被水底下這人倒拖上岸來，就解下他的搭膊來綑了。◎9看水底下這人，卻是阮小七；岸上提鋤頭的那漢，便是阮小二。弟兄兩個，看著何濤罵道：「老爺弟兄三個，從來愛殺人放火。量你這廝，直得甚麼！你如何大膽，特地引著官兵來捉我們？」何濤道：「好漢！小人奉上命差遣，蓋不由己。小人怎敢大膽，要來捉好漢？望好漢可憐見家中有個八十歲的老娘，無人養贍，望乞饒恕性命則個！」阮家弟兄道：「且把他來綑做個粽子，撇在船艙裏。」把那幾個屍首，都攛去水裏去了。兩個胡哨一聲，蘆葦叢中鑽出四、五個打魚的人來，都上了船。阮小二、阮小七各駕了一隻船出來。

且說這捕盜巡檢，領著官兵，都在那船裏說道：「何觀察他道做公的不了事，自去探路，也去了許多時，不見回來。」那時正是初更左右，星光滿天，眾人都在船上歇

評點

◎7.快事快文。鄉間百姓鋤頭，千推不足供公人一飯也，豈意今日一鋤頭已足。（金批）

◎8.用兵之神謂從天而下，今卻從地湧出，大奇大奇。（袁眉）

◎9.趣絕。朱文公見此，必當注之云：即以其人搭膊，還縛其人之身矣。（金批）

◎10.只幾個人用智，便似有千軍萬馬之勢。（袁眉）

涼。忽然只見一陣怪風，但見：

飛沙走石，捲水搖天。黑漫漫堆起烏雲，昏鄧鄧催來急雨。傾翻荷葉，滿波心翠蓋交加；擺動蘆花，繞湖面白旗繚亂。吹折崑崙山頂樹，喚醒東海老龍君。

那一陣怪風從背後吹將來，吹得眾人掩面大驚，只叫得苦，把那纜船索都刮斷了。正沒擺佈處，只聽得後面胡哨響。迎著風看時，只見蘆花側畔，射出一派火光來。眾人道：「今番卻休了！」那大船、小船，約有四、五十隻，正被這大風刮得你撞我磕，捉摸不住，那火光卻早來到面前。◎10原來都是一叢小船，兩隻價幫住，上面滿滿堆著蘆葦柴草，刮刮雜雜燒著，乘著順風直衝將來。那四、五十隻官船，屯塞做一塊，港汊又狹，又沒迴避處。那頭等大船也有十數隻，卻被他火船推來，鑽在大船隊裏一燒。水底下原來又有人扶助著船燒將來，燒得大船上官兵都跳上岸來，逃命奔走。不想四邊盡是蘆葦野港，又沒旱路，只見岸上蘆葦又刮刮雜雜，也燒將起來。那捕盜官兵，兩頭沒處走。風又緊，火

晁蓋和阮氏三雄等人使用火攻，把官軍燒得哭爹喊娘。（朱寶榮繪）

又猛，衆官兵只得鑽去，都奔爛泥裏立地。◎11火光叢中，只見一隻小快船，船尾上一個搖著船，船頭上坐著一個先生，手裏明晃晃地拿著一口寶劍，口裏喝道：「休教走了一個！」衆兵都在爛泥裏慌做一堆。說猶未了，只見蘆葦東岸，兩個人引著四、五個打魚的，都手裏明晃晃拿著刀槍走來；這邊蘆葦西岸，又是兩個人，也引著四、五個打魚的，手裏也明晃晃拿著飛魚鈎走來。東西兩岸，四個好漢並這夥人，一齊動手，排頭兒搠將來。無移時，把許多官兵都搠死在爛泥裏。◎12東岸兩個，是晁蓋、阮小五；西岸兩個，是阮小二、阮小七。船上那個先生，便是祭風※5的公孫勝。五位好漢，引著十數個打魚的莊家，把這夥官兵都搠死在蘆葦蕩裏。單單只剩得一個何觀察，綑做粽子也似，丟在船艙裏。阮小二提將上船來，指著罵道：「你這廝，是濟州一個詐害百姓的蠢蟲！我本待把你碎屍萬段，卻要你回去對那濟州府管事的賊驢說：俺這石碣村阮氏三雄、東溪村天王晁蓋，都不是好撩撥的！我也不來你城裏借糧，他也休要來我這村中討死！◎13倘或正眼兒覷著，休道你是一個小小州尹，也莫說蔡太師差幹人來要拿我們，便是蔡京親自來時，我也搠他三、二十個透明的窟窿。俺們放你回去，休得再來。傳與你的那個鳥官人，教他休要討死！這裏沒大路，我著兄弟送你出路口去！」當時阮小七把一隻小快船載了何濤，直送他到大路口，喝道：「這裏一直去，便有尋路處。別的衆人都殺了，難道只恁地好好放了你去？也吃你那州尹賊驢笑！且請下你兩個耳朵來做表證！」阮小七身邊拔起尖刀，把何觀察兩個耳朵割下來，鮮血淋漓。插了刀，解了膊膊，放上岸去。詩曰：

評點

◎11.爛泥裏三字，絕倒。此爛泥句，算做官軍倉促應變。（金批）
◎12.官軍死盡於石碣村，正天意所在，皆蔡京作禍之由。（余評）
◎13.竟作酬酢語，妙絕。賊與賊，老爺與老爺，正應酬酢也。（金批）
◎14.衆等不殺何濤，皆是義漢，想濤因其使差，非自招其禍，故不戮矣。（余評）

官兵盡付斷頭溝，要放何濤不便休。
留著耳朵聽說話，旋將驢耳代驢頭。

何濤得了性命，自尋路回濟州去了。◎14

且說晁蓋、公孫勝和阮家三弟兄，並十數個打魚的，一發都駕了五、七隻小船，離了石碣村湖泊，逕投李家道口來。到得那裏，相尋著吳用、劉唐船隻，合做一處。吳用問起拒敵官兵一事，晁蓋備細說了。吳用眾人大喜。整頓船隻齊了，一同來到旱地忽律朱貴酒店裏來相投。朱貴見了許多人來說投托入夥，慌忙迎接。吳用將來歷實說與朱貴聽了，大喜，逐一都相見了，請入廳上坐定，忙叫酒保安排分例酒來，管待眾人。隨即取出一張皮靶弓來，搭上一枝響箭，望著那對港蘆葦中射去。響箭到處，早見有小嘍囉搖出一隻船來。朱貴急寫了一封書呈，備細說眾豪傑入夥姓名人數，先付與小嘍囉齎了，教去寨裏報知。一面又殺羊管待眾好漢。

過了一夜，次日早起，朱貴喚一隻大船，請眾多

註

※5祭風：用祭祀的方式來祈求飇風。

晁蓋與阮氏三雄和官兵鏖戰，活捉了何濤。（日版畫，出自《新編水滸畫傳》，葛飾戴斗繪）

好漢下船，就同帶了晁蓋等來的船隻，一齊望山寨裏來。行了多時，早來到一處水口，只聽得岸上鼓響鑼鳴。晁蓋看時，只見七、八個小嘍囉，划出四隻哨船來，見了朱貴，都聲了喏，自依舊先去了。再說一行人來到金沙灘上岸，便留老小船隻並打魚的人在此等候。又見數十個小嘍囉，下山來接引到關上。王倫領著一班頭領，出關迎接。晁蓋等慌忙施禮。王倫答禮道：「小可王倫，久聞晁天王大名，如雷灌耳。今日且喜光臨草寨。」晁蓋道：「晁某是個不讀書史的人，甚是粗鹵。◎15今日事在藏拙，甘心與頭領帳下做一小卒，不棄幸甚！」王倫道：「休如此說，且請到小寨，再有計議。」一行從人，都跟著上山來。到得大寨聚義廳上，王倫再三謙讓晁蓋一行人上階。晁蓋等七人，在右邊一字兒立下；王倫與衆頭領，在左邊一字兒立下。一個個都講禮罷，分賓主對席坐下。王倫喚階下衆小頭目聲喏已畢，一壁廂動起山寨中鼓樂。先叫小頭目去山下管待來的從人，關下另有客館安歇。詩曰：

入夥分明是一群，相留意氣便須親。
如何待彼爲賓客，只恐身難作主人。

且說山寨裏宰了兩頭黃牛、十個羊、五個豬，大吹大擂筵席。衆頭領飲酒中間，晁蓋把胸中之事，從頭至尾，都告訴王倫等衆位。王倫聽罷，駭然了半晌，心內躊躇，做聲不得，自己沉吟，虛作應答。筵宴至晚席散，衆頭領送晁蓋等衆人關下客館內安歇，自有來的人伏侍。晁蓋心中歡喜，對吳用等六人說道：「我們造下這等迷天大罪，那裏

⊗ 山東梁山縣，水泊梁山山寨建築。
（劉軍／fotoe提供）

去安身？不是這王頭領如此錯愛，我等皆已失所，此恩不可忘報！」吳用只是冷笑。晁蓋道：「先生何故只是冷笑？有事可以通知。」吳用道：「兄長性直。◎16你道王倫肯收留我們？兄長不看他的心，只觀他的顏色※6動靜規模。」◎17晁蓋道：「觀他顏色怎地？」吳用道：「兄長不見他早間席上與兄長說話，倒有交情。次後因兄長說出殺了許多官兵捕盜巡檢，放了何濤，阮氏三雄如此豪傑，他便有些顏色變了。雖是口中應答，動靜規模，心裏好生不然。若是他有心收留我們，只就早上便議定了坐位。杜遷、宋萬，這兩個自是粗鹵的人，待客之事，如何省得？只有林沖那人，原是京師禁軍教頭，大郡的人，諸事曉得，今不得已，◎18坐了第四位。早間見林沖看王倫答應兄長模樣，他自便有些不平之氣，頻頻把眼瞅這王倫，心內自己躊躇。我看這人，倒有顧盼之心，只是不得已。小生略放片言，教他本寨自相火併。」晁蓋道：「全仗先生妙策良謀，可以容身。」當夜七人安歇了。次早天明，只見人報道：「林教頭相訪。」吳用便對晁蓋道：「這人來相探，中俺計了。」七個人慌忙起來迎接，邀請林沖入到客館裏面。吳用向前稱謝道：「夜來重蒙恩賜，拜擾不當。」林沖道：「小可有失恭敬。雖有奉承之心，奈緣不在其位，望乞恕罪。」吳學究道：「我等雖是不才，非爲草木，豈不見頭領錯愛之心，顧盼之意，◎19感恩不淺！」晁蓋再三謙讓林沖上坐，林沖那裏肯，推晁蓋上首坐了，林沖便在下首坐定。吳用等六人一帶坐下。晁蓋道：「久聞教頭大名，不想今

註

※6顏色：臉色的意思。

評點

◎15.粗鹵漢不會虛文，偏有豪氣。（袁眉）
◎16.此四字，是一部大書中如椽之筆。晁蓋只是直，宋江只是曲，此晁、宋之別也。（金批）
◎17.入常手必云：只觀他的顏色動靜規模，便知他的心。此語天壤。（袁眉）
◎18.知己語，只四字洒下人淚來。（金批）
◎19.就勢便用一迎，妙絕。（金批）

日得會。」林沖道：「小人舊在東京時，與朋友有禮節，不曾有誤。◎20雖然今日能夠得見尊顏，不得遂平生之願，特地逕來陪話。」晁蓋稱謝道：「深感厚意。」吳用便動問道：「小生舊日久聞頭領在東京時，十分豪傑，不知緣何與高俅不睦，致被陷害？後聞在滄州，亦被火燒了大軍草料場，又是他的計策。向後不知誰薦頭領上山？」林沖道：「若說高俅這賊陷害一節，但提起，毛髮直立！◎21又不能報得此仇！來此容身，皆是柴大官人舉薦到此。」吳用道：「柴大官人，莫非是江湖上人稱爲小旋風柴進的麼？」林沖道：「正是此人。」晁蓋道：「小可多聞人說柴大官人仗義疏財，接納四方豪傑，說是大周皇帝嫡派子孫，如何能夠會他一面也好！」吳用又對林沖道：「據這柴大官人名聞寰海，聲播天下的人，教頭若非武藝超群，他如何肯薦上山？非是吳用過稱，理合王倫讓這第一位與頭領坐。此天下之公論，也不負了柴大官人之書信。」林沖道：「承先生高談，

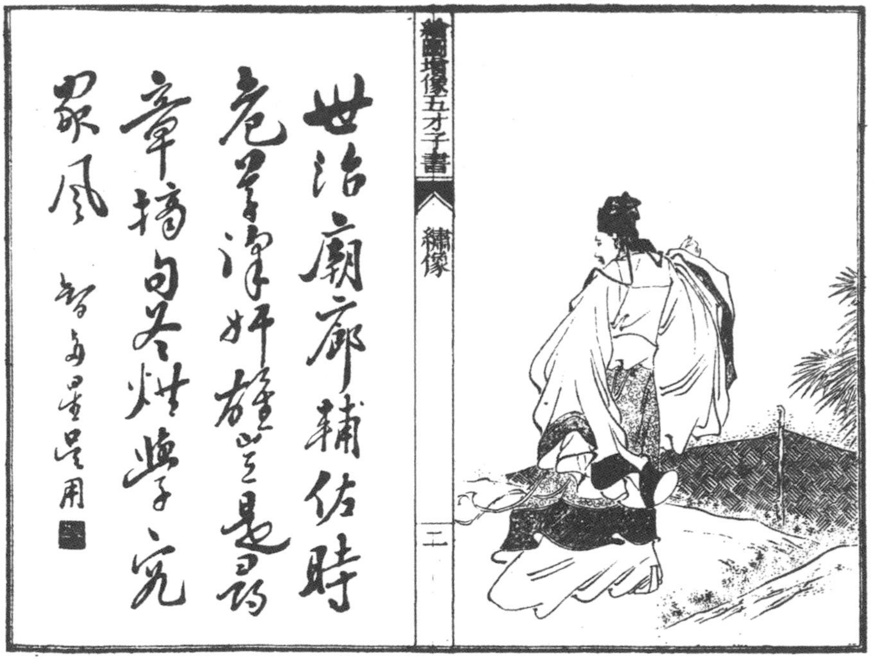

❂ 陳老蓮水滸葉子：吳用畫像。吳用在本回逗引林沖的火氣，但在林沖正氣的襯托下，顯得十分猥瑣。（選自《水滸傳版刻圖錄》，江蘇廣陵古籍刻印社）

只因小可犯下大罪，投奔柴大官人，非他不留林沖，誠恐負累他不便，自願上山。不想今日去住無門。非在位次低微，只為王倫心術不定，語言不准，難以相聚。」吳用道：「王頭領待人接物，一團和氣，如何心地倒恁窄狹？」林沖道：「今日山寨，天幸得眾多豪傑到此，相扶相助，似錦上添花，如旱苗得雨。此人只懷妒賢嫉能之心，但恐眾豪傑勢力相壓。◎22夜來因見兄長所說眾位殺死官兵一節，他便有些不然，就懷不肯相留的模樣，以此請眾豪傑來關下安歇。」吳用便道：「既然王頭領有這般之心，我等休要待他發付，自投別處去便了。」林沖道：「眾豪傑休生見外之心，林沖自有分曉。小可只恐眾豪傑生退去之意，特來早早說知。今日看他如何相待，若這廝語言有理，不似昨日，萬事罷論。倘若這廝今朝有半句話參差時，盡在林沖身上。」晁蓋道：「頭領如此錯愛，俺弟兄皆感厚恩。」◎23吳用便道：「頭領為我弟兄面上，倒教頭領與舊弟兄分顏※7。若是可容即容，不可容時，小生等登時告退。」林沖道：「先生差矣！古人有言：『惺惺惜惺惺，好漢惜好漢。』量這一個潑男女，腌臢畜生，終作何用！眾豪傑且請寬心。」◎24林沖起身別了眾人，說道：「少間相會。」眾人相送出來，林沖自上山去了。正是：

如何此處不留人，休言自有留人處。
應留人者怕人留，身苦難留留客處。

當日沒多時，只見小嘍囉到來相請，說道：「今日山寨裏頭領，相請眾好漢，去山南水

註
※7分顏：分，翻。翻臉的意思。

評點
◎20.林沖語。武師自說海話，聖歎卻驀然想著深公，私謂除此寒山片石，恐武師之在東京，亦未必更有可語。（金批）
◎21.聲狀俱出。（袁夾）
句法亦有毛髮直立之勢。（金批）
◎22.千古同之，仲尼之所以致嘆於臧孫也。（金批）
◎23.又插入晁蓋直性人說直話，全不摸林沖頭腦，全不對林沖箭括，讀之如活。（金批）
◎24.七字是林沖一篇結煞語，緊答登時告退四字。（金批）

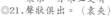

寨亭上筵會。」晁蓋道：「上覆頭領，少間便到。」小嘍囉去了。晁蓋問吳用道：「先生，此一會如何？」吳學究笑道：「兄長放心，此一會倒有分做山寨之主。今日林教頭必然有火併王倫之意。他若有些心懶，小生憑著三寸不爛之舌，不由他不火併。兄長身邊各藏了暗器，只看小生把手來拈鬚爲號，兄長便可協力。」晁蓋等衆人暗喜。辰牌已後，三、四次人來催請。晁蓋和衆頭領身邊各各帶了器械，暗藏在身上，結束得端正，卻來赴席。只見宋萬親自騎馬，又來相請。◎25小嘍囉擡過七乘山轎，七個人都上轎子，一逕投南山水寨裏來。到得山南看時，端的景物非常，直到寨後水亭子前下了轎，王倫、杜遷、林沖、朱貴，都出來相接，邀請到那水亭子上，分賓主坐定。看那水亭一遭景致時，但見：

四面水簾高捲，周迴花壓朱欄。滿目香風，萬朵芙蓉鋪綠水；迎眸翠色，千枝荷葉繞芳塘。華檐外陰陰柳影，鎖窗前細細松聲。江山秀氣滿亭臺，豪傑一群來聚會。

當下王倫與四個頭領，杜遷、宋萬、林沖、朱貴坐在左邊主位上；晁蓋與六個好漢，吳用、公孫勝、劉唐、三阮坐在右邊客席。階下小嘍囉輪番把盞。酒至數巡，食供兩次，晁蓋和王倫盤話，但提起聚義一事，王倫便把閑話支吾開去。吳用把眼來看林沖時，只見林沖側坐交椅上，把眼瞅王倫身上。◎26看看飲酒至午後，王倫回頭叫小嘍囉取來。三、四個人去不多時，只見一人捧個大盤子，裏放著五錠大銀。王倫便起身把

評點

◎25.不是王倫虛文，還是宋萬有意。（袁眉）
◎26.畫也畫不來。（袁眉）
◎27.惡極，只七個字，徒然把雪天三限又提出來。（金批）

盞，對晁蓋說道：「感蒙衆豪傑到此聚義，只恨敝山小寨是一窪之水，如何安得許多眞龍？聊備些小薄禮，萬望笑留。煩投大寨歇馬，小可使人親到麾下納降。」晁蓋道：「小子久聞大山招賢納士，一逕地特來投托入夥，若是不能相容，我等衆人自行告退。重蒙所賜白金，決不敢領。非敢自誇豐富，小可聊有些盤纏使用。速請納回厚禮，只此告別。」王倫道：「何故推卻？非是敝山不納衆位豪傑，奈緣只為糧少房稀，恐日後誤了足下，衆位面皮不好，因此不敢相留。」說言未了，只見林沖雙眉剔起，兩眼圓睜，坐在交椅上大喝道：「你前番我上山來時，也推道糧少房稀！今日晁兄與衆豪傑到此山寨，你又發出這等言語來，是何道理？」吳用便說道：「頭領息怒。自是我等來的不是，倒壞了你山寨情分。今日王頭領以禮發付我們下山，送與盤纏，又不曾熱趕※8將去。◎27請頭領息怒，我等自去罷休。」林沖道：「這是笑

王倫不想收留晁蓋等七人，惹惱了林沖，他踢倒桌子，掣出一把明晃晃的刀來，要置王倫於死地。（朱寶榮繪）

註

※8熱趕：不留情面的驅趕。

裏藏刀，言清行濁※9的人，我其實今日放他不過！」◎28王倫喝道：「你看這畜生！又不醉了，倒把言語來傷觸我，卻不是反失上下！」林沖大怒道：「量你是個落第窮儒，胸中又沒文學，怎做得山寨之主！」吳用便道：「晁兄，只因我等上山相投，反壞了頭領面皮。只今辦了船隻，便當告退。」晁蓋等七人便起身，要下亭子。王倫留道：「且請席終了去。」林沖把桌子只一腳，踢在一邊；搶起身來，衣襟底下掣出一把明晃晃刀來，◎29掿※10的火雜雜※11。吳用便把手將髭鬚一摸，晁蓋、劉唐便上亭子來，虛攔住王倫叫道：「不要火併！」吳用一手扯住林沖，便道：「頭領不可造次！」公孫勝假意勸道：「休爲我等壞了大義！」阮小二便去幫住杜遷，阮小五幫住宋萬，阮小七幫住朱貴，嚇得小嘍囉們目瞪口呆。

林沖拿住王倫罵道：「你是一個村野窮儒，虧了杜遷得到這裏！柴大官人這等資助你，賙給盤纏，與你相交，舉薦我來，尚且許多推卻。今日眾豪傑特來相聚，又要發付他下山去！這梁山泊便是你的！你這嫉賢妒能的賊，不殺了，要你何用！你也無大量大才，也做不得山寨之主！」杜遷、宋萬、朱貴本待要向前來勸，被這幾個緊緊幫著，那裏敢動。王倫那時也要尋路走，卻被晁蓋、劉唐兩個攔住。王倫見頭勢不好，口裏叫道：「我的心腹都在那裏？」雖有幾個身邊知心腹的人，本待要來救，見了林沖這般凶猛頭勢，誰敢向前？林沖拿住王倫，罵了一頓，去心窩裏只一刀，肐察地搠倒在亭上。可憐王倫做了多年寨主，今日死在林沖之手。正應古人言：「量大福也大，機深禍亦

深。」有詩爲證：

獨據梁山志可羞，嫉賢傲士少寬柔。
只將寨主爲身有，卻把群英作寇仇。
酒席歡時生殺氣，杯盤響處落人頭。
胸懷褊狹眞堪恨，不肯留賢命不留。

晁蓋見殺了王倫，各掣刀在手。林沖早把王倫首級割下來，提在手裏，嚇得那杜遷、宋萬、朱貴都跪下說道：「願隨哥哥執鞭墜鐙！」晁蓋等慌忙扶起三人來。吳用就血泊裏拽過頭把交椅來，◎30便納※12林沖坐地，叫道：「如有不伏者，將王倫爲例！今日扶林教頭爲山寨之主。」林沖大叫道：「先生差矣！我今日只爲衆豪傑義氣爲重上頭，火併了這不仁之賊，實無心要謀此位。今日吳兄卻讓此第一位與林沖坐，豈不惹天下英雄恥笑？若欲相逼，寧死而已！弟有片言，不知衆位肯依我麼？」衆人道：「頭領所言，誰敢不依？願聞其言。」林沖言無數句，話不一席，有分教：斷金亭上，招多少斷金之人；聚義廳前，開幾番聚義之會。正是：替天行道人將至，仗義疏財漢便來。畢竟林沖對吳用說出甚言語來？且聽下回分解。◎31

註

※9言清行濁：說話表面好聽，行爲卻卑鄙無耻。
※10掿：音諾，握、持的意思。
※11火雜雜：十分有力的樣子。
※12納：這裏同「捺」。

評點

◎28.快絕妙絕，讀之神旺，非一朝一夕之心矣。（金批）
◎29.恨彼笑裏藏刀，早已先備此物。（袁夾）
有山崩海立、風起雲湧之勢。（金批）
◎30.何必聚義堂上，只山南水亭有何不可，笑秀才之多計也。（金批）
◎31.李卓吾曰：吳用此人，用得用得。
又曰：天下秀才都會嫉賢妒能，安得林教頭一一殺之也。（容評）

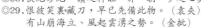

第二十回 梁山泊義士尊晁蓋　鄆城縣月夜走劉唐◎1

話說林沖殺了王倫，手拿尖刀，指著衆人說道◎2：「據林沖雖係禁軍遭配到此，今日爲衆豪傑至此相聚，爭奈王倫心胸狹隘，嫉賢妒能，推故不納，因此火併了這廝，非林沖要圖此位。據著我胸襟膽氣，焉敢拒敵官軍，剪除君側元凶首惡？◎3今有晁兄，仗義疏財，智勇足備，方今天下人聞其名，無有不伏。我今日以義氣爲重，立他爲山寨之主，好麼？」衆人道：「頭領言之極當。」晁蓋道：「不可。自古『強兵不壓主』。晁蓋強殺，只是個遠來新到的人，安敢便來佔上？」林沖把手向前，將晁蓋推在交椅上，叫道：「今日事已到頭，請勿推卻。若有不從者，將王倫爲例！」◎4再三再四，扶晁蓋坐了。林沖喝叫衆人就於亭前參拜了。一面使小嘍囉去大寨裏擺下筵席，一面叫人擡過了王倫屍首，一面又著人去山前山後喚衆多小頭目，都來大

林沖殺死王倫以後，推舉晁蓋坐上第一把交椅。（朱寶榮繪）

寨裏聚義。林沖等一行人，請晁蓋上了轎馬，都投大寨裏來。到得聚義廳前，下了馬，都上廳來。衆人扶晁天王去正中第一位交椅上坐定，中間焚起一爐香來。林沖向前道：「小可林沖，只是個粗鹵匹夫，不過只會些槍棒而已，無學無才，無智無術。◎5今日山寨，天幸得衆豪傑相聚，大義既明，非比往日苟且。學究先生在此，便請做軍師，執掌兵權，調用將校，須坐第二位。」吳用答道：「吳某村中學究，胸次又無經綸濟世之才；雖只讀些孫吳兵法※1，未曾有半粒微功，怎敢佔上？」林沖道：「事已到頭，不必謙讓。」吳用只得坐了第二位。林沖道：「公孫先生請坐第三位。」晁蓋道：◎6「卻使不得。若是這等推讓之時，晁蓋必須退位。」林沖道：「晁兄差矣！公孫先生名聞江湖，善能用兵，有鬼神不測之機，呼風喚雨之法，誰能及得？」公孫勝道：「雖有些小之法，亦無濟世之才，◎7如何便敢佔上？還是頭領請坐。」林沖道：「只今番克敵制勝，便見得先生妙法。正是鼎分三足，缺

註

※1孫吳兵法：《吳子》與《孫子》合稱「孫吳兵法」。

評點

◎1.此書筆力大過人處，每每在兩篇相接連時，偏要寫一樣事，而又斷斷不使其間一筆相犯。如上文方寫過何濤一番，入此回又接寫黃安一番是也。看他前一番，翻江攪海，後一番，攪海翻江，眞是一樣才情，一樣筆勢，然而讀者細細尋之，乃至曾無一句一字偶爾相似者。此無他，蓋因其經營圖度，先有成竹藏之胸中，夫而後隨筆迅掃，極妍盡致，只覺幹同是幹，節同是節，葉同是葉，枝同是枝，而其間偃仰斜正，各自入妙，風痕露跡，變化無窮也。此書寫何濤一番時，分作兩番寫；寫黃安一番時，也分作兩番寫，固矣。然何濤卻分爲前後兩番，黃安卻分爲左右兩番。又何濤前後兩番，一番水戰，一番火攻；黃安左右兩番，一番虛描，一番實畫。此皆作者胸中預定之成竹也。夫其胸中預定成竹，即已有如是之各各差別，則雖湖蕩即此湖蕩，蘆葦即此蘆葦，好漢即此好漢，官兵一樣官兵，然而間架既已各別，意思不覺都換。此雖懸千金以求一筆之犯，且不可得，而況其有偶同者耶！宋江、婆惜一段，此作者之紆筆也。爲欲宋江有事，則不得不生出宋江殺人；爲欲宋江殺人，則不得不生出宋江置買婆惜；爲欲宋江置買婆惜，則不得不生出王婆化棺。故凡自王婆求施棺木以後，遙遙數紙，而直至於王公許施棺木之日，不過皆爲下文宋江失事出逃之楔子。讀者但觀其始於施棺，終於施棺，始於王婆，終於王公，夫亦可以悟其洒墨成戲也。（金批）

◎2.此一段特特寫林沖。（金眉）

◎3.《水滸》一書大題目，林沖一生大胸襟。（金批）
立義正大，亦是照著高俅。（袁眉）

◎4.妙絕快絕，罵殺秀才。蓋謙恭多者，即係秀才，以秀才易秀才而不知其非，豈不辜負尖刀耶！（金批）

◎5.有才學智術的，作賊亦辦。（袁夾）

◎6.代辭便變化。（袁夾）

◎7.都以濟世爲志，所以與尋常綠林中人不同。（袁眉）

一不可，先生不必推卻。」公孫勝只得坐了第三位。林沖再要讓時，晁蓋、吳用、公孫勝都不肯。三人俱道：「適蒙頭領所說，鼎分三足，以此不敢違命。我三人佔上，頭領再要讓人時，晁蓋等只得告退。」三人扶住林沖，只得坐了第四位。晁蓋道：「今番須請宋、杜二頭領來坐。」那杜遷、宋萬見殺了王倫，尋思道：「自身本事低微，如何近得他們？不若做個人情。」苦苦地請劉唐坐了第五位，阮小二坐了第六位，阮小五坐了第七位，阮小七坐了第八位，杜遷坐了第九位，宋萬坐了第十位，朱貴坐了第十一位。

梁山泊自此是十一位好漢坐定。山前山後，共有七、八百人，都來廳前參拜了，分立在兩下。晁蓋道：「你等眾人在此，今日林教頭扶我做山寨之主，吳學究做軍師，公孫先生同掌兵權，林教頭等共管山寨。汝等眾人，各依舊職，管領山前山後事務，守備寨柵灘頭，休教有失。各人務要竭力同心，共聚大義。」再教收拾兩邊房屋，安頓了阮家老小，便教取出打劫得的生辰綱金珠寶貝，並自家莊上過活的金銀財帛，就當廳賞賜

經過一番謙讓，梁山泊十一位好漢排定了座椅。晁蓋第一，林沖排在第四。（選自《水滸傳版刻圖錄》，江蘇廣陵古籍刻印社）

衆小頭目並衆多小嘍囉。當下椎牛宰馬，祭祀天地神明，慶賀重新聚義。衆頭領飲酒至半夜方散。次日，又辦筵宴慶會，一連吃了數日筵席。晁蓋與吳用等衆頭領計議，整點倉廒，修理寨柵，打造軍器槍、刀、弓、箭、衣甲、頭盔，準備迎敵官軍。安排大小船隻，教演人兵水手，上船廝殺，好做提備，不在話下。自此梁山泊十一位頭領聚義，眞乃是交情渾似股肱，義氣如同骨肉。有詩爲證：

古人交誼斷黃金，心若同時誼亦深。
水滸請看忠義士，死生能守歲寒心。

因此林沖見晁蓋作事寬洪，疏財仗義，◎8安頓各家老小在山，驀然思念妻子在京師，存亡未保，遂將心腹備細訴與晁蓋道：「小人自從上山之後，欲要搬取妻子上山來，因見王倫心術不定，難以過活，一向蹉跎過了。流落東京，不知死活。」晁蓋道：「賢弟既有寶眷在京，如何不去取來完聚？你快寫書，便教人下山去，星夜取上山來，多少是好。」林沖當下寫了一封書，叫兩個自身邊心腹小嘍囉下山去了。不過兩個月，小嘍囉還寨說道：「直至東京城內殿帥府前，尋到張教頭家，聞說娘子被高太尉威逼親事，自縊身死，已故半載。張教頭亦爲憂疑，半月之前，染患身故。止剩得女使錦兒，已招贅丈夫在家過活。訪問鄰里，亦是如此說。打聽得眞實，回來報與頭領。」林沖見說，潸然淚下，自此杜絕了心中掛念。◎9晁蓋等見說了，悵然嗟嘆。山寨中自此無話，每日只是操練人兵，準備抵敵官軍。

評點

◎8.自然與秀才家數不同。（容眉）
◎9.哭得眞，放得快，眞豪傑，眞林沖。（金批）

忽一日，衆頭領正在聚義廳上商議事務，只見小嘍囉報上山來說道：「濟州府差撥軍官，帶領約有一千人馬，乘駕大小船四、五百隻，現在石碣村湖蕩裏屯住，特來報知。」晁蓋大驚，便請軍師吳用商議道：「官軍將至，如何迎敵？」吳用笑道：「不須兄長掛心，吳某自有措置。自古道：『水來土掩，兵到將迎。』」隨即喚阮氏三雄，附耳低言道：「……如此，如此。」又喚林沖、劉唐受計道：「你兩個便……這般這般。」再叫杜遷、宋萬，也分付了。正是：

西迎項羽三千陣，今日先施第一功。

且說濟州府尹點差團練使黃安並本府捕盜官一員，帶領一千餘人，拘集※2本處船隻，就石碣村湖蕩調撥，分開船隻作兩路來取泊子。

且說團練使黃安，帶領人馬上船，搖旗吶喊，殺奔金沙灘來。看看漸近灘頭，只聽得水面上嗚嗚咽咽吹將起來。黃安道：「這不是畫角之聲？◎10

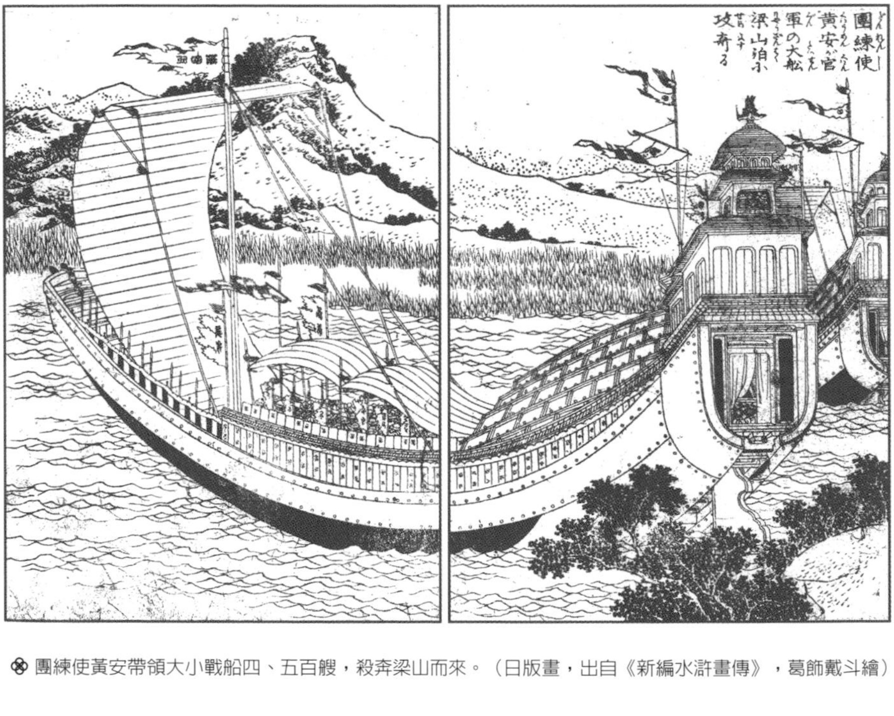

❂ 團練使黃安帶領大小戰船四、五百艘，殺奔梁山而來。（日版畫，出自《新編水滸畫傳》，葛飾戴斗繪）

且把船來分作兩路，去那蘆花蕩中灣住。」看時，只見水面上遠遠地三隻船來。看那船時，每隻船上只有五個人，四個人搖著雙櫓，船頭上立著一個人，頭帶絳紅巾，都一樣身穿紅羅繡襖，手裏各拿著留客住，三隻船上人，都一般打扮。於內有人認得的，便對黃安說道：「這三隻船上三個人，一個是阮小二，一個是阮小五，一個是阮小七。」黃安道：「你眾人與我一齊並力向前，拿這三個人。」兩邊有四、五十隻船，一齊發著喊，殺奔前去。那三隻船唿哨了一聲，一齊便回。◎11黃團練把手內槍拈搭動，向前來叫道：「只顧殺這賊，我自有重賞！」那三隻船前面走，背後官軍船上，把箭射將去。那三阮去船艙裏，各拿起一片青狐皮來遮那箭矢。後面船隻只顧趕。趕不過二、三里水港，黃安背後一隻小船，飛也似划來報道：「且不要趕！我們那一條殺入去的船隻，都被他殺下水裏去，把船都奪去了。」黃安問道：「怎地著了那廝的手！」小船上人答道：「我們正行船時，只見遠遠地兩隻船來，每船上各有五個人。我們並力殺去趕他，趕不過三、四里水面，四下裏小港鑽出七、八隻小船來。船上弩箭似飛蝗一般射將來，我們急把船回時，來到窄狹港口，只見岸上約有二、三十人，兩頭牽一條大篾索，橫截在水面上。卻待向前看索時，又被他岸上灰瓶、石子如雨點一般打將來。眾官軍只得棄了船隻，下水逃命。我眾人逃得出來，到旱路邊看時，那岸上人馬皆不見了，馬也被他牽去了。看馬的軍人都殺死在水裏。我們蘆花蕩邊尋得這隻小船兒，逕來報與團練。」

註

※2拘集：收繳，徵用。

評點

◎10.前何濤文出色寫，此黃安文便約略寫，疏密濃淡正妙。（金批）
◎11.四字如戲，不知視黃安如小兒，如蟲蟻？（金批）

黃安聽得說了，叫苦不迭，便把白旗招動，教眾船不要去趕，且一發回來。那眾船才撥得轉頭，未曾行動，只見背後那三隻船，又引著十數隻船，都只是這三、五個人，把紅旗搖著，口裏吹著胡哨，飛也似趕來。黃安卻待把船擺開迎敵時，只聽得蘆葦叢中炮響。黃安看時，四下裏都是紅旗擺滿，慌了手腳。後面趕來的船上叫道：「黃安留下了首級回去！」◎12黃安把船盡力搖過蘆葦岸邊，卻被兩邊小港裏鑽出四、五十隻小船來，船上弩箭如雨點射將來。黃安就箭林裏奪路時，只剩得三、四隻小船了。黃安便跳過快船內，回頭看時，只見後面的人一個個都撲通的跳下水裏去了。有和船被拖去的，大半都被殺死。黃安駕著小快船，正走之間，只見蘆花蕩邊一隻船上，立著劉唐，一撓鈎搭住黃安的船，托地跳將過來，只一把攔腰提住，喝道：「不要掙扎！」別的軍人能識水者，水裏被箭射死；不敢下水的，就船裏都活捉了。黃安被劉唐扯到岸邊，上了岸，遠遠地晁蓋、公孫勝山邊騎著馬，挺著刀，引五、六十人，三、二十匹馬，齊來接應。一行人生擒活捉得一、二百人，奪的船隻，盡數都收在山南水寨裏安頓了。大小頭領，一齊都到山寨。晁蓋下了馬，來到聚義廳上坐定。◎13眾頭領各去了戎裝軍器，團團坐下，捉那黃安綁在將軍柱上；取過金銀緞匹，賞了小嘍囉。點檢共奪得六百餘匹好馬，這是林沖的功勞。東港是杜遷、宋萬的功勞。西港是阮氏三雄的功勞。捉得黃安，是劉唐的功勞。眾頭領大喜，殺牛宰馬，山寨裏筵會。自醞的好酒，水泊裏出的新鮮蓮藕並鮮魚；山南樹上，自有時新的桃、杏、梅、李、枇杷、山棗、柿、栗之類；自養的雞、

豬、鵝、鴨等品物，不必細說。衆頭領只顧慶賞。新到山寨，得獲全勝，非同小可。有詩爲證：

堪笑王倫妄自矜，庸才大任豈能勝！
一從火併歸新主，會見梁山事業新。

正飲酒間，只見小嘍囉報道：「山下朱頭領使人到寨。」晁蓋喚來問有甚事？小嘍囉道：「朱頭領探聽得一起客商，有數十人結聯一處，今晚必從旱路經過，特來報知。」晁蓋道：「正沒金帛使用，誰領人去走一遭？」三阮道：「我弟兄們去。」晁蓋道：「好兄弟，小心在意，速去早來。」三阮便下廳去，換了衣裳，跨了腰刀，拿了朴刀、欓叉、留客住，點起一百餘人上廳來，別了頭領，便下山，就金沙灘把船載過朱貴酒店裏去了。晁蓋恐三阮擔負不下，又使劉唐點起一百餘人，教領了下山去接應，又分付道：「只可善取金帛財物，切不可傷害客商性命。」◎14劉唐去了。晁蓋到三更，不見回報，又使杜遷、宋萬引五十餘人下山接應。

晁蓋與吳用、公孫勝、林沖飲酒至天明，只見小嘍囉報喜道：「虧得朱頭領，得了二十餘輛車子金銀財物，並四、五十匹驢騾頭口！」晁蓋又問道：「不曾殺人麼？」小嘍囉答道：「那許多客人，見我們來得頭勢猛了，都撇下車子、頭口、行李，逃命去了，並不曾傷害他一個。」晁蓋見說大喜：「我等初到山寨，不可傷害於人。」取一錠白銀，賞了小嘍囉，便叫將了酒果下山來，直接到金沙灘上。見衆頭領盡把車輛扛上岸

評點

◎12.趣語絕倒。留下首級，如何回去？且留下首級，回去如何吃飯耶？（金批）
◎13.泊上星煞所聚，乃天降以收酷吏，豈黃安所能敵哉！（余評）
◎14.殺人放火的人有此等存心叮囑，方是忠義之根本。（袁眉）

來，再叫撐船去載頭口馬匹，衆頭領大喜。把盞已畢，教人去請朱貴上山來筵宴。晁蓋等衆頭領，都上到山寨聚義廳上，簸箕掌栲栳圈※3坐定。叫小嘍囉扛擡過許多財物在廳上，一包包打開，將彩帛衣服堆在一邊，行貨等物堆在一邊，金銀寶貝堆在正面。衆頭領看了打劫得許多財物，心中歡喜，便叫掌庫的小頭目，每樣取一半，收貯在庫，聽候支用。這一半分做兩份，廳上十一位頭領，均分一份；山上山下衆人，均分一份。把這新拿到的軍健，臉上刺了字號，◎15選壯浪的分撥去各寨喂馬砍柴；軟弱的，各處看車切草。黃安鎖在後寨監房內。晁蓋道：「我等今日初到山寨，當初只指望逃災避難，投托王倫帳下，爲一小頭目。多感林教頭賢弟推讓我爲尊，不想連得了兩場喜事，第一贏得官軍，收得許多人馬船隻，捉了黃安；二乃又得了若干財物金銀。此不是皆托衆弟兄的才能？」衆頭領道：「皆托得大哥哥的福蔭，以此得采。」晁蓋再與吳用道：「俺們弟兄七人的性命，皆出於宋押司、朱都頭兩個。古人道：『知恩不報，非爲人也。』今日富貴安樂，從何而來？早晚將些金銀，可使人親到鄆城縣走一遭，此是第一件要緊的事務。再有白勝陷在濟州大牢裏，我們必須要去救他出來。」吳用道：「兄長不必憂心，小生自有剮畫※4。宋押司是個仁義之人，緊地不望我們酬謝。然雖如此，禮不可缺，早晚待山寨粗安，必用一個兄弟自去。白勝的事，可教蓦生人※5去那裏使錢，買上囑下，鬆寬他，便好脫身。我等且商量屯糧，造船，制辦軍器，安排寨柵、城垣，添造房屋，整頓衣袍、鎧甲，打造槍、刀、弓、箭，防備迎敵官軍。」◎16晁蓋道：「既然如此，全

仗軍師妙策指教。」吳用當下調撥眾頭領，分派去辦，不在話下。

且不說梁山泊自從晁蓋上山，好生興旺。卻說濟州府太守見黃安手下逃回的軍人，備說梁山泊殺死官軍，生擒黃安一事。又說梁山泊好漢，十分英雄了得，無人近傍得他，難以收捕。抑且水路難認，港汊多雜，以此不能取勝。府尹聽了，只叫得苦，向太師府幹辦說道：「何濤先折了許多人馬，獨自一個逃得性命回來，已被割了兩個耳朵，自回家將息，至今不能痊。去的五百人，無一個回來。因此又差團練使黃安並本府捕盜官，帶領軍兵前去追捉，亦皆失陷。黃安已被活捉上山，殺死官軍不知其數，又不能取勝，怎生是好！」太守肚裏正懷著鬼胎，沒個道理處，只見承局來報說：「東門接官亭※6上，有新官到來，飛報到此。」太守慌忙上馬，來到東門外接官亭上，望見塵土起處，新官已到亭子前下馬。府尹接上亭子，相見已了，那新官取出中書省更替文書來，度與府尹。太守看罷，隨即和新官到州衙裏，交割牌印，一應府庫錢糧等項。當下安排筵席，管待新官。舊太守備說梁山泊賊盜浩大，殺死官軍一節。說罷，新官面如土色，◎17心中思忖道：「蔡太師將這件勾當擡舉我，卻是此等地面，這般府分！又沒強兵猛將，如何收捕得這夥強人？倘或這廝們來城裏借糧時，卻怎生奈何？」舊官太守次日收拾了衣裝行李，自回東京聽罪，不在話下。

註

※3 簸箕掌、栲栳圈：圓的形象，表示團團地圍著。
※4 剖畫：處置、安排、計畫。
※5 驀生人：面生的人，陌生人。
※6 接官亭：接送官員的驛亭。

評點

◎15.分金以結其心，刺臉以束其身，頗有著數。（袁眉）
◎16.此段極似最重，卻是故設迷人。（金批）
◎17.善狀一等無用官員的光景。（袁眉）

且說新官宗府尹到任之後，請將一員新調來鎮守濟州的軍官來，當下商議招軍買馬，集草屯糧，招募悍勇民夫，智謀賢士，準備收捕梁山泊好漢。一面申呈中書省，轉行牌仰附近州郡，並力剿捕；一面自行下文書所屬州縣，知會收剿，及仰屬縣，著令守禦本境。這個都不在話下。

且說本州孔目，差人齎一紙公文，行下所屬鄆城縣，教守禦本境，防備梁山泊賊人。鄆城縣知縣看了公文，教宋江迭成文案，行下各鄉村，一體守備。宋江見了公文，心內尋思道：「晁蓋等衆人，不想做下這般大事，犯了大罪！劫了生辰綱，殺了做公的，傷了何觀察，又損害了許多官軍人馬，又把黃安活捉上山。如此之罪，是滅九族的勾當。雖是被人逼迫，事非得已，於法度上卻饒不得。倘有疏失，如之奈何？」自家一個心中納悶。分付貼書後司張文遠將此文書立成文案，行下各鄉各保。張文遠自理會文卷，宋江卻信步走出縣來。

走不過三、二十步，只聽得背後有人叫聲：「押司！」宋江轉回頭來看時，卻是做媒的王婆，◎[18]引著一個婆子，卻與他說道：「你有緣，做好事的押司來也！」宋江轉身來問道：「有甚麼話說？」王婆攔住，指著閻婆對宋江說道：「押司不知，這一家兒，從東京來，不是這裏人家，嫡親三口兒。夫主閻公，有個女兒婆惜※[7]。他那閻公，平昔是個好唱的人，自小教得他那女兒婆惜，也會唱諸般耍令※[8]；年方一十八歲，頗有些顏色※[9]。三口兒因來山東投奔一個官人不著，流落在此鄆城縣。不想這裏的人，不喜風流

宴樂，因此不能過活，在這縣後一個僻靜巷內權住※10。昨日他的家公因害時疫死了，這閻婆無錢津送，沒做道理處，央及老身做媒。我道：『這般時節，那裏有這等恰好？』又沒借換處，正在這裏走頭沒路的，只見押司打從這裏過，以此老身與這閻婆趕來，望押司可憐見他則個，作成一具棺材。」宋江道：「原來恁地。你兩個跟我來，去巷口酒店裏，借筆硯寫個帖子，與你去縣東陳三郎家，取具棺材。」宋江又問道：「你有結果※11使用麼？」閻婆答道：「實不瞞押司說，棺材尚無，那討使用？」宋江道：「我再與你銀子十兩，做使用錢。」閻婆道：「便是重生的父母，再長的爺娘！做驢做馬，報答押司！」宋江道：「休要如此說。」隨即取出一錠銀子，遞與閻婆，自回下處去了。且說這婆子將了帖子，逕來縣東街陳三郎家，取了一具棺材，回家發送了當，兀自餘剩下五、六兩銀子，娘兒兩個，把來盤纏，不在話下。忽一朝，那閻婆因來謝宋江，見他下處，沒有一個婦人家面，回來問間壁王婆道：「宋押司下處，不見一個婦人面，他曾有娘子也無？」王婆道：「只聞宋押司家裏在宋家村住，卻不曾見說他有娘子。在這縣裏做押司，只是客居。常常見他散施棺材藥餌，極肯濟人貧苦，敢怕是未有娘子。」閻婆道：「我這女兒長得好模樣，又會唱曲兒，省得諸般耍笑。從小兒在東京時，只去行院※12

註

※7婆惜：宋、元時對歌舞女子的稱呼。

※8耍令：曲子、小調兒。

※9顏色：這裏是姿色的意思。

※10權住：暫時居住。

※11結果：這裏指辦理喪事用的現錢。

※12行院：行，音杭。指妓院。

評點

◎18.此下一篇，自討婆惜直至殺婆惜，皆是借作宋江在逃楔子，所以始於王婆，終於王公，始於施棺，終於施棺，凡以自表其非正文，只是隨手點染而已。（金批）

人家串，那一個行院不愛他！◎19有幾個上行首※13，要問我過房幾次，我不肯。只因我兩口兒，無人養老，因此不過房與他。不想今來倒苦了他。我前日去謝宋押司，見他下處沒娘子，因此央你與我對宋押司說，他若要討人時，我情願把婆惜與他。我前日得你作成，虧了宋押司救濟，無可報答他，與他做個親眷來往。」王婆聽了這話，次日來見宋江，備細說了這件事。宋江初時不肯，怎當這婆子撮合山※14的嘴攛掇※15，宋江依允了，就在縣西巷內，討了一所樓房，置辦些家火什物，安頓了閻婆惜娘兒兩個，在那裏居住。沒半月之間，打扮得閻婆惜滿頭珠翠，遍體綾羅。正是：

花容裊娜，玉質娉婷。髻橫一片烏雲，眉掃半彎新月。金蓮窄窄，湘裙微露不勝情；玉筍纖纖，翠袖半籠無限意。星眼渾如點漆，酥胸真似截肪。金屋美人離御苑，蕊珠仙子下塵寰。

宋江又過幾日，連那婆子，也有若干頭面衣服，端的養得婆惜豐衣足食。

新任官員在驛站的時候，大概還不知道自己面對的是一個什麼樣的攤子。圖為雲南富源縣勝境關驛站。（張少民／fotoe提供）

初時宋江夜夜與婆惜一處歇臥，向後漸漸來得慢了。卻是爲何？原來宋江是個好漢，只愛學使槍棒，於女色上不十分要緊。這閻婆惜水也似後生，況兼十八、九歲，正在妙齡之際，因此宋江不中那婆娘意。◎20一日，宋江不合帶後司貼書張文遠來閻婆惜家吃酒。這張文遠，卻是宋江的同房押司，那廝喚做小張三，生得眉清目秀，齒白唇紅。平昔只愛去三瓦兩舍，飄蓬浮蕩，學得一身風流俊俏，更兼品竹調絲※16，無有不會。這婆惜是個酒色娼妓，一見張三，心裏便喜，倒有意看上他。那張三見這婆惜有意以目送情，等宋江起身淨手，倒把言語來嘲惹張三。常言道：「風不來，樹不動；船不搖，水不渾。」那張三亦是個酒色之徒，這事如何不曉得。因見這婆娘眉來眼去，十分有情，便記在心裏。向後宋江不在時，這張三便去那裏，假意兒只做來尋宋江。那婆娘留住吃茶，言來語去，成了此事。◎21誰想那婆娘自從和那張三兩個搭識上了，打得火塊一般熱。亦且這張三又是個慣弄此事的，豈不聞古人有言：「一不將，二不帶。」只因宋江千不合，萬不合，帶這張三來他家裏吃酒，以此看上了他。自古道：「風流茶說合，酒是色媒人。」正犯著這條款。閻婆惜自從和那小張三兩個搭上，並無半點兒情分在這宋江身上。宋江但若來時，只把言語傷他，全不兜攬他些個。這宋江是個好漢，不以這女色爲念，因此半月十日，去走得一遭。那張三和這婆惜，如膠似漆，夜去明來，街坊上

註

※13上行首：上等妓女。行首，班頭、花魁。
※14撮合山：爲雙方牽線說合的人，這裏指媒人。
※15攛掇：慫恿、促成、勸誘。後文第二十六回「難得何九叔攛掇」的攛掇，則是幫忙的意思。
※16品竹調絲：絲竹，絃樂器和管樂器（簫笛等），統稱禎弄樂器。

評點

◎19.顯得是個歪貨。（金批）
◎20.要中他意怎地？（容眉）
◎21.眉來眼去，言來語去，此事已盡。（袁眉）

人也都知了。卻有些風聲吹在宋江耳朵裏。宋江半信不信，自肚裏尋思道：「又不是我父母匹配的妻室，他若無心戀我，我沒來由惹氣做甚麼？我只不上門便了。」自此有幾個月不去。閻婆累使人來請，宋江只推事故不上門去。正是：

花娘有意隨流水，義士無心戀落花。
婆愛錢財娘愛俏，一般行貨兩家茶。

話分兩頭。忽一日將晚，宋江從縣裏出來，去對過茶房裏坐定吃茶，只見一個大漢，頭帶白范陽氈笠兒，身穿一領黑綠羅襖，◎22下面腿絣護膝，八搭麻鞋※17，腰裏跨著一口腰刀，背著一個大包，走得汗雨通流，氣急喘促，把臉別轉著看那縣裏。宋江見了這個大漢走得蹺蹊，慌忙起身趕出茶房來，跟著那漢走。約走了三、二十步，那漢回過頭來，看了宋江，卻不認得。宋江見了這人，略有些面熟，「莫不是那裏曾廝會來？」心中一時思量不起。那漢見宋江看了一回，也有些認得，立住了腳，定睛看那宋

閻婆惜天生麗質，不滿意宋江，與宋江的下屬張三勾搭上了。
（日版畫，出自《新編水滸畫傳》，葛飾戴斗繪）

江，又不敢問。宋江尋思道：「這個人好作怪！卻怎地只顧看我？」宋江亦不敢問他。◎23只見那漢去路邊一個篦頭鋪※18裏問道：「大哥，前面那個押司是誰？」篦頭待詔應道：「這位是宋押司。」那漢提著朴刀，走到面前，唱個大喏，說道：「押司認得小弟麼？」宋江道：「足下有些面善。」那漢道：「可借一步說話。」宋江便和那漢入一條僻靜小巷。那漢道：「這個酒店裏好說話。」兩個上到酒樓，揀個僻靜閣兒裏坐下。那漢倚了朴刀，解下包裹，撇在桌子底下。那漢撲翻身便拜。宋江慌忙答禮道：「不敢拜問足下高姓？」那人道：「大恩人，如何忘了小弟？」宋江道：「兄長是誰？眞個有些面熟，小人失忘了。」那漢道：「小弟便是晁保正莊上曾拜識尊顏蒙恩救了性命的赤髮鬼劉唐便是。」宋江聽了大驚，說道：「賢弟，你好大膽！早是沒做公的看見，險些兒惹出事來！」劉唐道：「感承大恩，不懼一死，特地來酬謝。」◎24宋江道：「晁保正弟兄們，近日如何？兄弟，誰教你來？」劉唐道：「晁頭領哥哥，再三拜上大恩人。得蒙救了性命，現今做了梁山泊主都頭領。吳學究做了軍師，公孫勝同掌兵權。林沖一力維持，火拼了王倫。山寨裏原有杜遷、宋萬、朱貴，和俺弟兄七個，共是十一個頭領。現今山寨裏聚集得七、八百人，糧食不計其數。只想兄長大恩，無可報答，特使劉唐齎一封書，並黃金一百兩，相謝押司，並朱、雷二都頭。」劉唐打開包裹，取出書來，便

註

※17八搭麻鞋：亦作「八答麻鞋」。用麻編織、有耳絆可用帶繫在腳上的一種鞋，適合於行遠路。雲遊僧道常穿。亦稱「八踏鞵」。

※18篦頭鋪：理髮館。

評點

◎22.白笠黑襖，爲月下出色，然在蒼然暮色中，更怕人。（金批）

◎23.摹寫心裏話，眼中人，意外事，無不曲盡。（芥眉）

◎24.晁蓋酬謝宋江，欲救白勝，須義氣所出，亦理勢宜然。（余評）

遞與宋江。宋江看罷，便拽起褶子前襟，摸出招文袋。打開包兒時，劉唐取出金子放在桌上。宋江把那封書，就取了一條金子和這書包了，插在招文袋內，放下衣襟，便道：「賢弟，將此金子依舊包了。」隨即便喚量酒的打酒來，叫大塊切一盤肉來，鋪下些菜蔬、果子之類，叫量酒人篩酒與劉唐吃。◎25看看天色晚了，劉唐吃了酒，把桌上金子包打開，要取出來。宋江慌忙攔住道：「賢弟，你聽我說。你們七個弟兄初到山寨，正要金銀使用；宋江家中頗有些過活，且放在你山寨裏，等宋江缺少盤纏時，卻教兄弟宋清來取。今日非是宋江見外，於內已受了一條。朱仝那人，也有些家私，不用與他，我自與他說知人情便了。◎26雷橫這人，又不知我報與保正；況兼這人貪賭，倘或將些出去賭時，便惹出事來，不當穩便，金子切不可與他。賢弟，我不敢留你相請去家中住，倘或有人認得時，不是要處。今夜月色必然明朗，你便可回山寨去，莫在此停擱。宋江再三申意衆頭領，不能前來慶賀，切乞恕罪。」劉唐道：

宋江從縣裏出來，只見一個大漢，頭帶白范陽毡笠兒，身穿一領黑綠羅襖，走得汗雨通流，氣急喘促，卻不知道，這個人正是找自己的劉唐。（朱寶榮繪）

「哥哥大恩，無可報答，特令小弟送些人情來與押司，微表孝順之心。保正哥哥今做頭領，學究軍師號令非比舊日，小弟怎敢將回去？到山寨中必然受責。」宋江道：「既是號令嚴明，我便寫一封回書，與你將去便了。」劉唐苦苦相央宋江收受，宋江那裏肯接，隨即取一幅紙來，借酒家筆硯，備細寫了一封回書，與劉唐收在包內。劉唐是個直性的人，見宋江如此推卻，想是不肯受了，便將金子依前包了。看看天色晚來，劉唐道：「既然兄長有了回書，小弟連夜便去。」宋江道：「賢弟，不及相留，以心相照。」劉唐又下了四拜。宋江教量酒人來道：「有此位官人留下白銀一兩在此，我明日卻自來算。」◎27劉唐背上包裹，拿了朴刀，跟著宋江下樓來。離了酒樓，出到巷口，天色昏黃，是八月半天氣，月輪上來，宋江攜住劉唐的手，分付道：「賢弟保重，再不可來。此間做公的多，不是耍處。我更不遠送，只此相別。」劉唐見月色明朗，拽開腳步，望西路便走，連夜回梁山泊來。

再說宋江與劉唐別了，自慢慢行回下處來，一頭走，一面肚裏尋思道：「早是沒做公的看見，爭些兒惹出一場大事來！」一頭想：「那晁蓋倒去落了草，直如此大弄！」轉不過兩個彎，只聽得背後有人叫一聲：「押司，那裏去來，好兩日不見面。」宋江回頭看時，正是閻婆。不因這番，有分教：宋江小膽翻為大膽，善心變做惡心。畢竟宋江怎地發付閻婆？且聽下回分解。◎28

評點

◎25.宋江不陪吃者，深寫吃驚之後，惟恐有失也。（金批）
◎26.只答一句已足。（金批）
鮑叔知管子，金可多分，宋江知朱仝，金可不與，事異心同。（芥眉）
◎27.連帳亦不算，不惟押司托熟，亦爲吃驚不小。（金批）
◎28.禿翁曰：可惜王倫那廝卻自家送了性命，昔人云：秀才造反，十年不成。豈特造反，即做強盜也是做不成底。常思天下無用可厭之物，第一是秀才了。（容評）
梁山泊用兵彷彿孫吳，更妙在三阮水戰又是孫吾所不及。

參考書目

1.《水滸傳》，施耐庵、羅貫中撰，底本：容與堂本，人民文學出版社，一九九七年出版。

2.《水滸全傳》，底本：袁無涯本，嶽麓書社，二〇〇五年出版。

3.《金聖歎批評本水滸傳》，嶽麓書社，二〇〇六年出版。

4.《貫華堂第五才子書水滸傳》，（清）金聖歎評點，魏平、文博校點，黑龍江人民出版社，一九九七年出版。

5.《繡像水滸全傳》，（明）施耐庵著，山東畫報出版社，二〇〇七年出版。

6.《評論出像水滸傳》二十卷／（明）施耐庵撰，清（一六四四—一九一一年）刻本。

7.《明容與堂刻水滸傳》，（明）施耐庵撰，羅貫中纂修影印本，上海人民出版社，一九七五年出版。

8.《水滸志傳評林》，（明）余象斗評，文學古籍刊行社，一九五六年出版。

9.《名家評點四大名著》，江天編校，中國文聯出版公司，一九九八年出版。

10.《水滸全傳》，董淑明校注，繡像本，河南文藝出版社，一九九八年出版。

11.《古本水滸傳》，蔣祖鋼校勘，中央民族大學出版社，一九九六年出版。

12.《水滸傳》會評本，北京大學出版社，中國古典小說戲曲研究資料叢書，一九八七年出版。

13.《美籍華人學者夏志清評中國古典長篇小說》，夏志清評點，海南國際新聞出版中心，一九九六年出版。

14.《水滸傳資料彙編》，朱一玄、劉毓忱整編，南開大學出版社，二〇〇二年出版。

15.《周思源新解〈水滸傳〉》，中華書局，二〇〇七年出版。

16.《正說水滸傳——義與忠的變奏》，團結出版社，二〇〇七年出版。

17.《水滸戲與中國俠義文化》，中國藝術研究院，二〇〇六年出版。

18.《水滸文化解讀》，貴州民族出版社，二〇〇六年出版。

19.《水滸傳與中國社會》，薩孟武著，北京出版社，二〇〇五年出版。

20.《水滸傳》圖文版四大名著，上海辭書出版社，二〇〇一年出版。

▲備註：本書以通行的清代金聖歎評本、袁無涯評本爲底本（後五十回），參酌容與堂評本，凡底本可通之處，一般沿用；明顯錯誤則參照他本訂正，不出校記。

圖片來源

1.《新編水滸畫傳》，葛飾戴斗（即葛飾北齋）繪，上海書店出版社，二〇〇四年出版。

2.《水滸傳版刻圖錄》，江蘇廣陵古籍刻印社，一九九九年出版。

3.《水滸葉子 水滸畫傳》，河南美術出版社，一九九六年出版。

◆特別感謝本書內頁圖片授權人及授權單位◆

4.《水滸一百零八將》，葉雄繪，季永桂文，百家出版社，二〇〇一年出版。

⊙葉雄，上海崇明人，一九五〇年出生。畢業於上海大學美術學院國畫系，現是中國美術家協會會員、中國美術家協會連環畫藝術委員會委員、上海美術家協會理事……等。他於一九七六年開始從事連環畫、插圖、中國水墨畫創作，其作品在全國藝術大展中連續獲獎。他的水墨畫作品還在日本、韓國、加拿大、臺灣等地參加聯展。上海美術館、上海圖書館及中外收藏家收藏了他的中國水墨畫作品。其藝術成就被收入中國美術家大辭典、中國文藝傳集、當代中國美術家光碟、世界華人文學藝術界名人錄、世界名人錄……等。重要作品包括：

二〇〇三年出版《三國演義人物畫傳》
二〇〇三年出版《西遊記神怪、人物畫傳》
二〇〇四年出版《紅樓夢人物畫傳》。
個人信箱：yexiong96@163.com

5. 朱寶榮授權使用內頁繪圖共一百八十張。

⊙朱寶榮，從小酷愛美術，因家庭情況無緣於高等學府深造，引爲憾事。二〇〇四年與兩位志趣相投的好友組成心境插畫工作室至今，能夠從事自己喜愛的工作，覺得是一件很幸福的事！

6. 廣州集成圖像有限公司「FOTOE」授權使用部分內頁圖片。（fotoe.com）
7. 北方崑曲劇院（北京）授權使用《水滸傳》劇照共一張。
8. 富爾特科技股份有限公司影像提供。
9. 美工圖書社：「中國圖片大系」影像提供。

國家圖書館出版品預行編目資料

水滸傳(一)──水泊聚義／施耐庵原著；張鵬高編撰.
— 初版. —臺中市 ： 好讀，2009.02
冊 ； 公分. —（圖說經典：13）

ISBN 978-986-178-108-2（平裝）

857.46 97022707

好讀出版

圖說經典 13

水滸傳(一)

【水泊聚義】

原　　著／施耐庵
編　　撰／張鵬高
總 編 輯／鄧茵茵
責任編輯／林碧瑩
執行編輯／林碧瑩、莊銘桓
美術編輯／陳麗蕙
封面設計／山今伴頁工作室
發行所／好讀出版有限公司
台中市407西屯區工業30路1號
台中市407 西屯區何厝里19 鄰大有街13 號（編輯部）
TEL:04-23157795 FAX:04-23144188 http://howdo.morningstar.com.tw
（如對本書編輯或內容有意見，請來電或上網告訴我們）
法律顧問／陳思成律師

總經銷／知己圖書股份有限公司
106台北市大安區辛亥路一段30號9樓
TEL：02-23672044 23672047 FAX：02-23635741
407台中市西屯區工業30路1號1樓
TEL：04-23595819 FAX：04-23595493
E-mail：service@morningstar.com.tw
網路書店 http://www.morningstar.com.tw
讀者專線：04-23595819＃230
郵政劃撥 ：15060393（知己圖書股份有限公司）

印刷／上好印刷股份有限公司
初　　版／西元2009年2月15日
初版四刷／西元2021年1月20日
定　　價／299元
如有破損或裝訂錯誤，請寄回台中市407工業區30路1號更換（好讀倉儲部收）

Published by How Do Publishing Co., Ltd.
2021 Printed in Taiwan
ISBN 978-986-178-108-2

本書內頁部分圖片由廣州集成圖像有限公司「FOTOE」授權使用，
其他授權來源於參考書目之後詳列

讀者回函

只要寄回本回函，就能不定時收到晨星出版集團最新電子報及相關優惠活動訊息，並有機會參加抽獎，獲得贈書。因此有電子信箱的讀者，千萬別吝於寫上你的信箱地址

書名：水滸傳(一)——水泊聚義

姓名：________________性別：□男□女　生日：_____年_____月_____日

教育程度：____________________________

職業：□學生　□教師　□一般職員　□企業主管

□家庭主婦　□自由業　□醫護　□軍警　□其他______________________

電子郵件信箱（e-mail）：__________________________電話：______________

聯絡地址：□□□____

你怎麼發現這本書的？

□書店　□網路書店（哪一個？）____________________□朋友推薦　□學校選書

□報章雜誌報導　□其他____

買這本書的原因是：____

□內容題材深得我心　□價格便宜　□封面與內頁設計很優　□其他___________

你對這本書還有其他意見嗎？請通通告訴我們：

____

你買過幾本好讀的書？（不包括現在這一本）

□沒買過　□ 1 ～ 5 本　□ 6 ～ 10 本　□ 11 ～ 20 本　□太多了

你希望能如何得到更多好讀的出版訊息？

□常寄電子報　□網站常常更新　□常在報章雜誌上看到好讀新書消息

□我有更棒的想法____

最後請推薦五個閱讀同好的姓名與 E-mail ，讓他們也能收到好讀的近期書訊：

1. ____

2. ____

3. ____

4. ____

5. ____

我們確實接收到你對好讀的心意了，再次感謝你抽空填寫這份回函

請有空時上網或來信與我們交換意見，好讀出版有限公司編輯部同仁感謝你！

好讀的部落格： http://howdo.morningstar.com.tw/

請填妥後對折黏貼，直接投郵即可，無須貼郵票。

廣告回函
臺灣中區郵政管理局
登記證第 3877 號
免貼郵票

好讀出版有限公司　編輯部收

407 台中市西屯區何厝里大有街 13 號

電話： 04-23157795-6　傳眞： 04-23144188

沿虛線對折

購買好讀出版書籍的方法：

一、先請你上晨星網路書店 http://www.morningstar.com.tw 檢索書目或直接在網上購買

二、以郵政劃撥購書：帳號 15060393 戶名：知己圖書股份有限公司並在通信欄中註明你想買的書名與數量

三、大量訂購者可直接以客服專線洽詢，有專人爲您服務：客服專線： 04-23595819 轉 230 傳眞： 04-23597123

四、客服信箱： service@morningstar.com.tw